Les Souffleurs de rêves

Du même auteur :

Le rêve de Toinet, éd. Presses de la Cité, 2019 (roman).

Les chemins de promesse, éd. Presses de la Cité, 2018 (roman).

Le puits Sans-Nom, éd. Presses de la Cité, 2017 (roman).

Les souffleurs de rêves, éd. Presses de la Cité, 2017 (roman).

Le choix de Diane, éd. Presses de la Cité, 2016 (roman).

Le miroir d'Amélie , éd. De Borée, 2015 (roman).

Un parfum d'amour éternel, éd. De Borée, 2015 (roman).

Le moulin du Prieuré, éd. De Borée, 2014 (roman).

L'étoffe des jours, éd. De Borée, 2014 (roman).

Les puits sans nom, éd. De Borée, 2013 (roman).

Les petites filles démodées, éd. L'écriteau, 2013 (roman).

Les diamants noirs, éd. le Grand livre du mois, 2013, rééd. de Borée, 2013 (roman).

La tresse d'or, éd. de Borée, 2011, rééd. À vue d'oeil, 2012 (roman du terroir).

À l'ombre des châtaigniers : confidences, éd. l'Écriteau, 2012 (nouvelles).

Les Élégantes, volume 2, éd. l'Écriteau, 2012 (roman du terroir).

Les Sentes buissonnières, éd. France Loisirs, 2012, rééd. Le Grand livre du mois, 2013 (roman).

Le Mas de la Sarrasine, éd. de Borée, 2012 (roman du terroir).

Le Puits sans-nom, éd. de l'Écir, 2010.

Le Petit bâtard, éd. de l'Écir, 2008, rééd. de Borée, 2010, 2012, rééd. France loisirs, 2013(roman du terroir).

Les Élégantes, volume 1, éd. l'Écriteau, 2009 (roman du terroir).

Antoine, l'orjolier du soleil, éd. Les Orjoliers, 2008.

Halix de Bagard, Dame de soie, volume 1 et 2, éd. l'Écriteau, 2006 (roman).

Édition originale Presses de la Cité © un département de Place des éditeurs, 2017

ISBN : 978-2-36652-488-8

Couverture réalisée par Charlotte Picouilla à partir des crédits photographiques :

© Château de Portes, Gard, France par Pierre Antoine LAINE

Mireille Pluchard

Les Souffleurs de rêves

Collection Poche

Votre noblesse est mince
Car ce n'est pas d'un prince,
Daphnis, que vous sortez.
Gentilhomme de verre
Si vous tombez par terre
Adieu vos qualités !

Nicolas BOILEAU

Prologue

Un fils ! Il avait un fils, ce fils désespérément attendu, un nouveau maillon de sa belle et longue lignée, de noble et légitime naissance !

Hier, il exultait de joie autant que de fierté, levant haut le gobelet de vin qu'il offrait à la ronde. Aujourd'hui, il pleurait et ne manquait pas de s'interroger en pure perte.

Fallait-il que tant de félicité soit assombrie par des larmes amères ? Par une double lamentation ?

Délaissant son frais et reposant cabinet de travail qu'il nommait son « sanctuaire », sarcasme de huguenot foncièrement convaincu que seul Dieu était saint, Elias de Vilette préféra s'offrir à l'ultime caresse du soleil qui disparaissait derrière le panache touffu du mont Liron.

Il marcha sans hâte jusqu'à un banc de pierre installé sous un mûrier et s'y laissa choir, les épaules basses, le corps las, le cœur lourd, l'œil humide. De là, il embrassait du regard son domaine, celui que lui avait légué son père et qu'il léguerait, ô joie, à son fils. À sa droite, c'était la halle ; plus haut, la longue bergerie ; sur la gauche, s'épaulaient masures et greniers où habitaient ses gens et s'entassaient les récoltes ; en face, son propre logis portant sur son fronton le blason des Vilette : d'azur à l'étoile d'or surmontant un croissant d'argent à la bordure crénelée d'argent de sept pièces. Un ancêtre croisé, un autre bouffi d'orgueil, un bâtisseur pour lui succéder… il aurait pu égrener, à chaque fioriture, tous les maillons de sa lignée, cela lui arrivait souvent.

Mais aujourd'hui, partagé dans ses sentiments, il avait l'âme sombre.

Trois semaines plus tôt, c'était un tout autre homme qui, se campant devant son domaine, l'enserrant symboliquement dans ses bras, exhalait un soupir d'intense satisfaction.

— Un fils, enfin ! L'héritier attendu !

On eût dit qu'un poids longtemps porté s'allégeait, que les fils gris de sa chevelure se tapissaient, honteux, sous le crin noir, abondant et frisé, du géant cévenol.

L'exultation fondée du gentilhomme-verrier fut sapée le soir même de l'arrivée d'un enfant mâle au domaine de Verrière-Génestrelle, quand l'existence d'Elias revêtit un autre sens, une nouvelle dimension. Ce fils tant désiré, en naissant, avait pris la vie d'une épouse chérie.

Et voilà qu'en ce jour de mai 1610 arrivait la nouvelle qui, à nouveau, le foudroyait.

— Le méchant Ravaillac, il a tué mon roi, se lamenta-t-il.

Elias de Vilette, gentilhomme-verrier en Piémont cévenol, entrait dans l'automne de sa vie, il avait cinquante ans.

1
La dynastie des Vilette

L'histoire commune au verre soufflé et à la famille Vilette avait commencé avec Enguerrand, un cadet de noble naissance, sans autre espérance, cependant, que de servir son roi en se faisant croisé, seulement nanti d'un fidèle écuyer.

Au retour de croisade – la chance l'ayant servi – lui restait donc la vie, l'honneur… et l'écuyer. Et pas un sou vaillant ! La fortune, du moins celle, facile, que laissait entrevoir pareille expédition, n'avait pas été au rendez-vous en terre étrangère. Un surnom lui resta et dont il était fier : « Lavalette » que lui valait son appartenance aux chevaliers de Malte et qui s'attacherait, de droit, à sa descendance.

Un rusé, cependant, que Raoul, son écuyer, qui s'était fait livrer, en toute innocence il le jurait, quelques secrets sur la science de la verrerie pratiquée en Orient. Tout en faisant montre d'intérêt pour les parfums capiteux qu'elles contenaient, il posait des questions sur les fioles et topettes au long col effilé, si fragiles d'aspect, si délicates au regard.

— Du sable, dites-vous ? Des cendres végétales, de la chaux… Et la cuisson ? Racontez-moi ces fournaises devant lesquelles vous œuvrez pour le plus beau des résultats.

Les gestes, plus que les mots qu'il n'aurait pas compris, Raoul les emmagasinait dans un coin de sa mémoire, qu'il lui suffirait de fouiller, en temps voulu, pour que tout resurgisse. Et ce jour vint quand, rentrant avec son maître, tous deux saufs et désargentés, fut octroyé à Enguerrand, et aux autres nobles comme lui qu'une telle activité attirait, le privilège de souffler le verre et d'être francs, hormis la rente annuelle due au roi.

— Quarante sols tournois pour chacun de nos fours, payables à la Saint-Jean, nous nous en sortons bien ! se réjouissait Enguerrand, en la seule possession, à ses commencements, des trois fours nécessaires.

— Par Dieu, mon maître, nous ne serons point gueux à souffler cent topettes par jour et exemptés du cens ! en rajoutait Raoul.

— Quittes de cet impôt ! Eh oui, mon bon Raoul.

Sa vie, pourtant, ne ressembla en rien à celle d'un nobliau. Bien qu'il portât l'épée et le chapeau brodé, qu'il fût autorisé de cheval et de chien pour chasser, son existence s'apparenta à celle des charbonniers avec qui il partageait les bois où il avait droit de coupe. Ce qui ne l'empêcha pas de prendre épouse et procréer, imité en cela par l'écuyer-verrier.

Trois fours, six fours, puis neuf. Des forêts de l'Aigoual à celles de Valbonne, du causse de l'Hortus aux contreforts du Vivarais, les Vilette essaimèrent et les Raoul aussi, traversant les siècles sans être fortunés, mais toujours nés, un roi succédant à un autre et confortant les verriers dans leurs droits !

Ne voulant être en reste de ses prédécesseurs, Charles VII le Victorieux, appelé aussi le Bien Servi, autorisa l'établissement des verreries de façon plus pérenne. Quant à François Ier, il les exempta du logement des gens de guerre, une profitable et bienvenue avancée dont se réjouit la descendance d'Enguerrand, car c'était grande peine de voir le pauvre monde se saigner aux quatre veines afin de nourrir la soldatesque.

C'est sous ce règne-là que l'aïeul d'Elias s'installa dans ses murs. Le lieu-dit La Génestrelle, qu'il fit précéder de Verrière, était un vieux corps de ferme sur une lande de genêts sise entre le village de Saint-Félix-de-Pallières et celui de Monoblet, en lisière du bois de Vergèle, propriété du seigneur de Fressac qui consentit à lui céder ses chênes et ses fayards, malgré le mécontentement de ses gens qui, dans leur bon droit, s'insurgeaient.

— Tout est permis à ces pilleurs de bois !

— Ils y élèvent aussi des porcs et en ont plus que tous mes doigts ! Ces bestiaux mangent tous les glands.

— Tu dis vrai. Ces gentilshommes-verriers ont privilège d'élever vingt-cinq porcs pour nourrir leur maisonnée.

— Pas seulement les glands, mais aussi les châtaignes si l'on n'y prend pas garde, car du chêne au châtaignier, ils n'ont pas grand chemin.

Mal lui en aurait pris, au sire de Fressac, d'abonder dans le sens de ses paysans et de leurs justes récriminations ! Le gentilhomme-verrier était d'un commerce agréable, et consciencieux. On n'eut à déplorer feu de forêt ni de broussaille, l'yeuse était replantée à chaque décennie, l'arbre était abattu réglementairement quand son fût atteignait la taille de celui d'un canon et jamais les Vilette n'eurent à payer l'amende qui pouvait atteindre mille livres pour dégâts de forêt. De plus, le gibier qu'y chassait Lavalette atterrissait invariablement sur la table du châtelain, cela pour la simple raison qu'il n'y avait pas deux poids ni deux mesures au domaine de Verrière-Génestrelle, bûcherons, ouvriers agricoles, pâtre, porcher, servantes et serviteurs, souffleurs, ainsi que le maître de céans, sa femme et ses enfants, tous étant traités sur un même pied, comme l'exigeait Vilette en expliquant ses raisons.

— Tous ceux qui vivent en ce domaine et

apportent leur pierre aux labeurs qu'il exige ont mêmes droits et mêmes traitements.

Elias de Vilette, dans les rares moments de nostalgie que lui laissait son harassant travail, aimait à raviver le souvenir ému, quoique fugace parce que fort lointain, de cet aïeul profondément respecté, à défaut d'être aimé, et plus encore celui de son épouse que l'on nommait avec vénération la bonne dame de Verrière.

Née Sybille Thizac, un des plus fameux noms de verriers languedociens, la bonne dame de Verrière avait enrichi le domaine de son époux d'un troupeau de moutons, d'un pâtre pour le garder et d'une servante attachée à sa personne depuis son plus jeune âge. Sybille était la douceur personnifiée, la piété, la générosité, la dignité aussi dans son allégeance à la Réforme qui séduisit son époux dès ses balbutiements.

— Mes gens ne sauraient refuser la conversion. Me ferez-vous, madame, ce plaisir sans réticence ? Vous savez que je ne peux, ni ne veux, en rien vous contraindre.

— Les religieuses, chez qui je fus éduquée, m'ont instruite dans la religion catholique et dans le culte de la Vierge Marie. Néanmoins, elles n'ont pas manqué de cultiver chez leurs élèves la satisfaction qu'en tout point elles doivent à leur époux. Si tel est votre bon plaisir, je vous suivrai, monsieur, sur ce nouveau chemin de foi, fût-il celui de l'hérésie.

— Point de ce mot, céans, madame !

L'obéissance sans l'avilissement, tel avait été le credo de Sybille de Vilette, encore qu'il ne se résumât pas à cette passivité. Avec elle, l'instruction fut de mise qu'elle dispensa à ses enfants, sans distinction de sexe, mais pas seulement ça. Initiée pendant ses années de couvent à l'alchimie de la médication, il n'était plante, comme lavande, serpolet et bien d'autres, qu'elle ne transformât en décoction, tisane, cataplasme ; pierre qu'elle ne pilât ou qu'elle ne fît tout simplement porter en pendentif pour prévenir des maladies.

Adepte d'Hildegarde de Bingen dont elle avait lu une traduction en langue française de son traité de médecine appelé le *Scivias*, Sybille se voulait infirmière des âmes dont elle ne dissociait pas les soins de ceux du corps.

— Ma bonne Jeanne, la saison d'hiver assombrit les cœurs et sape les vigueurs. Dimanche, vous ferez des beignets de la joie et ne les plaindrez pas ! Comptez-en trois par personne et deux pour les enfants. Tout ce monde a besoin de bonnes énergies en attendant le renouveau du printemps.

— Je les ferai, dame, l'épeautre ne manque pas, notre maître en fait ensemencer deux parcelles pour une de blé touselle. Et les épices, ma foi, j'en ai dans la réserve. Notre maître est un homme prévoyant.

Prévoyant et tatillon, comme on pouvait le voir

dans l'une des pages de son livre de raison où il consignait avec minutie les frais engagés pour son domaine : « *Acheté pour l'année 1538 : une livre de poivre et autant de cannelle. Un demi-quarteron de safran, un autre de clous de girofle, quatre livres de dattes et six de raisins de Corinthe, pour la somme de quarante livres et quatre sols tournois.* »

Au crépuscule de leur vie, monsieur et madame de Vilette pouvaient être fiers du travail accompli. Premiers de leur lignée à se sédentariser, ils avaient doublé les bâtiments de leur métairie, augmenté leurs terres et s'étaient attaché un personnel dévoué. De plus, ils avaient casé leurs enfants sans morceler le bien qui échouait à Isaac, leur fils aîné.

De tout autre nature étaient les vertus que l'on pouvait reconnaître à Esther, celle qui succéda à la bonne dame de Verrière ! C'est simple, sa vie durant, en la maison de son père puis en celle de son époux, elle fut surnommée, à son insu comme en sa connaissance, la Picanière, en raison de son esprit on ne peut plus injuste et querelleur.

Soucieux d'établir ses enfants dans la corporation tout en les préservant d'une délétère consanguinité, le père d'Isaac n'avait pas ménagé sa peine, en en casant un à Sommières, un autre à Vézénobres. Alors qu'il négociait les modalités du mariage de l'une de ses filles à un fils des Azémar de Cardet, une idée lui vint qui lui fit proposer :

— Pourquoi ne pas faire coup double, compagnon ? N'avez-vous pas une fille à caser qui serait un jour la patronne à Verrière-Génestrelle ?

— Si fait ! dit Azémar, bien aise de se débarrasser d'Esther la querelleuse qui, bien qu'âgée de seulement treize ans, brouillait la quiétude de sa maison.

— De quoi la pareriez-vous, cette charmante enfant ? demanda Vilette.

— De sa jeunesse, assurément ! répondit Azémar du tac au tac, avec un large sourire.

— J'entends bien, mais c'est un don fugace. Quoi encore ?

— Une nace de boutis… avança le père, point désireux de trop se démunir.

— Un confortable dessus-de-lit ? Fort bien, voilà pour l'hiver, mais les beaux jours venus… ? insista Vilette, pour le coup irrité.

Azémar se grattait la tête. À deux doigts de voir partir Esther de vilain caractère, à moindre coût mariée, il ne fallait pas rater l'affaire qui annulerait peut-être la paumée[1] précédente, non négligeable ; en plus de son trousseau copieusement constitué par Sybille, sa future bru apportait une truie et sa portée en la verrerie de Cardet.

— Trois onces d'œufs de vers à soie ! lança-t-il, inspiré.

1. Accord qui se conclut en frappant la paume de la main.

Bigre ! Une denrée qui se vendait à prix d'or, c'était tentant. Jamais encore, à Verrière-Génestrelle, on ne s'y était essayé, les mûriers ne venaient pas aisément au pied du mont Redon.

— Ça ne serait pas de refus, mais comment ferions-nous pour la feuille de mûrier ? Nous n'en possédons point, s'entendit-il demander.

— La mienne est à votre disposition et personne, dans le vallon de Monoblet, ne la refusera à vos gens pourvu qu'ils s'appliquent à traire proprement les mûriers. Le bon homme que ce monsieur de Serres qui a l'oreille de notre roi et qui, en tant que conseiller, met tout en œuvre pour que ces arbres soient massivement plantés !

Ainsi donc, avec sa jeunesse, une chaude couette, trois onces d'œufs de vers à soie… et ses humeurs acides, Esther Azémar devint l'épouse d'Isaac de Vilette.

Inculte, tiède dans sa foi, soupe au lait – tout le contraire de sa belle-mère – mais vaillante, toujours en mouvement et ambitieuse ô combien ! Sous la mainmise d'Esther, le domaine reçut à sa table tout ce que la contrée comptait de nobles et de bien-nés avec qui elle entretenait bonne entente, alors que sa maisonnée et le menu peuple, à qui elle cherchait noise en toutes occasions, ne trouvaient jamais grâce à ses yeux.

Isaac savait gré à Esther la Picanière de la réputation aristocratiquement idéalisée dont elle dotait la verrerie familiale et fermait lâchement les yeux sur l'abondant venin qu'elle déversait autour d'elle. Passionnée du ver à soie, elle devenait particulièrement infernale le temps que durait une éducation et plus d'une magnanarelle fut surprise à pleurer à la suite d'une sévère mercuriale… accompagnée de gifles sonnantes et de douloureux pinçons.

Une fois, cependant, Isaac dut intervenir, Esther s'étant livrée à des faits méprisables. Les vers étaient à leur quatrième âge, déjà dodus, joliment annelés et à ce point voraces que la feuille menaçait de manquer. Là-dessus, un ciel orageux s'apprêtant à déverser force éclairs et pétarades de tonnerre, assombrit l'humeur d'Esther de Vilette et perturba les magnans.

— De la poix ! Il faut faire brûler de la poix, et vite ! ordonna la mégère.

C'était ainsi qu'on procédait en la maison de son père : par anesthésie des bombyx grâce aux émanations de poix chauffée. Et ça marchait ! Les vers, alors, s'endormaient d'un bon sommeil et rouvraient les deux petites pointes noires qui leur servaient d'yeux au soleil revenu.

Les magnanarelles s'activèrent, disposant dans chaque angle des pièces dévolues à l'éducation un foyer de combustion. Asticotée par une Esther fébrile et intraitable, l'une d'elles oublia d'enflammer le dernier ; trois jours plus tard, toute une claie avait piètre apparence.

— La grasserie ! hurla Esther. Qui est à l'origine de cette négligence ? Qui ?

Une jeunette émergea, tête basse, du rang des incriminées.

— Alyette ! Ça ne m'étonne pas ! Toujours à caqueter et mollassonne au possible. Tu vas me le payer, niquedouille !

Plus rien ne retenait la furie. Après les mots de mépris qui nourrissaient sa hargne, elle en vint au geste malheureux et délibéré, à savoir qu'elle fit couler un fond de poix encore en fusion sur la main d'Alyette qui clama sa douleur alors que ses comparses, elles, clamaient à l'injustice et à la cruauté et juraient de porter connaissance de l'affaire au viguier d'Anduze ou de Saint-Jean-du-Gard, enfin à celui qui voudrait bien les entendre.

Isaac dut user de diplomatie, de menaces aussi et surtout de largesses pour que ne s'ébruite pas le forfait de sa Picanière.

— À chacune de vous, je donne trois livres de romaine de bonne filoselle ; de quoi faire une courtepointe.

Quant à Alyette, il la fit soigner par un guérisseur réputé du val de Salendrinque avant de la placer chez sa sœur aînée mariée à Cardet, non sans lui avoir glissé une bourse garnie dans sa main valide, pour prix de son silence.

Esther, elle, fut priée de modérer ses humeurs et le fit… durant une semaine, car c'était sa nature que de se gendarmer. Mais au final, Isaac était incapable de rancune envers cette femme, ardente cheville ouvrière de la grandeur du domaine de Verrière-Génestrelle en une période copieusement troublée par les méfaits des guerres de religion.

La verrerie était alors, et depuis huit années, la propriété exclusive de leur fils Elias, à charge pour lui d'entretenir ses géniteurs, quand Isaac tira sa révérence. Il avait passé les quatre-vingt-cinq ans.

Les frères et sœurs d'Elias, nombreux, avaient été casés ; ne restait que Daniel, dernier de la fratrie né d'un retour de flamme du vieil Isaac, rejeton inattendu pour lequel Esther se découvrit, enfin, des instincts maternels au point qu'elle refusa net quand, à tout juste onze ans, le nouveau maître de la verrerie voulut initier le benjamin à souffler le verre.

— Je n'en avais pas dix quand mon père me tendit la canne à souffler et mit dans ma main les ciseaux, objecta Elias, peu enclin à faire régner l'oisiveté dans sa maison.

— Eh bien, tant pis pour vous… ou tant mieux, c'est selon ! rétorqua Esther, totalement injuste. Daniel a bien le temps.

Bien le temps ? Mais surtout peu le goût, et tout le monde savait, à Verrière-Génestrelle, que le dernier des fils Vilette crachait dans la soupe que procurait le noble art de souffleur de verre. Pour lui, la noblesse avait pour attributs rapière, mousquet ou mousqueton, et non mailloche, pince et autre pontil de fer au méprisable maniement. En jeune blanc-bec imbu de sa naissance et qui se prend pour un bretteur, si possible aux côtés d'Henri de Navarre, tout désigné pour succéder à son beau-frère Henri le troisième.

Assuré du soutien maternel, Daniel répliqua effrontément à son frère :

— Ne comptez pas sur moi, Elias, pour venir grossir le lot de vos *gamins*[2] !

— Ni vous, monsieur mon frère, que je vous équipe en armes et en bidet pour servir notre roi ! Le lait vous sortirait du nez si on vous le pressait, se moqua Elias qui ne se sentait aucune indulgence pour le récalcitrant.

Sa jeunesse tronquée par un père soucieux de l'atteler très tôt au métier et à ses exigences en avait fait un homme avant l'heure, un homme de devoir et de responsabilités. Si l'on ajoute à cette éducation sans merci l'insécurité qui régnait en Cévennes, on ne s'étonne pas qu'il fût un individu méfiant, peu prolixe et circonspect dans les relations qu'il entretenait avec la profession comme dans son privé.

Au premier abord, et même à le fréquenter, tout le monde s'accordait à dire qu'Elias de Vilette était tout le contraire d'un joyeux drille. D'autant que son mariage, orchestré par le pater familias, n'était

2. Pris ici dans le sens d'apprentis.

pas pour apporter une touche de fantaisie dans sa vie laborieuse de gentilhomme-verrier.

Une cousine à la deuxième génération, que son père lui choisit comme épouse, ne se présentait pas en déesse de la beauté, ah ça non ! À grand-peine attirante, pourrait-on dire, mais toute disposée à passer sous la barre d'Esther et ça, c'était une vertu ! De plus, la dot qu'elle apportait au domaine de Verrière-Génestrelle, pour le moins mystérieuse, allait se révéler des plus lucratives.

2
Les trois vies d'Elias

Suzanne de Vilette débarqua à la verrerie un jour d'automne 1585, unie le matin même à Elias son cousin au cours d'une cérémonie sobre comme le souhaitaient les adeptes de la Réforme, la vêture des mariés étant à l'unisson.

Noir le pourpoint en drap du Languedoc, noirs aussi les chausses bouffantes et les bas de coton qui composaient la toilette d'Elias et blanc le godron empesé, une fraise à petits plis pour se démarquer des papistes qui, eux, la portaient volumineuse. De cette même couleur de deuil étaient la cotte et la robe de la mariée qui s'était accordé – suprême fantaisie ! –, autour de l'étroit béguin qui lui faisait un visage lunaire, un ruché de bisette et de longs ricouets noués sous son menton.

On aurait pu lui reconnaître, et c'était un canon de beauté en son siècle, de belles mains d'albâtre aux longs doigts fuselés… si elle n'avait eu pour habitude de les dissimuler sous des manches trop longues ou sous ses devantiaux, des tabliers de toile qui la faisaient ressembler à une servante.

Qu'importe que tout cela, au sentiment d'Isaac qui se réjouissait de cette union ! Une bru de sa parentèle, bonne huguenote et qui apportait dans sa corbeille de mariée… Luigi.

Ils furent nombreux, au domaine, à s'étonner de ce drôle de bonhomme qu'était le dénommé Luigi. De taille petite et contrefaite, d'une maigreur d'ascète que renforçaient encore ses vêtements étriqués de noire lustrine et son teint basané, il en aurait effrayé plus d'un, le soir, au coin d'un bois. Et voilà qu'à ce moricaud, on faisait des courbettes !

— Nous avons fait préparer votre chambre, monsieur Luigi, attenante au laboratoire où vous ferez votre alchimie.

— Je n'y veux point servante à faire le ménage, zézaya l'Italien en jetant des regards torves à la valetaille.

À table, il eut sa place à la droite d'Elias, une faveur si l'on considère qu'il n'accordait celle-ci qu'à son épouse, laquelle s'effaçait devant monsieur le pasteur quand il leur faisait l'honneur de partager le pain. Là, il ébahit encore, mangeant, dévorant, s'empiffrant, seulement affairé à engloutir le plus de nourriture possible dans un moindre laps de temps.

De même qu'il s'était assis, et sans aucune gêne, à la table des maîtres, il s'installa dans une aile du bâtiment et y organisa sa vie sans tenir compte des habitudes du domaine, si bien qu'il fallait le prier aux heures de repas et au jour de l'étuve qu'imposait monsieur de Vilette à tous ses employés. Le reste du temps, disait-il, il travaillait à ses « alchimies ».

Car Luigi le Pisan était un ingénieux chimiste qui maîtrisait les formules de la coloration du verre, du moins celles de base, mais se disait fort d'en trouver de nouvelles qui sortiraient de ses pots et de ses poudres, pourvu qu'on lui en laissât le temps. Or, d'un semestre, on ne vit rien venir.

Le tempérament soupçonneux d'Elias lui fit craindre que le sournois ne profite de son hospitalité. L'oisiveté n'avait pas sa place au domaine. Il s'en ouvrit au pâtre Gédéon, son frère de lait et le seul ami qu'il eût jamais eu. Partager les mêmes tétins est plus sûrement source d'affection que d'être frères à part entière. Le départ en forme de fuite de l'inconstant Daniel lui en donnerait preuve plus tôt qu'il ne pensait.

— Je veux ton sentiment, Gédéon, et en toute franchise. Que penses-tu du Pisan ?

Un long silence suivit la question d'Elias. Gédéon n'était pas un bavard. Parle-t-on aux brebis que l'on mène, l'été, en transhumance ? Parfois, certes, quand la solitude pèse de trop, mais pas de quoi faire du pâtre de Verrière-Génestrelle un impénitent bavard. Pas plus du pâtre d'ailleurs que du fournier, sa seconde fonction, qui consistait en l'entretien des fours de cuisson, et qui l'occupait tout le temps de la *réveillée*[3].

— Il n'est pas causant, laissa-t-il tomber au bout d'un long moment, et sans prendre de risque.

— Laisse parler ton cœur, Gédéon, je ne te demande pas un entretien de courtoisie.

— Ce que je peux vous dire, Elias – il était le seul autorisé à lui donner de son prénom –, c'est qu'il ne gaspille pas la marchandise...

— Par chance ! Elle est si chère.

— Elias, ce n'est pas de vous cette impatience !

— C'est qu'il est peu productif, à ce jour, le bougre !

— Ce serait que de moi, je lui laisserais du temps... enfin, encore un peu de temps.

Gédéon avait raison. Les premiers effets des obscures formules expérimentées par l'alchimiste coïncidèrent avec le temps de gestation de Suzanne qui offrit à Elias sa première fille, Judith, en même temps que le maître-verrier soufflait un soliflore à la couleur rubis, fruit d'un oxyde de cuivre mêlé à de la poudre de cobalt, amalgame élaboré dans le plus grand secret par le coloriste italien.

Avec Luigi, donné en dot à Suzanne, la verrerie

3. Période variable de six ou sept mois (généralement de novembre à mai) autorisée par le roi pour travailler le verre.

des Vilette allait grimper d'un palier dans son art et s'attaquer au marché du luxe. Ce qui contribua grandement à imposer la maîtresse de Verrière-Génestrelle… une fois qu'Esther la Picanière s'en fut allée rejoindre son époux dans la vie éternelle. Une mort qui affligea doublement Elias quand Daniel son puîné subtilisa le douaire de leur mère – pièces de soie et bijoux que son mari ne lui refusait pas – et s'enfuit nuitamment à la poursuite de son rêve rallier le roi de France à Paris, et l'aider à conquérir son royaume. Bonne cause, assurément, mais mauvais sort qui lui coûta la vie.

Suzanne de Vilette s'appliqua, sa vie durant, à ce à quoi elle était destinée : tenir la maison de son époux et lui donner des enfants, et elle s'en acquitta du mieux qu'elle put.

Là où avaient régné la chicane, l'invective et la grogne, s'installa une paix bienfaisante propice au labeur silencieux qui, à ses yeux, était le plus fécond.

— À quoi vous sert de caqueter sinon à ralentir votre travail ? Priez donc tout en besognant, l'Éternel vous en saura gré et moi aussi que vous fatiguez à sans cesse parler inconsidérément.

L'Éternel, pour Suzanne de Vilette, se consommait à toutes les sauces au risque d'en dégoûter sa maisonnée.

Si elle réussit pleinement le premier de ses devoirs, le second péchait, au terme de ses noces de cristal, par un goût d'inachevé. Et pourtant, pas une année ne s'était écoulée sans qu'elle ne fût grosse ! En quinze ans du don de son corps dans un abandon aussi prude qu'assidu dont Elias semblait se satisfaire, seules deux filles restaient en vie, les autres grossesses, toutes les autres, avaient échoué. Deux filles et pas un seul garçon ! Et Suzanne épuisée s'éteignit aussi discrètement qu'elle avait vécu, non sans avoir inculqué à Judith et à Rachel leurs impératifs devoirs, l'adoration du divin créateur et l'entière soumission à leur père.

Encore que lui fut donné, au moment du grand départ, un réconfortant viatique car fut proclamé, en ces jours, l'Édit de Nantes que les Vilette accueillirent avec une joie immense, quoique prudemment contenue.

Il revint à Judith, dans l'année de ses quatorze ans, de prendre la place de sa mère, une charge énorme pour une si jeune fille, mais n'était-il pas déjà question de la marier ?

Il ne fallait pas être grand clerc pour flairer, aux visites qu'avait faites, à trois reprises, le patriarche de la verrerie des Couloubrines, qu'une union entre les deux familles était envisagée. Le deuil des Vilette mit un frein au projet, sans toutefois y mettre une fin.

— Vous le savez, La Roque, combien tout va à vau-l'eau en l'absence de la maîtresse. Donnons un peu de temps à Rachel, ma cadette, pour libérer sa sœur.

— Quel âge a celle-ci ?

— Dix années seulement, mais elle est vive et apprend vite. Leur mère a été sage de les mettre très tôt à l'apprentissage du rôle des femmes de gentilshommes-verriers.

On vit alors Elias, plus taciturne que jamais, passer du temps avec Gédéon, son pâtre et maître des fours à ses heures, à qui il confiait volontiers son tourment.

— Faudra-t-il qu'après moi, la branche des Lavalette se tarisse ? se lamentait-il. Deux filles et pas un fils !

— Un bon gendre est parfois préférable à un mauvais fils, rétorquait Gédéon, peu assuré lui-même de ce qu'il avançait.

— Un cadet de famille qui n'aura qu'à se glisser dans le lit de ma fille et enfiler mes bottes ?

— Et qui soufflerait aussi bien que ces Raoul qu'il ne faudrait guère pousser pour qu'ils vous abusassent. Il s'en faut de peu qu'ils fassent la loi sous la halle, arguant de leur lignée commune avec la vôtre. Leur rage à s'élever plus haut qu'il n'est permis est une offense à la considération dans laquelle vous les tenez.

— Ne déparle pas des Raoul, jamais ils ne me feront tort !

Gédéon ravala sa méfiance à l'égard des Raoul

qui, à son goût, avaient trop forte gueule. Il demeura muet un temps interminable avant de déplier son corps qu'il avait long et musculeux comme celui de son maître. C'est simple, aurait-il troqué ses bas-de-chausses en laine, sa chemise ceinturée de cuir et son grand feutre noir contre le pourpoint de drap et le bonnet brodé d'Elias qu'on s'y serait trompé.

Sans regarder le gentilhomme, il murmura :

— Alors, reprenez épouse, Elias, vous n'êtes point trop vieux pour cela, et qui sait…

***

Jusqu'à ce jour du nouveau siècle – le dix-septième – où explosait la fraîcheur de ses seize printemps, personne n'avait regardé avec un quelconque intérêt la Thomasine du hameau de Vabres. Elias de Vilette moins que d'autres, lui qui avait laissé à son épouse, puis à Judith et maintenant à Rachel sa cadette la gestion de la main-d'œuvre ponctuelle.

Chaque année, depuis qu'il la jugeait capable de ramener quelques sols, Thomas, un humble fermier, veuf et à grande nichée, ne manquait pas de proposer au domaine les services de sa fille, qu'il s'agisse de charcuter les porcs engraissés, de ramasser la feuille pour les vers à soie puis de *décoconner*, ou encore de faire des fagots d'épeautre et de blé touselle. On la retrouvait à l'automne quand la châtaigne était si abondante qu'on n'en finissait pas de la récolter.

Depuis sa naissance résignée sur son sort, celle qui répondait au surnom de la Thomasine se fondait dans le cortège des jupons de tiretaine et des coiffes peu flatteuses qui s'activait au domaine les jours de grande presse. Sa discrète présence aurait pu perdurer si elle n'avait croisé fortuitement Elias et si celui-ci, la sève du printemps aidant, n'avait été titillé dans ses sens par les grâces de la donzelle, pourtant dissimulées sous des hardes informes.

Ployant sous un faix de feuilles de mûrier arrimé sur son dos et les deux bras encombrés des mêmes volumineux ballots, elle ahanait dans le dernier raidillon qui la séparait du domaine, les jupailles troussées à mi-cuisses et le béguin de traviole d'où s'échappait une tignasse rousse tout en bataille.

— Es-tu des nôtres pour prendre ce chemin qui passe dans mon bois ? l'aborda abruptement Elias.

Saisie, et pour le coup inquiète, la Thomasine leva vers lui un regard chiffonné et bredouilla :

— Des vôtres ? Assurément, mon maître !

— Fort bien, mais qui es-tu ? insista le verrier en se radoucissant, embarrassé à son tour de ne pouvoir détacher ses yeux de cette chair blanche exposée devant lui.

— On m'appelle la Thomasine. En vérité, mon nom de baptême est Françoise, comme ma pauvre mère.

Tout en Françoise avait la couleur laiteuse des filles aux cheveux roux sur lesquelles le soleil n'a aucune prise, sinon de les rendre vermeilles. Son visage et son cou, ses avant-bras et ce qu'il voyait de ses jambes nerveuses accrochaient son regard et l'y maintenaient comme le ferait un aimant.

Il dut s'imposer un terrible effort pour émerger de cette contemplation qui lui parut soudain obscène et, avec cette mauvaise foi qui sied si bien aux hommes, il fit le bourru.

— Eh bien, ensauve-toi ! Qu'attends-tu ? Il n'est pas bon pour nos magnans, d'après ce que j'en sais, que la feuille s'échauffe. Rachel pourrait te chanter pouilles à traînasser en route. Elle n'est pas toujours accorte patronne, la drôlesse !

Il parlait, il parlait, l'ébloui, une partie de lui poussant la fille à s'éloigner et l'autre, la plus forte, la plus troublée, ne se résignant pas à l'évanouissement de cette vision de rêve.

— Ma fille se conduit-elle correctement avec toi, au moins ? demanda-t-il en poursuivant son raisonnement.

— Mademoiselle Rachel ? demanda l'ingénue en devenant écarlate. Si jeune à tenir si grande maisonnée !

Brave petite, comme tes lèvres mentent bien ! pensa Elias qui lisait dans les yeux une autre appréciation.

« Mademoiselle Rachel ? Une dévote qui crache

par terre à la vue d'une soutane, une hautaine dont le cœur ne s'émeut jamais sur notre pâtiment. La souffrance, c'est notre lot, à nous les humbles. »

— Alors, tant mieux, mignonne, si tu as goût de travailler pour nous. Va, je te reverrai, promit Elias en la congédiant.

Ce que fit la Thomasine et à vive allure.

Une autre rencontre, qui n'était pas fortuite, eut lieu deux jours plus tard, à la même heure et presque au même endroit, Elias de Vilette ayant pris la précaution de s'enfoncer plus profondément dans le bois afin de ne pas être la proie de commérages.

La tenue de Françoise était en tout point la même, celle du verrier se voulait plus soignée, barbe et moustache soigneusement taillées qu'il portait à la façon de son roi bien-aimé qu'on surnommait le Vert-Galant.

L'heure était méridienne et le soleil, dardant à son zénith, rendait la montée éreintante et le corps halitueux ; une mèche de cheveux fauves s'était plaquée sur le visage de Françoise. Machinalement, Elias avança la main pour y remédier.

— Tu n'y vois goutte, jeune fille !

Surprise, elle eut un mouvement de recul. De la main des hommes, la Thomasine ne connaissait que la rudesse quand celle de son père ou de son frère aîné s'abattait sans ménagement sur sa joue.

— Eh, ne t'effarouche point, Fanchonnette ! Je ne te veux aucun mal, au contraire.

Tremblante, Françoise s'offrit à la caresse que s'autorisa la dextre du verrier qui du visage glissa sur son cou, s'arrêta sur son épaule tandis qu'il ployait son grand corps jusqu'à ramener son visage à hauteur du sien et appliquer ses lèvres brûlantes contre celles de la jeune magnanarelle. Un frisson parcourut son échine, le gentilhomme était si délicat ! Pour Elias, cette esquisse de baiser avait la troublante saveur d'un délicieux péché qu'il rêvait de consommer.

— Va, Fanchonnette ! soupira-t-il en se détachant d'elle.

Puis il la retint par le bras.

— Hâte-toi demain, nous aurons plus de temps ensemble.

Il ne se résignait pas à la laisser partir et, portant la menotte à ses lèvres, il la baisota dévotement.

— Va, ma Fanchon.

Françoise. Fanchonnette. Fanchon. Des lèvres sur les siennes. Des baisers sur sa main. Tout cela, et plus encore dès le lendemain, fit oublier à la Thomasine son humble condition, ses corvées au domaine de Verrière-Génestrelle, sa triste vie à Vabres ; sa relation coupable avec le gentilhomme perdurait encore en septembre sans que le suborneur fît mine de se lasser.

— Viendrais-tu me rejoindre au domaine, jolie Fanchon ? La pluie va s'installer pour un mois, après le froid viendra… nous y serions mieux que dans ce bois venté, proposa-t-il un jour où les nuages envahissaient le ciel.

— Au domaine, maître Elias ? se méprit-elle, éblouie.

Son amant la défrisa d'une phrase.

— Le vieux Pisan nous a quittés depuis un an et je n'ai plus remis les pieds dans le laboratoire où il faisait ses alchimies. J'installerai discrètement un bon lit et nous y serons comme des tourtereaux au nid. S'y glisser nuitamment nous sera chose aisée.

Françoise baissa la tête en signe d'assentiment et, sous la pluie, elle courut toutes les nuits rejoindre Elias dans le laboratoire du chimiste. L'hiver venu, elle brava le froid et la neige pour retrouver son amant qui, égoïstement, la poussait dehors aux premières lueurs de l'aube.

Elias ne pouvait se passer de cette jouvencelle soumise qui lui donnait du plaisir sans rien demander en retour que d'être aimée la nuit suivante. Confiante en son destin comme le sont les innocentes dénuées d'esprit calculateur, elle prit un air mutin pour déclarer forfait au moment de charcuter les porcs.

— Et pour quoi ça, jolie Françoise ?

— Parce que je gâterais la viande et m'en garderai bien !

— Mais encore, coquine fillette ?

— J'attends un enfant, un fils de vous, Elias.

— Un fils ! En es-tu sûre ?

— J'en jurerais tellement je le sens fort comme son père.

— Si c'est un fils, Fanchon, il portera mon nom, je t'en fais la promesse.

Comme toujours, Françoise baissa la tête pour dissimuler un sourire, c'était la première fois que le maître lui faisait une promesse.

Mais un destin funeste lui était réservé, Gédéon le berger la découvrit, un matin, au portail de la bergerie, gisant inanimée, le visage si tuméfié qu'il la regarda à deux fois avant de s'écrier :

— Mais c'est la Thomasine ! Son cœur bat… et son ventre… Mon Dieu, elle va enfanter !

Loin d'être tombé de la dernière pluie, il s'empressa d'alerter Elias de Vilette qui fit transporter Fanchon dans une chambre et demanda une ventrière.

— Qu'on se presse, il faut sauver cet enfant !

— Un enfant du péché ? ricana Rachel que l'affolement général avait sortie du lit à point d'heure. Un bâtard engendré dans la luxure ? Je ne me résoudrai jamais à ce que pareille honte entache notre respectable maison. Qu'on la jette dehors !

— Taisez-vous, mauvaise fille, vous ressemblez à une mégère avec vos criailleries.

Tout en Elias frémissait au souvenir du méchant caractère que sa mère semblait avoir transmis à sa petite-fille.

— Mais enfin, mon père… bredouilla la harpie.

— Taisez-vous, vous dis-je ! Et retournez dans

votre chambre, ce n'est point votre place ici.

Françoise eut assez de souffle pour donner la vie à son fils. Ses lèvres, éclatées par les coups conjugués de son père et de son frère qui, éclairés *de visu* sur une grossesse qui accusait son terme, s'étaient acharnés sur la malheureuse pour lui extorquer le nom du coupable, murmurèrent une prière à peine audible que recueillirent Elias… et le pâtre, tapi dans une encoignure de la pièce :

— Vous m'avez promis… Elias… si c'était un fils… de lui donner votre nom.

Le regard navré d'Elias allait du corps meurtri de sa jeune amante à celui, dodu, d'un poupon au teint laiteux.

— Elle a passé, murmura Gédéon en se découvrant.

— Qu'on lui fasse une toilette et qu'on la vête dignement.

— Et l'enfant, mon maître ?

— Dieu a voulu qu'il naisse ici, c'est ici qu'il vivra.

— Quoi ! Ce bâtard sous notre toit ? hurla Rachel qui, venue aux nouvelles, avait entendu la décision d'Elias.

Pour la première fois, son père la gifla.

Elias regretta, en parfait égoïste, les étreintes qui l'avaient révélé aux plaisirs de la chair. Puis, comme de toutes choses, il fit son deuil avec fatalité en se répétant un verset de la Bible : « L'Éternel me l'a donnée, l'Éternel me l'a reprise. Béni soit l'Éternel » et quand le titillait la promesse de reconnaître l'enfant, il en repoussait l'échéance en se disant : Chaque chose en son temps !

Or, François – ainsi avait-il été prénommé par Elias – était de bonne race. Oisillon tombé du nid, il s'était trouvé des servantes qui se disputaient pour le nourrir, le mignoter, lui tirer des risettes, tout cela hors de la vue de Rachel qui ne pouvait souffrir ce petit bâtard. Encore n'était-elle pas au fait qu'il fût son demi-frère ! En cela, elle était bien la seule, mais personne n'aurait colporté, en sa présence, pareille vilenie.

François allait avoir cinq ans, en cette année 1605, et poussait en vigueur autant qu'en joliesse, empruntant à sa mère la blancheur de sa peau et à son père, la promesse d'une solide ossature dans un corps long et sec. Curieux de tout, et plus encore de la halle d'où sortaient des merveilles, l'enfant s'y hasardait, fort du bon accueil que le maître lui réserverait.

— C'est beau ! s'extasiait-il quand, sous ses yeux ébahis, la paraison chauffée à blanc s'enflait sous le souffle d'un homme, prenait forme, s'irisait de couleurs chatoyantes.

D'ailleurs, cela ne relevait-il pas d'une féerie, cette pâte de verre incandescente qui se tortillait sous les yeux éblouis ?

— Tu aimerais souffler ? lui demanda Elias.

L'enfant leva les yeux vers le gentilhomme et hocha la tête d'un signe affirmatif alors que le souffleur, un Raoul de la lignée de l'écuyer, ricanait en reprenant son souffle.

— Un morveux de la roture ! Je voudrais bien voir ça !

— Ça s'est vu, Raoul ! Ça s'est vu, et plus d'une fois ! lui rétorqua Elias dont le visage s'était assombri.

Puis, entraînant l'enfant loin des mauvais regards de Raoul, il le confia à Gédéon à qui il dit d'un air résolu :

— Notre bon roi Henri reconnaît bien ses bâtards qu'il fait élever comme ses enfants. Dis-moi, pâtre, ce que je dois faire.

— Votre devoir, Elias, tout simplement.

— Ma foi, tu dis vrai, j'en parlerai à monsieur de Bagars qui me reçoit demain. Un notaire est toujours de bon conseil.

Le porche d'entrée de l'hôtel de Bagars était, et de loin, de plus belle facture que ceux qui le voisinaient, bien que certainement le plus ancien. Il affichait son âge au fronton gothique de sa porte bâtarde : 1393 ! C'est dire l'implantation des Bagars à Lasalle. Viguiers, consuls, pasteurs, notaires, les générations qui s'étaient succédé dans la maison de la rue Haute n'avaient cessé de l'embellir et la doter de meubles qui marquaient les époques sans jamais qu'on y puisse déceler une faute de goût.

Elias de Vilette sauta sur les pavés de la cour intérieure et monta quatre à quatre la volée de marches qui menait à l'étude où un saute-ruisseau le pria de décliner son identité.

— Annoncez, je vous prie, Elias de Vilette, gentilhomme-verrier. Je suis attendu.

Il était de bon ton de faire lanterner, ce dont maître de Bagars ne se privait point. Elias, lui, mit à profit ce temps pour se répéter les raisons de son rendez-vous qui, depuis la veille, étaient au nombre de trois.

Les bois du mont Liron. La Paulette... Et François ! énumérait-il dans l'ordre de leur importance et avec, pour chacun des sujets, les arguments qu'il allait avancer.

La verrerie prenait – et l'on pouvait y voir déjà les bienfaits conjugués de la paix retrouvée et d'une saine gestion du roi et de son ministre, le tout conforté par l'Édit de Nantes – un essor comme s'il lui poussait des ailes. Du coup, le bois devenait plus que jamais la denrée recherchée. Or, le verrier savait que maître de Bagars en possédait plusieurs centaines d'hectares. Ne lui en céderait-il pas quelques-uns, contre bon et bel argent sonnant et trébuchant ? Que diable, il ne naviguait plus dans la catégorie des petits verriers à l'impécuniosité récurrente !

Et cette fameuse Paulette ! Ah, ventre-saint-gris,

qu'il l'avait déçu, son bon roi, en instaurant cet impôt ! Eh quoi ! Taxer annuellement la noblesse sur les droits de succession ?

Succession. Ce seul mot le ramenait à ses hésitations qui, par magie, devenaient certitudes en pensant à François, héritier présomptif de Verrière-Génestrelle. On oubliera vite, songeait-il, le sang manant de sa défunte mère pour ne penser qu'à celui, de noble race, que je lui ai transmis.

— Maître de Bagars vous attend !

Le clerc avait ouvert à deux battants la porte du bureau de son patron, Elias y pénétra, accueilli par un petit homme cauteleux au nez chaussé de ces verres cerclés de métal qu'on appelait besicles et qui lui faisaient un regard de hibou. Échappées d'une toque de feutrine, moussaient au-dessus de ses oreilles des touffes de cheveux blancs. À peine le notaire et son visiteur installés de part et d'autre d'un bureau croulant sous des dossiers cartonnés, la porte se referma silencieusement sur l'antre des secrets de famille qui trouvaient céans oreille aussi discrète que celle du curé dans un confessionnal, une conception qui ne faisait pas recette en cette bourgade cévenole, entièrement acquise à la Réforme.

Le temps, dans ce lieu, ne se mesurait pas ; chacun, en l'hôtel de maître de Bagars, étant instruit à ne pas le déranger… hormis sa fille qui, à cinq heures de relevée sonnantes, fit irruption d'une porte dérobée sans que son père montrât le moindre agacement, au contraire d'Elias qui, pour avoir fait affaire sur les bois et forêts, s'étant fait éclaircir les modalités de la Paulette, venait tout juste d'avancer sa résolution.

Il leva un regard peu amène sur l'intruse pour se raviser aussitôt, l'apparition d'un ange ne l'eût pas plus troublé. Oubliés dans l'instant François et la promesse de lui donner son nom, balayées l'image idéalisée de Fanchon sa jeune amante, plus encore celle des blanches mains de la prude Suzanne. Un sang de fougueux étalon au licol bouillonnait dans ses veines.

— Vos gouttes d'herbe aux chats, mon père, et une tasse de thé pour les faire glisser. Buvez-le tout fumant.

Une voix pure comme le cristal, un ton impératif bien qu'enrobé de déférence. Un frisson de plaisir parcourut l'échine d'Elias qui, poliment, se leva de son siège.

— Rasseyez-vous, Vilette, nous n'avons pas fini. Vos intentions sont-elles bien arrêtées au sujet de cet enfant ?

— Justement non, maître, bredouilla le gentilhomme, toujours obnubilé par cette présence féminine.

— Alors, nous allons en discuter calmement.

Puis, se tournant enfin vers sa fille, il la rabroua vertement.

— Je boirai votre potion puisqu'il faut en passer

par là, mais ne comptez pas que je goûte à votre eau chaude. Tenez, Aveline, apportez-nous plutôt deux verres et une bouteille de ce vin du coq que je fais venir, à grands frais, de Gaillac.

Dans un discret froissement de velours damassé et laissant dans son sillage un subtil parfum de lavande, la jeune fille s'éclipsa, rendant à la pièce sa froideur impersonnelle.

Elias avait hâte de la voir revenir, et sa conversation s'en ressentait au point d'irriter maître de Bagars.

— Parlez-moi donc de cet enfant ! Quel âge a-t-il ?

Le gentilhomme s'emberlificota dans des phrases incohérentes et fut sauvé par la gente Aveline qui revenait avec une bouteille et deux verres sur un plateau.

Le soleil se tapissait derrière la crête du mont Liron quand Elias sortit de l'hôtel particulier de maître de Bagars. Outre une satisfaction qui, elle, ne pouvait passer inaperçue, il tentait de dissimuler le grand trouble que lui causait la séduisante Aveline de Bagars. La reconnaissance de François, elle, était reléguée aux calendes grecques !

Un autre homme se frottait les mains, en l'occurrence maître de Bagars, à qui n'avait pas échappé cette soudaine attirance pour la dernière de ses filles revenue au bercail après qu'il l'eut fait instruire à

Anduze, son épouse n'ayant juré, sa vie durant, que par le couvent du Verbe Incarné.

— Au couvent pour prier Marie et les saints ? Vous perdez l'esprit, madame ! s'était insurgé le religionnaire, outré.

— Ne faites pas votre mauvaise tête, monsieur. En faisant instruire nos filles, vous gagnerez à les bien marier.

Révolté à la première de ses filles, résigné à la seconde, c'est sans l'ombre d'une hésitation qu'il avait confié la petite dernière à ces bonnes dames d'Anduze, respectées en terre huguenote.

Bien mariées, certes, les filles du notaire, mais aussi bien dotées ! La trésorerie de l'étude s'en souvenait encore, qu'il n'avait pu, en ces temps troublés, renflouer de bonnes affaires. Calculateur dans l'âme autant que par sa profession, maître de Bagars flaira, à l'instant même où les yeux d'Elias se posaient sur sa fille, le parti qu'on pouvait tirer de cet appétit qu'avait le gentilhomme pour la chair juvénile.

Un roturier de verre ? Et pourquoi pas. En voilà un qui s'accommoderait, pour dot, de mon bois de fayards au col de la Bantarde et n'en demanderait pas plus, songeait-il en conviant Elias pour dîner à sa table, lequel ne se fit pas prier et vint en compagnie de sa fille Rachel.

Il soigna sa toilette, troquant son pourpoint de drap contre un de velours aux reflets zinzolins et ses bottes de cuir contre des souliers à pont qui le faisaient paraître plus grand encore et manda à sa fille de se faire coquette.

— Et souriez, Rachel. Que diable, il s'agit d'une visite de courtoisie ! s'irrita-t-il au peu d'entrain de cette dernière.

Pressentait-elle que son avenir était engagé ? Le verrier n'avait cependant aucune arrière-pensée en ce qui la concernait et fut le premier surpris quand, à la fin du repas, maître de Bagars l'entraîna dans son bureau et lui fit une proposition sans détour.

— Ne niez pas, Vilette, ma fille vous intéresse ? Eh bien, la vôtre ne m'est pas indifférente, mon bon ! En hommes d'âge et veufs tous deux, le temps nous est compté ; alors, ne traînons pas et sachons apprécier leur jeunesse comme la plus prometteuse des dots. Je vous donne Aveline, consentez-moi Rachel et ne parlons plus d'argent qui gâte l'amitié.

***

Jamais des épousailles ne furent si rondement menées ! L'âge des prétendants n'y était pas pour rien. Le bon gré des élues ? On n'en avait que faire ! Et si Rachel de Vilette accentua sa mine rébarbative qui frisait le dégoût, Aveline de Bagars ne se départit pas de son air de madone ; c'est même d'une voix cristalline qu'elle prononça le oui qui la liait à Elias, lequel ne rêvait que nuits chaudes et, pourquoi pas, fécondes.

C'est peu dire que le petit François se trouva, plus que jamais, relégué dans le giron des cuisinières et son avenir dans le monde des souffleurs de verre, plutôt compromis.

Si Rachel rongeait son frein dans l'inaction de la maison de son époux et ne trouvait occupation qu'à houspiller ses servantes, Aveline faisait ses premières armes de femme de verrier avec une ardeur peu commune et une parfaite égalité d'humeur qu'appréciait la *mesnie* de Verrière-Génestrelle.

— Il me souvient de mon aïeule qui avait connu dame Sybille, celle qu'on surnommait la bonne dame de Verrière. Maîtresse Aveline est en passe de l'équivaloir, entendait-on commenter dans les cuisines comme dans les champs.

À quoi chacun approuvait :

— Pour sûr ! Une bonne patronne dont nous a pourvus monsieur de Villette. Plaise à Dieu qu'elle lui donne un fils.

Un fils ! À vrai dire, Elias n'y songeait plus, ou alors par fugitives pensées, se satisfaisant du bel automne de sa vie que lui donnait, en tout point, Aveline. Désireuse d'être à la hauteur dans sa fonction de maîtresse de Verrière-Génestrelle, elle s'activait en tous lieux et en toutes saisons, ne trouvant de répit que les moissons rentrées, les récoltes engrangées, les bêtes au saloir, les cocons au filateur. De tout cela, elle avait souci d'établir un rapport à son époux, et joie de s'en trouver félicitée.

— Monsieur mon mari, vous serez étonné, je n'en veux point douter, de la belle éducation de magnans que nous avons menée à bien. Jugez donc, pour chaque once mise à éclore, nous avons obtenu trente livres de balance romaine de bons et beaux cocons.

— Fort bien, ma mie, je vous sais gré et vous en ferai récompense dès demain.

— Savez-vous, Elias, le nombre exact des terrines de pâté entreposées dans notre cave ? Autant de dimanches et journées fêtées que compte une année ! Vos gens ne sauraient se plaindre d'être mal nourris.

— Ils ne s'en plaindront pas, Aveline et ils vous diront merci d'une si bonne table.

Il en était ainsi et à chaque saison, où la jeune maîtresse se plaisait à dénombrer les setiers de châtaignes, les quartes d'huile d'olive ou les ballots de laine de mouton qui attendaient, sous le hangar, d'être peignés et transformés en moelleux matelas et volumineux écheveaux.

Elias souriait à ces énumérations, s'engouait que sa jeune épouse fût si consciencieuse patronne. L'eût-elle moins été qu'il en aurait été tout autant amoureux, tout autant épris de sa gracieuseté, de sa voix musicale, de sa jeunesse, de son corps qui s'abandonnait et frémissait même aux caresses expertes d'un mari vieillissant.

En totale innocence de ce qu'il lui arrivait, c'est d'une servante qu'elle interrogeait qu'Aveline de Vilette apprit qu'elle était enceinte.

— Malade ? Que dites-vous, maîtresse Aveline ? s'engoua de rire la légère Coline. Vous n'êtes point malade, ça non, et allez surtout nous faire un petiot, voilà tout !

— Un enfant ! Moi ! Mais… comment ?

— Comme tout le monde, pardi ! Le bon Dieu n'a point prévu, pour ça, différence entre nobles dames et manantes.

— Un enfant, es-tu sûre ? insistait Aveline qui, sous l'effet de la surprise, ne s'était pas offusquée de la familiarité de sa servante. Mais que dira monsieur de Vilette ?

— Ce que disent tous les hommes, ma foi : faites-moi un fils, madame, pour l'honneur de mon nom !

Aveline donna le jour à une fille et les derniers espoirs d'Elias s'envolèrent, d'autant que la naissance d'Élisabeth ébranla fortement la santé de la jeune maman. Elias se consola en priant, non plus pour avoir un fils, mais pour que son épouse fût à nouveau ardente dans son lit.

Faute de se soucier de sa descendance, le gentilhomme-verrier n'aspirait plus, en bon disciple d'Épicure, qu'à la volupté, ce qui n'était pas sans provoquer les remontrances de Gédéon.

— Que puis-je, mon ami, à cet état de fait ? Un fils m'est refusé… un regret que compense l'éblouissant bonheur que me donne Aveline.

— Vous avez un fils, Elias, et n'en faites point cas.

— François ? Il est *gamin* sous la halle… se défendit Elias.

— Et souffre-douleur des Raoul ! Ne deviez-vous pas, en son temps, lui donner votre nom ?

— Et faire souffrir Aveline ? Tu n'y penses pas, Gédéon !

— J'y pense à chaque instant, au contraire. Cet enfant mérite mieux qu'une promesse non tenue.

Pour la première fois de sa vie, Gédéon tint tête au verrier jusqu'à lui arracher un engagement.

— Eh bien soit, Gédéon, tu m'as convaincu. Désormais, François s'assoira à notre table et aura une chambre dans la bâtisse. Je vais m'occuper moi-même de l'instruire dans les premiers rudiments de souffleur de verre. Lui donner mon nom ne sera qu'une formalité que nous réglerons à ses treize ans révolus, quand il aura atteint sa majorité régalienne. Merci de ta franchise, Gédéon.

Si Aveline prit quelque ombrage des nouvelles dispositions de son époux, elle n'en laissa rien paraître. Patronne vigilante et active, épouse accueillante au repos du guerrier, elle ajouta seulement à ses devoirs celui de mère aimante pour sa petite

Elisabeth qu'elle instruisit très tôt des exigences de sa condition, et celui de belle-mère pour François à qui elle apprenait, avec patience et détermination, les rudiments de la lecture et de l'écriture.

Cette existence, tout empreinte de soumission et de compromissions, allait prendre fin un beau matin d'avril 1610 quand Thierry-Jean de Vilette poussa son premier cri.

À seulement vingt-deux ans, Aveline de Vilette, déclarée à titre posthume nouvelle bonne dame de Verrière, offrait un cadeau inespéré à son époux et rendait son âme limpide à Dieu… non sans avoir établi, en bonne fille de notaire, un testament concernant le devenir de ses enfants.

3

Le domaine de Verrière-Génestrelle

La propriété à elle seule faisait penser à un hameau, tant les différentes bâtisses édifiées par trois générations de Lavalette lui donnaient l'apparence d'un hameau aux maisons étroitement soudées, dont les toitures de tuiles rondes se tutoyaient, les murs de pierres ocre s'épaulaient, les passages d'un corps de ferme à l'autre étaient venelles en perpétuelle effervescence.

Un modèle de cité vivant en autarcie : telle était l'image représentative que le domaine de Verrière-Génestrelle offrait au quidam qui le découvrait. Et ce n'était pas peu dire que s'y côtoyait une multitude de métiers, qu'ils soient de la terre ou de l'artisanat, réservés aux hommes ou relevant de l'activité principale des femmes qui, tous, participaient à la bonne marche de la verrerie.

Et tout cela pesait sur les épaules d'une seule

personne : Elias de Vilette, celui-là même qui, en ce soir de mai 1610, laissait son cœur pleurer la mort du Vert-Galant.

— C'est donc ça, la vie ? blasphémait-il, le regard levé vers le ciel qu'il prenait à témoin. Toute grande joie doit se payer par une immense peine ? Et maintenant, nous faudra-t-il trembler, chaque jour, de peur que soit remis en question notre droit de culte si chèrement acquis ? Nous faudra-t-il redouter, à nouveau, la délation, les menaces, les brimades de tout poil ? Jusqu'aux galères !

Joie exultante. Désespoir ineffable. Mauvaises presciences. Cela faisait maintenant un mois que le gentilhomme passait par toutes ces étapes ; un jour il rendait grâce au ciel, le maudissait le lendemain, se lamentait et tremblait devant l'avenir incertain et trouvait toujours l'écoute complice et cependant implacable de l'ami Gédéon.

— Verrière-Génestrelle ne saurait rester sans patronne. Songez-y, Elias.

— Convoler à nouveau ? Jamais ! Non, plus jamais !

— Ce n'est point à cela que je pensais, votre chagrin est trop vif pour songer à reprendre femme comme Verrière-Génestrelle le mérite ; rappelez donc votre fille Rachel. Deux malheurs sont faits pour s'épauler.

Gédéon nommait pudiquement malheur ce que Rachel considérait comme une délivrance…

de certaines obligations. Cela s'était produit il y avait un an tout au plus. Une attaque d'apoplexie, comme en connaissent les hommes en leur temps de déclin, avait pris monsieur de Bagars une nuit où il avait présumé de ses devoirs d'époux. Et malgré les espoirs qu'entretenait le médecin, il n'avait plus, depuis, ni bougé ni parlé, la bouche déformée par un vilain rictus, gardant le lit, posant sur ceux qui le visitaient un regard humide et inexpressif. Il ne s'alimentait que de bouillons déglutis avec peine et que sa jeune épouse, avec patience et résignation, faisait glisser dans son gosier.

— Parbleu, Gédéon, je t'admire d'avoir l'esprit clair. J'avoue que la mort d'Aveline, après la naissance de ce fils tant désiré, m'a laissé sans énergie.

— Votre second fils, Elias, n'oubliez pas !

— Bien né, celui-là, conviens-en !

— Mais guère baptisé d'un prénom biblique ! Que dira le pasteur le jour de son baptême...

Elias le coupa sèchement :

— Je ne pouvais que céder à la prière d'Aveline, ma belle et bonne épouse, passionnée de récits chevaleresques. « Monsieur mon mari, si je vous donne un fils, et je n'en doute pas, nommons-le Thierry, voulez-vous, comme l'un de ces beaux et preux chevaliers teutoniques. Thierry de Guldenhaupt de si grande bravoure et noblesse de cœur, a toujours été le héros de mes romanesques lectures », m'a-t-elle prié quelques jours avant la naissance. Je ne pouvais refuser, mais j'ai pris le soin d'ajouter Jean, du nom de mon évangéliste préféré. Le voilà bien pourvu, l'héritier de Verrière-Génestrelle !

— Et François ?

— Tu m'agaces, Gédéon. Chaque chose en son temps.

Retour donc au foyer paternel pour Rachel de Bagars avec, dans ses bagages – plus précisément sur une civière portée à bras d'homme –, son égrotant mari. Encore avait-elle imposé un délai à la demande d'Elias. Eh quoi, elle n'était plus fille et nullement tenue d'obéir à la première injonction !

— Je vous prierai d'attendre, mon père, que le successeur de mon époux ait pris possession de l'étude et se soit installé dans les murs que je lui loue.

— Pressez-vous, ma fille. La tâche est ardue, ici, sans une maîtresse femme pour la distribuer.

— Que ne m'avez-vous gardée… grommela Rachel la rancunière entre ses dents serrées sur son ressentiment.

Son arrivée sonna la fin de la récréation, plus sérieusement la fin d'une ère de quiète ambiance qui n'enlevait rien au labeur que l'imposant domaine générait. La harpie, dont la vindicte était décuplée par cinq années d'un mariage stérile imposé par son père, années pendant lesquelles elle avait rongé son frein en attendant un veuvage qu'elle appelait de tous ses vœux, se révéla égale à elle-même.

Après avoir annoncé la couleur à tout le personnel directement sous sa gouverne, elle s'en prit au ménage de son père… ou ce qu'il en restait, évinçant en premier François dont elle avait fini par apprendre – les langues se déliaient plus facilement au bourg de Lasalle qu'en la verrerie – la véritable filiation.

— Encore là, ce serpent ! s'était-elle écriée en découvrant qu'une chambre avait été aménagée pour François. Quand je disais qu'il fallait l'exposer, ce drôle !

Bien sûr, il était trop tard pour l'abandonner sur le parvis d'une église, comme elle le regrettait dans sa colère, mais une autre solution lui apparut qu'elle exécuta sur l'heure.

— Que cet enfant retourne vivre chez les gueux qu'il n'aurait jamais dû quitter ! décréta-t-elle en faisant elle-même un ballot des hardes de François et les jetant hors de la chambre où Elias l'avait installé.

François n'était pas à un âge où l'on s'ennuyait de questions. Dix ans et de fort belle taille, un tempérament optimiste qu'il tenait de sa mère, une seule ambition, celle de satisfaire maître Elias qu'il nommait en son particulier « mon bienfaiteur », ainsi se présentait l'enfant oublié, puis rejeté, à nouveau intégré au giron familial, qui ne s'étonna pas qu'une nouvelle fois, on le comptât parmi les humbles du domaine.

Sans poser de questions, il ramassa ses affaires et, avisant une échelle, la présenta devant l'ouverture du fenil où il pensait trouver un coin douillet pour y passer ses nuits.

— Où vas-tu, François ?

— Poser mes hardes, *pastré* Gédéon !

Gédéon avait tout compris. Rachel faisait des siennes et comme toujours son père laissait faire. La vie lui pesa soudain et, penaud d'être à l'origine de son retour au domaine, il décida de se taire et entraîna le gamin vers la bergerie.

— C'est avec moi que tu logeras désormais, François. Je t'apprendrais à reconnaître les étoiles, à les nommer…

— Est-ce utile pour bien souffler, *pastré ?*

— Par Dieu, essentiel ! mentit le sage.

L'enfant suivit le pâtre qui lui installa un lit clos et lui expliqua l'entretien que requerrait cette caisse de bois dotée de deux brancards et montée sur roulettes.

— Tu changeras ta paille chaque matin et rouleras ta caisse dehors les jours de grand vent. C'est à cette condition que tu auras une couche saine et sans vermine. Pour la couverture, je te réserverai une peau de mouton à la prochaine tonte. Tu en prendras soin, dis, François ?

— Oui, oui… répondit François distraitement.

— Tu ne m'écoutes pas ! gronda Gédéon.

— C'est que… on m'attend sous la « halle »…

La halle, cœur stratégique de Verrière-Génestrelle, occupait une place imposante et particulière dans l'ensemble architectural du domaine. Au contraire des autres bâtiments plus ou moins imbriqués les uns dans les autres, elle se situait à l'entrée, sur un emplacement largement dégagé. Par sa forme et l'activité qui régnait sous son toit de tuiles rouges, elle faisait penser aux orgeries, ces halles aux grains qui existaient dans tous les cœurs de ville, à l'exception des badauds qui n'avaient pas place dans ce temple du savoir-faire de l'homme, de la puissance de son souffle comme de la finesse de ses créations.

— Le bel art, se plaisait à dire Elias, ne s'embarrasse pas de curieux ni d'oisifs ; il s'apprécie à son aboutissement.

La halle de la verrerie, autre particularité, n'était pas ouverte sur ses quatre côtés, mais sur trois seulement ; sur son quatrième, un pan de mur long de onze toises de Nîmes[4], aménagé de plusieurs foyers en sa base, supportait tous les fours. Chambre de recuit, chambre de fusion, arche de refroidissement, trou d'évent, chaque alvéole avait sa fonction propre où le souffleur de verre enfournait, retirait, roulait, remettait en cuisson ou refroidissait lentement l'objet qu'il réalisait.

François n'en était pas encore à cette étape

4. Environ 20 mètres.

maîtresse, mais avait cependant franchi les plus subalternes fonctions des *gamins ;* il n'avait pas son pareil pour préparer la paraison, ce subtil mélange de sable, de soude et de mystérieux fondants dans un bel amalgame qui devenait, sous les effets conjugués de la forte chaleur du four et de l'habile tour de main du souffleur, une pièce finie. Le sable venu des carrières Saint-Pancrace près de Pont-Saint-Esprit, la soude issue de la salicorne abondante en bord de Méditerranée, c'était affaire de dosage mathématique, le fondant, lui, demandait plus de subtilité.

— Le séchage de la salicorne, c'est essentiel, lui avait expliqué Elias. Elle nous arrive parfois humide des embruns de la mer. Étale-la soigneusement sur l'aire.

La seconde étape, la combustion de ce précieux végétal, n'était pas, non plus, mince affaire.

— Lente, très lente, la torréfaction de ces plantes ! N'impose pas de relance à ton feu, encore moins de flamme.

Autant de recommandations que le gamin observait scrupuleusement au point de maîtriser, sans coup férir, une paraison qui lui valait les compliments des souffleurs... hormis ceux des Raoul !

Ça leur emporterait la gueule, grommelait Gédéon dans sa grande barbe grise.

Ils redoutaient la mise en avant de celui, qu'entre eux, ils nommaient le bâtard et se réjouirent sans retenue de sa nouvelle disgrâce.

— La paille après le drap de toile, ça t'apprendra, turlupin, à te croire un petit maître !

— Après le plafond à caissons, les solives de la bergerie et bientôt le ciel pour couverture. Au domaine, personne ne te pleurera...

Ce n'était pas si sûr ! Mais la méchanceté des Raoul et leur jalousie à l'égard de cet enfant doué altéraient leur jugement et ne manquaient pas de préoccuper Gédéon, plus que jamais sur ses gardes.

Pourtant, ce n'était pas si certain que personne ne pleure l'absence de François... encore que le gamin ne fût pas seul à faire les frais de la mort d'Aveline et du retour de Rachel qui en découla. Elisabeth avait perdu sa douce maman et trouvé à sa place une parente revêche. De plus, privée de son compagnon d'études qui était son ami, elle errait dans la maison comme une âme en peine, n'éprouvant aucun sentiment envers l'enfant Thierry qui, elle le devinait, avait causé la mort de sa mère. Elle n'avait pas cinq ans, mais avait fait un condensé réaliste des événements survenus à la verrerie depuis la naissance de son petit frère. De là à le juger responsable...

Il arrivait même que, sûre d'être seule avec le nourrisson, elle lui fît des grimaces et des incantations de sorcière, glanées au hasard de son errance désœuvrée dans la *mesnie*.

— Hou, hou, méchant gnome, si tu bouges je t'assomme. Lucifer, tu finiras en enfer ! scanda-t-elle, un jour, irritée par les pleurs du petit coupable.

— Qu'est-ce que j'entends, mademoiselle ? Vous jouez à la méchante, à ce que je constate.

Elisabeth se mit à trembler de tous ses membres. Profondément troublée, et on le serait à moins, par les changements intervenus dans sa vie, elle avait vu, depuis un mois, arriver le trublion braillard, disparaître une mère attentionnée, s'assombrir un père désespéré et, depuis peu, s'imposer une femme quasiment inconnue qui la terrorisait.

La méchante ? N'était-ce pas plus sûrement cette espèce de dragon tout drapé de noir, du bas de son jupon jusqu'à sa cornette dépourvue du moindre affiquet ! Ne l'avait-elle pas séparée de François qui l'aidait à tracer ses lettres, à compter avec ses bûchettes, à apprendre les poésies de monsieur de Ronsard ?

— Grand Ami ne vient pas aux leçons ? avait-elle demandé, des frissons dans la voix.

— Grand Ami ! Est-ce ainsi que vous nommez ce misérable avec qui vous vous acoquinez ? Vous ne le verrez plus céans, sa place est à la halle, et c'est encore trop d'honneur pour lui.

Ainsi, Elisabeth avait perdu son seul ami et aujourd'hui, elle déméritait aux yeux de l'intransigeante Rachel.

— Votre mère a, paraît-il, souhaité que vous soyez instruite, en votre adolescence, au couvent du Verbe Incarné. Nous veillerons à en avancer la date. Hors de ma vue, vilaine fille, si vous ne voulez pas tâter du fouet !

Comme celui de tous ceux qui ne trouvaient grâce auprès de Rachel de Bagars, le sort d'Elisabeth de Vilette était scellé. Encore que son père, instruit de son comportement, se défendît d'un immédiat éloignement.

— Laissez-moi du temps, ma fille, pour en arriver aux problèmes domestiques. La *réveillée* touche à sa fin, les marchands vont affluer et cette enfant n'a que cinq ans. Il sera temps, à l'âge de raison…

— Comme il vous plaira, mon père ! capitula la mégère tout en se frottant les mains de satisfaction.

N'était-elle pas parvenue à ses fins ? Son vieux et paralytique époux, que ses filles ne viendraient nullement visiter en la verrerie, abandonné aux soins des servantes ; le bâtard évincé d'une place de choix et relégué avec ses semblables ; la domesticité reprise en mains et quelles mains ! Elisabeth enfin, effacée à court terme du paysage, du moins l'espérait-elle, et voilà Rachel la presque veuve revenue à la case départ avec, au moins, une qualité révélée : la fibre maternelle, celle qu'elle développait, chaque jour, auprès de l'héritier de Verrière-Génestrelle.

Qui aurait cru cela d'une femme au cœur sec ? Et pourtant, il fallait voir ses gestes tendres, délicats, il fallait l'entendre moduler sa voix d'ordinaire cassante et dans les tons aigus, la rendre câline et presque mélodieuse pour fredonner des berceuses qui tenaient plus du psaume que de la comptine.

Et de chasser les importuns qui s'approchaient de sa couche ! Et de vouloir être la seule à s'en occuper ! Tout juste supportait-elle que la nourrice, une femme de la maisonnée, le prenne dans ses bras pour le faire téter.

Et de lui parler comme à un dauphin :

— Thierry-Jean de Vilette, prince de Verrière-Génestrelle ! Je vous aime, mon petit frère, et vous aimerai toujours. Il faudra m'obéir cependant, et surtout écouter votre chère Rachel qui ne veut que votre bien. Vous serez mon héritier, enfant, en plus d'être celui de notre père.

Cet amour exclusif se nourrissait de la haine qu'elle éprouvait pour les membres de sa famille, son vieil époux en premier qui tardait tant à mourir, son père qui n'avait pas hésité à la sacrifier sur l'autel du mariage, Elisabeth, innocente réplique de celle qui lui avait volé sa place au domaine et François le bâtard qui n'aurait pas assez de toute sa vie pour expier l'inconduite de ses géniteurs, pour ne parler que des plus proches ; suivaient Gédéon le pâtre à qui le maître des lieux prêtait une oreille trop complaisante et ceux qui, par leur réprobation muette à ses débordements, se mettaient en travers de son chemin.

Que demande un nourrisson sinon du lait en suffisance, une couche propre et douillette, de la tendresse à profusion ? Thierry eut tout cela et même en abondance, Rachel veillant à ce que son protégé soit nourri à toute heure, fût-ce au détriment de sa sœur de lait qui s'étiolait, chétive et délaissée, dans un des logements attribués aux fermiers du domaine. S'arrogeant le bonheur de le toiletter et de le câliner sans réserve, l'épouse du notaire en oubliait une fonction primordiale à la fin de la *réveillée :* celle d'hôtesse de Verrière-Génestrelle.

— Quatre marchands, et non des moindres, sont annoncés pour la semaine prochaine. Je les veux bien logés céans et honorés à notre table comme savait si bien le faire feu votre belle-mère dont le départ me tire des larmes. Je vous prie donc de donner des ordres en conséquence, ma fille.

— J'y veillerai, mon père.

— Je vous prierai également d'y paraître. Vous savez combien la conversation d'une femme met du miel après d'acides négociations.

— Je ne puis rien promettre. Vous savez combien l'héritier mobilise toute mon attention, tous mes soins.

La réception des marchands se passa de Rachel et le gentilhomme-verrier dut prendre sur lui, sur sa fatigue, sur son chagrin pour traiter ses hôtes comme ils le méritaient.

Cette période, clôturant la *réveillée* et précédant de peu la grande foire de la Madeleine, si elle paraissait de moindre activité à la verrerie qui semblait enfin assoupie, n'en était pas la plus négligeable. Au contraire.

Car, si de nombreux petits marchands et colporteurs ne manquaient pas, toute l'année, de venir s'approvisionner, c'était là un marché facile ; mais plus rudes en affaires étaient les gros négociants paraphant, après de longs pourparlers, une transaction qui verrait le magasin de remisage des produits finis se vider entièrement.

Tout se déroula comme à l'accoutumée. Une longue inspection commença, celle de la production de Verrière-Génestrelle, étalée sur des tréteaux sous la halle. Les grosses pièces, dames-jeannes, bouteilles, fiasques et flacons, tuiles, lampes et cloches à melon occupaient la plus grande place.

— Sacré rendement, maître Elias ! s'exclama Martin Victoire, un grossiste qui avait pignon sur la rue de l'Aiguillerie dans Montpellier la riche. Rafraîchissez ma mémoire, combien avez-vous de souffleurs ?

— Deux, mon bon Victoire, portant chapeau brodé[5] plus votre serviteur. Deux frères Raoul, d'ancêtres adoubés. C'est toujours ainsi que ma famille a procédé. Et qui dit trois souffleurs entend bien six verriers.

5. La remise d'un chapeau brodé aux armoiries du gentilhomme et d'un pot de vin en argent tenait lieu de contrat d'embauche. Acceptant ces présents, le souffleur faisait allégeance. En échange, il serait nourri à la table du maître, logé en sa maison ainsi que sa famille.

— Ainsi donc vous êtes neuf à œuvrer sous la halle ! conclut tout bêtement Chabrol, un marchand peu futé, descendu des monts du Vivarais.

— Vous plaisantez, mon brave ? le toisa Elias. Et le fournier, qu'en faites-vous ? Que serions-nous sans ce brave Gédéon, soit dit en passant mon frère de lait, qui veille sur nos fours, de jour comme de nuit, tout le temps que dure la *réveillée ?*

— Fort bien. Dix ! insista l'ignorant.

— Ajoutez donc, puisque vous savez compter, trois à quatre *gamins* préparant les paraisons, un tiseur pour aider Gédéon, un potier pour créer des creusets qui nous servent de moules et des femmes pour leur entretien, d'autres à trier le verre cassé pour sa réutilisation, deux vanniers qui tressent l'osier…

— Une vingtaine, dirons-nous, conclut Marlapin, un marchand de la Crau à qui cette énumération paraissait fastidieuse.

— Bien vu, maître Marlapin ! Nous ne sommes pas moins de vingt à vaquer chaque jour sous la halle, durant quatorze heures entrecoupées d'une pause.

Le quatrième des quidams, en pourpoint de velours et grand col de guipure, ne pipait mot, absorbé par l'examen détaillé d'un étal où se côtoyaient, outre des services de verre de toutes formes et de toutes tailles, des topettes à parfum, des fioles, des burettes, des huiliers et autres *tastuguettes* pour déguster le vin.

— Par Dieu, Vilette, vous travaillez la dentelle ! s'écria-t-il en brandissant un flacon très plat à la panse arrondie, au col court terminé par une sorte de feston et fermé par un cabochon plein.

— Réservé aux parfums de qualité, monsieur Ségur, ceux qu'on trouve dans votre boutique de Sommières, je gage ?

— Eh, ma foi, répliqua le précieux Ségur d'un air affecté, c'est une grande chance pour notre cité d'être la plaque tournante des parfums de garrigue que les élégantes prisent tant… pourvu que le contenant ennoblisse le contenu. Je suis preneur, maître Elias !

— Et moi aussi ! reprirent en chœur les trois autres marchands, prêts à se disputer le lot dans sa globalité.

Elias de Vilette se frottait les mains. Il avait eu raison de confier aux épouses de ses verriers le soin de l'installation des marchandises.

Femme est toujours futée pour savoir ce qui plaît au regard masculin et le mettre en valeur, se surprenait-il à penser. Il avisa, sous une étagère, des couffins de paille emplis de ce qu'on nommait la *conterie* et qui n'avait d'autre origine que le travail des *gamins* – babioles, boutons, perles à bijoux – s'essayant à souffler, avec la permission du maître. Soulevant l'un des paniers et le glissant sous le nez de ses clients, Elias joua les grands princes.

— Des cadeaux pour vous, messieurs, que mes gens vous ont préparés. Boutons en relief, marguerites et charlottes, ces perles colorées dont les femmes se font des colliers, petites gourdes de verre prisées par les brodeuses qui, les remplissant d'eau, les emploient en tant qu'utiles loupes de dentellière ; c'est à vous, pour le soin que vous prenez à mettre en bonne place la production de notre verrerie.

La commerciale entrée en matière n'éluderait pas la rude discussion financière qui allait suivre. Il n'empêche qu'au terme d'une fructueuse journée, le gentilhomme-verrier mettait ses vanniers à l'ouvrage.

— Flandin, Géraud, prenez des *gamins* avec vous ! Deux, trois, autant qu'il vous en faut ; demain soir, tout doit être emballé avec le plus grand soin.

L'esprit serein, Elias de Vilette pouvait convier les marchands à faire ripaille, encore que ce lourdaud de Chabrol eût toujours le mot pour le faire se dresser sur ses ergots.

— Vous nous avez tout montré ? Vraiment ? M'est avis que vous vous réservez quelques belles pièces qui trouveront acquéreur sans intermédiaire. Ni vu ni connu ! Tandis que nous qui sommes assujettis aux lettres de voiture pour nous acquitter du congé de transport…

— La verrerie, Chabrol, est un art pas un artisanat, et si le désir du roi est que nous restions dans nos verreries, c'est afin d'y créer les plus beaux des objets, non que nous prenions sur notre temps pour les brader à la sauvette ! coupa Elias en toisant le candide marchand à qui il n'adressa plus la parole de la soirée.

On ne titillait pas en vain l'orgueil du gentilhomme !

La halle en sommeil jusqu'à l'automne, la production vendue et payée comptant, cela ne signifiait pas pour autant l'engourdissement du domaine.

La « mort des fours » engendrait pour Gédéon un travail de réparation à ne pas négliger. En fournier consciencieux, il inspectait chacun d'eux après complet refroidissement, procédait à des réhabilitations, des agrandissements, en plus d'un nettoyage qu'il n'aurait confié à quiconque.

Chacun était tenté, à le voir fébrilement affairé, de lui dire qu'il avait du temps avant la nouvelle *réveillée*, mais tous se gardaient bien d'agacer le fournier qui avait hâte de coiffer son chapeau de berger.

Les moutons de Gédéon attendaient. Ils attendaient la tonte qui ne souffrait pas de retard, ils attendaient surtout la montée à l'estive, l'herbe de juin devenant rare sur les pentes du mont Liron comme à l'orée du bois de Bane. Le brave homme prenait à cœur ses deux fonctions et n'aurait su dire laquelle lui donnait plus de satisfaction. Or, pour la première fois, la perspective de sa longue absence le chagrinait. Et puis un jour, tout s'éclaira. Il alla trouver Elias.

— J'ai besoin d'un *pastrou* pour garder le troupeau, j'emmènerai François !

— Eh, comme tu y vas, ami ! Le gamin doit accompagner les Raoul pour la cueillette de la salicorne. Ils seront partis deux mois pleins dans les marais de Camargue…

— C'est bien ce qui m'inquiète, marmonna Gédéon dans sa barbe striée de longs fils blancs.

— Que dis-tu ? s'enquit Elias.

— J'en dis qu'il me faut un *pastrou ;* je ne suis plus très jeune, faut voir à pas l'oublier, ma foi.

Elias se frappa les cuisses du plat de la main en s'esclaffant :

— L'oublier ? J'aurais bien peine, ne sommes-nous pas quasiment jumeaux ? Va, je te comprends, ami, prends donc un gamin pour monter à l'estive. Tiens, celui qui accompagne toujours nos bûcherons. Basile ! Un dégourdi, ce Basilou…

— Basilou, ce béjaune ? Méchant comme une teigne avec mes bêtes ! Je m'en garderai bien. François, lui, les connaît, il est patient avec les agneaux. Bah, à vivre avec…

Le gentilhomme-verrier ne releva pas cette phrase tronquée qui aurait amené une explication, voire une justification, et céda une fois de plus à son pâtre.

— Je vais m'arranger avec les Raoul pour la

salicorne. Prends François puisque tu en as décidé ainsi.

Sa victoire facile donna de l'audace au berger.

— Si j'osais, Elias…

— Quoi encore ?

— Elisabeth. Votre petite demoiselle. Pour sûr qu'elle ne dirait pas non pour monter à l'estive avec nous !

— De ma vie je n'ai entendu pareille ineptie, berger ! gronda Elias. Ma fille, une pastourelle à courir les bois et s'égratigner bras et jambes, à dormir sous le ciel, à craindre le loup et autres bêtes nuisibles ? Tu veux sa mort, ou ma réputation !

— Je veux sa vie, mon maître ! répliqua Gédéon en plantant son regard délavé mais néanmoins acéré dans celui d'Elias. Et ici, elle ne vit plus à être séparée de ceux qu'elle aime, à être traitée en paria, à chercher refuge chez vos gueux qui lui ouvrent leur porte. Je vous le dis, Elias, dame Rachel est une sans-cœur…

— Elle s'occupe bien de ma maison et de mon fils et cela me convient. Pour Elisabeth, je vais y réfléchir.

La réflexion du gentilhomme ne dura pas ; d'ailleurs, il fallait faire vite, déjà en longues files, les troupeaux montaient à l'assaut des sommets verdoyants.

— Tu dois me promettre trois choses, Gédéon : le secret de notre accord, de bien t'occuper de ma fille et surtout qu'elle porte culotte et chemise comme un petit gars. Ah oui, un gros bonnet pour cacher ses cheveux.

Gédéon jeta un jet de salive au sol en disant :

— Cochon qui s'en dédie, mon maître !

***

Bien qu'accablé de chaleur, le domaine de Verrière-Génestrelle n'était pas au repos, comme le silence de la halle pouvait le faire croire. On y vivait, depuis trois mois, au rythme des travaux d'été menés avec maestria par le premier valet, rodé depuis des lustres à déterminer quel champ devait être fauché et tel autre méritait d'être fané.

Né au domaine qu'il n'avait jamais quitté, Samuel avait vu naître Elias ; il n'était à l'époque qu'un marmouset d'écurie et devait sa position de premier valet à la sagacité du maître des lieux qui avait su déceler en lui le type de paysan réfléchi, digne de confiance et surtout capable de s'imposer à une main-d'œuvre hétéroclite et volontiers frondeuse.

Chaque année qui passait, le gentilhomme-verrier se félicitait de son choix ; il pouvait quitter le domaine des semaines durant sans que soit négligée l'incontournable et indispensable rentrée des récoltes. Encore ne s'éloignait-il pas sans en informer Samuel.

— Tout se présente comme tu l'entends,

mon bon Samuel ? Le temps, le mûrissement, les hommes ? Si tu manques de bras, il faut le dire.

— J'ai battu le rappel auprès de vos gens, mon maître, et nous serons en suffisance si les bûcherons reviennent à temps. Femmes et filles prêteront main-forte pour lier les gerbes. Les gens de la terre ne sont pas des fainéants paresseux et leur maisonnée de même.

— J'ai vu ça au moment du *décoconnage*. Elles n'avaient pas six ans ces drôlettes qui extirpaient habilement les cocons de leurs cabanes de bruyère.

— C'est sûr ! Les pères n'en font pas des oiseuses. À peine sorties des langes, les fillettes sont mises au métier.

Elias coupa court à leur conversation. Il avait d'autres chats à fouetter qu'écouter les digressions de son valet.

— Tu fais bien de parler des cocons. J'ai reçu un pli de maître Avesque, le sédier d'Anduze qui a commencé sa tournée ; il sera chez nous en fin de semaine.

— Il peut venir, les ballots sont prêts, mon maître. Une belle éducation, fichtre ! C'est pas pour dire, mais mademoiselle Rachel... enfin madame de Bagars, *bou diou*, elle s'y connaît pour les magnans !

— Tu dis vrai, Samuel. Ma fille n'a pas que des défauts.

Sur ces bonnes paroles et assuré que le domaine était en de bonnes mains – celles de Rachel pour la maisonnée et celles de Samuel en ce qui concernait la vocation agricole de Verrière-Génestrelle –, Elias de Vilette prépara son voyage aux portes de la Provence. Tous les trois ans, généralement, il se permettait une récréation à la foire de Beaucaire sous l'hypocrite mais néanmoins réel prétexte d'y acheter le cobalt, cette poudre colorante dont il usait avec parcimonie pour la payer à prix d'or, et aussi le safre, un matériau bleuâtre tirant sur le saphir qui, une fois calciné et savamment dosé au manganèse extrait des mines de Saint-Félix-de-Pallières, donnait au verre une couleur violette.

Il serait absent durant une semaine et partait le cœur léger, toute sa maisonnée serait à ses occupations donc, à ses yeux, à l'abri de l'oisiveté, mère de tous les vices et génératrice de querelles intestines. Les Raoul en Camargue à traquer la salicorne, les paysans aux champs sous la férule de Samuel, les bûcherons et les gamins au col du Lougarès à préparer les coupes de bois qu'ils rentreraient après les foins, quand les charretons seraient à leur disposition. Quant à Gédéon, son pâtre et ami, il avait fait parvenir des nouvelles au domaine, assurant le maître de leur installation sur le plateau de l'Espérou.

Elias pouvait fourbir sa monture, remplir ses fontes de victuailles, son escarcelle de bon et bel argent, et sortir du coffre ses habits de noble gentilhomme pour quelques jours de pleine liberté, exception faite de son cœur et de son esprit, toujours occupés de son domaine et de sa famille. Le dernier souci en date, et pas des moindres, étant sa fille Elisabeth.

« Suis-je un sot, étourdi comme un béjaune ou bien un vieillard ramolli pour avoir laissé partir cette enfant si jeunette ? Ah, Gédéon mon ami, prends-en soin plus que de ta vie ! »

Elias de Vilette aurait pu dormir sur ses deux oreilles et prendre, si l'envie lui venait, du bon temps à Beaucaire, il n'y avait pas enfant si pleinement heureuse que la fillette, habillée en garçon et baptisée Élie sur les recommandations de son père.

Elle était partie d'un pas généreux, heureuse de l'accorder à celui de François, et avait marché jusqu'à épuisement. Le reste de la montée à l'estive, juchée sur les épaules de Gédéon, n'avait été qu'une source d'émerveillement par la beauté des paysages doublée de l'ivresse des sommets et du son joyeux des grelots qui tintinnabulaient.

Se posant en vigie attentive, digne fille de son père, elle donnait ses ordres si gracieusement, si naïvement, que François comme Gédéon n'avaient de cesse que la satisfaire.

— François, une brebis est allée se perdre dans les taillis ! Vite, ramène-la sur la draille !

— Gédéon ! Gédéon ! Faites quelque chose, Forban votre chien est bien trop cruel avec ces pauvres bêtes qu'il mord et terrorise sans raison.

— Sans raison ? Ma foi, on voit bien que vous ne prêtez pas de malice à ce bétail qui en est, cependant, grandement pourvu. Ah, c'est bien pour vous être agréable que je vais rappeler ce brave Forban.

Grande avait été la frayeur de l'enfant arrivant au plateau de Gardiol, à la vue d'un océan de laine, accompagné d'un concert de sonnailles et de bêlements puissants.

— Nos brebis ! Comment allons-nous les reconnaître ? Il ne faut pas les mêler aux autres, et nous-mêmes à ces gens qui nous sont inconnus.

Gédéon avait grondé et instauré une nouvelle donne :

— Ici, tout le monde se connaît et tout le monde se tutoie, c'est bien entendu, Elie ? Tu es mon nouveau petit *pastrou*, frère inséparable de François et tous deux orphelins. C'est bien compris, gamin ?

— Rien ne peut me faire plus plaisir que d'être la sœur de François, même si c'est « pour de faux ». Hein, François, que tu es content, toi aussi ?

— Pour sûr, demoi... Elie !

Sur les drailles du vent où le temps s'était arrêté, le lien des deux enfants, admis par la tolérante Aveline et que Rachel avait voulu briser, se renoua sous la houlette du pâtre Gédéon. Jour après jour, ils devenaient inséparables et se juraient une affection éternelle sous le regard attendri de leur mentor.

4
Enfances

— Puisque je vous dis, marraine, que je veux y aller !

Thierry de Vilette appuyait sa demande en frappant du pied sur le sol de la cour.

— Vous, mon petit prince, avec ces gueux ? Vous n'y pensez pas !

— Des gueux ? Elisabeth n'est-elle pas ma sœur, Gédéon l'ami et frère de lait de mon père, et François…

— Taisez-vous ! Vous, l'héritier au milieu de ces gens ? Je ne veux même pas y penser.

Thierry posa un œil courroucé sur Rachel la noire, que le veuvage – enfin ! – avait confirmée dans ses éternels habits de deuil. Puis il laissa tomber avec une moue qui aurait prêté à sourire si elle n'était porteuse d'accents de rébellion :

— Il vaut mieux que je demande à mon père.

C'est lui le maître, après tout !

L'enfant partit comme une flèche, accompagné du regard de Rachel, attendri comme celui d'une mère aux premières mutineries de son rejeton. D'ailleurs, ne se considérait-elle pas, celle que l'on surnommait tout bas la bréhaigne, maman à part entière de ce demi-frère inespéré, recueilli et choyé aux premiers jours de son existence ?

N'était-ce pas aussi pour lui faire une place de choix qu'elle avait éloigné tout ce qui, à ses yeux, était néfaste à son épanouissement ? Or, l'enfant adulé, sans renier une once d'affection à celle qui l'avait tenu sur les fonts baptismaux, brûlait du feu de l'indépendance jusque-là étouffé.

Il venait d'avoir cinq ans lorsqu'il prit conscience de la joie qui habitait sa sœur Elisabeth se préparant pour la transhumance. Une grande sœur qu'il ne voyait guère puisque pensionnaire, au jour de sa septième année, dans un couvent d'Anduze, selon les vœux conjugués de sa défunte mère, l'empressement de Rachel et la capitulation d'Elias.

La fillette ne revenait qu'au temps de Noël et de Pâques, puis pour les mois d'été qui la voyaient troquer ses affiquets de fille et son joli prénom pour s'introduire dans la peau d'Elie, un *pastrou* aux allures androgynes.

Bien rodée, la stratégie de Gédéon avait porté ses fruits ; non seulement il distrayait ainsi ses protégés aux manigances haineuses qui couvaient au domaine, leur enseignait tout son savoir et surtout se réjouissait secrètement de leurs rapports si affectueux et si sincères. François aux petits soins avec Elie et, en retour, Elie ne jurant que par François, le Grand Ami de ses toutes jeunes années, rien ne pouvait causer plus de plaisir au pâtre animé de généreux sentiments qui ne perdait rien de leurs conversations.

— Reste avec Gédéon, Elie, pendant que je vais couper des fougères. Les vipères ne manquent pas dans ces zones humides.

— Sois prudent, mon François !

Amusé, le pâtre asticotait la fillette.

— Qui m'a foutu un *pastrou* pareil, toujours à vadrouiller, jamais à surveiller les bêtes ! grondait-il, en s'efforçant à prendre un air méchant.

— Un vadrouilleur, François ? C'est mal le connaître. Il profite justement qu'elles sont au calme à ruminer pour faire une provision de fougères. Il pense à la paraison !

— Si c'est pour faire de la potasse, je n'ai rien à redire.

— Et tu ferais bien !

De nature secrète et silencieuse, Elisabeth devenait tigresse pour défendre François. En échange, l'adolescent l'initiait à l'obtention de la potasse, composant indispensable de la paraison.

— Tu vois, Elie, je vais faire se consumer lentement ces fougères ; le fondant obtenu, mélangé à celui de la salicorne, donnera la potasse de chaux qui entrera, à la proportion d'un dixième, dans notre pâte de verre.

— Ta fougère et ta salicorne, c'est bien beau, petit, mais il ne faut pas oublier la laine de mes moutons. Après un lessivage méticuleux, la chaux obtenue n'est pas négligeable.

— Ne te fâche pas, Gédéon. Pardi qu'elle est bonne la chaux de tes caussenardes !

La repartie des deux enfants, loin de déplaire à Gédéon, alimentait son contentement. Il n'était pas loin de penser qu'il participait à leur instruction, sinon au même titre du moins aussi bien que les sœurs du couvent du Verbe Incarné et que les Raoul, maîtres de la halle, après Elias.

Et voilà qu'en ce printemps 1617, un petit gamin solitaire voulait s'immiscer dans leur complice trinité !

Alors que Thierry se dirigeait vers la halle d'un pas décidé, Rachel regagnait la demeure, l'esprit serein. Son père, à coup sûr, aurait tôt fait de dissuader l'enfant d'aller s'esbaudir au milieu des troupeaux. D'ailleurs, bientôt viendrait le temps de l'initier aux arcanes d'un art qu'il aurait pour charge de pérenniser. Elle se promit, à l'occasion, d'en toucher deux mots à son père, encore que rien ne pressât.

Or, les préoccupations d'Elias de Vilette, qui allaient grandissant, ne manqueraient pas de saper le bel optimisme de madame de Bagars.

Des tourments qui ne concernaient en rien la verrerie, désormais entité non négligeable dans le microcosme fermé des gentilshommes du bel art. Une trésorerie solide, un personnel zélé et compétent, une fidélisation sagement entretenue de la clientèle, un domaine aux ressources multiples et des réserves de bois inépuisables grâce à la générosité de Rachel, c'était plus que n'en avait espéré, arrivé à son âge, le maître incontesté de Verrière-Génestrelle.

N'avait-elle pas, la veuve du notaire héritière de tous ses biens, légué en avance d'hoirie à son cher filleul ses forêts du col du Lougarès et du col de Fangeas, de même que l'immense serre de Peyrédier ? Pour cela, Rachel avait obtenu la reconnaissance éternelle de son père et une étendue de son autorité.

Alors non, Verrière-Génestrelle n'était pas au cœur des soucis d'Elias, sinon indirectement. Ils prenaient leur source, et ce n'était pas nouveau, dans l'administration d'un pays divisé dans sa foi et qu'on avait cru, un temps, apaisé dans une sorte de consensus édulcoré qu'était l'Édit de Nantes.

« Une paix hautaine ! » affirmaient les Ligueurs.

« Un décret tronqué ! Des lambeaux d'avantages ! » se désolaient les religionnaires, nostalgiques de sa première mouture et ardents à le rétablir dans sa rédaction primitive.

Si la mort tragique et prématurée d'Henri le Quatrième ne ralluma pas aussitôt les hostilités, du moins mit-elle en vigilance le parti des huguenots, soucieux de ne rien perdre de ces « lambeaux » si chèrement acquis. Et 1615 sonna la fin d'une ère de quiétude si propice aux récoltes, au commerce et au peuple.

Appelant la nation aux armes contre la régente, Henri de Bourbon, prince de Condé, sema des ferments de révolte en toutes provinces qui n'attendaient que ça. L'Aunis, l'Anjou, le Poitou… Le Poitou, justement ! S'il était quelqu'un bien assis en Cévennes et fort des promesses du synode de Lunel qui marquait son alliance avec Condé, c'était bien Henri de Rohan dont les dents raclaient les parquets des châteaux de province, faute de ne pouvoir le faire à ceux, royaux, du Louvre, de Fontainebleau ou Saint-Germain-en-Laye.

Les promesses des Grands, c'est bien connu, sont éphémères et celle d'être nommé gouverneur du Poitou, entretenue par le tout jeune roi libéré de tutelle, passa sous le nez de Rohan l'ambitieux, ce qui, par ricochet, fit basculer le traître dans le camp de la reine-mère, son ennemie jurée en un temps pas si lointain et présentement assignée en résidence surveillée par un fiston rancunier.

Présumer alors que tout allait mal au royaume de France était proche de la vérité. Il n'était que de voir les troupes armées enfler, les garnisons s'étoffer, les remparts et places fortes restaurer portes et murs branlants, des milices s'établir pour la plus grande désolation des habitants écrasés par l'impôt et la terreur engendrée par la soldatesque.

Et voilà que Louis le Treizième, du haut de ses quatorze ans, se veut belliqueux et, au mépris de l'héritage paternel, proclame :

— De gré ou de force, nous allons rétablir le catholicisme en Béarn !

Et s'il lui prenait fantaisie, à ce jeune monarque, d'imposer la religion d'État en Languedoc ? Rohan n'en peut plus de toutes ces vexations. Sa bonne ville d'Anduze sera dotée d'un collège protestant, et d'une ! Au château de Tornac, bien que propriété du très catholique marquis de la Fare, il imposera une importante garnison, et de deux !

D'ailleurs, il ne pourrait trouver meilleur observatoire que ce castel perché sur un éperon rocheux d'où l'on portait un regard à perte de vue en direction d'Alès, de Nîmes ou de Montpellier, sur une plaine immense vouée à la vigne et aux céréales.

Curieuse destinée que cet ensemble architectural, tour de guet à ses débuts, escale seigneuriale de suzerains itinérants avant de devenir, dès le seizième siècle, demeure à part entière avant que son propriétaire ne songe à la doter de luxuriants jardins descendant dans la plaine en cascade fleurie, de fontaines rafraîchissantes, le tout arboré d'essences exotiques. Un projet que Rohan l'impétueux lui imposa de différer sous prétexte de protéger sa ville.

— Je ne vous ferais pas injure, monsieur le marquis, en vous énonçant les raisons pour lesquelles nous ne vivons pas une période propice à l'alanguissement, fût-ce dans des parcs dont avez projet.

— Mais enfin, Rohan, quelle mouche vous pique ? se défendit la Fare.

— Il me pique, monsieur, que notre roi qui en prend à son aise avec les Béarnais pourrait bien s'aviser d'agir de même en nos Cévennes, au mépris de l'Édit de pacification et du serment d'union prêté à Mandajors.

— Que je sache, monsieur, Anduze n'est pas menacée ?

— Gouverner, c'est prévoir. Souffrez qu'en administrateur de cette ville je prenne les dispositions pour la protéger.

— Et pour cela, vous réquisitionnez mon château, vous mettez mes paysans à contribution. Des futailles de vin pour les soldats, des ballots de fourrage pour leurs montures et j'en passe. Belle mentalité ! Jusqu'où iront vos exigences ?

— Patience, monsieur le marquis ! se défendit Rohan. Les régiments ne sont pas là à demeure.

Quel affabulateur mythomane, ce Rohan, à moins qu'il ne fût un naïf impénitent ! Mercenaires, dragons ou miquelets n'étaient pas à la veille de tourner les talons aux Cévennes.

Bien que son domaine soit éloigné de ces grands axes de manœuvres militaires qu'étaient la plaine d'Anduze et les nombreuses voies de communication qui y convergeaient, Elias de Vilette n'en percevait pas moins les dangers et ne parvenait pas à accorder un blanc-seing aux prises de position de ce monsieur de Rohan, pourfendeur de papistes.

Comme toujours, il partageait ses pensées philosophiques avec le seul apte à le comprendre, le pâtre Gédéon.

— Te paraît-il homme de confiance, ce duc qui a pris pour épouse la fille de notre bon Sully ?

— Conversation de courtoisie ? ironisa Gédéon en souriant dans sa barbe.

— Jamais entre nous, Gédéon, tu le sais ! Je veux ton avis que je sais sage et réfléchi.

— Cela vous aiguillerait-il, Elias, que je vous réponde par une question ? Qu'avons-nous à reprocher à Louis XIII, notre roi ? Ni persécutions ou sévices ni actes intolérants, pas même empêchements à vivre notre foi. Rohan se dit tourmenté alors qu'il n'est qu'un factieux, brimé dans ses attentes et, pour cela, vindicatif. Pour preuve, vous a-t-on fait grief du baptême de votre fils dans la religion réformée ?

— Si je résume ta pensée, mon bon Gédéon, elle rejoint la mienne : nous n'avons rien à gagner à lever des troupes contre notre souverain de droit divin. Des reîtres qui sèment la terreur, s'invitent dans les fermes comme en pays conquis, pillent, volent quand ils ne forcent pas les femmes et les filles. Il paraîtrait, de plus, que les enfants en bas âge sont purement enlevés aux familles huguenotes et confiés à des moines pour les instruire dans la religion, la vraie, disent-ils. Je crains pour mes enfants, pâtre, et suis bien aise qu'ils montent avec toi à l'estive. Sais-tu que je songeais aussi à te confier T…

Elias ne termina pas sa phrase, l'enfant presque évoqué déboulait, tout excité, devant eux.

— Père ! Père, je vous cherchais ! Quel nom me donnerez-vous ?

— Comment cela, mon fils ? Je ne comprends pas ta question. Et puis, ne vois-tu pas que je suis en conversation avec notre pâtre.

— Si fait, mon père, et bonjour à vous, Gédéon. Je suis content de vous trouver ensemble. À deux, il vous sera plus aisé de vous mettre d'accord sur mon nouveau nom pour monter à l'estive, comme vous l'avez fait pour ma sœur.

Les deux hommes restèrent cois, encore qu'une lumière amusée éclairât le visage d'ordinaire grave du gentilhomme-verrier. Son fils le devançait dans son désir de l'éloigner, un temps, du domaine.

Un enfant futé pour si jeune qu'il soit, se dit-il en se rengorgeant.

Il jugea bon, cependant, de prolonger l'impatience visible du gamin.

— À quoi te servirait, petit, de troquer le prénom

que t'a généreusement donné ta défunte mère ?

— À courir les bois derrière les moutons, pardi, et sans que soit entaché l'honneur des Lavalette ! répliqua Thierry, gorgé de flatteries dont l'abreuvait Rachel.

Puis il ajouta, se tournant vers le pâtre :

— Vous voulez bien de moi, j'espère, Gédéon ?

Il avançait les lèvres avec des airs de petit chat gourmand devant une écuelle de lait. Son regard pétillant d'intelligence allait du pâtre à son père comme pour les hypnotiser.

— Dites, vous voulez bien, tous les deux ? insista-t-il, inquiet soudain devant leur mutisme calculé.

Toute espièglerie avait fui son visage, mais son père ne céda en rien et engagea son fils à rejoindre la maison.

— J'imagine déjà ce qu'en dira Rachel, lâcha-t-il seulement.

L'enfant fit volte-face.

— Marraine ? Elle s'en remettra à vous, à vous seul qui êtes le maître ! s'écria-t-il avec véhémence, tout en restant planté devant son père.

— Va, mon fils, l'invita Elias d'un ton qui attendait l'obéissance. Le pâtre et moi avons à parler.

Le gamin parti, Elias se tourna vers Gédéon.

— C'est à peine croyable, mon fils a précédé mes désirs. Tu vas le prendre en transhumance, je le saurai en sécurité avec toi.

— François, Elisabeth et maintenant Thierry, quelle confiance ! Je suis flatté, mon maître.

— Non, pas maître en ce cas. Mon frère, mon ami…

— Un ami, pardonnez, Elias, qui se veut votre conscience. Dix-sept ans, monsieur, que vous atermoyez au sujet de votre premier-né qui…

— Son sort est réglé, et au mieux ! Je t'en parlerai en temps voulu, le coupa le verrier, peu désireux de subir les reproches récurrents de son pâtre-fournier.

Pourtant, la décision n'avait pas été aisée, d'ambigus sentiments liant le gentilhomme à cet adolescent pétri de grandes qualités et porteur de non moins grandes espérances.

Bien rodé à toutes les étapes de la paraison comme à celles de la cuisson, raffiné dans l'épreuve toujours délicate du détachement des pièces du pontil, François s'essayait depuis une année, avec l'accord du maître et d'honorable façon, à la difficile phase du soufflage qui mêlait étroitement l'art et la technique.

Tout cela sous l'œil critique des Raoul. Pas seulement critique, hélas, mais aussi jaloux de son souffle puissant, maintenu, modulé, férocement envieux de son sens créatif et méchamment réjouis de ses inévitables ratés de débutant.

Ils ne se privaient pas, alors, de réflexions vexatoires.

— Voilà ce qu'il advient quand un manant veut s'élever plus haut que sa condition. Va donc aider Élysée, notre potier. La terre, ça connaît les gueux de ton espèce.

François rongeait son frein et ne répondait rien, plus attentif aux appréciations du maître de Verrière-Génestrelle qu'à ses souffleurs, fussent les intouchables Raoul.

La solution vint à Elias au cours d'une nuit d'insomnie et prit forme tout au long de la journée qui suivit.

François doit faire ses preuves, et ce n'est pas ici que le meilleur de lui pourra s'exprimer ; du moins est-ce trop tôt pour l'opposer aux Raoul. Il doit voir d'autres cieux, d'autres méthodes, d'autres verreries. N'est-ce pas ce que font, pour leur progéniture, les Azémar, les Giral, les Roque, pour ne parler que d'eux ? se disait-il, chassant la voix de sa conscience, à moins que ce ne fût celle de Gédéon, qui le titillât :

« Sous quel nom feras-tu embaucher le bâtard ? »

À quoi Elias répondait dans son for intérieur :

« François, du domaine de Verrière-Génestrelle. N'est-ce pas un suffisant sésame ? »

Et, fort de son bon droit, à s'enquérir d'une halle qui perfectionnerait son apprentissage, c'est ce à quoi s'employa Elias, envoyant des courriers, misant sur ses confrères les plus réputés. La meilleure proposition lui vint de la verrerie de Moussans où la dynastie des Rizols, gentilshommes de Fontclaret, avait bâti son empire.

« Empire de verre ! » ne manquait pas de se gausser la grande noblesse du Languedoc.

« Des pouilleux redorés », murmuraient les gueux qui, de génération en génération, voyaient enfler la renommée de la verrerie et se redorer le blason de la famille.

Francis de Rizols de Fontclaret, l'actuel propriétaire, semblait carré en affaires, comme en jugea Elias de Vilette à la lecture de sa proposition.

Le jeune François, si chaudement recommandé par l'honorable Elias de Vilette du réputé domaine de Verrière-Génestrelle, recevra à Moussans un accueil à hauteur des espérances de son généreux protecteur. En échange des cent livres tournois versées annuellement pendant les dix années incompressibles de l'instruction à souffler le verre et l'obtention de la maîtrise dudit art, ledit François recevra le chapeau brodé et la tastuguette *d'argent, le gîte, le couvert et le blanchissage de son linge. Il chômera toutes les fêtes hors de la* réveillée. *Exception est faite à celle de la Nativité où nos apprentis ont droit de rejoindre leur famille une semaine durant. Si le présent contrat vous agrée, messire de Vilette, qu'il me revienne signé par l'intermédiaire du dénommé François qui doit se présenter à Verreries-les-Moussans le premier du mois d'octobre de cette année 1617, date prévue de la prochaine* réveillée.

Suivaient une formule de politesse agréablement tournée et une signature alambiquée, preuve irréfutable que monsieur de Rizols maîtrisait aussi bien la plume que la canne à souffler.

Elias se frottait les mains, son pâtre n'aurait plus sujet à d'implicites remontrances et les Raoul à exercer leur jalousie envers ce fils qu'il n'osait afficher. De plus, pour la sécurité de François, il espérait la verrerie de Moussans en retrait du piétinement des hommes de guerre, encore que celle-ci ne soit pas ouvertement déclarée.

***

Un autre homme tremblait à ces chevauchées impétueuses et au toupet des hommes de troupe qui se croyaient tout permis, à leur intempérance quand ils venaient, et ils venaient souvent, s'attabler, désœuvrés et hâbleurs, dans son auberge.

C'était Jacques Séverin, le propriétaire de l'Hostellerie des Quatre Chemins, c'était aussi et surtout Célimène son épouse dont l'angoisse, de jour en jour, empirait. Jamais comme en cette année elle n'avait redouté le retour au bercail de leur fille unique et chérie, pensionnaire au couvent des sœurs du Verbe Incarné. Non, jamais pareille angoisse ne l'avait étreinte et les tentatives d'apaisement du brave Séverin ne venaient pas à bout de ses terreurs nocturnes.

— N'as-tu rien entendu ? frissonnait-elle certaines nuits, sursautant au moindre froissement de feuilles dans les arbres ventés.

— Calme-toi, Célimène et surtout, rendors-toi. Demain est jour de foire, nous aurons une grosse journée.

— Si seulement je pouvais ! se lamentait-elle. Mais je ne pense qu'au retour de notre petite Colombe…

— Qui devrait te réjouir ! N'est-elle pas notre raison de vivre, cette enfant dont le Seigneur nous fit la grâce alors que nous n'espérions plus ?

— C'est bien pour elle que je tremble ! *Té*, pour un peu, je souhaiterais qu'elle reste chez les sœurs plutôt que de rentrer chez nous.

— Veux-tu que j'aille en parler aux religieuses ?

— Seule au couvent, ses camarades parties ? Pauvrette, à son âge !

— Colombe n'est point sotte, elle comprendra. Pardi, sept ans, c'est l'âge de raison.

Si la révérende mère du couvent du Verbe Incarné répondit par la négative à la demande de Jacques Séverin, elle prêta néanmoins une oreille attentive à ses soucis et lui promit de chercher une solution. Par les temps qui couraient, il n'était pas bon de perdre une élève dont les parents payaient la pension rubis sur l'ongle et ne rechignaient pas à participer aux travaux d'entretien du couvent et de sa chapelle.

L'affaire, cependant, semblait mal engagée et l'humeur chagrine de Célimène était à son apogée quand il s'agit d'aller chercher la petite Colombe et son bagage de pensionnaire. Pour ce faire, Jacques

Séverin, absorbé par la réception de futailles de vin, envoya son valet d'écurie.

— Attelle la patache à panier et ne traîne pas en route, lui recommanda-t-il.

Au grand étonnement de son père comme de sa mère, la fillette était porteuse d'un pli propre à leur tirer des soupirs de soulagement. Une jeune demoiselle de la classe des grandes, instituée protectrice de Colombe dès son entrée au pensionnat, prenait son rôle au sérieux et, touchée par la demande pressante des religieuses, avait insisté auprès de ses parents pour que sa protégée fût accueillie en leur domaine, le temps des vacances.

Votre fille Colombe est attendue dans la famille de sa camarade de pension, Élisabeth de Vilette du domaine de Verrière-Génestrelle, sur le chemin qui mène de Saint-Félix-de-Pallières à Monoblet. Vous aurez soin de l'y conduire dès ce soir avant l'heure du souper. Votre dévouée Gilberte de Grisac, en religion sœur Louise-Marie.

Ainsi se terminait le billet libérateur que Colombe remit à ses parents. Célimène, abandonnant sa cuisine à sa servante, s'en fut préparer le bagage de Colombe, une malle qui fit pousser de hauts cris à son débonnaire époux.

— Tu maries ta fille, Célimène ? On ne serait pas loin de le croire à voir ce coffre plus volumineux que celui d'un trousseau ! Elle ne part que pour trois mois, sais-tu ?

— Sais-tu, toi, où elle va ? Chez un gentilhomme !

Eh oui. Pas question que ma fille passe pour une pauvresse à la table des nobles, c'est une question d'honneur.

— Noblesse de verre, ma pauvre Célimène !

— Mais noblesse quand même ! insista l'aubergiste, toute rougissante à l'idée d'introduire sa fille dans ce milieu fermé qui était celui des gentilshommes-verriers.

L'heureuse surprise, doublée de flatterie, du couple Séverin, n'avait d'égale que celle, ô combien désagréable et dédaigneuse, de Rachel de Bagars.

Elle avait failli s'étrangler aux exigences de son père et n'avait retrouvé son souffle que pour se lamenter :

— C'est donc que vous souhaitez ma mort, père ! Vous m'enlevez Thierry pour l'envoyer paître votre troupeau comme un vulgaire pastoureau...

— Non sans raison, ma fille, convenez-en !

— Le péril est en tous lieux et je ne suis pas sûre que le vieux Gédéon ni ce maudit François lui assurent la protection que mérite l'héritier de Verrière-Génestrelle.

— Ils ont toute ma confiance, ne vous déplaise.

— Est-ce toujours au nom de ces dangers imaginaires que vous voulez m'imposer la présence d'une enfant qui n'est pas de notre milieu ? Ses parents sont des aubergistes, dites-vous ? Sa place est aux cuisines, alors, à aider nos servantes.

— Sotte et méprisante que vous êtes, Rachel ! Vous nourrissez votre âme de psaumes et votre cœur de haine, curieuse façon de satisfaire aux commandements de notre foi. Pour votre gouverne, Jacques Séverin n'est pas un inconnu. Aubergiste, il est vrai mais honnête client qui achète le surplus de notre blé, de notre paille, de nos châtaignes, passe force commandes de verres, bouteilles et carafons, et qui paye le tout sans marchander. Oui, ma chère, c'est leur fille que je vous demande de recevoir céans, d'accueillir à notre table.

La mercuriale de son père avait fini par faire baisser la tête à la rebelle Rachel, mais Elias n'en avait pas fini avec ses exigences.

— Vous aurez à cœur, ma fille, d'être aimable, non seulement avec cette enfant, mais aussi avec votre sœur…

— Elle ne part plus, celle-là ?

Rachel avait levé la tête et tendait vers son père un visage déformé par la hargne. Se contenant, Elias se racla la gorge, quelque peu gêné, puis expliqua :

— Elisabeth a douze ans et sera bientôt fille à ce que m'a confié une de nos soubrettes. Elle ne peut plus continuer à courir les futaies en habit de garçon, dormir sous les étoiles en compagnie de… de…

— De votre bâtard, voulez-vous dire ?

Pour la deuxième fois de sa vie, Elias de Vilette souffleta sa fille à toute volée. Changée en statue de pierre et pour le coup domptée, la jeune veuve écouta jusqu'au bout les dispositions de son père qui la congédia enfin, non sans insister :

— Elisabeth est ici chez elle et la jeune Colombe est son invitée. Vous m'avez bien compris, j'espère ?

— Oui, père, murmura la tigresse en dérobant son regard vipérin.

Pour l'instant, elle n'avait pas d'autre solution que de déglutir ce calice jusqu'à la lie, mais elle se jura d'avoir un jour sa vengeance.

Chacun, à Verrière-Génestrelle, se devait de satisfaire aux désirs d'Elias, quand bien même ils troublaient un cours de vie établi et bien rodé. Gédéon comme les autres qui apprit de son maître que François monterait avec lui à l'estive pour la dernière fois.

Sa réaction fut spontanée :

— Vous avez agi avec sagesse, Elias. Voilà un fils qui vous sera éternellement reconnaissant... s'il apprend un jour que vous êtes son père !

Elias ne releva pas le bémol que mettait le pâtre à son compliment. Il poursuivit ses éclaircissements sur la prise de nouvelles dispositions.

— Elisabeth, ou Elie, n'est plus en âge de te suivre à l'estive. Le jour n'est pas très loin où je devrai lui trouver un mari selon sa condition. Il est temps de raboter ses penchants de sauvageonne...

— Mariez-la selon son cœur, Elias, je vous en conjure. C'est une enfant sensible, secrète, blessée aussi. N'ajoutez pas à ses douleurs d'enfance une vie de femme étouffée sous le boisseau.

La voix du pâtre chevrotait, le verrier lui saisit le bras et lança, pour alléger l'atmosphère soudain lourde :

— Quand viendra l'heure de la caser, je te prendrai comme entremetteuse. Il semblerait que tu connaisses ma fille mieux que moi.

Puis, redevenant sérieux, il accentua la pression de ses doigts sur le bras du berger.

— Je te confie, à sa place, un autre trésor : Thierry-Jean de Vilette. Je n'ai pas d'autre but que de le protéger des dangers de la plaine ; à toi de lui éviter ceux de la montagne, Gédéon !

Elias s'éloigna. Gédéon se frottait le bras. Il roula la manche de sa chemise ; dans un ovale violacé, la bague sigillaire du gentilhomme-verrier avait imprimé sa trace. Le pâtre sourit. Le sceau de l'amitié. Il accentua son sourire au défi qu'il décidait de relever : rapprocher les deux frères comme il avait su le faire entre le frère et la sœur.

Le lien indéfectible noué entre Elisabeth et François était son œuvre. Il ferait tout pour qu'il en soit de même entre François et Thierry. Il comblerait le fossé que s'appliquait à creuser Rachel afin que toute différence entre les deux frères soit gommée, remplacée par une affection sincère et réciproque. C'était là le but que se promit d'atteindre Gédéon et il n'avait que trois mois pour le réaliser.

Dieu sait qu'il l'avait rêvé, ce départ pour l'estive ! Deux ans déjà que ce grand rassemblement hantait ses nuits, greffait des ailes à ses talons pour être à la fois en tête du troupeau, sur les côtés pour ne point oublier un seul mouton dans les genêts en fleur et en queue du cheptel à s'assurer que les ânes chargés des victuailles ne perdaient aucun des ballots arrimés sur leur dos.

Et voilà que ce matin ses espadrilles de corde étaient lourdes, comme lestées de plomb ! Une réticence qui aurait enchanté le cœur de Rachel si l'enfant orgueilleux n'avait donné le change, s'efforçant à une gaieté qu'il était loin d'éprouver.

Un revirement incompréhensible que seul perçut Gédéon et qu'il se promit d'élucider. L'évidence lui serait apparue s'il avait eu, la veille, l'honneur de souper à la table de son maître où s'était installée, des perles d'Isis noyant ses yeux si verts, la plus belle fillette du monde.

Ni trop tôt ni trop tard, mais à l'heure souhaitée pour ne pas importuner la famille de Vilette, Jacques Séverin avait déposé sa fille et sa malle, une terrine de pâté confectionnée par Célimène, un fût de son meilleur vin, puis baisant sa fille au front et s'abîmant en profonde courbette devant Elias et Rachel tout en se confondant en humbles remerciements, il était reparti à bride abattue.

Elisabeth s'était saisie de la menotte de la fillette et l'avait conduite à sa chambre qu'elles partageraient avant de gagner la salle à manger où Thierry ne doutait pas de se trouver devant la huitième merveille du monde.

Vêtue comme une princesse – alors qu'Elisabeth, brimée par Rachel l'avaricieuse, usait ses robes jusqu'à la trame –, coiffée d'un béguin de dentelle qui laissait deviner des cheveux couleur de miel mordoré, un ineffable sourire greffé sur son visage aux rondeurs enfantines, de limpides yeux smaragdins qu'elle dérobait, un brin effarouchée, Colombe lui apparut comme l'archétype de la perfection.

Au terme d'une nuit où l'apparition d'un visage enfantin l'avait disputé aux brebis du troupeau, tiraillé entre son grand désir d'évasion et l'inoubliable regard de Colombe Séverin, le plaisir de Thierry-Jean de Vilette se trouvait grandement écorné.

Fermant la marche du troupeau et se retournant sans cesse sur les volets clos de la chambre où dormait la fillette, il murmura :

« Je ne sais si vous serez encore ici à mon retour, jolie fillette, mais en tous lieux, un jour, je vous retrouverai ! Il est des regards d'émeraude qu'on ne peut oublier. »

5
L'Hostellerie des Quatre Chemins

Pas un seul de ses collègues et néanmoins concurrents, taverniers comme lui en la ville d'Anduze, n'aurait misé un liard sur l'installation de Joseph Séverin au lieu dit La Madeleine en cette époque si troublée qu'était le milieu du siècle. Les Cévennes en leur ensemble étaient passées à la Réforme et les villes et bourgades offraient plus de sécurité que les rases campagnes. Aussi s'étonnait-on de la décision de l'aubergiste Séverin.

Un doigt vrillant sa tempe dans un geste significatif, le propriétaire de la gargote au nom évocateur du « Cochon rôti » donnait son sentiment à qui voulait l'entendre :

— Le Joseph ? Pardi qu'il est devenu fou ! A-t-on idée de quitter la ville qui nous assure sa protection ?

Et ses collègues ne se privaient pas d'en rajouter :

— Complètement toqué depuis la dernière *gar-*

donnade[6] ! Il fallait voir la Mélanie traîner les pieds derrière le charreton qui emportait tout leur bien, autrement dit pas grand-chose.

— Pauvre ! Elle n'était pas encore remise de sa mésaventure.

— Et Joseph qui la houspillait, criant que c'était pour l'avenir de Jacquot qu'il allait chercher fortune en dehors des remparts !

Les Anduziens avaient coutume de voir leur Gardon en furie ébranler les piles de leur unique pont, passer outre les fortifications, s'inviter dans la ville basse le temps de s'adonner à d'importants dommages avant de regagner bien sagement son lit. Et cela, depuis la nuit des temps.

Joseph Séverin, comme les autres, s'était plus d'une fois colleté à ces caprices solsticiaux et l'aurait fait encore si le dernier en date, celui tant destructeur de l'année 1551, n'avait mis en grand péril la vie de son unique enfant, Jacquot, un bébé encore au maillot. La taverne qu'il tenait à l'angle de la rue Bouriane et de la rue du Pont avait bu la tasse et même le pichet, à vrai dire le tonneau tout entier puisque l'eau atteignit la seule pièce de son logis, située à l'étage où il croyait sa femme et son fils en sûreté.

Délégué pour son quart de vigie, tout en haut de

6. Crue intempestive du Gardon.

la tour de l'Horloge afin de surveiller la montée des eaux, Joseph avait entendu des hurlements ; ceux de Mélanie, il n'en doutait pas. Leur taverne totalement sous les eaux, ce fut jusqu'au plancher de leur chambre qu'elles montèrent ; tout s'effondra dans un horrible fracas et la malheureuse fut précipitée dans les flots alors qu'elle allaitait. Dérivant, abasourdie, dans la rue jusqu'à la place, toujours serrant son enfant dans ses bras, elle réagit enfin et, s'accrochant à la branche d'un arbre, appela au secours en cris désespérés.

— Tiens bon, Mélanie ! hurla Joseph du haut de son perchoir.

Il dévala, sautant par deux, par trois, l'escalier de la tour, se saisit d'une corde dont il se ceintura, attacha l'autre bout à un des anneaux de fer qui jalonnaient les façades et ramena à lui sa femme et son enfant, tous deux plus morts que vifs.

— Laisse-moi le temps de trouver un endroit où nous établir et nous partirons d'ici ! ne cessait-il de répéter à Mélanie qui cherchait, dans la boue laissée par la décrue, à sauver tout ce qui avait constitué sa richesse à ce jour.

Or, tables, bancs, assiettes, couverts et gobelets, tout avait été emporté. Seuls restaient les poêlons accrochés sous le manteau de la cheminée, le chaudron, lui-même suspendu à la crémaillère. Par chance, le mur dans lequel Joseph cachait son magot bien fourni, derrière une pierre descellée, avait tenu le coup.

— Tout n'est pas perdu ! se réjouit-il au milieu du désastre.

Un charreton encore chargé de barriques de vin qu'il venait d'acheter, attelé à une vieille ânesse et qu'il avait eu soin de monter au foirail avant le grand orage, s'arrêta à une lieue d'Anduze, dans un endroit désolé et battu par le vent, mais assez surélevé pour ne pas être la proie de l'eau.

Une maison de pierre aux dimensions modestes et d'apparence décrépite attendait le trio qui marqua un temps d'arrêt devant sa façade mangée par de ligneux végétaux.

Le seul voisinage qui allait être le leur et qui avait motivé l'acquisition de Joseph était un moulin à huile et à grain dont les grandes ailes brassaient le ciel d'automne.

— C'est lugubre, marmonna Mélanie.

— Attends de voir ce que j'en ferai, grogna Joseph.

Puis il se radoucit et expliqua :

— C'est surtout une clientèle assurée grâce au voisinage du moulin. D'ailleurs je vais rebaptiser cette gargote ; notre commerce s'appellera désormais l'Auberge du Moulin.

Dompter la végétation envahissante qui s'était attaquée non seulement aux pans de la maison mais aussi à ses murets d'enceinte, délimiter un chemin à peu près carrossable, badigeonner les menuiseries extérieures au blanc d'Espagne leur prit tout un mois. Il en fallut un autre pour assainir l'intérieur et préparer la salle, la nettoyer, la meubler d'une longue table de ferme entourée de ses bancs et s'approvisionner en denrées alimentaires de base.

Les premières tournées d'olives empruntaient le chemin mitoyen alors que Joseph accrochait une potence à l'angle de sa maison, à l'enseigne de l'Auberge du Moulin.

Dès lors, la salle ne désemplit pas. De grands bols de café fumant au petit jour réchauffaient les charroyeurs, de plantureuses soupes grasses trempées sur de copieuses tranches de pain, servies à dix heures, coupaient la matinée d'agréable façon et sur le coup de midi, quand le soleil atteignait son zénith, le repas était servi à la table commune autour de laquelle s'asseyaient le client de passage comme l'habitué. C'est dire si les journées de Mélanie étaient autant d'abrutissantes corvées, encore que Joseph ne restât pas les bras ballants.

Pris d'une idée de génie, il construisit dans son enclos une rôtissoire avec son tournebroche. À sa femme la cheminée pour les soupes et pour les ragoûts, à lui les saucisses et côtes grillées, les porcelets et les moutons rôtis dont les effluves allaient chatouiller les narines jusqu'au village de Tornac.

Quand ils comptaient la caisse ensemble, il arrivait que Joseph, rancuneux, taquinât Mélanie :

— Comment disais-tu déjà en parlant de mon acquisition ? C'est sordide ? Et les sous, ils sont sordides également ?

— Tu as eu le nez creux, Joseph, ça je le reconnais, concédait Mélanie, le regard brillant et le corps las.

Joseph avait eu, certes, le nez creux. Il eut en plus une chance de *crespiné* – n'était-il pas né avec une crépine sur la fontanelle ainsi que l'avait fait remarquer la matrone à sa mère ? – quand en 1560 fut érigé à Anduze un lieu de culte pour les Réformés de plus en plus nombreux dans la région. Un lieu pour prier, c'est bien, des chemins praticables pour y accéder s'imposaient. Ainsi fit-on tout autour d'Anduze des chemins dégagés, des tracés rectilignes comme ce fut le cas à La Madeleine, carrefour des routes allant vers Alès, vers Nîmes, vers Quissac et vers Montpellier.

Joseph Séverin remplaça son enseigne par une autre à l'intitulé plus ronflant : l'Hostellerie des Quatre Chemins et poursuivit ses rêves de grandeur :

— L'année prochaine, si tout va bien, nous agrandirons le bâtiment pour faire des chambres. Il faudrait aussi une écurie pour quatre bêtes, au moins…

— Et une souillon pour m'aider en cuisine, tu y penses, Joseph ? Ah, si nous avions eu une fille…

soupirait Mélanie, désolée de n'avoir pas eu une drôlette à la place de ce galapiat de Jacquot qui passait son temps à la faire endiabler.

Ce n'était pas peu dire qu'il avait la vie belle, ce joyeux galopin ! Et Joseph l'aimait ainsi, ce fils qu'il avait sauvé du Gardon en furie : écorché aux genoux, dépenaillé à son fond de culotte, le cheveu hirsute et l'œil pétillant du bonheur que procure l'enfance quand elle est liberté. Loin de gourmander l'insouciant, le père était heureux de pouvoir donner à son fils ce qu'il n'avait jamais eu.

— *Bou Diou*, la verte jeunesse, ça n'a qu'un temps ! Tu ne vas pas la lui gâcher, Mélanie, pour un seau d'eau qu'il n'a pas tiré du puits ou un fagot de bois qu'il n'a pas mis dans l'âtre, ni même la brouette de bûches qu'il a oublié de te ramener.

La jeunesse sans souci de Jacques, du moins celle que lui concéda son père, cessa net le jour de ses dix ans quand Joseph organisa les journées de son fils, non plus à taquiner le goujon dans le Gardon assagi, ni à traquer la perdrix dans les denses fourrés du Grand Bosc, encore moins à s'amollir aux jeux d'enfant avec la marmaille de Verdier, le meunier.

— Je serais un mauvais père, fiston, si je remettais à plus tard de t'atteler à l'ouvrage qui sera le tien. Dès demain, je te confie le travail de la salle… enfin une partie. Tu veilleras à ce que le client ne manque jamais de pain, d'eau ou de vin. Viendra après le moment d'apprendre à bouchonner et nourrir les chevaux et montures qui nous sont confiés.

À quoi Mélanie, bien qu'enfin aidée par une souillon qui ne soufflait jamais, ajouta :

— *Eh bé,* il était temps que tu le mettes au métier ! Pour autant, tu n'oublieras pas mon bois, Jacquot !

Bonne initiative que d'écourter l'enfance de son fils, la vie de Joseph l'aubergiste lui était parcimonieusement comptée. Un hiver de pluie, de grésil et de neige à rôtir ses cochons sous les intempéries, à charrier du vin et à changer la paille de l'écurie, lui fut fatal. Il ne vit, du printemps, qu'un carré de ciel bleu à travers le fenestron de sa chambre et, Dieu merci !, la frénésie que le jeune Jacquot déployait pour satisfaire les clients.

— Hein que j'avais raison de quitter la ville ? sifflait-il entre deux quintes de toux, brûlant d'une fièvre quarte.

— Tais-toi, Joseph, tu t'épuises ! lui ordonnait alors Mélanie, posant un linge humide sur son front en sueur.

La fièvre, le délire, la mort proche le faisaient, au contraire, parler sans cesse.

— Notre Jacquot, c'est un bon fils. Vous ferez une bonne équipe, tous les deux, je le sais. Mais quand viendra le temps qu'il prenne femme, efface-toi, Mélanie. Laisse la place à une nouvelle patronne.

— Pardi que je la laisserai, ma place ! Qu'est-ce

que tu crois, mon homme ? J'ai fait mon temps, moi aussi.

— Toi ? Il faudra t'assommer, ma brave femme, pour quitter la cuisine. Promets-moi de faire un effort.

— Tu m'embêtes, Joseph !

Les adieux de Joseph à son fils ne furent qu'une longue énumération de conseils pour bien gérer leur commerce et le développer :

— Ne plains pas ta peine, mon Jacquot, haletait-il à cause du souffle court de ses poumons mités. Et surtout ne laisse jamais de dette derrière toi, les chacals sont nombreux qui n'attendent qu'un faux pas pour accélérer la chute…

— Vous délirez, père. Des chacals, je n'en vois guère par chez nous…

— Une image, mon fils ! En tout état de cause, prends ta vie à bras-le-corps, mon Jacques, elle est si courte…

Courte fut en effet celle de Joseph Séverin l'aubergiste qui laissait à Mélanie sa veuve et à Jacques son garçon de seize ans la lourde charge de l'opulente Hostellerie des Quatre Chemins et de son personnel largement étoffé. Pas moins de cinq personnes s'y essoufflaient du matin au soir avec, outre la patronne qui œuvrait en cuisine aidée de sa souillon et Jacques qui rôtissait à l'extérieur, une serveuse en salle et un garçon d'écurie.

Dix ans après la mort de son père, Jacques pouvait être fier, il n'avait pas démérité l'héritage paternel. Mieux, il l'avait agrandi du projet inachevé de son père.

L'auberge comptait maintenant huit chambres qui pouvaient accueillir jusqu'à vingt-quatre pensionnaires et parfois plus, les veilles de grandes foires quand les dames consentaient à se serrer à trois dans un lit. Quant à la salle à manger, toujours pourvue de sa grande table et de ses bancs de bois, et qui avait ses adeptes, elle s'était doublée d'une autre, aussi spacieuse, à belles voûtes en plein cintre, dotée de tables rondes habillées jusqu'au sol de modeste coutil, de chaises paillées et de lampes à huile.

Non moins imbue que son fils d'une réussite qui ne se démentait pas, mais toujours besogneuse fourmi, Mélanie n'entendait pas lâcher les rênes fussent dans des mains capables et volontaires, malgré les insistances de Jacques.

— Mère, me ferez-vous plaisir, enfin ? À moi qui entre en âge et à Célimène qui finira par se lasser de vos atermoiements ?

— Serait-elle donc une inconstante, cette péronnelle ?

— Maman ! Six mois et plus que vous remettez. C'est pourtant à vous que revient l'honneur de demander pour moi la main de Célimène à son père.

— Pftt ! La fille d'un meunier !

— Et moi le fils d'un cabaretier, ça va bien ensemble, non ?

Voilà qui ramenait Mélanie à plus de modestie.

— Tu annonceras ma visite pour dimanche en fin d'après-midi, capitula-t-elle à la grande joie de Jacquot.

Célimène Verdier avait été, de son berceau, la spectatrice assidue des jeux que Jacques Séverin partageait avec ses frères et sœurs, avant que son père mît fin aux escapades de sa nichée, employant ses garçons à écraser le blé et broyer les olives, enfermant ses filles au couvent pour leur donner une éducation qu'elles n'étaient pas en mesure de recevoir à la maison, tout un chacun entrant dans celle-ci comme… dans un moulin.

En bon Cévenol, le père Verdier était tout acquis à la religion réformée, mais en excellent commerçant – produire huile et farine ne relevait-il pas du commerce –, il ménageait la chèvre et le chou, versant une grasse obole au consistoire et payant lourde rente aux pensionnats religieux de ses filles. On surnommait Verdier, l'*Estrampalat*, épithète peu flatteuse mais grandement usitée car des gens comme lui, qui faisaient le grand écart d'une religion à l'autre, par intérêt, Anduze et sa région n'en manquaient pas !

Pour s'être perdus de vue et ignorés de longues années durant, Célimène et Jacques ne s'étaient pas perdus de cœur ; leurs retrouvailles, à l'issue des dix années de couvent de la belle, ravivèrent de lointains souvenirs et semèrent de belles perspectives d'avenir commun dans les têtes bien faites, mais aussi bien pleines, des deux ambitieux.

— J'ai appris à tenir une maison au couvent, une auberge ne me fait pas peur ! affirma Célimène à la timide demande de Jacques que les belles manières de sa douce mie prenaient au dépourvu.

— Et faire la cuisine, aimeras-tu, Célimène ?

— Si j'aime ? J'adore ! Personne, au couvent, ne réussissait mieux que moi les macarons de Joyeuse et les gaufres au point que les sœurs disaient que c'était péché de gourmandise et ne manquaient pas de courir à confesse après s'en être gavées.

— Ma mère aux ragoûts et ma femme à la pâtisserie, il nous faudra pousser les murs pour recevoir la clientèle !

Sa mère ? Célimène fronça le nez qu'elle avait fort et dont les ailes frémirent d'appréhension. Son visage se renfrogna pour avancer :

— Ta mère m'appréciera-t-elle ? Ce n'est pas une querelleuse, au moins ?

Pas querelleuse, non ! Mais boudeuse, ça oui ! Après avoir, en dépit de grandes réticences, demandé au nom de son fils la main de Célimène et préparé le repas de mariage, Mélanie songeait à tout sauf à se démettre de ses prérogatives comme l'avait pourtant encouragé son époux aux portes de la mort.

— Ce n'est pas cette arrogante péronnelle, toujours à me défier, qui va m'apprendre mon métier ! confiait-elle à la souillon qui avait assisté, une fois de plus, à une scène mémorable entre la belle-mère et sa bru.

Tout aussi belliqueuse et assurée d'une écoute favorable, Célimène vidait son sac à son mari.

— Il ne se passe pas un jour sans que ta mère ne m'accable de reproches, et toujours injustifiés. De patronne, hélas, je n'ai que le titre ! Je te le dis, Jacques, il te faudra trancher sinon…

Il n'y avait que le personnel à se gausser d'une telle situation, Jacques s'épuisant, à la veillée, à rabibocher les deux femmes de sa vie qui repartaient de plus belle dans leurs affrontements le lendemain matin. Tiraillé entre son amour filial tout pétri de respect et celui, éperdument sensuel, entretenu par son appétissante et toute jeune épouse, il en perdait son tempérament de joyeux drille en même temps que le sommeil. Or, le destin veillait, cruel et brutal pour la vaillante Mélanie, mais soucieux de la paix dans le ménage de son fils.

Un matin, étonné de ne point voir sa mère, première levée, devant ses fourneaux, Jacques appela sous sa fenêtre. Sans réponse, il alla toquer à sa porte et finit par entrer sans y être invité. Mélanie gisait sans connaissance sur son lit, le visage torturé de douleur et les deux mains crispées sur son ventre.

Sourde à la douleur, de nature et par le métier qui ne souffrait pas qu'on s'appesantît sur son sort, la mère Séverin n'avait pas prêté cas au mal sournois qui broyait ses entrailles et ce, depuis des mois.

— Je ne pouvais plus bouger de souffrance, racontera-t-elle plus tard. Un flux de sang imprévisible me priva de connaissance. Ah, mes pauvres enfants, si je m'attendais... et toute la peine que je vous donne...

— Taisez-vous, mère, et prenez du repos.

Ce n'était pas son heure. L'hémorragie révélatrice ne laissait cependant aucun doute sur la maladie bien installée dans son corps et qui annihilait ses forces naguère invincibles.

On vit alors Célimène ceindre sa taille, sans forfanterie mais avec autorité, du tablier de cuisinière et régner enfin en patronne sur l'Hostellerie des Quatre Chemins. Et comme pour s'excuser d'une usurpation non programmée, on la vit, de plus, s'occuper de sa belle-mère avec des déférences de fille attentionnée, une patience de sainte et même d'affectueux sentiments de compassion qui, pour être feints, n'en étaient pas moins un leurre lénifiant qui accompagna la malade jusqu'à son dernier souffle.

On entendit alors louer, à la ronde, Célimène Séverin.

— Une méritante, la fille Verdier ! C'est que la Mélanie n'était pas une tendre, pour ça non !

— Deux années à la soigner, la laver, la nourrir, si c'est pas malheureux de causer tant de tracas !

— Vrai, elle a été longue à passer, la Mélanie !

Ce n'était pourtant pas faute d'appels réitérés de son défunt époux. Chaque nuit, Joseph venait habiter son sommeil et lui serinait à l'oreille :

— Laisse la place, Mélanie, tu as fait ton temps.

À quoi elle répondait tout haut, toujours vindicative :

— « Elle » serait bien trop contente !

Pardi qu'elle était contente, Célimène, et le fut bien plus encore – mais sans le montrer – quand Mélanie céda aux instances de Joseph et tira enfin sa révérence. Dès lors, elle avait les coudées franches pour apporter à l'auberge des aménagements nécessaires. Et ce n'était pas son Jacques, tout ébahi de ses idées, qui irait à leur encontre.

— Ce coutil sur les tables, c'est d'un commun ! Il faut les habiller de jolies nappes en lin avec leurs serviettes, poser de confortables carreaux sur les chaises, renouveler la vaisselle, et ces lampes à huile, quelle misère !

— Est-ce bien nécessaire, ma femme, de tant dépenser à ce qui, en fait, n'est que parade ?

— Détrompe-toi, Jacques, ce n'est pas être coquardière que de vouloir attirer la clientèle aisée. Comme tu as pu le constater, de plus en plus, des carrosses de route font halte chez nous, il faut bien traiter cette clientèle-là.

Ainsi fut fait, et après la salle, les chambres y passèrent que Célimène voulut coquettes, tendues de cretonne, parées de lourdes courtines, pourvues d'une literie impeccable.

Pris dans le tourbillon du travail et des transformations, Jacques et Célimène ne virent pas défiler les années, pas plus qu'ils ne ressentirent le mal d'enfant. Ce ne fut qu'une fois bien établis dans leur confortable négoce qu'ils ressentirent un manque à leur bonheur, une progéniture qui tardait à venir. Ils s'en désespéraient et, l'un soupçonnant l'autre de stérile nature, ils évitaient le délicat sujet, soupirant chacun dans son coin. Encore que Célimène n'oubliât pas d'invoquer sainte Rita dans ses ardentes prières. Mais la patronne des causes perdues semblait atteinte de surdité.

Et puis un jour, le miracle ! Alors qu'elle pétrissait du pain comme Sarah au pied du chêne de Mambré, elle eut la certitude qu'une vie poussait en elle ; mais à l'inverse de l'épouse d'Abraham, ce fut une fille qui lui fut donnée en même temps que s'achevait le cycle de sa vie de femme.

— Colombe ? Pourquoi ce nom ? s'étonna Jacques.

— Paix et plénitude sur notre foyer, notre fille en sera le symbole, son prénom le reflet !

Il n'y avait pas à discuter la décision allégorique de Célimène. Et puis, perd-on son temps à renâcler quand un bonheur auquel on ne croyait plus vous est donné ? Jacques Séverin était un homme raisonnable.

Sans céder à ses employés une once de ses obligations dans le bon fonctionnement de l'auberge, en maman responsable et comblée, Célimène s'occupa de sa fille dans ses toutes jeunes années avant de confier son éducation aux religieuses du Verbe Incarné auxquelles elle accordait un large crédit.

— En feront-elles une bonne aubergiste ? s'inquiétait Jacques, songeant déjà à sa succession.

Quel naïf, ce Jacques ! La réplique de Célimène était sans concession :

— N'en suis-je pas la preuve vivante, mon cher ? Et puis, sera-ce son destin ? Une enfant si mignonne, de plus dotée d'instruction et de bonnes manières, pourrait prétendre à un beau mariage.

L'enfant avait tout juste cinq ans et ses parents, déjà, lui bâtissaient un avenir pour le moins discordant !

Et voilà qu'en cette année 1617, des rumeurs de guerres, confirmées par des levées de troupes et une agitation inhabituelle dont toute la région craignait les débordements, troublaient le calme bienfaisant d'un territoire d'apparence apaisé. Pour une fois d'accord sur l'éloignement de Colombe, les époux Séverin avaient apprécié, chacun à sa manière, l'hospitalité qui était offerte à leur fillette au domaine de Verrière-Génestrelle. Encore que leurs raisons divergeassent.

Ma fille est amie avec Elisabeth de Vilette et de plus invitée chez son père, le gentilhomme-verrier, savourait sans réserve Célimène.

Fricoter avec la noblesse, c'est toujours bon pour les affaires, se réjouissait de son côté Jacques Séverin.

Certes, le client c'était lui, qui s'enorgueillissait des bouteilles sorties de la verrerie dans lesquelles il soutirait le bon vin alors que les pichets d'étain ne contenaient que le tout-venant, de même que les coupes campanulaires dans lesquelles Célimène disposait les fruits confits, servis au dessert. Lui encore qui se fournissait en verres de lampe torsadés, spécialité de Verrière-Génestrelle. Et tout cela sans qu'il ait jamais eu affaire à maître de Vilette afin de contourner la charte des verriers et se mettre à l'abri des éventuelles pénalités.

Ha ha ha, jubilait Jacques en se frottant les mains, il sera surpris, ce brave Va-devant, quand il saura que j'ai mes entrées au domaine !

Surnommé « Va-devant » en raison de ses qualités de marcheur infatigable, connu aussi sous le diminutif de Toine, Antoine Picca le colporteur était reçu en hôte de marque à l'Hostellerie des Quatre Chemins, comme en tout lieu où sa venue était annoncée, puis attendue tel le messie. L'homme qui se disait originaire de la région de Marseille exerçait, outre son commerce itinérant, une fonction sociale que personne n'aurait osé lui démentir.

Ambassadeur public, émissaire privé, rebouteux à ses heures, conteur de légendes et rapporteur de faits réels, en plus de son éventaire à nul autre pareil, l'homme était l'attraction à ne pas manquer au point qu'on se le disputait d'un village à l'autre. Il n'était pas rare d'entendre, à quelques jours de sa venue, les querelles s'envenimer.

— On l'a vu à Lézan qui poussait sa bricole la semaine dernière et c'est à Durfort qu'il passera en premier !

— Qui ça ?

— Va-devant pardi !

— Jamais de la vie ! Cette fois-ci, c'est à Tornac qu'il donne la préférence.

— Holà, vous deux ! Ne vous fatiguez pas, j'ai déjà préparé sa couche, c'est chez moi qu'il posera son charreton en premier. Oui, messieurs, chez moi, pauvre bouif de la ville d'Anduze. Un honneur, *té pardi !* Et de bonnes affaires en perspective, ses lanières de cuir et ses alènes ne sont plus à vanter. Ni même sa gomme arabique qui fixe la teinture.

— *Eh bé*, garde-le, ton marchand de miracles ! concluaient les autres, dépités.

C'est par l'intermédiaire du colporteur que Jacques l'aubergiste commerçait avec Elias le verrier, négoce occulte car illégal et fortement sanctionné.

— Maître Elias, je vous assure que le client sera muet comme un tombeau, avait-il juré au gentilhomme en jouant l'entremetteur avec l'aubergiste auquel il recommandait : C'est toi, et toi seul, Séverin, qui m'aidera à déballer ma bricole. Ensuite, tu attendras quelque temps avant de te servir de ta verroterie.

— Verroterie ? Tu en as de bonnes, Va-devant ! Au prix que je paye les fantaisies de la patronne, on pourrait l'appeler la joaillerie.

— À propos de payer, pas de chicane, hein ? Une affaire conclue, on n'y revient pas, surtout avec un gentilhomme.

— Tu me connais, Toine, je suis un honnête commerçant.

Jacques Séverin n'était pas le seul à traiter ainsi avec le verrier dont la conscience s'accommodait de ces arrangements. On a beau descendre de noble lignée…

***

Verrière-Génestrelle vivait au rythme des travaux d'été. De soleil à soleil, le domaine se vidait de ses forces vives qui s'en allaient aux champs ; le soir venu, de lourds chars à bancs ramenaient la moisson qu'on avait soin d'aérer au quotidien afin d'en chasser l'humidité.

La halle était silencieuse, les Raoul, comme chaque été, faisaient en Camargue provision de salicorne. Consignées dans la chambre au plus fort de la chaleur, Elisabeth de Vilette et Colombe Séverin feuilletaient distraitement des ouvrages empruntés à la bibliothèque des religieuses qui n'avaient rien à refuser à la fille du gentilhomme.

Colombe sursauta, Elisabeth venait de fermer rageusement son livre et tournait en rond dans la pièce.

— Quelque chose vous a déplu dans l'histoire que vous lisiez, Elisabeth ? demanda délicatement la fillette.

— Je m'ennuie, je m'ennuie, je m'ennuie ! scanda la demoiselle.

Colombe baissa la tête et Elisabeth rougit derechef.

— Pardonne-moi, Colombe. Je te jure, tu n'y es pour rien. C'est que, vois-tu, auparavant…

Un flot de paroles difficile à endiguer sortait de la bouche de l'adolescente et Colombe, surprise et émue de ces confidences, écoutait religieusement. Elisabeth fit une pause que Colombe mit à profit pour s'étonner ouvertement.

— Vous… vous étiez bergère ? Vous, la demoiselle de Vilette ? Vous gardiez les moutons ?

— Et même que pour la circonstance, on m'appelait Elie. J'étais heureuse, heureuse comme tu ne peux imaginer. Les mois d'estive avec Gédéon et François, il faut que je te l'avoue, sont les meilleurs de ma vie depuis que… depuis que maman nous a quittés.

Au terme de son aveu, Elisabeth fondit en larmes

et, au mépris de la barrière sociale qui les séparait, la petite Colombe se blottit contre elle, pleurant à son tour et hoquetant des mots pour consoler son amie :

— Ne pleurez pas, je vous en prie. Votre maman, au ciel, en serait chagrine. Racontez-moi vos peines. Est-ce madame de Bagars qui…

— Rachel la noire ? Elle ne m'aime pas ! D'ailleurs, elle n'aime personne à part l'héritier.

— L'héritier ?

— Mon frère ! Ce Thierry qu'elle s'est approprié comme sien et qui retient toute l'affection dont elle est capable. C'est par sa faute que notre mère est morte en le mettant au monde.

— Thierry… le petit berger… c'est votre frère ?

Colombe nageait en plein mystère et ce fut une diversion, pour les deux fillettes, l'une de narrer, l'autre d'écouter bouche bée, les confidences de mademoiselle de Vilette.

L'après-midi était bien entamé quand Elisabeth de Vilette signa un pacte d'amitié avec Colombe Séverin. La communion dans l'émotion qui les avait étreintes toutes deux révélait l'attitude mature, tout en déférente compassion, dont la petite faisait montre dans son raisonnement.

— Ces merveilleux moments, vous ne les oublierez jamais, Elisabeth. Ils sont à vous comme un bien précieux, mais d'autres vous attendent, n'en doutez pas.

— Comme mon amitié avec toi, Colombe ? Je t'en prie, soyons amies.

— Vous me faites beaucoup d'honneur.

— Des amies se tutoient, Colombe… et se disent tout !

— Tout, vraiment ?

— Tout, assurément !

— Alors écoute, mon amie. Ne ferme pas ton cœur à ton jeune frère, il existe mille façons de te rapprocher de lui. Parle-lui de votre maman qu'il n'a pas eu, comme toi, le bonheur de connaître…

— Rachel a usurpé sa place !

— Usurper n'est pas remplacer. On ne remplace pas une maman. Crois-moi, amie, c'est sur son souvenir que vous tisserez des liens, que vous vous chérirez enfin comme de véritables frère et sœur.

— C'est Rachel qui tordrait le nez.

— Ne te prive pas de ce plaisir, Elisabeth ! encouragea encore la coquine Colombe.

Le soir même, à table, l'adolescente mit à profit les conseils de sa jeune amie.

— Avez-vous des nouvelles de Gédéon, père ? Et surtout de mon frère, il est si jeune enfant.

Elias prit le temps d'avaler sa bouchée pour répondre à sa fille, mais fut coupé par la virulence de Rachel.

— Depuis quand, mademoiselle, le sort de votre frère vous donne-t-il du tourment ?

— Depuis, madame, qu'il n'est plus sous votre

vigilance. Il n'y a rien d'anormal, je sache, à m'enquérir de Thierry.

— Il va bien, ma fille et gambade comme un cabri. Je suis, pour ma part, heureux que tu t'en préoccupes.

Non moins surpris que Rachel, Elias appréciait la nouvelle attitude d'Elisabeth, ce qui l'amenait à d'autres cogitations.

« Elisabeth s'affirme et devient femme à notre insu. Il faudra que je songe à l'établir. Ah, l'éternel souci des pères ! »

À trop évoquer l'héritier qu'elle avait cru, un temps, pastoureau débutant, Colombe l'invita dans ses rêves nocturnes. Il y courait, gambadait, atterrissait devant elle au terme d'une audacieuse pirouette et plantait ses yeux noirs piquetés de paillettes vertes dans les siens jusqu'à les lui faire baisser tant son trouble était grand.

Dommage, gentil berger, que vous soyez de noble naissance, soupirait-elle en pressant ses deux menottes sur son cœur.

6
L'été amer de Rachel la noire

Les premières concentrations de lourds nuages gris avaient mis Gédéon en alerte. Deux jours durant, silencieux et attentif, le pâtre avait longuement interrogé le ciel ; sa décision avait fusé, irréversible :

— Demain, aux premières lueurs de l'aube, nous attaquerons la *davalée* dans la plaine, dit-il tout simplement en tranchant le pain pour le repas du soir et remplissant trois grandes écuelles du lait des chèvres fraîchement traites.

Il n'était pas question de se laisser prendre par les brouillards matinaux, annonciateurs de grandes pluies d'automne qui leur feraient prendre du retard, il en donna la raison à ses deux jeunes compagnons :

— Faut voir à pas manquer la foire de la Saint-Michel où maître Elias vendra ses broutards bien engraissés.

En habitué, François se le tint pour dit, il savait

ce qu'il avait à faire, plier le camp n'était pas une sinécure. Thierry leva la tête, des moustaches blanches moussaient autour de ses lèvres roses et il y avait comme du dépit dans sa pertinente réflexion :

— Alors, c'en est fini de la liberté et des gambades avec les cabris et les agnelets ?

Puis aussitôt son visage s'éclaira.

Avec un peu de chance, la fillette aux cheveux de miel sera encore au domaine de mon père, espéra-t-il, et son espoir se fit prière.

Annoncés par les sons aigrelets des sonnailles, les troupeaux jetaient villages et hameaux sur le bord des drailles séculaires et c'était à qui reconnaîtrait, aux peintures et pompons dont les bêtes étaient parées, le cheptel d'un voisin, d'un parent, d'un ami.

Celui du domaine de Verrière-Génestrelle se démarquait par sa sobriété, un désir de maître Elias auquel se conformait le pâtre, seul habilité à marquer les moutons. Pour cela, il chauffait de la poix dans un récipient, il y trempait alors une tige de fer avec un V en son extrémité et l'appliquait à la base externe du cou des bêtes. Il tenait, de l'autre main, un chiffon mouillé dont il tamponnait la marque imprimée dès qu'un filet de fumée s'en dégageait.

— *Pastré*, vous n'avez jamais brûlé un mouton ? s'était émerveillé, la première fois, le jeune François.

— Pas un seul, garçon ! Et pourtant, la marque

est indélébile, pas comme ces fantaisies à la gaude ou au kermès qui se vendent à prix d'or.

Il arrivait, en effet, qu'à la fin d'une estive pluvieuse les marques jaunes, rouges ou bleues aient coulé et les initiales alors étaient difficilement reconnaissables. Aux bergers d'avoir l'œil pour repérer leurs bêtes au milieu des autres.

À l'approche du domaine où la populace s'était portée en avant, une silhouette raide et noire scrutait le détour du chemin où apparaîtrait enfin son petit protégé. Fébrile depuis son départ, c'est tout excitée que Rachel attendait le retour de Thierry.

Il marchait en tête d'un pas vigoureux, talonné par les béliers aux cornes enroulées. Son visage était doré de bon air et de grand soleil. Pourtant serrés en catogan sur sa nuque, des cheveux noirs s'échappaient en boucles folles et mangeaient son visage radieux. Juste avant que le fier gamin n'apparaisse à découvert, Gédéon avait posé sur ses jeunes épaules un tout petit agnelet, né pendant le trajet et pas encore capable d'emboîter le pas à sa mère. Il y avait eu, en fait, quatre naissances au cours de la descente que François et Gédéon transportaient à l'épaule. Sur le moment, le geste du pâtre avait surpris Thierry ; maintenant, il bombait le torse.

— Ma bonne Rachel, regardez comme je suis fort ! cria-t-il, passant sans s'arrêter devant la veuve qui lui tendait les bras.

Et puis il vit son père et comme il l'avait entendu

dire par Gédéon, il le héla sans retenue :

— Père, vous pouvez être fiers de nous, vous ferez du bel argent à la foire de la Saint-Michel !

Elias de Vilette fronça les sourcils, il était temps de prendre en main l'éducation de ce sauvageon, trop longtemps fourré dans les jupons de sa soi-disant mère. Souhaitant marquer de cette manière la fin de son enfance, il lui tendit une main d'homme en disant :

— Heureux de te revoir, mon fils, et en bonne disposition. Tu as forci, me semble-t-il ; à la prochaine *réveillée*, on verra de te mettre *gamin* sous la halle.

— Père, vous n'y pensez pas ! s'insurgea Rachel accourue vers eux. Ce n'est qu'un enfant.

— Plus on est jeune, mieux on apprend, vous en savez quelque chose, ma fille, pour avoir très tôt régné sur cette maison.

Rachel de Bagars se le tint pour dit.

Ce n'était pas la première fois que son père la remettait vertement en place. Tout avait débuté à cause de cette petite peste d'Elisabeth qui n'apprenait pas que des prières au couvent. Ne voilà-t-il pas qu'un jour elle s'était mis en tête de renouveler sa garde-robe ? La scène s'était déroulée pendant le repas.

— Mon père, avait demandé l'adolescente en dédiant un charmant sourire à son géniteur, me trouvez-vous digne d'une Vilette dans cette robe de toile grise sans le moindre galon ni simple mignonnette à mon bonnet ?

La question avait laissé le père coi et mis le rouge de la colère au front de Rachel la noire.

— Sont-ce là les manières que l'on enseigne dans votre couvent, mademoiselle l'orgueilleuse ? En la maison de notre père, on inculque plus de modestie.

— Laissez, Rachel ! la coupa Elias. Elisabeth sort de sa chrysalide et aspire à des ailes de papillon, c'est de son âge. Nous en reparlerons, jeune fille, quand ta sœur aura mandé une bonne couseuse à façon.

Un papillon, sa demi-sœur ? La veuve du notaire n'en crut rien et, de nature futée, se douta bien que cette petite peste de fille d'aubergistes influençait Elisabeth.

Et ce n'était pas faux ! Encore que la finaude Colombe n'en restât pas là qui, ayant prêté impulsivement son béguin fleuri à sa nouvelle amie, flatta sa récente coquetterie.

— Comme tu es belle, Elisabeth ! Je te le donne, il te va mieux qu'à moi. Attends, il faut cependant que je récupère ma médaille de naissance que ma mère y a cousue.

— Maman cousait la mienne à la bretelle gauche de ma chemise, soupira Elisabeth, se souvenant avec émotion. Rachel, encore elle, a mis tous ses bijoux sous clé à la sage raison de les tenir à l'abri des tentations.

Nouveau soupir d'Elisabeth et nouvelles confidences qui sortirent sans réserve :

— Tu me dois la vérité, Colombe. Je parierai cinq sols qu'on me prend pour une pauvresse au couvent. Tout cela à cause de Rachel qui vouerait au noir toute la maisonnée et me prive du moindre affiquet.

Colombe avait rougi, hésité un instant avant de jouer la franchise.

— Pour une pauvresse ? Non, je ne pense pas. Il est vrai cependant que des remarques fusent sur ton passage.

— Dis-moi. Dis-moi tout !

Colombe ne lui cacha rien… ou presque. Que l'on traitait sa famille de noble à chiche-face, voire de noblesse en haillons, ce qui revenait au même, ou bien qu'on soupçonnait l'adolescente de vouloir devenir nonnette et s'habituer toute jeune aux robes de bure pour mieux leur ressembler. Pire encore, mais Colombe eut la sagesse de le taire, dans les couloirs du couvent courait le bruit… oh, elle frémissait à cette pensée tout en la repoussant… qu'Elisabeth était une sorcière. La rumeur, voulant qu'elle dissimulât les stigmates de cette engeance du diable – angiomes, scarifications et autres griffes maléfiques sur son corps –, émanait de cette intrigante de Marie-Constance d'Airebaudouze dont le père n'était rien moins que le seigneur d'Anduze et l'un de ses consuls.

Pour preuve, en langue de vipère, Marie-Constance affirmait :

— L'avez-vous vue se départir, par temps chaud ou temps froid, de sa vilaine brassière grise ? Moi, jamais !

L'orgueilleuse fille du consul, c'était notoire, se comportait en souveraine au couvent du Verbe Incarné et les religieuses fermaient les yeux, soucieuses des largesses de monsieur son père.

Tout en taisant l'horrible soupçon, entretenu il est vrai par le teint translucide, le regard céruléen et la pâle blondeur des cheveux d'Elisabeth – l'antithèse d'une Cévenole –, Colombe ne put se retenir de mettre en garde son amie en glissant quelques détails cocasses et conclut :

— Elle te jalouse, tu es la plus gracieuse fille du couvent !

— Tu en sais des choses, toi ! Si je m'attendais, à te voir si réservée, mais je suivrai ton conseil et me méfièrai à l'avenir.

Ainsi, bien que de mauvais gré, Rachel de Bagars avait installé une couturière qui, tout l'été, tailla, bâtit, cousit, broda le nouveau trousseau d'Elisabeth de Vilette qui serait, assurément, la mieux parée des pensionnaires. Une dépense dont son père espérait qu'elle n'était pas à fonds perdus. D'autant que rien ne semblait arrêter la nouvelle

Elisabeth, encore qu'elle y mît les formes.

— Savez-vous, mon père, ce qui me ferait plaisir ? De plus, et j'ai eu à rougir de ce manque, je suis la seule à ne pas posséder de clavier[7]. Je me souviens de celui de maman…

— Un clavier en argent massif ! Tu es bien trop jeune et surtout trop étourdie, tu le perdrais ! s'insurgea Rachel.

Belle opportunité pour confondre la mégère dont Elias, décidément, ne prisait plus la véhémence.

— Je ne vois pas le vôtre, Rachel, celui que je vous avais offert pour votre communion, si je me souviens bien ? Cette simple chaîne à clés vous suffit donc ?

Érubescence de la drôlesse démasquée qui se tut plutôt que d'avouer l'avoir égaré et recherché en vain, alors qu'une ébauche de sourire se dessinait dans la barbe foisonnante d'Elias et qu'il rassurait la jeune fille.

— Soigneuse comme tu es, le clavier de ta maman sera en de bonnes mains, fillette ; tu l'auras dès demain.

Il se fit alors la réflexion :

Le temps d'établir cette enfant viendra plus tôt que je ne pensais. Elle me manquera, c'est certain !

Il eut confirmation du bien-fondé de son raison-

7. Objet de métal féminin qui se portait à la ceinture, muni d'une chaîne où l'on accrochait ciseaux de broderie et clés.

nement dès la fin de juillet quand le notaire Roquefeuil, successeur de feu maître de Bagars, vint payer à sa veuve son loyer et sa rente qu'il réglait à terme échu.

Introduit dans le salon où Elias écoutait distraitement la conversation d'Elisabeth et de Colombe tandis que Rachel supervisait un empilement de pots de confiture au fond d'un coffre en bois, Robert Roquefeuil n'eut d'yeux que pour l'adolescente, en beauté il est vrai, dans une robe de droguet blanc, soulignée d'un grand col de dentelle. Ses cheveux, qu'elle avait laissés libres de tout béguin, balayaient son dos dans une longue natte étroitement tressée par les mains menues mais habiles de Colombe.

Elias de Vilette intercepta le regard du coupable, ce qu'il y lut l'irrita au plus haut point.

Vous n'aurez point ma fille, monsieur le notaire. J'ai, pour son avenir, d'autres ambitions qu'être l'épouse d'un tabellion, du double de son âge, de surcroît ! fulmina-t-il en fronçant ses sourcils habités de neige.

Odieuse hypocrisie quand lui-même avait pris pour femme la jeune Aveline. Et non moins odieux calcul quand un lieu, déjà, trottinait dans sa tête, la verrerie de La Civadière, et qu'un nom étroitement lié l'accompagnait, Salomon de Montrobert, son propriétaire, un quadragénaire veuf et sans héritier, promu et pour cinq ans syndic de la région, chargé de la représenter à la Haute Cour des Verriers du Languedoc.

L'orgueil de la profession, doublé de celui de la noblesse, l'autorisait à considérer comme primordiales de stratégiques alliances.

À peine esquissé, le rêve de maître Roquefeuil resterait utopie, mais il n'en perçut rien et, la tête dans les nuages, se promit de trouver mille excuses pour avoir ses entrées au domaine. Seule la sagace Rachel avait frémi aux mauvais souvenirs que faisait resurgir le regard gourmand du notaire posé sur sa jeune sœur et puis, méchante, elle s'en réjouit.

Chacune son tour, ma chère Elisabeth !

Ce n'était décidément pas l'été de madame de Bagars ! Après avoir fait, depuis le second veuvage de son père, la pluie et le beau temps au domaine, voilà qu'elle avait vu son champ d'action limité, ses prérogatives rabotées, ses avis contrariés. Il n'y avait eu jour qu'elle ne fût obligée de ravaler quelque humiliation.

Aussi, non sans plaisir, avait-elle vu repartir pour leur pensionnat Elisabeth et Colombe, les amies révélées. Et avec une plus grande joie encore se prit-elle à attendre le retour de l'estive qui lui ramènerait son cher Thierry. Or, là encore, la déception fut au rendez-vous.

Certes, il l'avait joyeusement saluée, sa bonne Rachel, mais totalement ignoré les bras qui se tendaient vers lui, qui voulaient le happer, l'enserrer, ne plus le lâcher. Et le pire était venu du père qui, fier de la bonne mine de son rejeton, le trouvant fort et vaillant pour son âge, proclamait haut et fort qu'il le ferait *gamin* à la prochaine *réveillée*. Autant lui arracher ses entrailles stériles ! Triste été que celui de Rachel. Elle n'était pas encore au bout de ses déconvenues.

Le soir même, au cours du repas, la révélation du lien qu'avaient tissé Thierry et François, sous l'œil complice et satisfait du pâtre Gédéon, fit exploser son cœur. L'enfant chéri n'avait que ce prénom à la bouche, celui de l'enfant haï, et Rachel le ressentit comme une nouvelle trahison. Décidément, tout un monde s'effondrait sous ses pieds.

Mission pleinement réussie, en effet, que celle que s'était donnée le pâtre généreux. L'enfant Thierry avait trouvé en cet aîné méconnu un protecteur, une autre mère qui, pendant toute l'estive, s'occupa de lui, joua avec lui, veilla sur son sommeil, lui apprit mille choses.

En retour, Thierry ne jurait plus que par François, son modèle, son héros.

— Savez-vous, mon père, que François a sauvé quatre de nos brebis au risque de sa vie ?

« Il nous doit bien ça ! » aurait pu lire un esprit avisé sur les lèvres pincées de Rachel. Elles s'entrouvrirent, cependant, pour lui permettre de happer un peu d'air quand l'enfant déclara ingénument :

— Si j'avais eu un grand frère, j'aurais aimé qu'il ressemblât à François ! Et vous, père, ne vous plairait-il pas comme fils ?

— Celui que ma chère épouse m'a donné me comble entièrement, murmura Elias, la tête baissée sur son écuelle et la voix nouée par l'émotion.

Nullement affecté par l'inhabituel trouble de son père, Thierry poursuivit :

— Je ne doute pas que vous ayez souhaité assurer son avenir, père, mais je vous avoue que notre halle sera bien triste sans François.

— Il est du devoir d'un gentilhomme de préparer leur avenir quand on décèle d'excellents éléments. François perfectionnera sa formation à Verreries-les-Moussans, chez le très renommé seigneur de Fontclaret.

Là, Rachel de Bagars s'étouffa carrément. En filleul serviable, Thierry de Vilette se leva et lui tapota le dos.

— Ce n'est rien, marraine, juste une gorgée que vous avez dû avaler de travers.

***

Chacune de ses enjambées, qu'il avait franches et larges, éloignait François de tout ce qui avait été sa vie jusqu'à ce jour. Il n'avait que peu de jours, lui avait assuré Elias, pour rejoindre Verreries-les-Moussans à temps pour la *réveillée*, aussi maintenait-il, depuis le matin, un rythme soutenu, ce qui accélérait sa respiration au point de devenir parfois haletante, parfois même oppressante.

La cadence qu'il s'imposait n'était pas seule en cause ; s'y ajoutait le flot de sentiments contraires qui se disputaient pour occuper la première place dans son cœur ; ce même cœur qui avait bondi, au point d'en être douloureux, de fierté légitime et de reconnaissance quand il avait été convoqué dans le « sanctuaire », le bureau de maître Elias.

— Il y a longtemps que j'ai repéré en toi les qualités pouvant te conduire à la maîtrise, François, et si j'ai tant tardé à te tracer un chemin ailleurs qu'en notre verrerie, ce n'est que pour le regret que j'aurai à te voir partir.

— Moi aussi, mon maître, avait bredouillé François.

— Laisse-moi parler. Maître-verrier tu deviendras, car tu en as l'habileté en plus de la pratique, la force et la délicatesse, la vivacité du geste et surtout la patience du créateur. Mais pas ici, pas à Verrière-Génestrelle.

— Vous me renvoyez, mon maître ? n'avait pu retenir le jeune homme qui, après avoir rougi sous les compliments, devenait blême.

— Paix, te dis-je ! s'irrita alors Elias. Écoute-moi jusqu'au bout. Je me suis engagé à payer, et fort cher, tu peux me croire, tes dix années de formation à la maîtrise chez Francis de Rizols, seigneur de Fontclaret et j'attends à ce que tu fasses honneur à notre verrerie dont tu porteras les couleurs.

Du rouge au blanc, puis au cramoisi, François pressait ses mains sur sa poitrine pour comprimer de son cœur les battements affolés. Elias fit peser ses deux mains sur les épaules de son bâtard et, plongeant son regard sombre dans ses yeux ébahis, l'adouba solennellement.

— François du domaine de Verrière-Génestrelle, verrier chez noble Elias de Vilette, vous devez vous présenter le premier d'octobre à Verreries-les-Moussans où vous recevrez, et les accepterez humblement, le chapeau brodé et le pot de vin en argent, preuve de votre loyauté réciproque.

Alors, le jeune homme cambra ses reins, étira son torse au point de dominer d'un front son père et déclara après quelques hésitations de gorge :

— Verrière-Génestrelle n'aura pas émissaire plus appliqué ni vous-même, mon bienfaiteur, aspirant plus obligé.

Le geste n'était pas calculé, il se fit naturellement. Elias attirant à lui le jeune homme lui donna la brassée, accolade virile non dénuée d'affection. C'est ainsi que les surprit Gédéon qui avait déjà troqué son chapeau et sa cape pour vêtir sa chemise ceinturée de fournier. Elias repoussa alors l'apprenti et lui ordonna d'aller préparer son bagage.

Resté seul avec Gédéon, il s'apprêtait à entendre une sévère philippique comme s'y autorisait parfois son frère de lait, mais il n'en fut rien.

— C'était beau, Elias, de vous voir enfin étreindre ce premier fils qui vous a été donné...

— J'adoubais simplement mon apprenti ! se défendit Elias.

— Tss tss tss, votre bouche dit ça, mais votre cœur parle un autre langage, même si François n'a pas compris aujourd'hui, il comprendra un jour.

— Jamais, tu m'entends ! Mon fils, c'est Thierry...

— Je sais cela, Elias. Restons-en là pour l'instant. Vous vous êtes comporté en père pour l'avenir de ce garçon, et cela seul compte... et vous sera compté par l'Éternel.

L'intense satisfaction de Gédéon n'avait d'égale que la colère à peine dissimulée des Raoul. Les deux frères, inséparables, prenaient toujours fait et cause l'un pour l'autre et pour leur famille respective, et là, c'était Raoul l'aîné qui criait au scandale et Raoul cadet qui se posait en défenseur des intérêts familiaux.

— Maître Elias est parjure, il m'avait promis de payer la maîtrise à mon fils Antonin, un souffleur d'avenir, disait-il. Et qu'en est-il aujourd'hui ? C'est le bâtard qu'on envoie recevoir le bonnet.

Raoul cadet cracha au sol.

— La peste soit de ce maudit sournois qui s'est attiré les bienfaits promis à un autre. Il faudra bien, un jour, que nous lui fassions payer.

— Comment, mon frère ? Quand on a la protection de maître Elias…

Raoul l'aîné se tut soudain. Il avait ouï comme un bruit feutré de tissu que l'on froisse, à moins que ce ne soit de sol que l'on effleure d'un pied léger.

— Que disais-tu, Raoul l'aîné, au sujet de ton maître ? questionna hautainement Rachel, surgie de derrière la halle et se plantant devant les deux frères.

— Je… j'en disais… patronne, que…

— Que nous n'avions pas meilleur maître ! s'empressa de répondre Raoul cadet. Pour preuve, le placement du… de…

— Parle net, Raoul cadet. Inutile de louvoyer avec moi qui déteste autant que vous ce va-nu-pieds, ce traîne-savates de François. Je sais que mon père a manqué à sa parole envers ton fils, Raoul l'aîné, et tout ça à cause du bâtard !

— Mais alors, patronne, vous êtes avec nous ?

— Pour rendre à chacun la place qui lui revient en cette demeure, oui, je serai toujours avec vous. Le temps de la vengeance viendra, et je veux, ce jour-là, pouvoir compter sur votre aide.

Les Raoul jurèrent en crachant sur le sol, une habitude qui pouvait entériner un pacte comme exprimer une grande contrariété.

Les trois nouveaux complices ne se doutaient pas d'être, à leur tour, espionnés. Gédéon avait surpris Rachel se dirigeant vers la halle, ce qui n'était pas dans ses habitudes.

Que peut-elle bien manigancer ? se demanda-t-il

et derechef il lui emboîta le pas à bonne distance.

Le conciliabule des deux maîtres-verriers et de madame de Bagars ne le surprit qu'à moitié, ce qui lui donna une raison de plus de se frotter les mains.

Mon bon maître a été bien inspiré d'éloigner François. Je vais dormir sur mes deux oreilles... Du moins tant qu'il sera chez son nouveau patron ! soupira-t-il d'aise.

Sa première nuit dans une grange hospitalière, après qu'il eut partagé la soupe et le pain des fermiers, apporta le repos au corps fatigué de François, sans pour autant lui amener le sommeil, étreint comme jamais d'une étrange sensation de solitude. Il n'était pourtant pas de tempérament à se poser des questions, sa vie, sa courte vie lui ayant appris à subir les nombreux changements de son cours sans en connaître les raisons.

Bien qu'il fût un mentor peu bavard, Gédéon avait été une présence palpable tout en restant discrète, solide et pleine de sagesse.

— Je ne sais qui, du pâtre ou du fournier, me manquera le plus, avait-il confié à Gédéon en guise d'au revoir.

L'homme aux cheveux blanchis et à la barbe grise esquissa un sourire ; son regard qui brillait de plaisir devint tout humide quand le jeune François lui assura avec force :

— Si, je sais ! Ni l'un ni l'autre en vérité. C'est le père que je n'ai jamais eu et que vous avez remplacé, qui va me faire défaut dans ma nouvelle vie.

— La représentation physique n'est qu'un leurre, François. La vraie présence n'a pas besoin de se matérialiser.

François ne trouva rien à répondre à cette philosophie dont le pâtre usait et abusait. Il aurait souhaité lui assurer que, quotidiennement, ses pensées vogueraient vers lui, et voilà que l'irruption d'un feu follet l'en priva de volubile façon.

— Je ne voulais pas le croire et j'ai bien fait. Ma chère Rachel m'assurait que tu étais parti et surtout que tu n'avais pas souhaité me faire tes adieux. « Non, pas François ! Tu te trompes, ma chère Rachel ! » me suis-je écrié en lui faussant compagnie, débita Thierry, encore essoufflé par son escapade de vif-argent.

— Partir sans te saluer, toi le plus joyeux des pastoureaux ? Dieu m'en garde ! J'ai déjà bien peine de ne pouvoir en faire de même à Elie… enfin, je veux dire à mademoiselle Elisabeth.

Le visage radieux de Thierry devint grave, l'espace d'un instant ; lui aussi regrettait de n'avoir revu la jolie Colombe. Remisant ce regret fugace, il sauta au cou de François qui le souleva de terre et l'installa sur ses épaules.

— Eh, François, tu me prends pour un agneau ? riait-il du haut de son perchoir.

— Même que je vais te vendre à la foire ! s'écria François, entrant dans le jeu du gamin.

Puis il redevint sérieux :

— Faisons, si tu le veux, un bout de chemin ensemble.

— Pardi que je le veux, mon François !

Le bout de chemin s'arrêta devant la masure des vanniers. Flandin et Géraud, les deux frères, assis sur une chaise basse, les brins d'osier à portée de main s'assouplissant dans un récipient rempli d'eau, tressaient des paniers pour le transport des verres ; sans interrompre leur ouvrage, ils crièrent bonne route au jeune verrier.

— Le bonnet brodé ! Fichtre, tu vas faire le fier, François, et plus nous reconnaître.

— Jamais, mes amis, non jamais je ne vous oublierai !

François s'accroupit, Thierry glissa de ses épaules, ils se prirent dans une longue étreinte et chacun traça son chemin sans se retourner. On peut avoir dix-sept ans et garder une âme sensible, de même qu'être un gamin de sept ans, se croire aguerri et libérer des larmes chaudes sur ses joues.

On peut également être un géant blanchi sous le harnais des bons et mauvais sorts, pétri de l'orgueil de la race des Lavalette et écraser un pleur en regardant, tapi dans l'embrasure d'une fenêtre, s'en aller son enfant.

Environ une quarantaine de lieues séparaient le domaine de Verrière-Génestrelle de celui de Verreries-les-Moussans, situé au pied de la Montagne Noire, et François désespérait de voir la fin de ce trajet qui le menait de surprise en surprise.

Il y avait d'abord les paysages qu'il avait crus immuables, à l'image des Cévennes où il vivait et des Causses où il passait l'estive, ses seuls repères à ce jour. Or, il n'en était rien, jusqu'aux essences des forêts traversées qui le déroutaient.

Que dire alors du climat ? Des vents qu'il ne reconnaissait plus ? Des pluies intempestives qu'il fallait braver pour ne pas prendre de retard ?

S'il n'avait eu pleinement confiance en Elias, son bon maître, son bienfaiteur qui lui avait tracé son trajet dans les moindres détails, cent fois il se serait avoué perdu, mais sa bonne étoile veillait qu'il savait venir de Verrière-Génestrelle, peut-être de Gédéon, de Thierry, d'Elias lui-même, et toujours elle le confortait dans le bon chemin.

Journées fastes quand, malgré quelques appréhensions, il faisait route en compagnie. Qu'ils soient colporteurs, marchands, muletiers, qu'ils parcourent à pied, à cheval, en charrette, les sentiers du Haut Languedoc, il ne passait jour sans que François ne croisât un de ces forçats de grands chemins, habitués à braver les intempéries, à affronter la canicule pour assurer le transport des marchandises.

— Un larron en cavale ? l'interpella un muletier,

immobilisant magistralement son attelage à sa hauteur.

Le jeune homme, vexé d'être pris pour un tire-laine, baissa la tête et ne répondit pas. Ce qu'il vit lui redonna le sourire. Les jambes et pieds poudreux de la poussière des chemins, le bas de sa culotte frangé de s'être tant de fois accroché aux cistes, cades et autres buissons épineux, le visage mâchuré où la sueur avait tracé des sillons, il fallait l'avouer, il n'était pas beau à voir.

— Vous vous méprenez, monsieur, mais je conviens ne pas être très présentable. François du domaine de Verrière-Génestrelle, en partance pour la maîtrise, se présenta-t-il, tout imbu du titre dont maître Elias l'avait doté.

— Un verrier ! On n'en rencontre guère par ici. On dit qu'ils préfèrent les bois pour préserver leurs secrets de fabrication.

— C'est donc qu'on parle sans savoir !

— Monte à mon côté et explique-toi, verrier, le voyage nous semblera plus court.

— Grands consommateurs de bois, je vous l'accorde, muletier, jamais cependant en tapinois. Nous louons les bois si n'en possédons point, reboisons pour ne pas engendrer pénurie et exerçons notre art au grand jour et selon les règles.

Le bavard muletier convoya François sur une dizaine de lieues et sa langue tricota bon train, comme celui qu'il imposait à ses mulets attelés en enfilade.

— M'as-tu dit, seulement, où te menaient tes pas, ami ?

— C'est à proximité de Saint-Pons-de-Tommières que se trouve mon nouveau maître, le seigneur de Fontclaret.

— Sapristi ! C'est pas sur ma route ! Moi, je descends sur Montpellier, si le cœur te dit d'y faire une virée. Une ville joyeuse où les belles garces ne manquent pas pour le plaisir des yeux et bien d'autres délices.

François se raidit, non qu'il fût prude, les verriers plaisantaient sous la halle et souvent de manière plus graveleuse. Ce nom, pour lui, évoquait tous les dangers, ceux dont maître Elias et Gédéon le pâtre l'avaient mis en garde, lui recommandant d'éviter les grandes villes comme Montpellier et Narbonne qui étaient devenues des repaires d'hommes en armes de tous bords et prêts à en découdre. « Tiens-toi loin de ces cités de perdition, avaient insisté l'un et l'autre, et prie afin de ne pas rencontrer, en chemin, des troupes en maraude. Garde la foi, François, mais garde aussi la vie. »

Fort de ces paroles qui prouvaient combien son maître et son mentor tenaient à lui, François déclina poliment la proposition du muletier.

— Alléchantes perspectives que je dois refuser, le risque est trop grand que cela me retarde. Adieu, muletier, et merci pour le convoyage.

Leur séparation replongea François dans une

solitude qu'il apprécia pour s'adonner à la réflexion. Plus grande était la distance qui le séparait de Verrière-Génestrelle, plus floues lui apparaissaient les personnes qui avaient marqué la première partie de sa vie. Au contraire, alors que chaque pas le rapprochait du terme de son voyage, il essayait d'imaginer les gens qui l'accueilleraient, ceux avec qui il travaillerait et tout le petit peuple qui composait couramment une verrerie.

Il touchait presque au but, ayant dépassé le gros bourg de Saint-Pons, et distinguait, à travers un épais rideau de verdure, la pierre ocre rose d'une grosse bâtisse lorsque des gémissements étouffés et des exhortations assourdies piquèrent sa curiosité. Il s'arrêta et tendit l'oreille. Des bribes de conversation, pour l'heure à peine audibles, parvinrent jusqu'à lui.

— Mère, je vous en prie, jetez vos bras autour de mon cou et serrez-moi très fort.

— Je ne peux, mon enfant ! Agir ainsi serait nous faire choir toutes deux. Va, laisse-moi et cours chercher du secours.

— Vous laisser en si mauvaise posture ? Je ne m'y résoudrai qu'à bout de forces. Essayons encore, voulez-vous ?

Le silence se fit. François avait rebroussé chemin et furetait du regard, à droite et à gauche, les épais taillis en pente raide. Des branches avaient bougé du lieu où montaient les voix oppressées, il les écarta doucement et scruta l'obscur précipice ; deux silhouettes étroitement enlacées et en périlleux équilibre menaçaient à tout instant de rouler en contrebas sur les galets polis d'un ru encore à sec.

— Ne bougez pas, j'arrive ! leur cria-t-il en assurant sa descente sur la houlette qui ne l'avait jamais quitté.

Presque arrivé à elles, il étendit le bras.

— Que l'une de vous s'agrippe à ma main, je la remonterai et ferai de même pour sa compagne.

— Cela ne se peut, argua la voix juvénile. Ma mère ne saurait marcher.

— Une jambe cassée ? Il faut alors une litière. Je m'en occupe, tenez bon.

— Point de tout cela, monsieur, ne nous laissez pas, je vous en prie ! supplia la jeunette.

Elle était au bord de la panique et invoquait le ciel :

— Seigneur Dieu, venez-nous en aide, je ne pourrai tenir plus longtemps !

Oubliant houlette et prudence, François se laissa glisser sur les fesses jusqu'aux malheureuses en difficulté, se saisit d'un seul bras de la plus âgée alors que de l'autre main il s'aidait à remonter en se cramponnant aux branches de genêts et d'aubépines.

Derrière lui et à bonne distance, la fillette essayait de le suivre, mais glissait dans l'herbe grasse, s'écorchait les mains et les genoux et toujours s'inquiétait de sa mère.

— Souffrez-vous très fort, mère ? Tenez bon, ce chemineau providentiel va vous tirer de ce mauvais pas !

Celui qu'elle avait pris pour un vagabond ne releva pas l'insulte ; parvenu au chemin, il déposa au sol son fardeau et, se mettant à plat ventre, tendit les deux bras et hissa la fille comme s'il se fût agi d'une plume.

La mère pleurait de chaudes larmes libératrices tout en remerciant leur sauveur tandis que sa fille, muette, restait prostrée, les yeux rivés sur le ravin rocailleux qui avait failli être leur tombeau.

Embarrassé, François lui parla doucement :

— N'y pensez plus, demoiselle. Cessez de regarder cet abîme qui aurait pu vous engloutir.

Elle ne répondit pas et tendit seulement, vers les profondeurs, un doigt qui tremblait encore. Au-dessous de leur position inconfortable, stoppée dans sa chute par une solide racine qui sortait du rocher, une sorte de nacelle d'osier sous laquelle on devinait un cadre de bois où se positionnaient quatre roues se balançait au léger vent du soir qui doucement caressait la combe minérale.

François n'était point sot, encore moins couard, il l'avait montré en sauvant les deux dames, il ne pouvait faire moins que tenter de remonter le fauteuil à roulettes. Ce qu'il fit dans un silence religieux et sous le regard effaré de la gamine, enfin consciente des risques que prenait ce jeune homme obligeant. Parfois, de petits cris lui échappaient quand une pierre roulait sous le pied de François et allait se perdre dans les sombres profondeurs.

Elle y tient à ce fauteuil ! se méprenait le jeune homme.

Il remonta, non sans mal, ce curieux matériel ; le reste fut un jeu d'enfant : redresser les roulettes, installer la dame aux jambes mortes dans son siège d'osier et s'incliner bien bas en ôtant son chapeau.

— Charlotte, mon enfant, chevrota la mère, nous ne pouvons laisser notre sauveur passer son chemin, il doit être remercié… par quelques provisions pour garnir sa besace.

Toujours cette méprise ! François ne s'en offusqua point.

— Je ne puis, madame, m'attarder plus longtemps, on m'attend aux verreries de Moussans.

Mère et fille se regardèrent, amusées malgré le tragique de la situation.

— Lesquelles ? Fontclaret ou Lieusech ?

— Fontclaret, justement ! Vous connaissez, mesdames ?

— Suivez-nous, jeune homme, insista madame de Rizols, c'est bien à Verreries-les-Moussans que nous désirions vous conduire.

7
La verrerie de Moussans

L'autan blanc, vent doux et sec venant du sud et que les gens de cette contrée appelaient aussi le narbonnais, charriait de subtils effluves de raisin pressé.

Dans la plaine, les vendanges se terminaient, laissant au vigneron le plus noble de sa tâche : transformer les fruits blancs, rouges ou mordorés en vins légers, capiteux ou follets, ainsi que l'on nommait la boisson légèrement fermentée et pétillante dont parlait déjà Tite-Live et qui donnait sa renommée à la cité de Limoux.

Son arrivée tout dépenaillé à la verrerie de Moussans – la pire qu'il avait pu imaginer –, l'entêtante exhalaison de la plaine minervoise mêlée à celle des essences sylvestres qui entouraient la verrerie et l'apparition minérale d'une écrasante bâtisse qui jetait une ombre gigantesque sur une terrasse en surplomb, tout cela était plus que l'esprit troublé de François n'en pouvait supporter. Il lui semblait que sa tête tournait, que sa vue se brouillait, que des voix lui parvenaient à travers une grosse épaisseur d'ouate.

Contre cela, il luttait de toutes ses forces afin de ne pas ajouter le ridicule à l'allure d'un trimardeur. Il avait été dans ses intentions, à l'approche de la verrerie, de remplacer ses vêtements poudreux par d'autres, tout propres, de rafraîchir sommairement son visage et ses bras à la première fontaine rencontrée et de frotter d'herbe fraîche ses chaussures à lanières, vilainement crottées.

Or, rien ne lui avait été accordé de ces bonnes intentions, la fatigue d'une si longue route, les privations qu'il s'était imposées, le lieu où il était introduit, tout cela ayant raison du valeureux garçon. Sans bruit, il chut, inanimé, sur le fin gravier de la cour d'honneur du château de Fontclaret.

Avant même que madame de Rizols ou sa fille ne hèle des serviteurs, deux servantes accouraient des cuisines vers le trio en poussant de hauts cris.

— Maîtresse ! Et vous, demoiselle Charlotte ! Dans quel équipement... Seigneur Dieu, vos robes... vos bas ! s'affola la plus âgée.

— Il est bien question de nos toilettes ! gronda sans méchanceté madame Gabrielle. Prêtez aide à ce malheureux étendu à vos pieds.

— Ce mendiant... il en voulait peut-être... émit

à son tour Nanon, une toute jeune commise.

— À quoi ? À ma chaise roulante, peut-être ? Tais-toi, sotte, et va chercher de l'eau.

— Regardez, mère, il revient à lui, fit remarquer Charlotte, plus pâle qu'un linge.

En effet, François s'ébrouait, reprenait des couleurs jusqu'à virer au rouge de la honte et se remettait sur ses pieds, quoique avec des titubations d'homme ivre. Le faire asseoir sur la chaise qu'apportait Nanon, insister pour qu'il avalât un verre d'eau fraîche, lui imposer un moment de repos ne fut pas chose aisée.

— On m'attend pour la *réveillée* chez maître de Rizols, plutôt mourir que d'arriver en retard, répétait-il comme un leitmotiv, n'entendant point les paroles apaisantes de la dame au fauteuil d'osier.

— Vous y êtes, jeune homme et n'aurez nul retard pour la *réveillée* que nous nommons ici *campagne*. Encore faut-il que vous ayez assez de forces quand il vous faudra souffler.

Des pas pressés firent crisser le gravier alors que le silence se faisait autour de François. Un homme dans son bel âge s'approchait à grandes foulées, les sourcils froncés au-dessus d'un regard tourmenté.

— Que me rapporte-t-on, Gabrielle, vous avez failli mourir ? Et notre fille aussi ? Qu'ai-je fait au Seigneur...

— Francis, vous blasphémez ! S'il avait plu au Seigneur de me précipiter dans cet abîme, sachez que j'étais prête, en fervente de Dieu.

— Moi, je ne le suis pas, surtout à ce que vous me devanciez, murmura Francis de Rizols en pressant la main de son épouse.

Puis se tournant vers Charlotte :

— Tu as été bien courageuse, fillette, ça ne me surprend pas, et bien solide aussi, pour retenir ta mère.

Il la baisa au front.

— Courageuse, peut-être, avoua Charlotte humblement, mais point du tout solide et si la bonne fortune n'avait mis ce brave garçon sur notre route…

Un sanglot lui brisa la voix et la jeta dans les bras de son père qui lissa de la main la brune chevelure emmêlée de sa fille en la berçant comme un bébé.

C'était chose émouvante à voir que cet homme, campé dans ses bottes de cuir, fort de torse et de bras, caresser de ses larges mains et avec une pudeur maladroite l'enfant gracile qui s'abandonnait.

Une pensée fugitive traversa l'esprit de François qui, depuis quelques instants, croyait évoluer dans l'irréalité.

Si je devais, mourant à l'instant, ne retenir qu'une image de ma vie, ce serait celle-là, se dit-il, badant la scène comme un dadais.

Il fallait en finir avec cette situation amollissante que ne manquerait pas de commenter le personnel.

Gabrielle et Francis de Rizols en prirent conscience simultanément.

— Quoi qu'en pense notre chère Charlotte, le hasard n'est pour rien dans la présence de ce jeune homme…

— Manant ou traîne-savates, qu'on ajoute un couvert pour celui qui a sauvé…

Tous deux avaient parlé en même temps, tous deux s'intéressaient enfin au sort de ce jeune inconnu.

— Vous disiez, Gabrielle ? s'enquit le gentilhomme.

— Que ce jeune garçon a rendez-vous avec vous et s'inquiétait fort d'être en retard pour la *réveillée.*

François écoutait et comprenait enfin. En d'autres circonstances, il aurait souri au comique de la coïncidence ; il se leva de sa chaise, comme piqué par un aiguillon, prit sur lui de ne pas chanceler et débita une tirade longtemps préparée :

— Maître de Rizols, seigneur de Fontclaret ? François du domaine de Verrière-Génestrelle, pour servir l'art de souffler le verre sous votre direction.

— Bienvenue à Moussans, garçon ! Comment se porte notre cher Lavalette ?

— Fort bien, maître, il vous envoie le bonjour et m'a prié de vous remettre mon contrat de travail avalisé et la lettre de change couvrant les frais de la première année.

Ce disant, il déboucla son large ceinturon de cuir

qui faisait froncer sa chemise, lissa de sa main l'intérieur jusqu'à ce que la pulpe de ses doigts rencontre les lèvres fines d'une fente de laquelle il retira un pli roulé et le tendit à son nouveau maître.

— Parfait. Voilà qui est bien, approuva le gentilhomme-verrier en prenant connaissance des documents parmi lesquels Elias de Vilette avait glissé un courrier moins impersonnel.

Puis se tournant vers sa femme et sa fille :

— Mesdames, vous présenter votre sauveur serait superflu ; en revanche, un jeune candidat à la maîtrise, cela s'impose. À ces deux titres, rien n'est changé, il dînera ce soir à notre table… si vous n'êtes point trop fatiguée, Gabrielle.

— Pas le moins du monde ! Disons, dans une heure, une grande toilette me semble nécessaire.

— Notre jeune hôte en fera de même, après qu'il se sera familiarisé avec notre halle et qu'il aura rencontré une partie de notre personnel.

Tout s'était déroulé comme dans un songe éveillé et se prolongea, alors que François sombrait sans résister dans un sommeil réparateur, par des rêves enchanteurs où se bousculaient un château, une halle si grande qu'il ne se souvenait pas d'avoir pu en dénombrer les fours, un bonnet brodé qu'il avait quitté à regret pour dormir. Toute une sarabande d'images qui l'emplissaient de joie et de reconnaissance à l'égard d'Elias de Vilette.

C'est d'ailleurs à lui qu'il dédia, au petit matin, sa première pensée pleine de gratitude.

« Mon bienfaiteur, vous l'êtes plus que jamais, vous qui, après avoir pris sous votre aile l'insignifiant bâtard que je suis, lui permettez d'accéder à la maîtrise dans un lieu dont beaucoup rêveraient. Je le jure devant l'Éternel, je vous ferai honneur, maître Elias ! »

Deux visages torves assombrirent fugacement sa joie : les Raoul, avec leurs paroles blessantes, leur mépris et leur méchanceté, les Raoul qui, à coup sûr, auraient souhaité sa place pour leur progéniture. Pour la première fois de sa vie, il éprouva un sentiment qu'il savait détestable : la revanche. Seigneur Dieu, que c'était jubilatoire !

Comme il l'avait appris de Gédéon, il apporta tous ses soins à tourner sa paillasse, à secouer son drap et à plier en quatre sa courtepointe. D'ailleurs, n'avait-il pas promis de l'accompagner, en tous lieux, de son invisible présence, de son indéfectible soutien ?

— Ça vous convient, *pastré ?* demanda-t-il à haute voix en désignant sa couche.

Une pensée pour maître Elias, Gédéon, Elie et le jeune Thierry, pour ceux qu'il aimait et avait laissés derrière lui, ce fut comme une prière du matin qui assure une bonne journée et qui, reprise en action de grâce le soir, ne pouvait que lui procurer le vrai repos.

Les fourniers étaient au nombre de trois à Moussans, l'un étant responsable des fours de travail, un autre des fours de dilatation, le troisième des fours de refroidissement ; ils les avaient mis en chauffe progressivement afin de ménager le matériau et surtout pour qu'ils soient opérationnels au jour prévu du démarrage de la *campagne*. Ils l'étaient et c'était peu dire qu'une véritable fournaise attendait les verriers sous la halle à l'impressionnante dimension.

Arrivé le premier, François fut aussitôt rejoint par une belle cohorte en chemise de toile et haut-de-chausses, les pieds dans des chaussures montantes serrées au-dessus de la cheville. Présenté la veille à toute son équipe par le maître des lieux, il eut droit à de franches poignées de main, assorties de paroles d'encouragement.

— Premier levé ? Il en veut, notre nouveau souffleur !

— As-tu bien dormi, au moins ? Tu nous as fait peur, hier, tout pâle et falot comme tu l'étais.

À tous, il répondait par un joyeux sourire.

— Alors, François, c'est le grand jour ? l'apostropha un grand gaillard. Les costauds dans ton genre doivent bien souffler leurs cinq cents gobelets, ma foi !

— Je m'y emploierai s'il le faut, répondit-il modestement.

Emboîtant le pas à ses employés, Francis de Rizols arriva à son tour dans le saint des saints de la verrerie, il posa une main protectrice sur l'épaule du nouveau venu en disant :

— Ce n'est pourtant pas ce qui te sera demandé, François. Ici, bien que nous produisions parfois du commun, c'est le verre dit de Grésigne qui est notre spécialité. Nos forêts, qu'elles soient de la Vayssière ou de Nore, de Lacaune ou de Montaud, regorgent certes d'essences variées, encore que le hêtre y soit en plus grand nombre et plus haut que des colonnes d'église. Pourtant le bois qui nous vient de plus loin, de l'Albigeois précisément, foisonne de bruyère qui, savamment dosée dans la paraison, permet cette couleur bleutée si particulière pour servir la verrerie de luxe dans tous ses états.

Pour preuve de ce qu'il avançait, maître Francis se saisit d'un tesson et le fit mirer au soleil naissant. Le jeune homme était subjugué. Il admirait sans fin, du bout de verre informe, la sublime limpidité, puis s'étonna du chapelet de bulles qui semblaient prêtes à éclater.

— Un défaut, mon maître ? demanda-t-il en rougissant. Mais du plus bel effet !

— Tu appelles défaut ce qui est si délicat à faire et qui se vend fort cher ? Va, j'excuse ton ignorance et je t'apprendrai à réaliser des vitres à « défauts » qui ornent les fenêtres des manoirs, des châteaux et même des maisons de ville comme on peut en voir à Narbonne chez des bourgeois nantis. Ils n'hésitent pas à payer deux livres le carreau !

— Pardon, mon maître, et vous aussi, messieurs les nobles verriers, je ne suis qu'un rustaud qui a tant à apprendre de vous. J'en fais la promesse, vous n'aurez pas élève plus attentif à vos enseignements.

Du fond de la halle, debout derrière une planche posée sur deux tréteaux qui servait de comptoir, trois *gamins* attendaient. Profitant d'une pause dans la conversation, le plus grand s'écria :

— L'eau bouillie pour ces messieurs ! Chaud, très chaud !

— Allons, messieurs, invita le maître, les gamins tiseurs[8] nous attendent.

Tous, d'un même élan, s'avancèrent vers l'espèce de table-comptoir et, se saisissant d'une écuelle remplie à demi de morceaux de pain rassis imbibés d'huile d'olive, ils la présentèrent aux *gamins* qui versaient sur le tout une eau fumante et largement parfumée de gousses d'ail.

Plus un mot ne sortit alors des bouches qui engloutissaient à grand bruit et à grandes cuillerées le breuvage qui leur brûlait les lèvres, le gosier et tout le tube digestif. Qu'importait ! Bien pire serait le verre en fusion au bout de la canne qu'il faudrait souffler encore et encore !

Le flamboiement des fours qui avait été la seule lumière depuis leur arrivée sous la halle se faisait

8. Les gamins tiseurs étaient les arpètes des fourniers, chargés d'attiser les feux, en plus de leur fonction corvéable au service des souffleurs.

dépasser par le soleil qui montait à l'horizon. La journée de messieurs les souffleurs de verre pouvait commencer.

***

En dépit de sa taille qui devait avoisiner plus du double de celle de Verrière-Génestrelle, la halle de Verreries-les-Moussans fonctionnait sur le même modèle et François y prit ses marques dès la première semaine, s'adaptant à son nouveau banc si semblable à celui de maître Elias : une assise rectangulaire et deux bardelles en chêne, placées bien parallèle, qui supportaient la canne à rouler.

L'organisation du domaine minervois, elle, n'était en rien comparable à celle de la maisonnée de maître Elias, sorte de hameau serré autour de l'habitation du gentilhomme-verrier et de sa famille, et dont ce dernier se devait d'assurer le quotidien.

Point de cela à Moussans, et ce fut en fait une énigme pour le jeune homme que de voir arriver, il ne savait d'où, ses compagnons de travail et de même s'évanouir le soir dans la nature alors que lui avait une chambre au château et prenait le repas du soir avec la noble famille de Rizols, ce qui ne manqua pas de le surprendre et de l'embarrasser.

Un maître-verrier ne tarda pas à éclairer sa lanterne à la pause de midi, prise devant la halle par beau temps, à son abri par temps de pluie et aboyée par les gamins tiseurs d'un tonitruant :

— À dîner pour ces messieurs !

Tandis que tous, se dirigeant vers la table, enfilaient une camisole sur leur torse nu, François l'avait habilement amené à satisfaire sa curiosité.

— Avez-vous femme et enfants, maître Grégoire ?

— Comme nous tous ici, parbleu ! Tiens, viens par là, Colas !

Un des gamins tiseurs, hélé, se planta devant Grégoire.

— Que puis-je pour vous, père ?

— Rien, fils, retourne à ton service, ordonna Grégoire en ébouriffant la tignasse du garçon.

Pour autant, le voile n'était pas levé sur les conditions de vie de cette bribe de famille, mais Grégoire était, ce jour-là, en veine de confidences. Se levant de table et désignant du bras tendu la plaine aux reflets d'or, roux et pourpre que lui conférait l'automne, il dirigea le regard de François sur un toit aux tuiles patinées de soleil et dit, avec un accent de fierté non dissimulée :

— Tu vois, là-bas, c'est la métairie du Puech. Nous y vivons, ma femme et moi, avec Colas et nos trois autres garçons, trop jeunes pour être tiseurs comme leur aîné, mais bien vaillants pour aider leur mère à la ferme.

Grégoire pivota sur sa droite et, toujours montrant du doigt, désigna une ferme tout en longueur, dans le méplat d'un vallon sombre.

— La Devèze, dit-il. C'est la bergerie des fourniers, trois vieux garçons qui vivent avec leurs parents. Et il y a aussi la bastille du Somail et, près du bois de Sérignan, la…

— Hé, Grégoire, c'est pas en jabotant que tu feras ton compte de fillettes et de carafons !

Cela avait été une constante, chez les Rizols, gentilshommes-verriers de père en fils, que d'acquérir, génération après génération, des fermes, des bories et des lopins de terre qui, mis bout à bout, formaient un grand domaine que s'étaient partagé Francis de Rizols et son frère Pierre, à ce jour seigneur de Lieusech.

Charles, le premier des Rizols à installer solidement ses pénates, acquit ce qu'il appela sa bastille pour ce qu'elle avait plus l'allure d'un bastion que d'un confortable logis. L'endroit lui convenait, tout proche était le bois indispensable, et la construction lui parut faite pour traverser les siècles. Elle ne mentit pas, deux cents années plus tard, elle abritait un souffleur et toute sa maisonnée.

Le premier des Rizols à se sédentariser avait montré la voie, ses descendants pérennisèrent ce début d'ascension sociale jusqu'à ce que, vu l'importance du domaine, il soit élevé en seigneurie, Francis héritant de celle de Fontclaret et Pierre celle de Lieusech.

Ainsi, toutes ces possessions converties en métairies étaient données à fermage aux ouvriers de la verrerie, qui s'y entassaient parfois à plusieurs familles, de sorte que le maître ne se trouvait plus contraint de leur assurer le gîte et le couvert. Mieux, le fermage, souvent, dépassait leur salaire à la halle. C'est dire s'ils avaient à cœur de faire prospérer terres et bétail du seigneur de Fontclaret, s'assurant de ce fait un toit au-dessus de leur tête, la table bien garnie, et parfois une aise sans fortune quand ils vendaient le surplus au marché.

À l'embauche d'un verrier qui renâclait sur la maigre rétribution, Francis de Rizols avançait son argument massue, à savoir la période de *campagne,* moins étalée qu'en d'autres lieux.

— Six mois entiers de *réveillée*, du 1er d'octobre au 31 de mars, un bon compromis pour mener de front les récoltes en tout genre et faire paître le bétail. Du temps aussi pour que chacun, dans sa ferme et selon son habileté, tresse l'osier pour l'emballage ou travaille la glaise à mouler des creusets.

Une libéralité était accordée aux fourniers, celle de l'emploi saisonnier d'un bûcheron au moment des grandes coupes.

— Je paierai l'abatteur à la charretée. Vous veillerez à ce que chacune d'elles soit complète, prônait avec insistance monsieur de Rizols, en gestionnaire près de ses sous.

D'aucuns auraient pu dire, et ils ne manquaient pas, que le seigneur de Fontclaret se taillait sans remords la part du lion. C'était bien raisonné, mais à ce jour, pas un de ses verriers n'était mort de misère, de froid, de dénuement malgré les temps troublés qu'avait traversés la région, les disettes des villes, la précarité des campagnes. Le domaine de Moussans-Fontclaret, tout comme celui de Moussans-Lieusech, tirait, bon an mal an, son épingle du jeu.

Rien d'étonnant, à cette aune, que le château, en surplomb de toute l'activité, fût un havre de quiétude, hors de la presse, du bruit et de toutes sortes de nuisances engendrées par la verrerie. Y trouvait asile, hormis le maître et sa famille, le petit personnel polyvalent, cuisinière, femme de chambre, jardinier pouvant, à leurs heures, se muer en servante, lingère et cocher. Et maintenant François, l'impétrant à la maîtrise de souffleur de verre, pas peu fier et honoré de souper à la table du maître comme cela avait été le cas, un temps, chez Elias de Vilette, à l'époque de dame Aveline.

S'opposant à certaines demeures où les étages supérieurs étaient réservés à la famille et le rez-de-chaussée à la domesticité, le château de Moussans, un bâtiment rectangulaire, flanqué à sa gauche d'une tour arrondie, réservait son second étage pour partie en greniers oubliés, l'autre en chambrettes des domestiques, au plancher rugueux et aux murs bruts de plâtre gris, toutes percées d'un fenestron. Au vu, de l'extérieur, de ces chiches ouvertures, François jugea qu'elles étaient au nombre de six, six pièces sans cheminée qui lui firent regretter, l'hiver se profilant, sa bergerie douillette.

Le rez-de-chaussée, par conséquent, si l'on exclut l'aile droite où se trouvaient cuisine et resserre, composait totalement l'habitation des maîtres et il fut aisé au jeune homme d'en comprendre le pourquoi, le fauteuil à roues de Gabrielle de Rizols valait une fastidieuse explication.

Plus rationnelle encore lui apparut cette organisation quand François découvrit l'existence de Maurice.

Quinze jours s'étaient déjà écoulés depuis son installation à la verrerie de Moussans, quinze journées bien remplies à s'imprégner de nouvelles techniques, s'approprier des gestes séculaires, à ne jamais se satisfaire d'une pièce réussie, à toujours viser la perfection.

Chaque vesprée, après s'être longuement lavé sous la halle désertée puis avoir revêtu une chemise blanche, la seule qu'il possédât, et son unique haut-de-chausses taillé dans un drap couleur havane, il rejoignait la salle à manger du château où il trouvait madame de Rizols un ouvrage dans les mains et son époux à lui narrer les événements de la journée.

Sans bruit et à la même heure, la jeune Charlotte arrivait à son tour, la plupart du temps un timide sourire éclairait son visage ; elle murmurait quelques mots à l'oreille de sa mère avant de pousser son fauteuil jusqu'à la table et d'agiter une sonnette pour qu'on les servît.

En bon père de famille versé dans la religion, Francis croisait les doigts, baissait la tête et, en une fervente prière, appelait la bénédiction de l'Éternel sur le pain qu'il allait trancher, le vin qu'ils allaient boire et le repas qu'ils allaient partager. Après cela, ils mangeaient en silence et c'était seulement au moment où l'on apportait à chacun une faisselle de lait caillé – immuable dessert à la table de madame Gabrielle – que Francis de Rizols lançait la conversation, une conversation qui avait ses rites, François ne fut pas lent à les comprendre : on ne traitait, à table, que de sujets légers, futiles, parfois même joyeux. Et si la gravité restait sous-jacente, il convenait de l'enrober d'une bonne dose d'humour qui, dans ce cas, prenait son vrai sens d'humeur réjouie. Ainsi avait-on raillé de la mésaventure commune à ces dames et au jeune apprenti.

— Enfin, mesdames, vous mettrez-vous d'accord ? Qui de vous a raison ? Charlotte qui jure qu'un cerf de belle taille a versé votre fauteuil ? Ou bien vous, chère Gabrielle, qui, plus modestement, penchez pour un bélier furieux égaré du troupeau ?

— Nous vous faisons juge, François, vous qui étiez dans les parages.

Trois paires d'yeux s'étaient alors fixées sur le jeune homme qui, un peu embarrassé, voulut esquiver la question trop directe.

— Je n'ai rien vu, je vous l'assure, trop absorbé dans mes pensées, avait-il répondu.

Puis, afin d'être au diapason de la gaieté ambiante, quitte à friser le ridicule, il ajouta avec un espiègle sourire :

— À mon sens, et pour n'en froisser aucune, je dirais que ces dames ont toutes deux raison, leur route a croisé le dieu Pan si habile à se parer de belles cornes mais que son pied caprin, en toutes circonstances, trahit.

— Tudieu ! Notre jeune verrier verse dans la mythologie ! J'aime ça, jeune homme, et suis fort aise que maître Elias ait à cœur de l'enseigner en son domaine.

Un bon point pour son « bienfaiteur », il n'était pas question que François l'en privât. Néanmoins, il eut une pensée pour ce bon Gédéon auquel il demanda mentalement son pardon, lui qu'il dépossédait de son rôle de précepteur. Mais les airs de connivence qu'échangeaient madame de Rizols et sa fille lui firent bien vite oublier Verrière-Génestrelle.

— À quoi riment, mesdames, vos cachotteries ? Non ! Laissez-moi deviner. Maurice ?

Le visage de maître Francis s'était illuminé.

— Tout juste, mon ami. C'est ce que me murmurait, tantôt, notre Charlotte. Notre fils va nous faire la joie de prendre le dessert avec nous, il se sent tout ragaillardi et brûle d'impatience de rencontrer notre jeune apprenti.

— Et pour lui complaire, Nanon va servir son dessert favori, ajouta Charlotte, toute grâce et joliesse.

À peine le fameux Maurice et le non moins fameux dessert annoncés, voilà que l'un et l'autre faisaient leur entrée dans la salle par des portes opposées. Et François ne savait sur qui ou sur quoi porter son regard, les deux apparitions le troublant à différents degrés.

Des cuisines arrivait, sur une sorte de guéridon roulant que Nanon poussait avec précaution, un échafaudage conique fait de riffoles – ces gourmands choux garnis de crème – solidarisées entre elles par un caramel blond qui s'étalait en longues coulures, alors qu'à l'autre bout de la grande pièce, clopinait jusqu'à la tablée un avorton au corps difforme, tenant plus du gnome que du marmouset, bossu de surcroît, sur la bosse duquel reposait une tête d'angelot.

Tous, à table, hormis madame de Rizols, firent mine de se lever, l'enfant les arrêta d'un geste gracieux et d'une phrase bien tournée.

— Restez assis et surtout vous, François, il me sera plus aisé de vous parler, je vous devine si grand pour votre âge. Dix-sept ans, m'a dit Charlotte ?

Charlotte devint cramoisie, François n'était pas loin de l'égaler, gêné par sa belle taille qui manquait cruellement à l'enfant sans âge.

Quand il fut arrivé devant lui, prenant sur une volonté farouche de passer outre les douleurs que lui causait la marche, Maurice subjugua l'apprenti, tant par la pureté de son regard que par la sagesse de sa conversation.

— Père m'a dit que sa nouvelle recrue ferait honneur à Fontclaret. Je vous félicite, François, notre père n'est pas homme à parler dans le vent. J'aurai plaisir à voir vos premières œuvres et surtout à dessiner pour vous. Et maintenant, puisque l'Éternel me fait la grâce d'une rémission dans mes souffrances au jour de mon anniversaire, attaquons cette pièce si bellement montée. François, voulez-vous m'asseoir sur cette chaise ?

François tremblait. Et s'il lui faisait mal en le soulevant ? S'il le blessait, lui qui paraissait plus fragile que le verre ? Il ne sut que bredouiller en le déposant, avec mille précautions, sur le coussin de velours incarnat :

— Vous ai-je bien installé, monsieur Maurice ?

— Je vous parais donc si vieux que vous me donnez du monsieur ? Aujourd'hui, j'ai neuf ans, monsieur François !

Rouge de confusion, François regagna sa place. Ce fut encore Maurice qui dissipa le malaise ambiant.

— Et alors, on ne me fait pas de cadeaux ? s'écria-t-il d'un ton malicieux.

En effet, il n'y avait pas d'avide convoitise, encore moins d'exigence d'enfant gâté dans son exclamation mais plutôt une invite à continuer joyeusement la soirée.

Comme mue par un ressort, Charlotte bondit de sa chaise, courut à un guéridon, souleva un napperon qui dissimulait des paquets et le poussa jusqu'à son frère, puis regagnant sa place elle passa derrière François qui, tête baissée, avait honte de n'avoir rien à offrir à ce gosse attachant.

— Vous ne pouviez pas savoir, François, aussi ai-je mis un présent de votre part, lui souffla-t-elle.

Le regard qu'il lui lança était plein de reconnaissance, ses lèvres esquissèrent un « merci ». Et la joie de Maurice faisait oublier sa triste condition d'enfant contrefait.

— Un carnet à croquis ! Comment savez-vous, François ? C'est père qui vous a dit ? Ou mère ? Ou bien peut-être ma sœur ? Oui, c'est toi, ma Charlotte !

— Personne n'ignore, mon cher enfant, combien tu es doué pour le dessin. Nous sommes si fiers de créer les objets que tu nous dessines !

La soirée, tout en douce gaieté, tout en bonheur familial, resterait à jamais gravée dans la mémoire de François. Il ne désirait pas en savoir plus sur le pourquoi, sur le comment. Maurice était le plus délicieux des enfants, cela lui suffisait.

Francis de Rizols, lui, n'était pas dans ce même esprit. Au lendemain de la soirée d'anniversaire, il provoqua un entretien avec son apprenti avant de descendre à la halle.

— Je te dois une explication, François.

— Vous ne me devez rien, mon maître.

— Si fait, mais vois-tu, avec Maurice, nous vivons au jour le jour et ne savons pas de quoi demain sera fait. Ah maudite carne ! Maudite Rosquille !

Et de raconter la nervosité inhabituelle de Rosquille, la jument de madame Gabrielle, un matin de printemps. Une mauvaise position de la selle ? Une boucle qui lui pinçait les chairs ? Charlotte était encore en nourrice à une demi-lieue du château et Gabrielle chevauchait hardiment vers son bébé, ignorante d'une nouvelle vie qui prenait place dans son corps. Une brusque ruade de la bête jeta violemment à terre madame de Rizols qui retomba sur le dos et se brisa les vertèbres au point d'être paralysée des membres inférieurs.

L'amour de la vie, de son époux, de sa fillette, chevillé au corps, lui fit regarder vers l'avenir et réclamer sa part de bonheur. Les signes de grossesse qui, à son sens, s'apparentaient aux séquelles de son handicap, ne se révélèrent véritablement qu'au septième mois. Toute la famille reçut cette espérance comme une compensation du ciel jusqu'à la naissance de Maurice.

— Grand merci, François, conclut Francis de Rizols.

— Et de quoi donc, mon maître ?

— De t'être comporté en ami avec Maurice, c'est si rare.

— Comment peut-il en être autrement ? Votre fils est un don du ciel.

— Tout le monde ne raisonne pas comme toi. Pour les ignorants, il porte les stigmates de Belzébuth, on cache le visage des enfants à son approche, on se signe prestement. S'il n'était pas bien né, on ne se gênerait pas pour lui jeter des pierres.

— Maître Elias, mon bienfaiteur a coutume de dire que Dieu reconnaîtra les siens. Maurice est de ceux-là qui sont précieux à notre Père céleste autant qu'à leur entourage.

***

— Courte-Manche passera la semaine prochaine ; mesdames, ma bourse vous est grande ouverte. À toi aussi, Maurice. Quant à toi, François, c'est une bonne occasion de donner de tes nouvelles à maître de Vilette.

L'annonce du prochain passage de celui qu'on appelait Courte-Manche en raison d'un bras cassé et mal ressoudé, s'était propagée comme une traînée de poudre et c'était à qui le colporteur ouvrirait en premier son coffre aux trésors, une malle de trois pieds de haut et dix-huit pouces de large dont les six tiroirs étaient autant de sources d'émerveillement.

Gabrielle de Rizols ne fut pas la dernière à lui

acheter force rubans et passements pour orner ses mouchoirs de cou et ceux de sa fille, elle n'oublia pas son époux qui portait avec élégance des bas en fil d'Écosse d'une solidité à toute épreuve.

Les petites jambes torses de Maurice ne supportant pas, hélas, ces véritables gaines qui lui causaient souffrance, il portait des braies qui lui donnaient des allures de pantin, ce dont il n'avait cure.

— Je vous sais gré, maman, de ces culottes amples qui ne me contraignent point, assurait-il pour réconforter sa mère.

Et d'ajouter avec sa malice habituelle et surtout le désir de faire sourire son entourage :

— Un jour, je porterai cette mode à la cour de notre roi Louis, il suffira que Charlotte y couse des rubans de soie en abondance. Mais aujourd'hui, ce qui m'importe, ce sont les fusains que Courte-Manche m'a apportés.

Aussi lui en fit-il compliment :

— Ce n'est qu'avec les vôtres, mon bon, que j'aime dessiner.

François, lui, avait suivi le sage conseil de Francis de Rizols, non sans s'être interrogé du bon acheminement de ses nouvelles à Verrière-Génestrelle.

— Nous ne connaissons point, au domaine, un colporteur de sobriquet de Courte-Manche, le nôtre, qu'on appelle Va-devant nous arrive de Marseille.

— Et n'oublie jamais de se rendre à la grande foire d'automne qui se tient à Montpellier où il ne manquera pas de rencontrer notre Courte-Manche ! expliqua le seigneur de Fontclaret. Comment crois-tu que nous avons pu correspondre, maître Elias et moi, sinon par ce truchement ? ajouta-t-il.

Rassuré, François s'appliqua à remercier son bienfaiteur pour sa grande générosité, il l'assura à nouveau de faire honneur à Verrière-Génestrelle et conclut en le priant de saluer toute la *mesnie*. Sans qu'il eût longtemps à réfléchir sur l'opportunité de cette résolution soudaine, il ajouta en post-scriptum :

La longueur et la difficulté du trajet m'obligent à renoncer à la dispense qui m'est accordée pour les solennités de Noël qui ne me verront pas rentrer à Verrière-Génestrelle.

Le jeune homme n'éprouvait aucun regret de cette décision. À Verreries-les-Moussans, il avait trouvé l'équivalent de sa vie en Cévennes, la haine de Rachel et la malveillance des Raoul en moins.

Pour autant, il conservait une grande place dans son cœur non seulement à maître Elias, mais aussi à Gédéon le sage, à l'affectueuse Elisabeth et à Thierry l'espiègle charmeur qu'il chérissait à l'égal de Charlotte, une fillette charmante et pondérée, et de Maurice, l'irrésistible gringalet.

8
Les prétendants d'Elisabeth

Après trois années de disette due à des hivers exécrables suivis de printemps fortement arrosés, du nord au sud de la France on se réjouissait des moissons engrangées, du vin nouveau qui coulait des pressoirs, des porcs engraissés et de la châtaigne, cette manne à qui l'on devait sa survie, ramassée cet automne en abondance.

Jusqu'au duc de Rohan et ses hommes, trop longtemps à la charge du bon peuple, qui avaient levé le camp sans tambour ni trompette !

Les mieux informés – il s'en trouvait toujours à se prétendre dans le secret des dieux – parlaient d'un grand rassemblement de chefs huguenots en Aunis et Saintonge, provinces fidèles à la Réforme. Le Béarn, en passe d'être mâté – encore que le triomphe de Louis XIII s'apparentât à celui de Pyrrhus – il ne fallait surtout pas qu'il en soit de même à La Rochelle, bastion solide et fier de tenir tête au roi. C'est ce à quoi allaient s'employer Rohan et consorts et il ne se trouvait pas un seul Cévenol à déplorer son départ !

— Pourvu qu'il nous oublie, et pour longtemps... s'exclamait-on sans détour.

— Maintenant qu'ils nous ont saignés aux quatre veines, les voilà qui s'en vont pressurer d'autres mondes !

— Bah, c'est chacun son tour ! soupirait un fataliste.

Pour sûr, il avait donné, le bon peuple d'Anduze, d'Alès et de toute la Cévenne ! Donné de son temps, de son argent, du moindre de son bien ; aussi, peu lui chalait que Rohan s'en allât sévir ailleurs ou bien qu'il s'y fît pendre.

De bonnes raisons, alors, pour que l'année 1620 qui n'allait pas tarder à pointer son nez, soit porteuse d'un renouveau qu'ici, on appelait de tous ses vœux.

C'est ainsi que le ressentait Jacques Séverin à l'aube de sa vieillesse ; ainsi que le ressentait aussi sa Célimène dans le débordement de son bel âge, et tant pis si leur auberge n'affichait plus complet. Au moins, ses meilleures chambres accueillaient-elles, et contre deniers bien sonnants, depuis le départ des soldats, des voyageurs de bon aloi, ses tables retrouvaient-elles leur clientèle d'antan que ces ripailleurs paillards et pendards avaient mise en déroute.

— On respire meilleur air, n'est-ce pas, Mémène ?

Jacques n'employait que rarement ce diminutif qui avait le don d'exaspérer sa femme, alors que lui le trouvait gentillet et il le ravalait du bout de sa langue plus souvent qu'à son tour. Là, c'était sorti et Célimène n'avait pas rué comme une mule piquée par un taon.

— Tout un été à profiter de notre Colombe ! Ah ça, si c'est pas du bonheur ! Hein qu'elle est bien éduquée, notre *droulette ?* Et instruite, avec ça !

— C'est heureux que les religieuses ne se contentent pas de lui faire réciter des pater noster à longueur de journée. Au prix de la pension !

— Dis, Jacques Séverin, tu vas pas plaindre l'éducation de notre seule fille qui a pour amie, je te le rappelle, rien moins que mademoiselle de Vilette, qui l'a reçue en son domaine, qui la chaperonne au couvent, qui… té, on l'invitera, cette demoiselle, quand Colombe fera sa communion.

— Quoi ? Sa communion avec les curés !

— Il faut en passer par là, tu le sais. Dans le commerce…

— Tatata ! Dans le commerce comme ailleurs, on a sa foi et on l'affiche ! s'énerva Jacques. Il n'est pas né, celui qui me fera changer d'avis.

Jacques montait sur ses grands chevaux et Mémène n'insista pas ; sans un mot, elle s'enferma dans sa cuisine, une attitude qu'elle avait coutume d'adopter sachant qu'il était vain d'affronter son buté de mari. Au final, c'était couru, elle aurait gain de cause.

Au domaine de Verrière-Génestrelle, une troisième raison de terminer joyeusement une année et d'en entamer une autre faisait friser, de la même manière, la barbe d'Elias de Vilette et celle, identique, de son pâtre Gédéon.

Toujours par le biais des colporteurs, un pli était arrivé au tout début du mois :

Pour n'avoir pris congé les années précédentes, maître Francis de Rizols m'accorde trois belles semaines pour revenir au pays et vous revoir tous. J'ai hâte de retrouver Verrière-Génestrelle. Votre obligé François.

À sa lecture, le gentilhomme-verrier avait couru en informer son fournier-pâtre. Au contraire, pour servir la nouvelle au restant de la famille, il attendit que sa fille soit rentrée du couvent ; autant dire que François était déjà en route. Une semblable et fébrile impatience étreignit alors le cœur d'Elisabeth et celui de Thierry. Trois années d'absence, Dieu, qu'elles leur avaient paru longues !

Les liens, pourtant nouvellement tissés, avec le jeune Thierry ne s'étaient pas dilués dans le temps et il ne passait jour sans que « l'Héritier », comme le nommait avec conviction Rachel la noire, n'évoquât les qualités de son grand ami et le vide qu'il avait laissé en partant. Un départ qui l'avait conduit à soulever de multiples questions.

— François ne se plaisait donc plus sous notre halle ?

— C'est à nous qu'il ne plaisait plus qu'il s'y éternisât, grinça Rachel, derechef rabrouée par son père.

— Taisez-vous, mauvaise, on ne déparle pas sous mon toit !

Puis, lui tournant ostensiblement le dos et ne s'adressant qu'à son fils, il lui expliqua la belle voie qu'il avait ouverte à son apprenti, le sacrifice financier qu'il s'imposait parce qu'il croyait en François, en ses dons exceptionnels de souffleur qui aurait toujours sa place, la maîtrise en poche, sous la halle de Verrière-Génestrelle.

— J'en ferai tout autant pour vous, mon fils, si les qualités que je pressens chez vous se révèlent en grandissant. Vous êtes bien parti pour atteindre une belle taille ; la carrure, je n'en doute pas, viendra en son temps, conclut-il.

— Croyez-vous vraiment, père, que je serai aussi grand, aussi fort que François ?

— Vous n'en doutez pas, j'espère, mon mignon ? Vous qui êtes de bonne race ! s'immisça en flatterie sa marraine qui s'agrippait à ses ultimes prérogatives dans l'éducation de son filleul.

En trois ans, en effet, bien des choses avaient changé au domaine ; pour certaines, la veuve fermait les yeux et jubilait en silence, pour d'autres, elle avait tenté, et réussi en partie, à résister. En fait, elle avait gagné une année avant que Thierry ne lui soit enlevé et mis *gamin* à la halle. Un *gamin* précieux car il portait tous les espoirs de la lignée, mais qu'en aucun cas maître Elias ne souhaitait qu'il soit traité différemment des autres. Encore que…

Cela avait été une grande bataille remportée par Rachel et dont elle n'était pas peu fière : l'instruction de son jeune frère et filleul par un précepteur venant au domaine deux journées par semaine et qu'elle payait sur sa cassette.

Elias avait pourtant résisté, avançant que son fils savait lire et compter et n'avait, pour souffler le verre, nul besoin de cours de rhétorique.

— Il ferait beau voir que l'Héritier se contente de si peu alors qu'Elisabeth joue la savante et nous rebat les oreilles de ses connaissances en matière de médecine, toujours à citer son livre de chevet à savoir *La Méthode curative des playes* de cet Ambroise Paré dont on ne saura jamais s'il était des nôtres ou bien de ces ligueurs qui ont tué notre bon roi Henri.

La religion et le bon roi Henri, deux arguments qui devaient faire mouche, du moins l'espérait-elle en revenant à la charge :

— Vous y songez, mon père, combien Thierry élèvera notre art s'il l'étudie auparavant dans les livres, combien ses connaissances contribueront à nous hisser plus encore dans la profession, combien une approche sérieuse de la théologie le posera en représentant de ceux de la Réforme qui ont grand besoin de guides spirituels hautement formés ?

Essoufflée de sa déclamation passionnée, elle reprenait sa respiration pour argumenter encore aux réticences de son père qu'elle sentait poindre quand elle l'entendit demander :

— Avez-vous des vues sur quelque précepteur capable d'instruire cet enfant, ma fille ?

Ne pas s'emballer ! Ne pas crier victoire à une aussi facile capitulation. C'est ce qu'elle s'imposa avant de proposer du bout des lèvres :

— Il faut se donner le temps de trouver la bonne personne. Si vous ne l'avez pas, mon père, je peux m'en charger.

— Alors, faites pour le mieux, Rachel !

Elle insista encore :

— Je vous le répète, mon père, je prends tout à ma charge, les rétributions du précepteur comme les livres qu'il faudra acheter.

Tel un lapin sorti du chapeau d'un magicien, le révérend Timothée fit son entrée au domaine dans les jours qui suivirent la grande victoire de Rachel. Austère comme une croix de calvaire dans son visage comme dans sa vêture, il aurait rebuté tout un amphithéâtre d'*estudiants* acharnés s'il n'avait été éclairé de l'intérieur par la foi de l'enseignant et la foi tout court, comme en témoignait son regard lumineux et empreint de limpide sagacité qu'il plongea dans les yeux non moins révélateurs d'intelligence de son futur élève.

— Aimez-vous lire, enfant ? demanda-t-il d'une voix vibrante d'impatience.

Et sans attendre la réponse de Thierry, il continua :

— La lecture, c'est la vie, croyez-moi ! Je ne saurai vivre sans un livre dans les mains, caresser la couverture, faire glisser délicatement les pages entre mes doigts...

— Vous parlez comme ma sœur ! s'exclama joyeusement Thierry.

— Votre sœur ? Madame de Bagars ?

— Mais non, voyons ! Ma sœur Elisabeth. Elle a toujours le nez fourré dans un traité de médecine...

— C'est bien des femmes de ne songer qu'à soigner le corps ! siffla le révérend Timothée. Le plus important n'est-il pas de bien entretenir son âme ?

— Je ne pense pas que les deux soient incompatibles, répliqua l'enfant avec pertinence.

Bigre ! se dit l'homme en noir, je n'ai pas à faire à un sot, tant s'en faut !

Il effaça d'un rictus engageant la réprobation qui avait assombri son visage et susurra d'une voix de miel :

— Cela présage de belles heures à soutenir chacun des thèses qui nous opposent. Ne dit-on pas que de la discussion jaillit la lumière ?

À son tour, l'enfant doté d'une subtile prémonition se dit qu'un consensus avec le révérend Timothée n'était pas pour demain ; néanmoins, en élève poli, il répondit avec une ouverture d'esprit surprenante :

— Je m'appliquerai à entendre votre propos, révérend Timothée, et à faire bon usage de votre enseignement... pour autant qu'il entrera dans les appétences de mon père que je m'efforce d'imiter.

Le révérend baissa les yeux pour dissimuler les éclairs qui s'en échappaient et tendit la main à Thierry en disant :

— Appelez-moi Timothée, voulez-vous ?

Le travail accompli depuis deux ans avait enrichi le maître et l'élève. Le premier ayant appris, au contact du jeune garçon, à ne pas s'entêter dans ses convictions et à prendre en considération les arguments de son interlocuteur ; le second appréciant les méthodes d'enseignement du puits de science qu'était le révérend.

— Je jurerai, Timothée, que vous côtoyiez sur les bancs de l'université notre bon Gédéon... si je ne savais qu'il n'y a jamais mis les pieds. Avec lui aussi, on peut parler de tout sans le voir s'étonner, ni même rester coi.

— Présentez-moi ce lettré, je brûle de le connaître.

— Mais vous le connaissez ! Le fournier de mon père est pasteur à ses heures, sauf que ces ouailles sont des brebis, de vraies brebis.

Quelque peu défrisé d'être l'alter ego d'un pâtre

aux yeux de son élève, le révérend Timothée n'en était pas moins admiratif. Le dénommé Gédéon n'avait-il pas, outre les solides bases de lecture et d'écriture enseignées tant par dame Rachel que maître Elias, ouvert l'esprit du garçonnet à une belle curiosité de la nature créée de toutes pièces par la main de Dieu ? En cela, il reconnaissait son mérite.

— Je m'incline, Thierry, votre pâtre est digne d'estime, lui qui a su vous donner l'appétit du savoir. Je ferai en sorte de vous rassasier.

À l'approche du temps de Noël, après qu'Elias eut annoncé l'arrivée imminente de François, le postulant à la maîtrise, la joie fébrile de l'attente perturba les leçons. Thierry n'avait qu'une idée en tête : le retour de François.

— J'avais sept ans quand il est parti et maintenant j'en ai dix passés ; croyez-vous qu'il me reconnaîtra ? J'ai grandi, n'est-ce pas ? Et même forci en muscles, c'est ce qui dit mon père.

— Et cela est fort juste. Moi qui vous vois pourtant chaque semaine, j'en suis parfaitement conscient. Mais n'ayez crainte que votre camarade ne vous reconnaisse, l'amitié vient du cœur, non des yeux.

— Camarade n'est pas le mot exact, Timothée. Ami serait plus juste, et frère si j'osais, mais ce serait encourir la fureur de Rachel.

— Pourquoi donc ?

— Je ne sais.

— Madame de Bagars n'est pas dans l'ignorance que nous sommes tous frères, vous devez vous tromper.

— J'aimerais, Timothée, j'aimerais, mais je crois bien que sa haine à l'égard de François est sans appel. Il n'est que de voir son mépris quand il prend fantaisie à mon père d'évoquer son jeune verrier. Quoi qu'il en soit, ce sera jour de fête que celui qui nous réunira !

***

Thierry n'était pas le seul à soupirer après le retour de François, même s'il ne s'agissait que d'une brève coupure dans son interminable apprentissage. Elisabeth l'attendait avec la même impatience, quoique empreinte de la réserve qui sied aux jouvencelles et que ne cessaient de prôner les religieuses du Verbe Incarné. Elle n'avait pas oublié celui qu'en sa petite enfance elle appelait Grand Ami, celui qui avait ensoleillé ses étés de fillette solitaire, avec qui elle avait partagé l'abri de toile, là-haut sur le Causse, et le pain et le pélardon, et les folles gambades qui font de si réjouissants souvenirs.

Bien qu'elle eût quinze ans révolus et que tout son être la portât vers une vie de femme qu'elle espérait et redoutait à la fois, ces réminiscences d'enfant heureuse et insouciante prenaient le pas sur celles, douloureuses et toujours présentes, de petite fille très tôt privée des bras d'une maman, éloignée d'un foyer mal reconstruit où elle n'avait pu trouver sa place.

Sa place, justement, Elisabeth se l'était reforgée jour après jour, année après année, dans ce couvent habité de silence quand ne résonnaient pas des envolées séraphiques psalmodiant nones et complies.

À son âge, elle n'aurait pas dû hanter ce lieu voué à la prière et à l'étude et ce n'était certes pas la volonté de son père de l'y maintenir, mais bien plutôt la sienne qui l'avait fait supplier à deux genoux, et son père au domaine, et les sœurs au couvent.

— À l'issue de la *réveillée*, je vous présenterai votre futur époux, ma chère fille. J'avoue avoir été ambitieux, mais votre beauté et votre éducation méritent l'excellent parti que je vous réserve, lui avait annoncé son père lors des vacances de Pâques.

Le cœur d'Elisabeth s'était endiablé. D'un geste priant, elle avait joint ses mains et les comprimait sur sa poitrine pour maîtriser son émotion. Son visage alterna entre extrême pâleur et rougeur violente.

— Un époux, mon père ? avait-elle balbutié au bord de la pâmoison. Il n'est point temps pour moi…

— Tss tss, mon enfant. Votre mère avait quasiment votre âge quand son père me la donna, et votre sœur Rachel de même.

Évoquer la douce Aveline et sa trop courte vie

ne relevait pas de finesse, encore moins de psychologie, ce dont ne s'embarrassait pas Elias de Vilette. Aussitôt, Elisabeth avait fondu en larmes à travers lesquelles elle avait murmuré :

— Laissez-moi encore un peu de temps, mon père, je vous en prie. Je voudrais terminer cette formation à la médecine, une opportunité qui m'est donnée au couvent et dont vous avez pu apprécier les applications à la halle.

Et comment, qu'il appréciait les méthodes du héros de sa fille, Ambroise Paré ! Les blessures étaient nombreuses sous la halle, les brûlures en particulier qui, atteignant les mains ou le visage, étaient cause d'arrêts de travail néfastes à une production régulière. Elisabeth avait dressé un tableau indiquant le degré des brûlures et les soins correspondants. Ainsi pouvait-on voir répertoriées les simples plaques rouges qu'il convenait d'enduire d'un onguent à l'huile de lis, les lésions faisant cloques devant être traitées à l'oignon râpé et les plaies ulcérées et profondes requérant une désinfection au blanc d'œuf battu avant d'être recouvertes d'asticots qui finissaient d'aseptiser la blessure et faisaient remonter rapidement les chairs.

Oui, Elias savait tout cela, mais voulait cependant avoir le dernier mot.

— Nous ferons comme je l'ai décidé, ma fille et recevrons monsieur de Montrobert après la *réveillée*. Pour autant, nous ne fixerons point de date pour vos épousailles, vous avez ma parole.

Au moins savait-elle le nom de celui à qui on la destinait ! Piètre consolation et tourment indicible quand votre cœur bat pour un autre. C'est d'ailleurs en cet instant précis que la jeune fille en avait eu la révélation. À l'instant où son père lui imposait son choix, un autre nom s'était substitué à celui de Montrobert, un visage s'était dessiné devant ses yeux fermés, une voix qui avait le don de la jeter en transe, l'avait encouragée au creux de son oreille.

« Homme ou femme, chacun doit être maître de son destin », disait-elle avec conviction.

À quoi Elisabeth avait mentalement répondu : « Donnez-moi votre force ! »

De tout cela, bien sûr, Elias de Vilette n'avait aucun soupçon. Qui aurait pu en avoir, d'ailleurs ? La jeune fille ne quittait le domaine paternel que pour rejoindre le couvent. Au couvent, justement, où elle était tombée en posture d'orante devant la mère supérieure et avait supplié :

— Gardez-moi, ma mère, par pitié ! Mon père veut me faire prendre époux.

— Et vous n'en voulez pas, mon enfant ? C'est pourtant sagesse de la part de monsieur votre père.

— Oh non, je n'en veux pas !

Un immense espoir colora d'un léger flux rosé le visage lilial de la religieuse. Elle avait devant elle une convertie. Alléluia !

— Vous voulez donc épouser Dieu, chère petite ?

Prise à son propre piège, Elisabeth resta un long moment silencieuse avant de répondre avec élan :

— Je ferais une bien piètre nonnette, hélas, toujours à m'emmêler dans les rites de la religion catholique et celle reçue à mon baptême. Je ne veux que rester parmi vous pour étudier l'art de la médecine et apporter mon aide à vos jeunes pensionnaires.

Déçue dans son aspiration qui aurait conféré une aura au couvent, la mère supérieure accéda à son désir en lui disant avec dédain :

— Tant que votre père paiera votre pension, notre communauté vous donnera asile, mademoiselle de Vilette.

Elias de Vilette était-il donc si pressé de voir partir sa fille ? Ou bien agissait-il avec la sagesse que lui prêtait la supérieure du Verbe Incarné ?

Chaque jour qui passait parait la jeune fille de la même beauté que sa mère, ce qui remplissait son père de tendresse et Rachel d'amertume. Or, pour Elias, tendresse n'avait jamais rimé avec faiblesse, encore moins avec mollesse ; ainsi menait-il un accord de principe tambour battant, fermant les yeux sur la détresse d'Elisabeth.

Il n'avait pas été sans remarquer les manœuvres du tabellion, successeur de son beau-père, qui arrivait à l'improviste sous de futiles prétextes, et toujours en période où il savait trouver l'oiselle au nid !

— Mademoiselle Elisabeth ! Si je m'attendais ! s'étonnait faussement maître Roquefeuil en s'inclinant bien bas devant le beau tendron qui motivait sa venue.

Tout innocence, la jeune Elisabeth baissant le regard, ce qui lui dissimulait celui, concupiscent, du notaire et, supputant les raisons de sa présence, s'esquivait en disant :

— Je vous appelle, monsieur, madame de Bagars.

La plupart du temps, Roquefeuil en était pour ses frais, ce qui ne le décourageait nullement. Parfois, Rachel la perverse s'amusait de ce jeu du chat et de la souris et faisait lanterner le vieux beau en demandant à sa demi-sœur de lui tenir compagnie. La tigresse, alors, faisait patte de velours :

— Encore lui ? Dieu qu'il m'agace ! Sois assez aimable, ma chère sœur, et tiens-lui la conversation. Je vous rejoindrai dès que la lingère aura serré la lessive dans les armoires et que je les aurai fermées à clé.

Elisabeth, alors, s'en allait traînant les pieds écouter sans les entendre les propos insipides de maître Roquefeuil, les yeux toujours rivés sur la pointe de ses chaussures.

Une fois, une seule, elle crut découvrir son secret à la fébrilité de ses mains, à sa bouche humide, à ses yeux enflammés.

Ainsi Rachel a un amoureux qu'elle traite si mal ! se méprit-elle en réprimant un sourire.

Toute pétrie de charité chrétienne, elle se ravisa

et eut comme un soupir en pensant : Pauvre Rachel, vouée à des barbons !

Fort rarement, et c'était heureux pour lui, le notaire de Lasalle croisait Elias de Vilette et on comprenait aisément qu'il ne s'éternisât point après la façon dont ce dernier l'accueillait :

— Encore vous céans ! ne pouvait s'empêcher de ronchonner Elias. On dirait que vous avez plaisir à payer votre quartier, à moins que ma maison vous soit d'un tel attrait que vous me l'achetiez ?

— Point… point du tout, bredouillait Roquefeuil qui se pliait en courbettes et ôtait sa calotte, offrant ainsi au regard amusé du gentilhomme un début de tonsure blanchâtre et une certitude : sa fille attirait les regards masculins, il fallait battre le fer alors qu'il était chaud.

On le voit, le parti du notaire était mal engagé. Celui de Montrobert était allé bon train et, au jour dit, à la fin de la *réveillée*, Verrière-Génestrelle, briqué comme un sou neuf, lui avait ouvert toutes grandes ses portes.

Elisabeth avait cru défaillir. Ce vieux birbe de notaire qui, croyait-elle, venait pour Rachel, aurait pu passer pour le frère puîné de Salomon de Montrobert. D'ailleurs, à seulement décliner son prénom, on s'attendait à voir un patriarche.

Il y avait, de sa part, une réelle mauvaise foi car l'homme avait belle prestance. De beaux restes, dirait-on, mais comment être objective quand votre cœur bat pour un autre ?

Il sauta de son cheval avec aisance, c'est dire combien il était vert, et donna l'accolade à maître Elias, tous deux se tenant aux épaules comme pour une lutte gréco-romaine.

— Grande est la distance qui sépare votre domaine de La Civadière, mais proches sont nos préoccupations, mon frère, déclama Salomon avec emphase.

— Verrière-Génestrelle est honorée d'accueillir le renommé gentilhomme-verrier que vous êtes. Les bords de Cèze, tout près de Saint-Ambroix, n'ont pas plus noble ambassadeur que vous, mon ami, répondit Elias, le geste et le ton pleins de grandiloquence.

Sans un mot pour ces dames priées de faire bonne figure à cet hôte et devant lesquelles il leva son bonnet sans un mot, l'homme aux cheveux crépus et coupés ras, au collier de barbe qui soulignait son menton carré et volontaire, au regard d'aigle et aux lèvres en lames de couteau, eut les honneurs de la halle avant d'être convié à un petit festin.

Les yeux fixés sur les doigts noueux qui maniaient sans férir le couteau pour dégager les filets d'une truite en aspic, Elisabeth imaginait sa vie en face de cet homme. Mieux valait mourir !

Son calvaire se termina en même temps que le fromage. Rachel avait frappé dans ses mains pour appeler la servante et demander le dessert.

— Jamais de dessert chez moi ! se défendit Montrobert en tendant la main comme pour repousser Satan. Les douceurs amollissent les hommes et rendent les femmes trop replètes à mon goût.

— Un verre de vin de noix pour ses vertus digestives ? proposa Elias.

— Un verre de vinaigre. C'est ainsi qu'un bon chrétien doit finir son repas afin de se souvenir de la passion du Christ à qui il fut tendu, tout en haut de sa croix, une éponge imbibée de vinaigre pour étancher sa soif.

La coupe était pleine, Elisabeth sentit le sol se dérober sous elle et une nausée lui tordre l'estomac. Rachel jubilait. Elias jugea bon de débarrasser ces dames de ce curieux ascète et l'entraîna dans son « sanctuaire ».

Quand ils en ressortirent, presque à la nuit tombée, l'avenir d'Elisabeth était conclu, elle serait patronne à la grande verrerie de La Civadière. Pour autant, la date n'était pas fixée.

— Laissons-lui encore une année, Salomon, avait exigé Elias. Vous ne serez pas déçu, en plus d'une épouse soumise, Elisabeth vous surprendra par ses connaissances à soigner vos verriers.

***

Dans son lit sur lequel elle s'était jetée et qu'elle inondait de ses larmes, Elisabeth priait pour être engloutie séance tenante par un ouragan, un typhon ou toute autre manifestation qui la délivrerait de son affreux destin.

Ce n'était pas possible, son père vénéré et qui la défendait si bien des attaques brutales de la noire Rachel, ce père aimant – ses yeux ne mentaient pas en se posant sur elle ! –, ce père chéri, ne pouvait la livrer pieds et poings liés à cet homme dépourvu d'empathie, plus sec qu'un coup de trique et dans les veines duquel devait couler du vinaigre !

— Guilhem, aidez-moi, je vous prie. Je le sais, bien que vous n'ayez rien avoué de vos sentiments, oui je sais que vous avez quelque penchant pour moi. Et moi, moi je vous aime de toute mon âme, de tout mon corps.

Son corps ? Quelles audacieuses pensées que celles de mademoiselle de Vilette imaginant les mains de Guilhem Castanet courir sur ses bras, sa gorge, sa… Mais quel odieux cauchemar quand les doigts secs, noueux, sillonnés de veines violettes, ceux de Salomon de Montrobert, se substituèrent en pensée aux caresses de l'homme aimé !

— Jamais ! Jamais ! Jamais, vous m'entendez ! hurla-t-elle, étouffant sa révolte dans le carreau de plumes.

Mue par un besoin d'apaisement et faisant fi de son jupon froissé, de ses cheveux en désordre, de son visage ravagé, elle sortit de sa chambre, passa par les communs et courut jusqu'à la bergerie où elle savait trouver Gédéon. Elle s'écroula dans ses bras, frissonnante.

— Elie ! Elie, petite brebis égarée ! Que viens-tu faire chez le vieux Gédéon ?

N'obtenant pas de réponse, il la tint serrée contre lui et la berça comme autrefois sur le Causse quand elle se blessait, tombant sur un caillou, bousculée par le chien. Quand vint l'apaisement, il la repoussa en douceur et s'excusa.

— Pardonnez-moi, demoiselle, je…

— Je ne veux pas être une demoiselle ! Je voudrais être Elie, Elie pour toujours !

— Racontez-moi, petite fille.

— Mon père m'a trouvé un mari !

— C'est le rôle d'un père, mon enfant.

— Il est vieux, il est laid et je parie qu'il est méchant !

— Jugement téméraire, fillette ! Vous a-t-il mal parlé ?

— Il ne m'a pas adressé la parole. Pas un mot, et il boit du vinaigre !

Les propos d'Elisabeth étaient confus quand elle parlait de Salomon de Montrobert. Ils devinrent plus clairs quand elle avoua d'un trait :

— Non, je ne l'aime pas, c'est Guilhem que j'aime !

Nous y voilà ! se dit le pâtre, supputant qu'il allait devoir jouer l'arbitre, sinon l'entremetteur.

Reprenant le tutoiement, il l'engagea à plus en dire :

— Parle-moi de ton prétendant.

— Il est vieux et laid, je te dis !

— Montrobert, je le connais, il n'est ni vieux ni laid et c'est un maître, un grand, dans l'art de souffler le verre. Non, parle-moi de l'autre, celui que tu dis aimer.

— Guilhem Castanet ? Mais je l'aime ! Il m'enseigne la médecine au couvent et souvent je vais l'aider à l'hospice. C'est le meilleur médecin d'Anduze, tu peux me croire, il aime ce qu'il fait parce qu'il aime les gens. C'est… c'est comme toi avec tes brebis.

— Et lui, il t'aime ?

Elisabeth devint cramoisie.

— Il ne me l'a pas dit, mais je sais… je sens… il est ma force… mon soutien. Tu vas m'aider, dis, Gédéon ?

— Pour sûr, ma belle… quand je me serai renseigné sur ce… comment dis-tu ?

— Guilhem. Guilhem Castanet.

— Et je ne serai pas seul à t'aider, notre François plaidera ta cause… si elle est bonne.

— Elle l'est, Gédéon !

— Alors, haut les cœurs, fillette ! Un beau Noël se prépare avec le retour de notre François !

9
Escapade au pays

Passé le village de Monoblet, François touchait au but. Malgré les longues journées de marche forcée qu'il s'était imposées dans l'inextricable fouillis des vallées encaissées et des crêtes étroites de l'arrière-pays languedocien, malgré la morsure cruelle et tenace du froid vif de décembre, après les angoisses de ses nuits solitaires, après les craintes inhérentes à chaque jour qui pointait, il sentait lui pousser des ailes pour gravir le long raidillon qui permettait d'atteindre la clairière, terminus de son long voyage.

À cette heure vespérale, Verrière-Génestrelle baignait dans une brume glacée, figeant toute vie, estompant la netteté des contours. Le jeune homme ferma les yeux, imprimant dans sa mémoire et dans son cœur ce paysage de cristal et les rouvrit aussitôt, alors que se dessinait une haute silhouette, sentinelle de pierre, véritable allégorie biblique du patriarche semblant guetter le retour de l'enfant prodigue. Maître Elias ? Gédéon ? Qu'importait ! Tous deux occupaient, dans son cœur, la même et grande place.

Il sut alors qu'il avait bien fait de ne pas surseoir à ce voyage auquel il avait failli renoncer.

Cela s'était produit au lendemain du départ de Courte-Manche à qui il avait confié la missive pour maître Elias.

— Morbleu, mon gars ! s'était écrié le colporteur. Va pas falloir que je traînasse en route si je veux retrouver votre jovial Va-devant. C'est qu'il s'attarde guère à Montpellier, ce bougre de Provençal !

— Trouve-le coûte que coûte, était intervenu Francis de Rizols. Mon verrier n'a pas vu sa famille depuis trois ans.

Sa famille ! François avait réprimé un sourire mi-tendre mi-amer. Il n'était qu'un enfant trouvé, mais un enfant chanceux. Chanceux d'avoir vu le jour à Verrière-Génestrelle, chanceux d'avoir été accueilli à Verreries-les-Moussans. En quelque sorte, un sans-famille qui en avait deux ! À cette pensée, il se sentait tout ému et pétri de reconnaissance.

Courte-Manche était donc parti, la lettre de François aussi. Le lendemain au souper, ni madame Gabrielle ni mademoiselle Charlotte ne parurent. Encore moins Maurice, mais c'était coutumier.

D'ailleurs, depuis quelques semaines, il sentait venir « la crise », ainsi nommait-il pudiquement cette manifestation évolutive de son mal qui le faisait trottiner sur la pointe de pieds comme s'il effleurait le sol, qui rendait son teint encore plus translucide et creusait sous ses grands yeux anthracite de profonds cernes gris.

L'adolescente, dépêchée par sa mère, vint chuchoter à l'oreille de maître Francis avec une mine désolée quoiqu'elle s'obligeât à esquisser un timide sourire à l'intention de François qu'elle devinait tourmenté par la santé de Maurice :

— Une crise particulièrement éprouvante. Mère et moi, nous ne quittons pas son chevet, livra-t-elle ensuite à François tant elle devinait l'intérêt qu'il portait à son jeune frère.

Parce qu'après avoir été traité en invité, il le fut rapidement en membre de la famille, François n'eut aucune gêne à proposer :

— Si vous avez besoin de moi pour veiller sur ses nuits, je vous en prie, n'hésitez pas. Vous paraissez épuisée, mademoiselle Charlotte.

— Je serais bien oublieuse de me plaindre, moi qui ai la santé. Mais c'est aimable à vous, François, de proposer vos services.

— Et ce n'est pas une promesse en l'air, je vous l'assure.

Promesse qu'il eut à tenir à peu de temps de là, Charlotte et sa mère ayant dû s'aliter à cause d'un mauvais froid dont il était exclu que l'on contaminât Maurice, et après que Francis de Rizols eut passé toute une semaine, nuit et jour, à veiller sur son fils.

— J'ai trop manqué à la halle ces derniers temps. Pourrais-tu me remplacer, ce jour, au chevet de Maurice ? demanda-t-il à François, sans douter de sa réponse.

— De jour et de nuit, mon maître ! s'empressa de répondre l'interpellé. Vous me faites partager les joies de votre famille, n'est-il pas normal que j'en partage aussi les tourments ?

Non sans appréhension, il avait poussé la porte de la chambre. Ses craintes étaient justifiées. Plutôt que de grandir, s'allonger des membres comme le font les enfants au cours d'une maladie, Maurice semblait au contraire rabougri, ratatiné comme un petit vieillard dans un lit blanc où il se diluait et dont il n'occupait pas le quart. Jusqu'à son regard – qu'il forçait à une pétulance faisant défaut à son corps – que François trouva éteint, morne et las.

Son raisonnement, cependant, n'était nullement embrumé.

— J'épuiserai donc, un à un, tous ceux qui me sont chers, fit-il remarquer avec un pauvre sourire.

Négligeant une réponse appropriée qui ne lui venait pas, François noya le poisson.

— Parbleu que vous me manquiez, Maurice ! Aussi ai-je forcé votre porte. Vous ne m'en voulez pas, j'espère ?

La journée s'écoula entre courts conciliabules et longues plages de silence où l'on aurait pu croire l'enfant assoupi. François n'en était pas dupe, Maurice se fermait sur sa souffrance afin de la maîtriser et cela durait, durait, au point qu'il souffrait pour lui, pour tous ses membres qui se racornissaient – et ce n'était que la partie visible de sa maladie –, pour ce qu'il devinait de ses tortures internes.

Un jour, puis deux, puis toute une semaine. Il n'en fallait pas plus pour que François regrette le billet envoyé à maître Elias. Il ne pouvait envisager de laisser la famille Rizols aux prises à de si durs moments.

Le sixième sens de Maurice – car à n'en pas douter il en était pourvu ! – lui permit de deviner les pensées de son ami attentionné.

— Parlez-moi, voulez-vous, de Verrière-Génestrelle, des gens que vous y avez laissés et que vous avez hâte de revoir, insista-t-il en se calant dans ses oreillers.

— Qu'est-ce qui vous fait dire que j'ai hâte ? Je suis si bien ici, avec vous tous.

— Ne trichez pas avec moi, François ! Une partie de votre cœur est restée là-bas, je le sais. Tenez, ce Thierry que vous m'avez si bien dépeint, il vous est cher, n'est-ce pas ?

— Tout comme vous, Maurice. D'ailleurs, il a quasiment votre âge…

— Il est plus jeune de trois ans, si je ne m'abuse !

Quelle mémoire ! Et quel intérêt pour des gens qu'il ne connaîtrait jamais !

— Vous avez raison, ma foi ! J'aurai peine à le reconnaître à Noël… si toutefois je fais le voyage…

— Il n'y a pas de si, vous le ferez ! s'insurgea l'adolescent chétif qui avait compris les réticences du jeune verrier. Vous me feriez croire que je suis à l'agonie.

— Jamais de telles pensées ne m'ont effleuré ! Je songeais surtout à madame votre maman et à mademoiselle Charlotte qui tardent à sortir de leur lit, mentit François.

Le grincement discret d'une porte qu'on ouvre, le glissement léger d'un pas sur le parquet puis le frottement des roues d'un fauteuil que l'on pousse, les deux personnes évoquées faisaient irruption dans la chambre de Maurice. Madame Gabrielle, le visage émacié et le regard toujours plein d'une grande mansuétude, se faisait approcher de son fils par une Charlotte grandie, déliée, presque maigre, ses longs cheveux noirs et bouclés épars sur ses épaules et dans son dos, ses grands yeux de gitane ombrés de cils immenses.

Après avoir été embrassé, cajolé, mignoté, tant de sa mère que de sa sœur, Maurice se tourna vers François :

— Te voilà rassuré sur la santé de ces dames qui tant te chagrinait, François ! Tu peux faire ton bagage en toute sérénité.

Pas une plainte sur lui ! Pas la moindre exigence ! Et ce tutoiement qui recelait un accord tacite : « Va, mon ami et reviens-nous bien vite ! » Profondément ému, François sortit de la chambre à reculons.

Madame Gabrielle et sa fille reparaissant désormais à table et Francis de Rizols insistant, François décida de se mettre en route. Décembre avait débuté sous la pluie, il ne s'agissait pas d'attendre que cela se transforme en neige. La veille de son départ, Maurice le manda dans sa chambre.

— J'ai quelque chose pour toi, François. Tu vas en étonner plus d'un en Cévennes.

Avec jubilation, il sortit de dessous son drap un rouleau de papier qu'il étala. Il avait dessiné une bouteille au ventre plat et au col torsadé du plus bel effet. À côté, le travail destiné au fondeur d'étain comme il s'en expliqua :

— Vous allez travailler de concert, toi et ce sacré Raymond qui habille nos plus belles pièces. Le corps plat doit être parfait pour que notre fondeur d'étain puisse y poser la plaque martelée.

— C'est trop beau, Maurice, je n'y parviendrai jamais !

— Et modeste avec ça ! Étonne-les, te dis-je, à Verrière-Génestrelle et rapporte-nous ce chef-d'œuvre que tu reproduiras, ici, sous notre halle pour le plaisir de père.

— Comptez sur moi, Maurice, ce sera pour vous mon cadeau de Noël.

Un long silence suivit cette promesse, puis la voix de Maurice sembla se briser :

— Tu manqueras à notre table, François !

François sortit sans se retourner. Cette réflexion le jetait dans une grande confusion de sentiment. Qu'allait-il faire, en vérité, à Verrière-Génestrelle ? Et de quoi serait fait Noël au domaine de maître Elias ? D'un tête-à-tête avec Gédéon dans la bergerie ? Tandis qu'ici… Il se gourmanda d'avoir de telles pensées, il devait tout à maître Elias, tant de savoir à Gédéon, tant de bons souvenirs à Elisabeth et à Thierry !

Il était donc parti avec le précieux rouleau, une paire de galoches neuves et une cape de bure à capuche qui balayait le sol et que lui avait offerte maître de Rizols en plus de son pécule. Et surtout une musette débordante de victuailles.

— Vous voulez que je muse en chemin, avait-il fait remarquer à la cuisinière qui tassait pâté et saucisson dans une poche, noix, prunes sèches et force pain dans l'autre.

— Je ne fais qu'obéir aux ordres de madame… et de mademoiselle. Tenez, elle m'a demandé de vous le remettre en main.

Charlotte avait pensé à tout, jusqu'à un petit nécessaire de toilette comprenant savon et rasoir assorti d'un petit mot tendrement humoristique : « Afin que personne n'ait la sottise de vous prendre pour un chemineau. »

La musette, grandement allégée, ne sciait plus son épaule. Au griffon communal de Monoblet, il avait fait usage de son dernier morceau de savon, rasé sa barbe, secoué sa lourde pèlerine, lustré le cuir de ses godillots. Non, ce n'était certes pas un trimardeur qui perçait le crépuscule givré de Verrière-Génestrelle.

— Pardi ! Mais c'est notre François ! s'écria Elias d'une voix pleine d'alacrité.

Il fit deux pas vers lui avant de le recevoir dans ses bras et l'y tenir serré, sans parler, sans bouger, seulement à écouter leurs deux cœurs battre à l'unisson.

Ce fut ensuite la tournée sous la halle à saluer les Raoul renfrognés, à ébouriffer les gamins tiseurs, à s'attarder sur le travail des jeunes souffleurs en action, puis à chercher partout le fournier.

— Je ne vois pas notre bon Gédéon, dit-il avec un affreux pressentiment.

— Un mauvais froid, s'esbaudit le gentilhomme en se frappant les cuisses d'un geste familier. Un comble pour un chauffeur de four, ma foi !

— Malade ? Gédéon est malade ? paniqua François.

— Qui te parle de maladie ? Un froid, te dis-je. Il tousse et crache, il mouche, il éternue. Bref, il est trop fiévreux pour travailler mais les bûcherons ont pris la relève et ne dorment que d'un œil pour ne pas laisser s'éteindre les fours et encourir les reproches de notre Gédéon.

— Où est-il ?

— Au chaud. Bien au chaud.

— Dans la bergerie ?

Involontairement, François avait usé d'un ton grinçant, celui de la rébellion, ce qui n'eut pas l'heur de plaire au maître des lieux.

— Eh là ! Pour qui me prends-tu à soupçonner que je néglige mes gens, et Gédéon de surcroît ?

— Pardonnez-moi, maître Elias, se rattrapa François en faisant humblement allégeance. Les dames de Verreries-les-Moussans ont été si malades, et Maurice, aussi, je m'inquiétais pour Gédéon.

Elias mit un bras sur l'épaule du jeune homme et lui expliqua qu'il avait fait rouvrir le logis de Luigi l'alchimiste – il omit de préciser que c'était là où il avait été conçu –, qu'un bon feu y brûlait nuit et jour et qu'il ne manquait ni de bouillons chauds ni de tisanes fébrifuges que lui administrait Elisabeth.

— Sais-tu que cette enfant est devenue une savante ?

— Ça ne m'étonne pas d'Elie…

— Garde-toi bien de l'appeler ainsi ! gronda Elias. C'est une jeune fille maintenant. Quant à mon fils qui est *gamin* sous la halle, il travaille présentement avec son précepteur, une idée de madame Rachel.

— Il me tarde de les voir tous !

— Tu les verras ce soir, tu manges à notre table.

— Puis-je aller visiter Gédéon ?

— Va, mon garçon. À tout à l'heure.

Dans le dédale de venelles étroites, de passages couverts qui sillonnaient le domaine et aboutaient les masures qui le composaient, il en était un que François connaissait et qui avait toujours aiguisé sa curiosité. À croire qu'une force inconnue l'y attirait sans jamais qu'il eût le loisir de la satisfaire. Celui qui menait à cette maisonnette abandonnée que maître Elias avait fait fermer d'une grosse chaîne cadenassée. Il n'aurait su dire depuis quand, ayant toujours connu ainsi ce que l'on appelait le repaire de Luigi.

La végétation folle qui s'en était emparée disparaissait sous le givre qui étoilait l'unique fenêtre du sommaire logis.

Machinalement, François leva la tête, le maître disait vrai, un ruban continu de fumée s'échappait de la cheminée et cela lui réchauffa le cœur. Il toqua à la porte et, sans attendre, la poussa. Elle bâilla, grinçant fortement sur ses gonds, et dévoila un maigre feu de brindilles qui jetait des étincelles sur le sol de terre battue. Il n'en fallait pas plus, tant pour éclairer que pour chauffer la minuscule pièce.

Sur le lit haut qui en occupait la plus grande surface, Gédéon était assis, jambes pendant dans le vide ; dans la ruelle où elle avait glissé une chaise sur laquelle elle était assise, Elisabeth de Vilette buvait les paroles du pâtre. Tous deux avaient des airs de conspirateurs.

Il fallait bien que le cœur parlât pour qu'il la reconnût, elle avait tellement changé ! L'adolescente qu'il avait quittée, pour prometteuse qu'elle fût, n'avait pas laissé deviner tant de perfection dans le visage de madone qu'elle tourna vers lui, tant de grâce légère quand, le reconnaissant, elle se leva et courut, naturelle et dépourvue de minauderie affectée, se jeter à son cou.

— Elie… divine apparition… murmura-t-il en l'enserrant et la pressant contre son torse musculeux.

Puis, se souvenant du courroux de maître Elias, il l'éloigna d'elle avec douceur et, la tenant à bout de bras, s'exclama :

— Demoiselle Elisabeth ! Ça alors, mais vous êtes devenue une dame !

— Et toi un homme, grand et fort ! Faut-il, pour autant, que l'on se parle comme des inconnus ?

— C'est que… je ne sais si monsieur votre père…

— Mais il n'est pas là, que je sache ! Alors, entre nous, je suis toujours Elie !

Quelle fougue ! Quelle puissante volonté ! Qu'était-il arrivé à la blondinette réservée qui baissait les yeux à tout propos ? Que signifiait cette ardeur qu'il ne soupçonnait pas chez la timide adolescente ? Les pulsations de François s'accélérèrent à ce qui lui parut, en un éclair, évident : Elie était amoureuse ! Elle l'aimait ! Ne s'était-elle pas jetée dans ses bras, transportée ? Elle l'aimait et lui, lui comprit qu'il brûlait d'amour pour elle.

Un autre aussi le comprit. D'ailleurs, plus perspicace que lui, il fallait chercher loin. C'était Gédéon qui n'avait qu'une hâte, étouffer dans l'œuf ce qui ne devait pas être.

— Le vieux Gédéon n'intéresse plus personne à ce que je vois. Parbleu, il a fait son temps. Place à l'ingrate jeunesse !

Aussi gracieusement qu'elle s'était jetée sur la poitrine de François, Elisabeth fit deux pas en direction du pâtre et l'aida à descendre de son lit tandis que le jeune verrier s'écriait :

— Reproche non mérité, maître *pastré !* C'est vous que je venais saluer. Cette jeune personne, et qui s'en plaindrait, a été plus rapide à venir m'accueillir.

Il usait de plaisanterie pour dissiper l'émoi dans lequel l'avait plongé sa double découverte. Néanmoins, il ne lui était pas aisé de détourner son regard du bel ange blond qui jetait une couverture sur les épaules de Gédéon puis s'en allait attiser le feu.

La brassée que se donnèrent les deux hommes s'éternisa, dans le souvenir de chacun resurgissant tant de moments d'affectueuse complicité !

— On vous dit malade, Gédéon et je vous vois gaillard comme le pont d'Anduze ! s'exclama François.

— Tu n'aurais pas dit cela il y a seulement huit jours, intervint Elisabeth. D'ailleurs, pour qu'il ait consenti à quitter sa bergerie comme l'en priait mon père, il fallait qu'il soit bien mal en point. À mon retour du couvent, je l'ai veillé deux nuits durant avec l'autorisation paternelle ; il délirait, parlait d'un agneau qu'il n'arrivait pas à intégrer au troupeau, d'un bélier noir et cornu qui, sans cesse, l'en éloignait. Je t'assure, François, il fallait le voir faisant mine de l'empoigner aux cornes, c'était cocasse et triste à la fois car on ne sait jamais jusqu'où ces fortes fièvres peuvent mener.

— Et tu peux me croire, elle sait de quoi elle parle, notre demoiselle Elie ! s'immisça Gédéon, jugeant opportun d'initier son protégé.

Se tournant vers la jeune fille, Gédéon lui demanda son accord :

— On peut bien mettre François dans la confidence, dites, mademoiselle Elisabeth ?

— Et comment ! Tu seras le second… non… le troisième, mon amie Colombe est aussi dans le secret, le secret de l'amour !

Elisabeth avait chuchoté les derniers mots de sa phrase et rougi jusqu'à la pointe de ses oreilles. Gédéon enchaîna sur le même ton de mystère :

— Je suis guéri grâce à mon infirmière qui m'a soigné sur les conseils de son bel amoureux, le docteur Castanet. Mais chut, mon François ! Il n'est point temps qu'elle révèle son amour au grand jour ;

maître Elias, qui se prend pour le grand ordonnateur des unions matrimoniales, veut la donner en mariage à un vieux birbe…

François n'écoutait plus, n'entendait plus, ne saisissait plus un traître mot qui tombait de la bouche du berger comme autant de dagues qui le transperçaient. Ainsi donc, Elisabeth aimait et ce n'était pas lui ! D'emblée, il détesta ce docteur Castanet. Tête basse, il triturait son bonnet brodé dont il était si fier et dont personne encore ne lui avait fait compliment. Gédéon avait suivi son regard et, tout marri de l'avoir fait souffrir encore qu'il se dédouanât de ne pouvoir faire autrement, il se força à une joviale admiration.

— Montre-nous ce bonnet que tu nous dissimulais, faquin ! Venez voir, demoiselle ! Du velours et des broderies. Ah, je peux mourir, je suis heureux pour toi, François !

— Qui te parle de mourir, Gédéon ? Ce serait bien la peine que j'aie pilé pour toi des dizaines de pilules, dilué des poudres et fait des décoctions de plantes !

Et tous deux à s'extasier devant la toque d'un beau rouge incarnat et ce qu'elle représentait !

— Tu dois en faire rosir plus d'une, des drôlesses qui se pendent à ton bras ! *Té pardi,* laquelle ne serait pas honorée d'avoir la faveur d'un si beau garçon toqué de si glorieuse manière ?

— Ne rougis pas, François, lui dit Elisabeth

d'une voix douce et maternelle. Et dis-nous toi aussi ton secret.

Eperdu de souffrance, il aurait voulu quitter cette chambre maudite, il s'y sentait de trop, pas à sa place, et fit mine de se retirer. Elisabeth insista :

— Un prénom et je ne t'en demanderai pas plus.

— Charlotte… s'entendit-il murmurer du bout des lèvres.

Satisfaite sur ce point, Elisabeth le retint encore.

— Reste un peu plus, François. Ici, nous sommes comme au temps de notre enfance, mais devant les autres, tout est différent. Et puis, nous avons un autre secret à te confier.

Ce fut elle, cette fois, qui demanda l'approbation du pâtre :

— Dis-lui, toi, François est un homme de confiance.

— Tu peux croire que je me suis ennuyé, les premiers jours, dans cette petite pièce loin de mes moutons. J'ai tourné, viré, scruté les murs comme un prisonnier qui cherchait une issue… et j'ai trouvé un cylindre de papier, si finement roulé qu'il avait pu être glissé entre les interstices des pierres sans qu'un œil ne le distinguât pendant toutes ces années.

— Il est signé d'un certain Luigi, poursuivit Elie. Gédéon l'a connu, c'était un coloriste amené par une de mes aïeules, à ce qu'il paraît.

— Par Suzanne, la première épouse de maître

Elias, rectifia le pâtre.

François fit mine de s'intéresser. Le cœur, cependant, n'y était pas.

— Que dit cette lettre ?

— *Eh bé*, pour le moment, elle ne dit rien ! se désola Gédéon. Enfin, rien qu'on puisse comprendre. Et c'est là qu'intervient l'amoureux de mademoiselle Elie.

Charabia ! Charabia que tout cela et nouvelle frustration à l'évocation de ce maudit amoureux.

— Guilhem Castanet exerce la médecine à Anduze et c'est auprès de lui que j'apprends l'art de la pharmacopée. Gédéon et moi avons pensé qu'avec l'aide de son apothicaire, monsieur Castanet pourrait décrypter ce qui m'a tout l'air d'une formule chimique pour la coloration du verre.

— Une formule secrète ? Fort bien ! objecta François. Mais elle ne le sera plus dès qu'on la confiera aux brassiers qui préparent la paraison.

Nouvel échange de regards entendus entre la demoiselle et le pâtre, et nouvelle explication d'Elisabeth.

— Te souviens-tu, François, de mon jeune frère Thierry que Rachel la noire appelle l'Héritier ?

— Si je m'en souviens ? s'engoua enfin le jeune verrier. Son souvenir, avec le vôtre, celui de Gédéon et de maître Elias m'ont accompagné durant toutes ces années loin de vous. Thierry, gentil farfadet aux yeux couleur de ciel d'orage.

— Un sacré numéro, mon jeune frère ! Il n'a pas son pareil pour doser les fondants dans la soude et le sable et en faire un bel amalgame. Père ne lui plaint pas le cobalt avec lequel il obtient un si joli bleu, ni la poudre de manganèse pour avoir ce violet de Hongrie qu'on appelle améthyste. Le secret de Luigi deviendra celui de Thierry pour peu que le docteur Castanet et Garin le potard décryptent la formule.

Castanet ! Encore lui ! Un instant, il l'avait oublié, ne songeant qu'aux couleurs, au verre, à son art.

Il s'en remettra, se dit Gédéon en observant François à la dérobée. Dieu veuille que je sois encore sur sa route, les écueils ne lui sont pas comptés, hélas !

Les retrouvailles avec Thierry de Vilette, saines, vraies, réconfortantes, lui mirent du baume au cœur. Leurs liens, à peine ébauchés trois ans plus tôt, refleurirent plus fort. Curieux comme les gamins de son âge, le jeune garçon s'émerveillait encore de tout, pourvu que cela vienne d'horizons nouveaux.

— Tu me raconteras ton voyage, François, les villes que tu as traversées, la verrerie où tu vis, les gens… Tout ! Je veux tout connaître de ta nouvelle vie. Tu sais, un jour ce sera à moi d'aller chercher le bonnet brodé au bout de mon souffle.

— Je l'espère bien, maître Elias m'a dit que vous étiez doué, que vous apporteriez un sang neuf au domaine.

Thierry fit mine de bouder.

— C'est une coutume, au pays d'où tu viens, de dire vous à ses amis ?

François esquissa un sourire indulgent.

— Tu. Vous. Quelle importance ! Ce ne sont que des mots. Le cœur, lui, parle en silence et il ne vous a pas oublié. Il n'a oublié aucun des êtres chers que j'ai laissés à Verrière-Génestrelle... de même qu'il n'oublie pas ceux que j'ai laissés à Saint-Pons.

— Tu as donc des amis ? Raconte. Oh oui, je veux tout savoir de ta vie là-bas.

— Promis, mais plus tard, je crois qu'on nous attend pour le souper.

Restait à affronter le regard de Rachel. Quoique entouré de la bienveillance d'Elias, d'Elisabeth et de Thierry, François redoutait les piques acérées qui autrefois s'exerçaient sur le gamin insouciant qu'il était. En serait-il de même aujourd'hui ? Il méritait bien quelque répit, la soirée avait été tellement riche en émotions !

Nonobstant la plaie encore à vif qui faisait saigner le cœur de François, et contre toute attente, le repas, suivi de la soirée qui se prolongea plus que de coutume, fut pour les commensaux de maître Elias un véritable délice. Rachel de Bagars avait fait savoir qu'une subite migraine l'obligeait à garder la chambre.

Quiconque ayant collé son œil au trou de la serrure aurait pu témoigner de la belle unité familiale qui régnait dans cette pièce. Un père entouré de ses enfants qui, pour être dotés de particularités physiques dissemblables, avaient un point commun : tous trois écoutaient leur géniteur discourir avec une même fierté, une même béate attention, un même respect mâtiné de tendresse.

L'aîné, à l'évidence, était la réplique du père dans sa stature puissante sans nulle lourdeur, dans son cheveu bouclé, chez lui d'un noir de jais ; sa cadette devait tenir de la mère, une créature déliée, blanche et blonde à souhait, et le benjamin, un délicieux mélange des deux, avec son teint clair, son cheveu noir et raide, sa belle taille de jeune damoiseau et surtout ce regard qui ne se voulait ni noir ni bleu, modulé selon son humeur, tantôt d'un vert de tourmaline, tantôt d'un gris agité de tempête.

— Ainsi donc, Francis de Rizols est doté comme moi d'un fils et d'une fille. L'heureux homme !

D'une phrase, Elias de Vilette ramenait le tableau idyllique à plus de raison. Aucun de ses enfants ne s'en offusqua, ignorants qu'ils étaient du lien qui les unissait à François.

Le visage de ce dernier s'assombrit quand il expliqua :

— Heureux certes car il n'est rien qui surpasse les liens étroits qui unissent cette famille, mais si tellement éprouvé !

Il passa succinctement sur l'état malheureux de

madame Gabrielle – des pudeurs de jeune homme face aux empêchements d'une femme dans son quotidien – et parla longuement de Maurice, ce bout d'homme sans espérance mais non sans certitudes.

— Il plaisante de tout, en ce qui le concerne. De ses braies ridicules, de sa démarche de canard quand ce n'est pas de sa bosse, il dit que Dieu lui a fait un coussin pour sa tête. Et ma foi, elle le mérite, si joliment pareille à celle d'un séraphin, si lumineusement éclairée de grande gentillesse, si tellement remplie de connaissances et d'imagination !

Tout habité par l'image de l'attachant Maurice, François ne se rendait pas compte à quel point il avait assombri l'atmosphère, c'est tout juste si Elisabeth n'écrasait pas furtivement une larme et si Thierry ne rougissait pas, honteux de son éclatante santé.

— Avoir un fils et ne pouvoir en faire son successeur, quelle misère ! s'apitoya Elias.

— Détrompez-vous, mon maître, Maurice est très impliqué dans la verrerie de son père. Certes, il ne sera jamais souffleur, mais c'est lui qui dessine les objets de luxe que les verriers ont à cœur de fidèlement reproduire. Attendez, je vais vous montrer quelque chose.

François alla jusqu'à une crédence où il avait déposé le croquis de Maurice avec lequel il comptait bien faire son petit effet.

Dans un silence religieux, les têtes se penchèrent

sur le croquis, sur les cotes précises qu'il indiquait tant au verrier qu'au fondeur d'étain qui parachèverait l'œuvre. Et les questions fusèrent :

— Tu sauras faire ces torsades, François ?

— À quoi destine-t-on ce flacon ?

— Le prix doit en être inestimable ?

Elias de Vilette n'avait rien dit. Il détaillait, en connaisseur, le dessin du jeune Maurice, imaginait déjà au bout de sa canne creuse le bloc informe et incandescent se transformant lentement en une boule de verre coloré, il entendait le bruit de la mailloche arrondissant l'œuvre, puis son chuintement à sa plongée dans l'eau froide d'un baquet, il voyait enfin s'étirer le long col qu'il allait falloir tourner, tourner...

Sa tête aussi tournait, de fatigue, de joie, de cet art qui était toute sa vie. Il se leva lourdement ; ce soir, devant cette jeunesse, l'âge se faisait sentir.

— Messieurs, je vous attends demain matin à la halle. Thierry aura soin de préparer une belle couleur et François s'efforcera d'honorer la verrerie de Rizols en même temps que celle de son... de Vilette !

Complices, les deux jeunes gens cités échangèrent un sourire de connivence tandis qu'Elias, se frappant le front, sapait leur impatience.

— J'ai parlé un peu vite, garçons. Ni demain ni après-demain, seulement mercredi verra votre triomphe. J'attends une livraison de sable de Saint-

Pancrace, une autre d'huile d'olive... Bref, l'intendance à laquelle je ne peux me dérober.

Un peu délaissée, Elisabeth se retirait sans bruit quand son père l'apostropha :

— Vous apprécierez, j'espère, ma fille, que j'aie convié votre promis pour dimanche ? J'entends que vous lui fassiez bonne figure.

D'un mot, la pièce rendue à ses boiseries sombres qui en faisait le parquet à bâtons rompus et le plafond à la française, à ses meubles massifs et centenaires, à ses tentures d'un autre âge et sans gaieté, avait perdu de sa féerie engendrée par des visions de verre aux multiples et lumineux reflets. Chacun regagna sa chambre.

De la sienne, François distingua la lueur vacillante dans le logis de Gédéon. C'est là-bas, auprès de son mentor, qu'il décida de passer sa première nuit à Verrière-Génestrelle.

10
L'impensable trahison

Devant l'enfer des feux, des silhouettes s'affairaient. D'autres, qui se devinaient dans la pénombre, silencieuses et attentives, accompagnaient du regard les gestes de François et ceux de maître Elias qui s'était mis – une fois n'est pas coutume – au service du jeune verrier.

Les flammes accrochaient à la barbe du gentilhomme des reflets sanglants tandis qu'elles faisaient danser des langues de feu sur le visage glabre du jeune homme. On se serait cru aux portes de l'enfer, les deux hommes s'apprêtant à y tutoyer le diable.

Thierry avait longuement préparé la paraison. En fait, il en avait rêvé toutes les nuits, repassant sans cesse les dosages précis qu'il devrait amalgamer – la silice, la soude, la chaux en proportions invariables –, supputant le brin de fantaisie qu'il pourrait se permettre afin d'ajouter une touche personnelle à la création de François.

Je forcerai sur la cendre de fougère, se promit-il, cela donnera plus de luminosité à l'œuvre de François et de son ami Maurice.

Bien loin d'être animé d'une pointe de jalousie envers ce parfait inconnu cher au cœur de son ami et qui possédait d'indéniables dons créatifs, il se faisait, au contraire, une joie de participer à cette création dont on parlerait longtemps à Verrière-Génestrelle.

— On pourrait l'appeler *L'Œuvre du trio gagnant.* Qu'en penses-tu, François ? avait-il proposé avant même de se mettre à l'ouvrage.

— Ne soyez pas si pressé, Thierry. Encore rien n'est fait et je ne sais si…

— Et toi, ne sois pas aussi sceptique ! lui répondit Thierry du tac au tac. On dirait que tu doutes…

— Pas de vous, ni de votre paraison. Pas plus que des données précises de Maurice. Mais moi, serai-je à la hauteur ?

Maître Elias avait cru bon d'intervenir :

— Assez discouru, jeunes gens ! Maintenant, faites-nous rêver.

François modulait son souffle, la pâte molle s'étirait, tout d'abord informe, puis lentement une boule se formait dans laquelle Elias inséra le pontil afin de créer une autre prise pour travailler la forme. Mailloche et fraise allaient bon train, tout en délicatesse et en précision. Chauffer, refroidir, chauffer à nouveau pour étirer le col, la bouteille naissait dans un silence religieux seulement accompagné du ronronnement des fours.

Bûcherons, tiseurs, *gamins*, souffleurs, tous étaient là, attentifs, prêts à s'extasier et même à applaudir, ce qu'ils firent quand, ruisselant de sueur après l'opération délicate du décalottage, qui consistait à séparer l'objet de la canne, François laissa à Thierry l'honneur de brandir au bout de ses pinces *L'Œuvre du trio gagnant.*

De concert et en signe de victoire, maître Elias et François jetèrent leur bonnet brodé en l'air. Les Raoul, eux, se retenaient de manger le leur tant leur rage était grande, leur jalousie exacerbée et leur haine prête à se déchaîner.

C'est ce qu'attendait Rachel la noire. Jusque-là, elle avait eu la vengeance aisée et mesquine. Son père lui imposait ce maudit bâtard à sa table ? Qu'à cela ne tienne ! Elle se fit un plaisir de retenir maître Roquefeuil à dîner.

Les fêtes de la Nativité ramenant Elisabeth au bercail, il ne se fit pas attendre pour rappliquer au domaine, lui et son vilain crâne tonsuré et ne se fit pas prier pour qu'on ajoute son couvert. Ainsi, Rachel gagnait sur deux tableaux, elle jubilait au courroux à peine contenu de son père et riait sous cape au malaise que ressentait l'ingénue Elisabeth sous le feu du regard dévêtant de l'odieux tabellion.

Or, ce n'était là que bassesses ordinaires, ce qu'elle réservait à François était d'autre nature. Pour cela, l'ire des Raoul tombait à point nommé ; avec leur aide, elle frapperait un grand coup.

Que dis-je ? Un coup définitif ! se félicitait-elle en élaborant minutieusement le complot.

Rencontrer les frères souffleurs hors de la halle était impératif. Bien qu'elle répugnât à pénétrer dans les habitations des employés de son père, elle s'y contraignit, allant à la nuit noire frapper à la porte des Raoul.

— Suivez-moi, nous avons à parler, souffla-t-elle dans l'entrebâillement.

Malgré la chape de froid qui faisait grelotter et le chemin crissant de gel sous leurs pas, elle les entraîna au plus loin des maisons, bien à l'abri sous un auvent appuyé à la bergerie. Là, elle exposa un plan qui tantôt semblait les réjouir, tantôt les effaroucher.

— Maître Elias ne sera pas inquiété ? En êtes-vous certaine, madame Rachel ? demanda l'un des deux d'une voix blanche.

— Mon père n'a de comptes à rendre qu'au viguier de Sommières, l'auriez-vous oublié ? s'insurgea-t-elle avec la morgue de sa lignée.

L'autre frère insista :

— Qu'encourrait notre maître si par malheur…

— Le malheur sera pour le bâtard accusé de porter des ferments de révolte ! le coupa Rachel, excédée devant les atermoiements des Raoul. Il a pris la place d'un de vos fils, oui ou non ?

Il n'y eut plus un mot, l'affaire était entendue.

Entendue… et écoutée ! Et en aucune façon fortuite ! Depuis l'arrivée de François, Gédéon restait sur le qui-vive. Il pressentait le malheur, comme certains animaux hument le feu en forêt, le mauvais sort pour son jeune protégé, si beau, si fort à ses vingt printemps. Il veillait donc au grain, gardant un œil sur Rachel et l'autre sur les Raoul.

Interrogeant le ciel où les étoiles voilées annonçaient la neige, il prit prétexte, en pâtre consciencieux, de venir étendre une bonne épaisseur de paille pour ses bêtes. Tout en calfeutrant les chiches ouvertures de la bergerie, il se posta au plus près du lieu vers lequel il avait vu trois silhouettes furtives se diriger, fit corps avec le mur de la bergerie et saisit, horrifié, toute leur conversation. Il ne s'agissait rien moins que de dénoncer le dénommé François pour pratique de culte clandestin et troubles. Le traquenard était mis en place. Gédéon devait à tout prix le faire capoter.

Chaque matin avant d'aller à la halle, Elias visitait son ami, un rendez-vous tacite depuis que le pâtre occupait la chambre de Luigi l'alchimiste.

— Tu vas mieux, Gédéon, et je m'en réjouis. Pour autant, je t'interdis de regagner la bergerie, tu ne l'ignores pas, il neigera avant demain.

— Je le sais, Elias, et je sais même que vous souhaitez aller au culte au château de Fressac. Renoncez, je vous en conjure ; traverser le bois de Vergèle par ce temps n'est plus de notre âge.

— Je ne serai pas seul, mon brave Gédéon. François m'accompagnera. Thierry voulait aussi être des nôtres, mais Rachel s'y est fermement opposée. Et ce que femme veut…

Gédéon étouffa un gémissement. Comment faire céder un entêté comme son frère de lait ?

— N'y a-t-il pas danger à prier notre foi hors des lieux qui nous sont accordés ?

— Point de nos jours, mon bon, les tensions sont apaisées. Si Rohan est parti, c'est que nous sommes en paix.

— La délation… la vengeance… la jalousie sont défauts humains, hélas !

— Que crains-tu, à la fin ?

Gédéon était à la torture. Son honneur lui interdisait de dénoncer Rachel et les Raoul, sa profonde affection pour Elias et François le pressait d'insister.

— Je crains qu'il ne vous arrive malheur, à vous et à votre famille, et de quelque façon que ce soit.

— Eh bien dors sur tes deux oreilles, *pastré !* Et remplis-toi les yeux du chef-d'œuvre de notre François qui doit l'emporter à Verreries-les-Moussans. C'est lui qui m'a demandé de te le confier jusqu'à son départ.

Il ouvrit le couffin tressé, fouilla dans la paille et

en sortit la bouteille au col torsadé.

— Ici, elle est hors de portée d'une maladresse…

— Ou d'une mauvaise intention… soupira Gédéon.

***

Elisabeth se disait que le mauvais temps avait du bon et l'explication en était simple : en raison de la neige, son promis aux yeux jaunes d'homme bilieux avait décliné l'invitation de son futur beau-père dans un billet sec qui lui ressemblait.

Vous comprendrez, monsieur, les raisons qui me font annuler mon voyage. Je serai néanmoins parmi vous aux premiers jours du printemps afin de décider d'une date pour l'union de nos deux familles.

Il n'oubliait pas, le fâcheux personnage, l'objectif final ! Et ce fut, pour la jeune fille, une raison de pleurer sur l'épaule de Gédéon et dans les bras de François, tout tremblant de la serrer contre lui. Mais que n'aurait-il fait, que n'aurait-il dit pour la voir sourire ?

— Pourquoi ne pas présenter le docteur Castanet à votre père ? Maître Elias, j'en suis sûr, ne veut que votre bonheur !

Généreux, François s'effaçait déjà devant son rival pourvu que sa bien-aimée fût heureuse ! Et c'est à lui qu'on voulait faire du mal ? À lui qu'on voulait nuire ?

Tourmenté au plus haut point, Gédéon avait fait une autre tentative, cette fois-ci auprès de François :

— La neige va s'installer, et pour longtemps. Il serait plus prudent que tu écourtes ton séjour ici, François. Suis mon conseil, mets-toi en route dès demain.

— Tu n'y penses pas, Gédéon. Maître Elias m'a demandé de l'accompagner au château de Fressac pour la veillée de Noël. Deux bonnets brodés, m'a-t-il dit, voilà qui fera honneur à notre hôte.

— Moi… ce que j'en dis… soupira Gédéon, fataliste. Enfin, sache que ta bouteille torsadée est ici, bien rangée, bien empaquetée.

***

L'Histoire, la grande, celle du royaume de France dont le jeune roi en butte aux huguenots ne savait où donner du canon et de l'épée, allait se mêler tragiquement au complot ourdi par Rachel la noire. Là où la maudite n'aspirait qu'à l'intervention des exempts de ville en charge de la sécurité sur le territoire d'Anduze, les dragons de Toulouse du duc de Montmorency allaient frapper un grand coup ; là où Rachel n'aspirait qu'au bannissement du bâtard maudit, les dommages prendraient une autre envergure.

Au lendemain de son forfait, terrée dans sa chambre, Rachel de Bagars se bouchera les oreilles quand passera la cohorte des prisonniers auxquels un soldat ouvrira la route au cri de : « Lassez passer la justice du roi ! »

Mais revenons au déroulement des faits. Peu désireux que leur nom fût cité, les Raoul avaient soudoyé un simplet du hameau de Palhers. Pas un idiot, trop vite confondu. Non, un naïf, quelque peu ratapoil sur les bords, à qui ils firent miroiter un avenir dans les armes.

— Des finauds comme toi, le roi en a besoin. Tu feras sûrement carrière, promirent-ils à Bénezet le bien-nommé.

Et d'insister pour que tout se déroule comme madame Rachel leur avait demandé :

— N'oublie pas, celui que tu dois dénoncer, c'est le grand gaillard au bonnet brodé !

Bénezet, ressassant en chemin ce qu'il convenait de dire et à qui, courut comme un dératé jusqu'à Anduze où il chercha à pénétrer par la première porte. Fermée ! La porte Pézène fermée ? Qu'à cela ne tienne ! Il fonça à la porte de l'Horloge pour faire le même constat, ainsi des sept portes que comptait la ville. Serait-elle en état de siège ? Pas tout à fait, mais presque !

Tout comme, dit-on, il ne saurait y avoir de crime parfait, un complot, quel qu'il soit, est soumis à des impondérables. L'impondérable, en l'occurrence, était la présence du gouverneur du Languedoc, le duc de Montmorency qui, en visite d'investigation à Alès, s'était vu convier par les consuls d'Anduze, venus lui faire allégeance.

— Notre ville serait honorée d'un séjour, si court soit-il, que vous pourriez y faire, le prièrent-ils, par trop obséquieux.

— Fort bien, messieurs, pour autant qu'Anduze prenne à sa charge les frais de mon déplacement et ceux de ma suite, sans parler de l'hébergement de mes dragons...

— Ils n'auront pas meilleur logis qu'en nos murs, assurèrent les consuls, trop contents de s'attirer les bonnes grâces du gouverneur.

Le naïf Bénezet, à tambouriner à toutes les portes, fut vite repéré. Autant faire entrer ce trublion dans la place et le faire parler. Il parla, le candide, à tort et à travers, prenant pour un exempt un dragon de Toulouse. Il n'en fallait pas plus pour qu'on le traînât jusqu'au duc qui menaça de le soumettre à la question ; il n'en eut pas le loisir, Bénezet vida son sac – et même en rajouta – avant d'être jeté, piteux, dans un cachot.

Ainsi ces esbroufeurs de Cévenols se vendaient entre eux ? Il était temps de leur donner une bonne leçon. Ce qu'orchestra Montmorency, dévoilant sur-le-champ :

— Prenez une unité, Reygnaud, et dispersez-vous, à la nuit noire, autour de ce fameux château de Fressac. Laissez-le se remplir de religionnaires que vous prendrez en tenailles. Tout ce petit monde saura ce qu'il en coûte de se moquer du roi, un bon sire pourtant, qui leur accorde des lieux de culte et que ces parpaillots méprisent, choisissant de tenir leur sabbat où bon leur semble. Nous allons faire un exemple qui donnera à réfléchir ! Quant à l'homme au bonnet brodé, je le veux mort ou vif.

Le souper avait traîné plus que de coutume, maître Elias se complaisant dans la douce chaleur de la salle où flambait un grand feu et l'émolliente quiétude familiale. Il fallait cependant se faire violence et affronter la nuit glaciale dans laquelle voletaient les premiers et légers flocons.

Ah, si je n'avais pas promis au seigneur de Fressac ! regrettait-il avant même d'avoir mis le nez dehors.

Rongeant son impatience ou craignant une défection, Rachel crut bon de lui faire remarquer :

— N'allez-vous point vous mettre en retard, mon père ?

— L'office ne commencerait pas sans nous, rassurez-vous, ma chère.

Il se garda d'insister afin que Thierry se joigne à eux, cela aurait eu pour effet de renfrogner Rachel alors qu'elle s'était comportée sinon avec aménité, du moins sans agressivité. Elle avait, ce soir, observé la trêve de Noël ; en cela, il lui était reconnaissant.

Bottés, chapeautés, encapés, les mains glissées

dans de gros gants de cuir, les deux hommes allaient sortir du domaine quand maître Elias rebroussa chemin.

— Il serait plus prudent que je prenne mon cheval. Il nous portera bien tous deux, si besoin est, au retour. Je crains que ce fin tapis blanc ne tarde pas à s'épaissir.

— Ne voulez-vous pas monter, mon maître ? Je vous guiderai à la bride.

— Marcher me ragaillardira, je m'engourdissais en notre chaud logis après ce repas un peu trop copieux.

Passé le pont de Ribou qu'ils n'auraient pas manqué tant ce lieu leur était familier, puis le moulin d'Arnaud qu'éclairait une lune blafarde, le bois de Vergèle les happa, ce fut comme s'ils traversaient un tunnel dont ils ne voyaient pas le bout.

— Nous ne pouvons pas nous égarer, le clapotis du ruisseau d'Arnaud nous conforte dans le bon chemin, il mène tout droit au château.

La voix d'Elias avait troué la nuit silencieuse, on aurait dit qu'il parlait pour se rassurer. D'autant qu'il ajouta :

— Encore heureux qu'il ne soit pas pris par la glace !

Son souffle était un peu court, François ralentit sa marche, ainsi maître Elias pourrait-il se reprendre sans maudire les ans qui se rappelaient cruellement à lui.

Ils débouchèrent brusquement sur une clairière au centre de laquelle émergeait un tertre rocheux. Un donjon carré, planté en son sommet, jetait sa masse sombre sur les maisons tapies à son pied.

— Nous y voilà ! souffla Elias en exhalant dans l'air glacé un nuage de buée.

On le sentait soulagé d'être enfin arrivé ; il allait, durant les prêches qui se succéderaient, reprendre aisément son souffle pour remonter au domaine ; au pire, son cheval était là et il se félicitait de l'avoir fait suivre.

Après la tour, se dessinèrent dans le ciel plombé les hauts murs d'enceinte couronnés de hourds, formant un polygone, et les bretèches d'angle comme en suspension dans les airs.

Le regard acéré de François distingua nettement des ombres sur le chemin de ronde.

— Le seigneur de Fressac possède des hommes d'armes ? s'étonna-t-il.

— C'est une garnison de pas moins de douze soldats qu'entretient ce nanti de Nogarède. Tu peux me croire, le lieu est sûr.

Ils passèrent une porte en plein cintre faite de grands claveaux et se trouvèrent sur l'esplanade intérieure qui, déjà, bruissait de monde. En son centre, on avait installé une estrade qui tiendrait lieu de chaire, quelques chaises réservées aux plus âgés et placées en arc de cercle complétaient le sommaire décorum, en plus des torchères portées à bout de bras par le personnel du château.

Pressé de s'asseoir, Elias confia son cheval à François.

— Conduis-le aux écuries, lui dit-il, désignant en familier des lieux l'endroit où elles se trouvaient. Il se réchauffera avec ses congénères.

Un prédicant succédait à un autre, seulement interrompus de cantiques et de psaumes entonnés avec ferveur. Une heure s'écoula sans qu'on la vît passer tant la foi était grande et la communion totale. Un courant mystique donnait de la puissance aux voix, soulevait l'enthousiasme des ouailles qui répondaient d'un seul cœur au pasteur.

— Croyez-vous en l'Éternel ?

— Nous croyons !

— En son fils Jésus-Christ ?

— Nous croyons !

À la place du pasteur qui allait demander l'allégeance au dernier de la Trinité, un chœur nourri retentit :

— Pour la Vierge Marie et au nom du roi, rendez-vous !

Deux coups de feu répondirent à cette injonction. Un qui partit du chemin de ronde et se perdit au-delà des murailles, un autre qui vit tomber un soldat de la garnison du château de Fressac. Dès lors, ce fut une épouvantable débandade.

François n'avait pas hésité un seul instant. Enjoignant à son maître de le suivre, il s'était rué aux écuries où régnait déjà la panique. Faire sortir le cheval, déboussolé par ce hourvari, ne fut pas chose aisée, il y parvint enfin, sauta en selle et tendant la main à Elias, lui cria, impérieux :

— Montez, mon maître, nous allons tenter de passer en force.

Elias obtempéra.

Deux dragons barraient la porte. Au-dessus d'eux, sur ordre du seigneur de Fressac qui voulait à tout prix qu'on libérât cette issue, les soldats de sa garnison – du moins ce qu'il en restait – tentaient de les désarçonner. Quand ils tombaient sous les coups d'épée ou les tirs de mousquet, deux autres arrivaient en renfort.

Sur le cheval, François se tenait prêt, il fallait passer entre les relais, ce qu'il fit, éperonnant soudain, faisant se cabrer le hongre avant qu'il ne s'élance dans l'entrelacs des ruelles obscures, pentues et dangereusement glissantes, les soldats du roi à sa suite. Tourner, virer, grimper, ce n'était que piétinement dans le hameau et toujours des sabots à leur trousse. Ils devaient gagner les bois, quitte à se mettre, un temps, à découvert.

— La Grande Vernissière ! cria Elias, l'esprit éclairé par un trait de génie. Va par là !

Il tirait sur la manche droite de François. Laissant derrière eux les coups de feu, les cris, les ordres de courir sus aux religionnaires en se déployant sur Saint-Félix-de-Pallières, Durfort et Monoblet, les deux hommes foncèrent à bride abattue dans la forêt qui abritait cette mine de plomb argentifère suffisamment dissimulée dans une sorte de combe.

Le silence des galeries et la température plus clémente qu'à l'extérieur leur furent un havre de repos, propice à la réflexion. L'homme las, rattrapé par l'âge et usé par le dur labeur qu'avait paru Elias, s'effaça pour laisser la place au maître décideur, responsable de ses hommes et de sa famille.

Rien ne servait à s'embarrasser du pourquoi ni du comment pareille chose avait pu arriver. Il aurait loisir plus tard à revenir sur la question et s'interroger sur la félonie des hommes – celle des femmes y compris. Pour l'heure, il avait un plan et l'exposa à François :

— Tu vas faire exactement ce que je te dis, François. Pas de non. Pas de mais, c'est un ordre. Tu vas prendre mon cheval et partir, dès maintenant, pour Verreries-les-Moussans. Ma bête ne tiendra pas, tu vas aller de ma part à l'Hostellerie des Quatre Chemins où l'on te fournira une monture plus aguerrie pour les longs trajets. Brouille les pistes, va sur Montpellier, longe la côte avant de remonter sur Narbonne.

— Et vous, mon maître ?

— Moi, je vais rester là à me reposer et demain, avant le jour, j'irai récupérer mon cheval à l'auberge. Là-bas, j'aurai des nouvelles et saurai si je peux rentrer sans encombre au domaine.

— J'ai… j'ai trop de peine à vous laisser là…

— C'est un ordre, François ! Et en voilà un autre : fais-nous tenir de tes nouvelles par les colporteurs sans écrire toutefois, seulement le bouche-à-oreille. Tu m'as bien compris ?

Il n'y eut plus un mot, qu'une longue et vibrante accolade qui tint les deux hommes enlacés. Puis Elias se posta à l'entrée de la mine, écouta le silence, scruta l'obscurité et fit un geste de la main. Comme un trait, le cheval de maître Elias partit, emmenant François le bâtard vers son destin.

Elias de Vilette avait à vivre le sien et il ne se déroula pas comme il l'avait si bien imaginé.

Tout le restant de la nuit, il veilla, évaluant au fil des heures l'itinéraire de François, repoussant toute éventualité de mauvaises rencontres. Bien avant que le jour se lève, il décida de sortir de sa retraite ; une surprise l'attendait : la neige était tombée en abondance. Son premier réflexe fut de s'en réjouir, plus un pas de sabot, pas la moindre trace dans l'uniformité immaculée du sol sur lequel se reflétait un ciel bleuté ; le jeune aspirant avait dû tracer son chemin sans embûches.

Moins évident était de retrouver le sien. Elias prit le parti de longer les haies qui bordaient champs et sentiers ; elles lui assureraient une prompte cachette et lui éviteraient de s'égarer. Raisonnement d'optimiste, il en était conscient, mais avait-il le choix ?

Combien de temps erra-t-il, la neige à mi-mollet, avant qu'elle ne l'engloutisse jusqu'à mi-corps ? Il n'aurait su le dire.

La modeste voiture découverte du docteur Castanet le ramenait à son logis après une nuit agitée où il avait dû abandonner ses malades de l'hospice du Bon Secours pour apporter les soins aux blessés de tout poil. La nouvelle d'un affrontement sanglant au château de Fressac s'était répandue dans la cité d'Anduze comme une traînée de poudre. Papistes ou huguenots, sans distinction, l'appelaient au secours pour soigner un parent, un ami, un voisin. Toute la nuit donc, il pansa, sutura, posa des garrots aux uns et aux autres, et même aux dragons du duc de Montmorency, pour certains dans l'impossibilité de rejoindre leur casernement. On le libéra enfin, aux premières lueurs de l'aube, et il devait à la fidélité de son cheval de le ramener sans faillir, lui-même somnolant sur son siège de cuir.

Dormir, certes, mais d'un œil seulement, certainement par déformation professionnelle, ce qui lui permit de repérer une tête dénudée et un buste émergeant du bas-côté. Formé aux réactions du docteur, le cheval s'arrêta.

— Pauvre homme, il a manqué le pont et glissé dans l'eau !

Bien qu'il fût persuadé d'être devant un cadavre, le docteur Castanet ne se résignait pas à l'abandonner là. Il tenta à deux fois de hisser le corps à moitié pris par la glace du ruisseau et par deux fois il échoua. Il s'y reprit une troisième sans plus de succès, mais avec un grand espoir : l'homme avait gémi faiblement. Il vivait, il fallait faire vite.

Il ôta sa ceinture, la passa sous les aisselles du mourant, puis dans la bride de son cheval qu'il fit reculer lentement. Peu à peu, un long corps sortait de l'eau et n'en finissait pas de s'étaler sur le chemin blanc.

— Buvez ! pria le docteur en insérant une fiole entre les mâchoires crispées de l'homme qui toussa, s'ébroua puis retomba dans une sorte de léthargie mortifère.

Le docteur Castanet ne perdit pas de temps, il chargea l'homme dans sa voiture, lui retira ses bas-de-chausses trempés et raidis, le recouvrit de sa propre houppelande et fonça d'une traite jusqu'à l'hospice du Bon Secours où deux veilleurs de nuit ne furent pas de trop pour prodiguer au moribond les soins d'urgence ordonnés par le médecin : le plonger dans un bain chaud, puis le frictionner énergiquement et le glisser dans un lit avec force briques chaudes pour faire remonter sa température.

Deux jours et deux nuits de soins et de veille furent nécessaires pour qu'Elias émerge des limbes brumeux de cet entre-deux qu'est le passage de la vie à la mort. Sauvé ? Il était donc sauvé ?

— Où suis-je ? bredouilla-t-il du bout de ses

lèvres craquelées.

— Entre de bonnes mains, lui fut-il répondu.

Il rejetait ses draps, faisait mine de se lever ; on fit appeler le docteur Castanet.

— Ne vous agitez pas, monsieur. Vous êtes depuis quelques jours à l'hospice d'Anduze, le rassura-t-il.

Il posa une main apaisante sur les siennes, elles étaient brûlantes.

— Vous alors, vous ne faites pas dans la demi-mesure. Tantôt gelé, tantôt bouillant.

Elias eut une violente quinte de toux. La rougeur enflammée de ses pommettes confirma le diagnostic du docteur Castanet qui fusa dans l'instant :

— Après vous avoir sauvé de la noyade, je vais devoir faire tomber votre fièvre quarte et soigner votre pneumonie, cher monsieur… monsieur… ?

— Maître Elias de Vilette, gentilhomme-verrier ! rauqua bizarrement le malade, entre deux expectorations caverneuses.

Voilà Guilhem Castanet changé en statue de sel. Ainsi, il avait sauvé le père de cette si charmante Elisabeth pour qui il brûlait d'amour en secret. Il ne songea qu'à elle en disant :

— Il faudrait avertir votre fi… famille qui doit s'inquiéter.

— Non ! Non ! se récria Elias.

Puis, tirant sur le pourpoint du médecin afin qu'il se penchât vers lui, il chuchota :

— Vous êtes tenu au secret, n'est-ce pas, docteur ? Alors, sachez que j'assistais au culte de Noël au château de Fressac. Un drame s'y est déroulé et d'étrange façon…

— Je sais cela, monsieur de Vilette. J'ai soigné de nombreux blessés.

Elias insista :

— Il est bon de laisser passer un peu de temps pour donner de mes nouvelles à Verrière-Génestrelle. Ah, pourvu que les miens ne soient pas persécutés !

11
Gédéon le féal

La bise lui crachait au visage des postillons de neige ; le cheval, extrait de sa quiète écurie, se montrait rétif aux rênes courtes que lui imposait François pour mieux le maîtriser. Le jeune homme faisait corps avec l'animal qui lui communiquait un peu de chaleur, sa longue cape saupoudrée de blanc ne faisant plus son office. Il avait enfoncé son bonnet brodé au ras de ses sourcils et rabattu sa capuche, ne songeant qu'à obéir à maître Elias et profiter de la nuit encore profonde pour creuser la distance.

Subjugué par le ton impératif de son bienfaiteur et son esprit de décision indiscutable, il avait tracé son chemin jusqu'à l'Hostellerie des Quatre Chemins où il avait frappé au volet en demandant le tavernier Séverin.

— Qui me demande ?

— De la part du gentilhomme de Vilette !

Tout, alors, avait été très vite. Abandonner sa monture, seller un intrépide cheval et remonter en selle ne lui avaient pas pris plus de dix minutes. L'auberge, sûrement, s'assoupissait à nouveau quand, arrivé à la croisée des chemins, François négligea de filer vers Montpellier et piqua des deux en direction de la forêt du Grand Bosc afin de rallier Verrière-Génestrelle en contournant les villages de Saint-Félix et de Valleraube, certainement encore envahis par les soldats du roi. Le grand dilemme qui opposait les ordres tranchants du gentilhomme-verrier à la promesse de rapporter un cadeau de Noël à Maurice de Rizols ne dura pas plus de quelques secondes. Le regard à la fois confiant et lucide de l'enfant l'emporta sur le ton comminatoire d'Elias.

Je ne perdrai pas plus d'une heure que je rattraperai en forçant l'allure jusqu'au matin, se confortait François en se jouant des branches basses qui caressaient brutalement son dos.

Le domaine fut enfin en vue… ou plutôt il le devina aux cheminées qui exhalaient leurs derniers petits soupirs de fumée avant d'être relancées aux premières lueurs du jour.

François gratta à la fenêtre du logis de Luigi, devenu, pour un temps, celui de Gédéon. Le pâtre devait dormir du sommeil du juste.

— Gédéon ! chuinta-t-il en plaquant sa bouche à l'huis.

Aucune réponse. Il réitéra son appel assourdi tout en grattant à la porte. Rien ! Le pâtre ne répondait pas. Peut-être avait-il regagné sa bergerie, ses moutons lui manquaient, à n'en pas douter. François n'avait pas le temps d'aller s'en assurer, il ouvrit la porte qui ne lui opposa aucune résistance, quelques tisons calcinés jetaient encore une infime lueur rougeâtre au centre de la minuscule pièce, si bien qu'il lui fut aisé de trouver le couffin d'osier, de le glisser dans une des fontes de sa selle et de repartir par le chemin d'où il était venu, non sans regretter une dernière brassée au berger.

— J'aurais pu, au moins, le renseigner sur la cache de maître Elias !

Des montagnes blanches se dressaient sur sa gauche, lui barrant l'horizon ; il les longea un long moment avant qu'elles ne laissent place à une sorte d'immense mare que le soleil, la rasant de ses premiers rayons, se plaisait à enflammer.

Pour la première fois, François voyait la mer et ne le savait pas. Pas plus que ces collines qu'il avait crues enneigées et qui n'étaient autres que les salins de Psalmody.

Enfin à l'arrêt, son cheval broutait cette salicorne que François connaissait si bien… à l'état de salicor, ainsi nommait-on, sous la halle, le fondant obtenu par la combustion de cette plante des marais. Le jeune homme se repaissait de cette vision céleste d'un jour naissant dans une explosion de rouge et de blanc quand une petite et curieuse colonie de moines tonsurés, à la robe de bure retroussée sur des jambes nues, surgit de la poterne d'un couvent encore dans les brumes de la nuit.

— Vous cherchez votre chemin, mon frère ? lui demanda l'un d'eux.

— Pas vraiment, répondit François avec un franc sourire. Je faisais reposer mon cheval et m'abîmais dans la contemplation de ce paysage insolite.

— C'est le nôtre au quotidien, la mer et le sel !

— La mer ? C'est donc cela, la mer ! s'exclama François. Mais le sel, je ne le vois pas.

— Et ces montagnes, alors, de quoi croyez-vous qu'elles soient faites ?

Ainsi, les Raoul ne mentaient pas quand ils revenaient de Camargue et assuraient avoir vu des monticules de sel aussi hauts que le mont Redon.

— C'est d'ailleurs notre travail, à nous moines paludiers, que d'ériger ces éminences qui fournissent notre pays en sel. Quel est le vôtre, jeune homme ? Une belle corporation, je suppose, à voir votre bonnet.

— Aspirant à la maîtrise de verrier.

— Mes frères ! Mes frères ! Un souffleur de verre ! Ah, si vous pouviez réparer le vitrail de la Vierge Marie…

La Vierge Marie ? Pas plus à Verrière-Génestrelle qu'à Verreries-les-Moussans, on ne vouait un culte à la mère du Christ. Quels bizarres personnages !

C'est bien pourtant grâce à eux que François put se délasser une journée durant, se réchauffer, se restaurer – quoique frugalement – d'un plat de poisson horriblement salé et malaxé en une sorte de pommade grisâtre, forte en goût et en odeur qu'il déglutissait à grand renfort de bouchées de pain d'orge.

— Notre craspois heurte votre palais ? s'enquit un des moines. Cette chair de baleine en saumure est notre aliment de base et nous ne nous en plaignons pas.

— C'est nouveau pour moi, je l'avoue, s'excusa le jeune homme en réprimant un haut-le-cœur.

En même temps, sa monture se laissait bouchonner, abreuver, nourrir d'un picotin d'avoine dégoté dans une ferme des alentours.

Autant François se félicita de cette heureuse rencontre, autant les moines se réjouirent de cette récréation dans leur quotidien de forçats du sel. Leurs visages rissolés, burinés par les embruns et le soleil s'éclairèrent, semblèrent éclater comme un fruit trop mûr quand, en prenant congé et les remerciant de leur hospitalité, leur hôte de passage les assura d'avoir pris les mesures de leur vitrail, d'y travailler et de le leur faire parvenir.

— Je trouverai bien un moyen, mes bons pères, promit-il. Mais je vous en conjure, ne soyez pas pressés, je ne suis pas imagier et ne connais pas la technique du vitrail, cependant n'ayez crainte, je me la ferai expliquer par notre fondeur d'étain.

***

Ni Elias ni François, pas même Gédéon, ne parurent le lendemain au domaine et la journée se passa sans qu'on ait de leurs nouvelles. L'opération aussi imprévue que musclée des dragons de Toulouse au château de Fressac, au contraire, courait sur toutes les lèvres, suscitait les commentaires les plus farfelus dont l'escalade réveillait des angoisses enfouies dans le petit monde huguenot de Verrière-Génestrelle et même au-delà.

— Le roi lui-même serait en route pour mater les Cévennes comme il l'a fait en pays de Béarn !

— Et avec lui des centaines et des centaines de soldats !

— Nous ne serons donc jamais en paix…

— Eh quoi ! Sommes-nous seulement en guerre, nous qui n'avons pour armes que notre foi en l'Éternel ?

Dame Rachel ne savait quel parti prendre, de l'exultation ou du déshonneur. Avoir trahi les siens ne la rendait pas fière alors que s'être enfin débarrassée du bâtard était jubilatoire. Car s'il en était un qu'elle était sûre d'avoir éliminé, c'était bien lui. Le sort des autres, hélas, faisait partie de ces dommages collatéraux, difficiles à évaluer, impossibles à éviter et dont on se dédouane aisément pour servir de grandes causes. Là où le bât blessait, où la crainte s'installait, était évidemment l'absence silencieuse de maître Elias. Et si Rachel se tournait les sangs, morne et silencieuse, Elisabeth et Thierry battaient la forêt avec l'aide des paysans du domaine.

— Père n'a pu s'égarer dans un bois qu'il connaît mieux que sa poche.

— S'il était blessé et gisait dans un fourré ? dit la jeune fille la voix tremblante.

— François ne l'aurait pas abandonné comme un chien, il vénère trop notre père. Mon sentiment est qu'ils sont blessés tous les deux et se terrent pour se protéger du froid et de la soldatesque.

À l'optimisme de Thierry répondait l'épouvantable pressentiment d'Elisabeth :

— Et s'ils avaient été arrêtés tous deux ?

Seulement murmurée, cette mauvaise pensée lui tira des larmes que son jeune frère s'empressa de faire cesser.

— Ne dis pas cela, Elie, ils ne faisaient rien de mal, seulement prier Dieu et le Saint-Esprit. Nous allons fouiller le bois et les ramènerons au domaine.

Cela leur prit toute la journée, en vain. Le corps et le cœur transis, ils rentrèrent au crépuscule, si fourbus et grelottants que le grand feu dans l'âtre ne parvenait pas à les réchauffer.

— Je vais faire bassiner mon lit et me coucher, capitula Elisabeth, toute frissonnante.

— Et moi tout pareil, lui répondit mollement Thierry, déjà entre deux sommes.

Puis, soudain bien éveillé, il sauta sur ses pieds.

— Gédéon ! Bête que je suis, ils sont avec Gédéon dans la masure de Luigi ! Et nous qui cherchions à des lieues !

— Ils… ils se cacheraient… ou seraient blessés… bredouilla l'aînée, elle aussi aux prises avec un fol espoir.

— Reste ici, Elie et attends-moi, je vais m'en assurer.

Espoir déçu. Doublement. Triplement ! Ni son père ni François et pas l'ombre de Gédéon, c'était à perdre son latin.

Singulière coïncidence ? Fusion de pensée ? Le pâtre de Verrière-Génestrelle s'abîmait dans des supputations de tout genre en découvrant, dans la cavité de l'exploitation minière abandonnée, des traces d'un passage récent, des signes d'homme ou de femme en cavale. Un gant abandonné qu'il reconnut pour être celui d'Elias lui arracha un soupir de soulagement. Pour plus de preuve, il l'enfila, il lui seyait… comme un gant !

Même empan de la main, même fuselage des doigts qui s'installèrent sans peine dans ce cuir épais chaudement doublé de laine de mouton.

« Elias, mon ami, mon frère, vous vous êtes souvenu de cette cache d'enfant qui nous a valu tant de coups de bâton, vous de votre père, moi de celui qu'on m'obligeait à appeler ainsi pour raison qu'il avait épousé ma mère ! Vous y avez trouvé refuge, j'en remercie Dieu. Mais qu'en est-il de François, votre fils dont je ne trouve pas la trace ? »

Point n'avait fallu longtemps à Gédéon le féal, la nuit précédente, pour se décider à emboîter discrètement le pas à Elias et François en route pour le château de Fressac. Encore avait-il conscience de ne pouvoir leur être de grand secours pour éviter le piège, encore nébuleux, ourdi contre le bâtard.

Tout au plus saurai-je indiquer à ce bon petit gars les meilleures cachettes ! se consolait-il en se repassant mentalement l'emplacement des innombrables galeries de mines désaffectées : la mine Joseph à Paleyrolles, celles de la Vieille Montagne dans une combe de la Grande Pallières et la Grande Vernissière du bois de Vergèle.

Il avait donc suivi les deux hommes à honnête distance et, restant bien en retrait du hameau de Fressac, il perçut les bruits inusités du bois, ceux que faisaient les soldats en s'embusquant derrière les fourrés ou prenant des positions stratégiques sur des rochers à découvert.

La traîtresse ! se lamentait-il. La méchante femme qui sera à l'origine d'un grand malheur !

Il entendit les cris de guerre *Toulouse ! Montmorency !* qui firent surgir du bois, comme des diables de leur boîte, les dragons excités à encercler le château, y semer la panique. Il vit briller les armes blanches et s'échapper des nuages meurtriers du fût des arquebuses et mousquets. Il entendit courir, galoper, tétanisé dans le creux d'un rocher en forme de dolmen dans lequel il s'était glissé. Il faisait corps avec cet abri minéral, dissimulé aux regards alors que lui ne perdait rien du désolant spectacle, Elias et François occupant, seuls, ses tristes pensées.

Ce ne fut qu'au matin, alors qu'une aube pâle rendait à la forêt son silence trompeur, qu'il s'extirpa de sa cache et se mit à chercher. Que cherchait-il ? Son côté exalté que personne ne lui connaissait tant il savait le maîtriser en public lui fit rendre grâce au Seigneur :

« Ô Éternel ! Maître de toute puissance ! Dieu de gloire miséricordieux ! Je n'aurais pas assez de ma vie pour te rendre grâce si tu as permis à mon maître Elias et à son fils François d'échapper à la forfaiture d'une femme habitée par la haine. »

Néanmoins, il chercha des preuves qui le conforteraient dans cet immense espoir. Et il en trouva une qu'il ne sut expliquer. Un chapeau brodé, dont les fils de soie pris dans la glace scintillaient au jour naissant, le fit se baisser, ramasser le couvre-chef et le poser, tout mouillé, sur sa tête.

« Le bonnet d'Elias ! »

Il n'en pouvait douter, sa tête était toute pareille à la sienne, massive comme son corps alors que celle de François s'ovalisait de manière plus prononcée sur l'arrière du crâne. Le gentilhomme l'avait donc perdu en fuyant, Gédéon devait le retrouver. C'est ainsi qu'il parvint à la Grande Vernissière. Or, l'oiseau s'était envolé et rien à l'extérieur de l'antre qui puisse l'orienter, la neige avait effacé toute trace.

À nouveau Gédéon rendit grâce :

« La neige les a sauvés ! »

Un silence assourdissant s'était abattu sur la ville d'Anduze. C'était la volonté du duc de Montmorency que l'on ne fît pas de gorges chaudes des événements de Fressac. Il avait muselé les exempts de ville en les gratifiant d'une prime au mutisme et avait fait vider la ville de tous ses soldats, établissant son quartier général à Lasalle.

Ce gros bourg du vallon de Salendrinque devint, en l'espace de quarante-huit heures, cité en état de siège et haut lieu de la délation.

— Du diable si j'arrive enfin à m'emparer de cet homme au bonnet ! pestait Montmorency qui n'oubliait pas les révélations de Bénezet, croupissant dans une geôle. Certes, notre roi sera bien aise d'une bonne épuration, mais moi, il me siérait d'épinceter ce ver dans le fruit de la pacification, de mettre la main sur celui qui fomente, ici, révolte et rébellion.

Puis, pris soudain d'une idée :

— Comment est-il fait, ce foutu bonnet ? Qu'on

aille interroger Bénezet dans son cachot !

Soumis à la question, et même brutalement, le simplet ne savait que répéter inlassablement :

— Un bonnet de velours, avec des broderies. C'est tout ce que je sais.

— On va questionner toutes les âmes du bourg, décréta Montmorency, à commencer par les notables !

Avait-il une dent contre maître Elias, Roquefeuil le notaire ? Assurément, si l'on s'attarde un peu sur son témoignage ! Et avec raison quand on sait combien il était persona non grata à sa table ! Ou bien était-ce de bonne et crédule foi qu'il donna force détails aux gens d'armes qui avaient forcé sa porte sans autre forme de procès.

— Un bonnet brodé, dites-vous ? Comme ceux que portent les maîtres-verriers ?

— Il se peut. Et porté par un grand gaillard, une force de la nature, en connaissez-vous un ?

— Parbleu, si je connais ! Un beau domaine, une verrerie florissante… une fille délicieuse, murmura-t-il dans sa barbe.

L'imbécile ! Le triple sot… ou le madré entiché d'un tendron.

Bien renseigné, certes, le duc de Montmorency, mais perplexe !

« Bigre, un gentilhomme qui passe outre les lois ! Un de ces passe-droits qui en référera au viguier de Sommières ! L'affaire se complique. »

***

Une nouvelle nuit allait surprendre François parmi les landes inconnues et glacées et, si son estimation était exacte, il espérait bien qu'elle serait la dernière. C'était la troisième qu'il passait à chevaucher, privilégiant les repos diurnes, tapis lui et sa monture dans une grange isolée, une capitelle abandonnée puis un de ces burons de montagne délaissés en hiver.

Le froid n'avait pas cédé d'un pouce, il s'était même ravivé quand, tournant le dos à la Méditerranée, il avait entrepris de remonter vers la Montagne Noire. Enfuis les embruns iodés tout neufs à son odorat ! Quant à la montagne, si ses fragrances l'avaient troublé trois ans plus tôt, il y était maintenant habitué et ne les percevait que pour se dire qu'il n'était pas loin du but, d'autant que le froid polaire de ce rude hiver anesthésiait les plus impertinentes.

Trop longtemps privé de conversation depuis qu'il avait quitté les moines de Psalmody, François monologuait à l'oreille de son cheval.

— Tu en as plein les pattes, hein ? Et moi plein les reins ! Tu vois, nous sommes tous deux logés à la même enseigne. Mais je suis sauf, grâce à celui qui mérite plus que jamais le nom de « bienfaiteur », à son sang-froid et à sa grande générosité. J'ai hâte de lui faire savoir de mes nouvelles par le biais qu'il m'a recommandé, et d'en avoir des siennes en retour. Pourvu qu'il ne soit pas inquiété !

Le froid était une chose, la faim en devint vite une autre quand les provisions des moines furent épuisées. Bien que généreuses, eu égard à leur ascétisme, et que François privilégiât l'avoine pour son cheval, elles n'avaient pas tenu au-delà du deuxième jour. Depuis la veille, il jeûnait, se désaltérait avec de la neige qui lui mettait le gosier en feu sans apporter le moindre soulagement à son estomac torturé.

Tout cela cumulé – froid, faim et fatigue – annihilait toute autre pensée que celle de rallier Verreries-les-Moussans. Cent fois il vit se dessiner dans la brume la grande tour ronde du château de Fontclaret. Cent fois il dut se rendre à l'évidence, la faiblesse faisait danser des mirages devant ses yeux rougis par les flocons de neige qui, par bourrasques, l'agressaient.

À son aspiration d'atteindre au plus tôt Verreries-les-Moussans s'ajoutait le souci de ramener intact le cadeau de Maurice ; ce qui lui faisait, à chaque écart de sa monture, à la moindre de ses glissades sur le sol dur de gel, au frôlement des boqueteaux qui bordaient son chemin, mettre la main à la poche de son bissac, tâter et soupirer en ne rencontrant ni bris ni tessons.

Maurice, monsieur et madame de Rizols, mademoiselle Charlotte, comme il lui tardait de retrouver cette chère famille de substitution ! Aussitôt, il se reprochait son parfait égoïsme. Allait-il pour autant oublier maître Elias, Thierry et Gédéon. Elisabeth ? Il n'y songeait qu'avec souffrance, celle d'un amour qui s'était révélé en même temps qu'il était sans espoir. La jeune fille l'accompagnait-elle dans ses rêves ? Au réveil, en tout cas, il n'en avait pas souvenance et s'en trouvait marri.

« Mes yeux se sont-ils déjà détachés de vous, ma belle Elie ? Mon cœur, lui, est tout plein de vos charmes. Je ne vous oublierai jamais ! »

Une aube glacée nimbait l'horizon d'une lueur blanchâtre, il allait devoir se mettre en quête d'un abri, non pas qu'il craignît, comme au départ, les mauvaises rencontres, mais surtout parce que son cheval donnait des signes de faiblesse.

Le capuchon rabattu bas sur son front, il faillit ne pas reconnaître les premières fermes du bourg de Saint-Pons, longs bâtiments typiques pourtant, au toit frôlant le sol et dont la plus grande partie était réservée aux bêtes, le paysan et sa famille se cantonnant dans un minuscule réduit.

— Bon sang, mais c'est Saint-Pons ! s'écria-t-il.

La plaine lui répondit par deux fois : Saint-Pons ! Pons ! Le cheval, lui, hennit de surprise. Jusque-là, il n'avait entendu de l'homme qui le montait qu'un interminable chuchotis.

François éperonna sa monture en l'encourageant :

— Encore un petit effort et nous y sommes !

L'animal ne réagit pas, on pouvait le piquer au

flanc, le cravacher, on pouvait même lui promettre la bonne paille d'une douillette écurie, il était au bord de l'épuisement. François le comprit. Il sauta de selle et le prit à la bride.

— Ça te soulagera, l'ami !

C'est ainsi qu'arriva, l'un traînant ses bottes et l'autre ses sabots, ce curieux équipage au château de Fontclaret. Une loque humaine et une autre animale, toutes deux ne songeant qu'à dormir… dormir…

Ce que fit François, et quarante-huit heures d'affilée, avant de narrer à un auditoire frissonnant le piège de Noël réservé aux gens de Verrière-Génestrelle et auquel il avait échappé grâce à maître Elias.

***

Verrière-Génestrelle, justement, était devenu le point de mire d'un détachement de dragons de Toulouse, dépêché sur place par le duc de Montmorency. Encore que ce dernier ait longuement hésité à se mettre une viguerie à dos. Mais, baste !, il y allait de son honneur à confondre l'homme au bonnet.

— Cet homme rentrera tôt ou tard au bercail. Vous n'aurez qu'à vous en saisir, nous sortirons alors Bénezet du cachot afin qu'il le reconnaisse.

Nuitamment et en catimini, Gédéon avait regagné sans encombre le domaine. Prudent, il prenait garde à ce qu'on ne se doutât pas de sa présence en quelque point d'observation qu'il se postât pour être au fait des événements. Il avait trouvé judicieux son refuge auprès de ses brebis mais risqua une discrète incursion dans la chambre de Luigi où il sentit son cœur s'emballer de joie, le couffin de paille qui protégeait la bouteille soufflée avait disparu.

« François ne pouvait partir sans l'emporter, il n'aurait supporté de décevoir ce jeune Maurice. Cher Elias, vous avez sauvé votre fils ! »

Les jours et les nuits qui s'égrenaient lui firent prendre une décision qui, pour être généreusement téméraire, était irrévocable.

« À mon tour de te sauver, Elias mon frère ! »

Après quelques coups de ciseaux dans son abondante chevelure de neige comme maître Elias qui avait fait venir le barbier pour rafraîchir la sienne, Gédéon se coiffa du bonnet brodé, se couvrit de sa longue cape de berger en laine foulonnée, toute semblable à celle du gentilhomme, faite de lourd drap du Languedoc et de même couleur.

Il caressa l'échine d'une brebis qui se frottait à lui, sa main tremblait un peu, puis il se ressaisit, enfila le gant trouvé dans la mine, sortit de la bergerie et se dirigea vers le corps de logis d'un pas décidé.

Le nez collé à la vitre de la grande salle, ses intrépides recherches bridées par Rachel qui s'était instituée maîtresse incontestée des lieux, Thierry sursauta :

— Père ! Notre père est de retour ! Elisabeth, Rachel, venez voir !

— Notre père, dis-tu ? Courons à sa rencontre !

— Notre père ? reprit en écho et d'une voix blanche Rachel qui se tordait les mains. Non, il ne faut pas… Les soldats, mon Dieu…

Des jours et des nuits qu'elle redoutait la réapparition trop rapide de son père ! Des jours et des nuits, assaillie par les affres de la culpabilité, qu'elle appréhendait son arrestation !

Ni Elisabeth ni Thierry ne firent cas de leur aînée et de ses hésitations, ils se ruèrent dans la cour juste au moment où deux soldats s'emparaient de Gédéon.

L'instant d'avant, les deux hommes s'étaient regardés, incrédules.

— Tu vois ce que je vois, camarade ?

— Pour sûr ! Ce pourrait bien être notre homme.

Simultanément, leurs mains s'abattirent sur les épaules de Gédéon alors qu'ils tentaient de l'impressionner en forçant la voix :

— Elias de Vilette ?

— Veuillez nous suivre, monsieur !

Thierry et sa sœur se figèrent.

— C'est toi, Gédéon ? s'écria l'adolescent avec une pointe de regret. Mais que fais-tu avec le bonn…

— Rentrez, monsieur Thierry, et vous aussi, mademoiselle Elisabeth, vous allez prendre froid !

Ce fut tout ce qu'il put exprimer ; comme un

rat, il était pris dans la nasse. Les soldats, formant une escorte musclée, le conduisirent à Lasalle où ils le livrèrent, fiers de leur bonne prise, au duc de Montmorency.

Le reste, tout le reste, fut un interminable cauchemar, une longue descente vers ce qui allait être pire que l'enfer. Oui, il avait assisté au culte du château de Fressac. Oui, pour participer à ces prêches privés où n'étaient conviés que des hommes bien nés, il avait emprunté le bonnet brodé de son maître. Le reste de son allure accentuait la ressemblance.

On ne lui laissait nul répit. Alors, oui, il était fomenteur des idées de Réforme, il était, en Cévennes, un des maillons de cette chaîne de passeurs qui aidaient les religionnaires du Béarn à s'exiler en Suisse et oui, oui, il avait dérobé le cheval de son maître pour le donner à l'un d'eux.

Désirant que l'affaire soit instruite sans faille et débouche sur une sentence exemplaire, Montmorency fit sortir le dénommé Bénezet afin de le confronter à celui qu'il n'avait jamais vu. Et Bénezet le reconnut, bien sûr ! Ne jouait-il pas son enrôlement dans un régiment des soldats du roi ?

La condamnation tomba, elle était à la mesure du sacrifice :

— Neuf ans dans les galères du roi ! Que dis-tu pour ta défense ?

— Je demande la grâce d'obtenir le pardon de mon maître.

— Il n'est point rentré d'un séjour chez ses filles à faire la connaissance de ses nouveaux petits-enfants. Tout au moins, c'est ce que nous en a dit sa famille.

— Et c'est vrai, je l'avais oublié. J'attendrai son retour... soupira le bon pâtre épuisé.

Un ricanement lui répondit :

— Tu n'es pas pressé, hein, d'être marqué au fer ? Eh bien, moi, il me tarde de quitter ce nid de serpents que sont les Cévennes.

Le lendemain, ils étaient une dizaine, encordés, abrutis, blessés pour certains et de fort vilaines plaies, à prendre le chemin de Marseille où leur destin serait définitivement scellé au fort Saint-Nicolas. Voisinant un Gédéon brisé et résigné, se traînait un homme hébété par l'injuste punition ; en lieu et place de la gloire qui lui avait été promise, il écopait de trois années aux galères pour la fallacieuse raison de troubles et tapage en la bonne ville d'Anduze. Ce n'était autre qu'un certain Bénezet qui apprenait ce qu'il en coûtait d'enfreindre le neuvième commandement de Dieu : « Tu ne porteras pas de faux témoignages sur ton prochain. »

Dans les villes et villages traversés, les gens détournaient le regard, certains se signaient, d'autres écrasaient un pleur, tous s'effaçaient pour « laisser passer la justice du roi ».

12
L'impossible secours

Les yeux de Maurice de Rizols brillaient comme des escarboucles tandis qu'il tendait à la lumière de midi la bouteille au col torsadé.

— Je n'avais pas rêvé mieux, avoua-t-il, la tête dans les étoiles.

François n'avait eu d'autre désir, à son arrivée au château de Fontclaret, que de déballer sa fameuse bouteille. Or, son voyage épique, son arrivée à bout de forces, de froid et de faim, différèrent de plusieurs jours l'instant tant attendu. Il n'en fut que plus jubilatoire.

— Regardez, père, et vous aussi, maman, et toi, Charlotte, approchez, c'est fabuleux !

Tous les yeux convergeaient vers l'enfant qui élevait à bout de bras le sujet de son ravissement et l'on n'aurait su dire s'ils rayonnaient de la joie du gamin ou dans l'admiration de la belle ouvrage.

Qu'importait ! L'essentiel n'était-il pas de donner la joie à cet enfant, objet des soins attentifs de toute sa famille ?

C'était aussi le but du généreux François que de répondre aux attentes du jeune garçon qui lui avait fait confiance et le traitait en ami. Il ne voulait tirer aucune gloire sinon de servir son art et faire honneur à ses maîtres, qu'ils soient de Verrière-Génestrelle ou de Verreries-les-Moussans.

— Que diriez-vous, père, si je dessinais toute une série sur le même modèle ? s'enthousiasma Maurice. Fioles, flacons à absinthe, bocaux à truffes, tabatières, topettes à parfum de différentes tailles et tous en verre de Grésigne seraient d'un bel effet dans les échoppes de nos clients.

— C'est, ma foi, une fort bonne idée, mon fils. Ah, que ferions-nous sans toi et ton talent créatif ! s'exclama Francis de Rizols. Je gage que bimbelotiers et parfumeurs ne bouderont pas ces fantaisies.

L'amour qu'il portait à cet enfant à la santé débile éclatait dans ses élans d'admiration, il n'avait nul besoin de forcer le trait. Madame Gabrielle couvait d'un regard tendre son fils comblé, tout en lançant quelques œillades de gratitude au jeune verrier.

— Maurice ne pouvait espérer mieux dans le respect de son croquis. Vous avez donné une âme, François, à un dessin figé. Croyez-moi, c'est une prouesse ! le félicita-t-elle en lui prenant les mains.

Charlotte, elle, ne disait rien. Son regard allait de son frère à la bouteille torsadée et, noyé de larmes, se posait sur François, longuement, comme si elle découvrait en une révélation soudaine combien son absence l'avait chagrinée.

François se troubla, ému par le débordement d'émotion qu'il avait fait entrer au château de Fontclaret. Il s'effaça derrière le véritable concepteur :

— Le mérite en revient, madame, à monsieur votre fils. J'ai, pour ma part, suivi en tout point les détails du modèle.

Francis de Rizols donna une bourrade à son aspirant.

— Et modeste, avec ça ! Va, tu n'as pas démérité ton bonnet brodé… et les deux jours de repos que je t'accorde après ton voyage pour le moins tumultueux.

Maîtres et valets, tous à Verreries-les-Moussans, s'étaient étonnés du retour précipité du jeune verrier ainsi que de son équipage.

— Il est donc dit, garçon, que tes arrivées au château ne sont pas ordinaires. Mais, fichtre !, monsieur de Vilette t'a joliment pourvu en monture. Une belle bête, ma foi, et que tu as forcée avec inconscience. Nous te manquions tant ? avait plaisanté maître de Rizols.

François avait esquissé un pauvre sourire et murmuré :

— Il y a de cela, mon maître, mais pas seulement. Il faut que je vous conte…

Il avait repris son souffle pour se lancer dans une longue explication quand madame de Rizols, clairvoyante sur son état de fatigue, était intervenue.

— Vous narrerez plus tard, jeune homme, les raisons qui vous ramènent si tôt chez nous. Et croyez bien qu'il ne s'agit aucunement d'un reproche. Mais pour l'instant, il y a urgence à vous réchauffer, vous nourrir et prendre quelque repos. Je vais faire apporter des vêtements secs et chauds, les vôtres sont trempés.

Frictionné, réchauffé, nourri d'un bouillon de poule – il lui avait semblé déglutir du velours après les poignées de neige dont il s'était sustenté –, ses pieds et mains, crevassés par le gel, enduits de graisse et entourés de bandelettes, il s'était assoupi pour se réveiller en sursaut et s'excuser auprès de ses hôtes.

— Au fait, mon cher François ! Au fait ! l'avait coupé le gentilhomme-verrier. Nous sommes tout ouïe.

Alors, devant un auditoire suspendu à ses lèvres, François avait déroulé l'histoire qui, à la narrer pour la première fois, prenait toute sa dimension.

— Vengeance de manants !

Francis de Rizols avait laissé tomber cette conclusion, pour le moins arbitraire, que le jeune verrier réfuta.

— Je ne peux le croire ! Maître Elias n'est pas homme à susciter l'esprit de vindicte.

— Je ne pensais pas à des représailles contre ce bon Vilette, mais plutôt à une lutte de classes. Ce château de Fressac n'accueillait que gens de bonne naissance. Quelle belle broche à livrer aux dragons !

François avait hoché la tête, peu convaincu. Lui-même de si bon fond, il ne pouvait imaginer chez l'être humain, à quelque catégorie sociale qu'il appartienne, de si mauvais sentiments, comme le suggérait maître de Rizols ; lui penchait plutôt pour le méfait d'un cagot s'offrant une indulgence pour une place en paradis. Une seule remarque, dans l'analyse du châtelain de Fontclaret, mettait du baume sur son douloureux questionnement : la trappe de Fressac – car c'était bien un piège – n'était pas tournée contre maître de Vilette. Et cela lui arracha un soupir profond et impoli qu'il ne put réprimer et dont il eut honte :

— Faites excuse, mon maître, et vous aussi, madame, j'ai tant de souci d'avoir quitté, bien que sur son ordre, maître Elias. Il me tarde d'avoir de ses nouvelles.

— Maître Elias fut bien avisé de te conseiller la prudence, tempéra son patron. Laissons les esprits se calmer, le temps d'ailleurs joue en notre faveur qui efface toutes traces et rend les déplacements difficiles. Tu en sais quelque chose, n'est-ce pas ?

— Je dois vous avouer, mon maître, une curieuse

rencontre et une promesse bien imprudemment lâchée…

L'embarras de François titillait la curiosité de la famille Rizols. Aussi s'empressa-t-il de narrer l'épisode des moines paludiers, leur grande générosité et leur fébrile attente.

— J'ai partagé le craspois et le pain de misère qui font leur quotidien. Eux qui n'ont pas d'animaux de bât ou de trait ont échangé du sel à la ferme voisine contre de l'avoine et du foin et voici ce qu'ils attendent de moi en récompense de leur hospitalité et de la discrétion dont ils ont fait preuve.

Maurice ne se fit pas prier pour glisser devant lui un papier, un crayon et tous se penchèrent au-dessus de l'esquisse malhabile et pourtant réussie de la Vierge Marie.

— Du verre plat ! Ce n'est pas notre travail, à nous, souffleurs, bouda Francis de Rizols.

— De la couleur, de l'étain finement coulé, cela peut être de la belle œuvre ! s'enfiévra, au contraire, le jeune Maurice. Si tu permets, François, je me ferai une joie de travailler à ce dessin.

— François doit tenir parole ! ajouta Charlotte, jusque-là silencieuse et observatrice.

Deux contre un, Francis de Rizols regarda ses enfants avec tendresse avant de capituler à la sage réflexion de son épouse.

— Après tout, notre Seigneur Jésus s'étant fait homme est bien né d'une femme. Rien que pour cela, elle mérite d'être honorée.

— Eh bien, soit, vous m'avez convaincu. Par respect de ta promesse, François, tu te feras imagier avec l'aide de notre *estaminier*... à condition que ce temps ne soit pas pris sur celui du travail quotidien.

Illuminés de joie familiale, apaisés par une rémission de la maladie qui accablait Maurice, les châtelains de Fontclaret et leur hôte se sentaient prêts à aborder l'année 1620 sous les meilleurs auspices.

***

La chape de plomb qui avait écrasé Verrière-Génestrelle au lendemain de la sentence condamnant Gédéon ne s'était pas allégée au retour d'Elias de Vilette. Bien au contraire !

Maître Elias n'avait pas attendu de rentrer au bercail pour apprendre l'impensable nouvelle, elle avait traversé les murs de l'hospice où il se remettait lentement, tout comme elle avait percé les murailles d'Anduze. Le cortège misérable, enchaîné de ferraille, avait longtemps cliqueté dans la mémoire de ceux qui se trouvaient sur son passage. Résonnerait à leur oreille, et pour longtemps, l'infamante formule que braillait le gardien de tête pour tracer le chemin :

« Laissez passer la justice du roi ! »

Dès lors, rien de ce qu'avançait le docteur Castanet n'avait pu le retenir plus longtemps dans son lit.

— Songez, monsieur de Vilette, que la fièvre encore vous tenaille, que l'écoute de vos poumons ne me satisfait pas, que votre toux, bien qu'expectorante, ne les a pas encore totalement libérés…

— Libérés, dites-vous ? Voilà ce qu'il m'importe, faire libérer mon pâtre que l'on accuse à tort. Lui, plus blanc qu'une colombe, traité comme un larron ! J'enrage !

La sympathie réciproque, immédiatement installée entre les deux hommes, l'un se trouvant devant le géniteur de l'être aimé, l'autre redevable de son secours, n'avait eu aucune peine à évoluer rapidement vers un échange de confiance, presque de franc-parler.

— Que pensez-vous pouvoir faire pour ce malheureux Gédéon ? avait demandé le médecin, comprenant l'inconfort du verrier dans son inaction forcée.

— En référer aux consuls d'Anduze, demander une entrevue à monsieur de Montmorency, sonner l'alarme chez le viguier de Sommières ! Je remuerai ciel et terre s'il le faut.

— J'entends bien, monsieur, votre souci. Souffrez cependant que je m'informe de la situation dans votre domaine. N'aurait-on pas arrêté votre pâtre pour justement vous faire sortir de votre cache ? Appréhendé à votre tour, vous ne lui seriez d'aucune utilité.

— C'est bien pensé, docteur. La révolte m'emporte et je perds tout jugement. Mais comment savoir ce qu'il se passe à la verrerie sans commettre d'imprudence ?

Guilhem Castanet esquissa un sourire entendu.

— J'ai une petite idée. Vous en remettez-vous entièrement à moi, monsieur ?

— Je vous dois déjà tant ! Je vous devrai encore plus, mais je paierai ma dette.

— Il n'y a pas de dette entre nous. Puis-je vous emprunter ceci ? demanda le médecin en désignant la bague sigillaire du gentilhomme qui la fit glisser de son doigt et la mit dans sa main sans un mot.

L'amoureux d'Elisabeth de Vilette n'ignorait pas les liens d'amitié que sa dulcinée entretenait avec la jeune Colombe Séverin, ni ceux commerciaux du père d'icelle avec le gentilhomme-verrier ; il passerait donc par cette famille qu'il alla trouver derechef.

Malgré l'air franc et avenant du jeune médecin, Jacques Séverin restait sur la réserve.

— Commercer… commercer… c'est beaucoup dire. Un peu de foin, de la paille…

— De la paille ? se réjouit Guilhem.

— De la paille, oui, mais enfin…

— Il vous en faut, c'est cela, l'hiver est si rude, vous en manquez.

— Point du tout !

— Vous en manquez, vous dis-je, et irez en chercher demain sur le coup de midi.

Ce disant, il glissa dans la main de l'aubergiste la bague d'Elias et expliqua :

— Vous observerez les va-et-vient du domaine, questionnerez prudemment les paysans, demanderez des nouvelles du gentilhomme et me rapporterez tout cela sans oublier un seul mot. Et maintenant pourrais-je voir votre fille ?

— Colombe ? Qu'a-t-elle à voir dans cette…

— Elle a peut-être envie d'écrire à son amie Elisabeth pour lui souhaiter la bonne année[9] et lui dire sa hâte de la revoir au couvent. Allez donc la chercher.

Le lendemain, outre ses ballots de paille dont il ne savait que faire, Jacques Séverin revint du domaine avec un tableau détaillé de la vie à Verrière-Génestrelle où l'on attendait maître Elias en visite chez sa fille aînée et certainement retardé par le mauvais temps ; c'est ce qu'avait raconté Elisabeth de Vilette, mise en confiance par la bague de son père qu'elle baisa de ses lèvres blêmes et quelque peu rassurée par la missive de son amie Colombe. Dans l'instant, un frisson accéléra les battements de son cœur, son père avait été secouru par Guilhem Castanet ! Elle se prit à rêver.

Le soir même, bien emmitouflé dans sa cape-pelisse, un homme à la mine sombre quittait l'hospice

9. Fêtée en Languedoc depuis l'Édit de Roussillon de 1596, elle ne sera généralisée en France qu'en 1620.

du Bon Secours, allait rejoindre l'Hostellerie des Quatre Chemins où son cheval l'attendait, réglait ses comptes avec l'aubergiste – ballots de paille contre un hongre courageux et endurant – puis rentrait à son domaine où les deux plus jeunes de ses enfants se jetaient dans ses bras, partagés entre la joie des retrouvailles et l'immense chagrin que leur causait le sort de l'ami Gédéon.

Rachel, seule, ne daigna point sortir de sa chambre ; il faut dire qu'un ictère fameux, une de ces jaunisses carabinées que provoquent la peur, la honte et l'impuissance à stopper une machination par soi-même ourdie, ravageait son visage et lui tordait ses entrailles.

Revenu à Verrière-Génestrelle comme si de rien n'était, Elias de Vilette en repartit aussitôt frapper à la porte du château des Airebaudouze, seigneurs d'Anduze, les priant de convoquer les consuls, d'intervenir auprès du duc.

— Sur ma vie, je réponds de mon pâtre. C'est une erreur, une funeste erreur ! ne cessait-il de clamer.

Ni consuls, qu'on ne sonnait pas comme la valetaille ; ni duc, lequel, fort de son exploit, s'en était allé rendre des comptes à son roi. Le sort de Gédéon était scellé, un destin qu'Elias refusait, se faisant fort d'envoyer un placet au Louvre, aux Tuileries, en tous lieux où il pourrait toucher le roi. Il fallut qu'un courrier du viguier de Sommières, diligenté par une estafette, lui imposât la résignation. Une lettre de menaces déguisées en recommandations.

Nous vous conseillons vivement de faire profil bas, monsieur de Vilette, de cesser de vous agiter à hauts cris qui ne servent qu'à entacher votre noble corporation. L'époque n'est pas à la grandiloquence pour défendre un manant aux activités malvenues. Estimez-vous heureux de ne point être inquiété, vous et votre maisonnée, pour avoir hébergé ce fourbe, ce provocateur. Il n'est pas si loin le temps où l'on enlevait les fils des familles huguenotes et les faisait instruire dans la religion du roi ! lui signifiait-on sans ambages.

C'est un homme brisé, vieilli, meurtri qui se présenta sous la halle privée de son fournier. Son personnel n'était, certes, pas plus guilleret et il n'y eut pas un mot échangé, seulement une approbation de la tête quand maître Elias déclara, la voix rauque et mal assurée :

— Basile, je te charge des fours. Bûcheron et maintenant fournier, ne démérite pas.

La journée n'en finissait pas de s'étirer. Elias trouvait un exutoire à son chagrin dans un acharnement à souffler encore et encore, jusqu'à épuisement. Et chacun s'appliquait à calquer sur le maître son attitude laborieuse.

Par trois fois, Basile se fit houspiller vertement ; malgré le froid piquant qui ne cédait en rien, il suait à grosses gouttes devant les fours béants qui réclamaient sans cesse leur content de bois. Par instants, une envolée de bise glacée et tourbillonnante renvoyait les flammes hors du foyer, léchant et roussissant les sourcils du nouveau fournier qui subissait en silence la cuisante morsure.

Enfin brisé de fatigue, Elias libéra ses hommes.

— Rentrez tous, c'est bon pour aujourd'hui. Sauf toi, Basile, qui veilleras sur les fours. Ah, j'oubliais ! Les bêtes.

Le même Basile fit un pas en avant.

— C'est moi qui m'en suis occupé, mon maître, à la demande de Gé… du pâtre quand il était malade… et depuis qu'il est… qu'on l'a…

— Tu ne peux être au four et à la bergerie, tu n'as pas l'habitude de ne dormir que d'un œil.

Le cadet des frères Raoul, alors, s'avança, le bonnet à la main, tête basse tel un condamné.

— C'est moi qui m'occuperai du troupeau, maître Elias. Oui, je m'en chargerai, si vous m'en jugez digne.

— L'affaire est entendue, jeta laconiquement Elias en tournant les talons.

Faute de ne dormir que d'un œil, Basile garda, toute la nuit, les deux yeux bien ouverts, et au petit matin les fours ronflaient de façon régulière quand les ouvriers arrivèrent à la halle, suivis à peu de temps d'un Elias torturé. Il n'avait pu trouver le sommeil, sans cesse revenant à lui l'image de son ami Gédéon, fers aux pieds avançant vers la mort.

Raoul cadet, lui, ne parut pas, ce qui provoqua la

colère de son maître.

— Allez me chercher ce faraud qui se faisait fort de remplacer mon malheureux pâtre ! tonna-t-il en roulant des yeux exorbités.

Ce fut Raoul aîné qui partit secouer son puîné et qui revint, pâle et titubant. Il avait trouvé son frère pendu à la poutre maîtresse de la bergerie.

***

La chapelle Saint-Nicolas et sa muraille défensive, qui n'avait encore rien d'une citadelle comme les Marseillais nommeront le fort éponyme, étaient en vue, l'interminable marche forcée arrivait à son terme. Le calvaire de Gédéon, lui, n'en aurait pas.

Après des jours et des nuits de marche malaisée, de maltraitance et de dénutrition, on ne distinguait plus les jeunes des vieux dans la cohorte des condamnés. Tous n'étaient que des loques se traînant sur la route, hagards, hâves, semblant ne pas comprendre ce qui leur arrivait.

Quoique son regard, au fond de ses orbites, fût celui d'un homme égaré ou d'un esprit dément, Gédéon n'avait pas sombré dans la folie. Bien au contraire. Une parfaite lucidité lui dictait sa conduite, il ne plierait pas devant l'adversité. En dépit de ce qu'il s'apprêtait à endurer au cours de ces neuf années aux galères, il se jurait de ne pas rendre l'âme avant d'avoir revu Elias.

« Nous nous reverrons, Elias mon cher frère. J'ai tant de choses à t'apprendre avant de quitter cette terre ! »

Lui et ses compagnons de misère furent jetés dans un cachot sombre et humide un temps interminable qu'il comptabilisa en semaines et se termina avant d'atteindre un mois. En sus du lieu inhospitalier, de la pitance infecte et du pain dur, la torture morale, en vue d'obtenir conversion et abjuration, était leur lot à tout moment.

— Renies-tu la thèse de Calvin ? aboyait alors un geôlier, prenant à partie l'un des leurs. Jures-tu d'honorer la très sainte Vierge Marie ? continuait-il sur le même ton agressif et précipité, sans attendre une réponse à sa précédente question.

Et cela, dix, quinze, vingt fois par jour, ce qui excluait tout repos et engendrait une lassitude extrême. Quand on les tira de ce cul-de-basse-fosse, leurs yeux eurent du mal à supporter la lumière éblouissante du jour, aussi tâtonnaient-ils, s'entravaient-ils, trébuchaient-ils alors qu'on les poussait avec rudesse jusqu'au lieu d'exécution de la flétrissure.

Le malheur des uns faisant la distraction des autres, une foule compacte s'était amassée sur le quai où ronflait une forge attisée par celui qui faisait office de bourreau. Un à un, les prisonniers furent conduits à lui, dévêtus jusqu'à la ceinture et sommés de tendre l'épaule droite sur laquelle le bourreau appliquait sadiquement son fer rougi.

La chair grésillait, la souffrance coupait le souffle, la foule retenait le sien. Dans quelques jours, s'il n'y avait pas d'infection, apparaîtraient les trois lettres infamantes « GAL » qui témoigneraient à vie de leur forfaiture.

Certains se tordaient de douleur, d'autres hurlaient, juraient, maudissaient. Gédéon serra les dents et murmura :

— Elias… Elias… mon frère…

Pour que le spectacle fût complet, la mise aux fers suivit la flétrissure. Chacun se vit fixer au cou un collier large de trois doigts dont la chaîne le reliait à un autre prisonnier, puis les paires entre elles, et l'on fit mettre en marche ces hommes soudés par le destin, soudés par la douleur. Car c'en était une, et même un vrai supplice, le moindre mouvement les contraignant tous à la même manœuvre.

— Huit jours de chaîne pour s'y habituer et après, à la chiourme ! ricana un gardien.

Le spectacle était terminé, la foule se dispersa, non sans commentaires que Gédéon reçut comme un coup de poignard.

— Voilà ce qu'il en coûte aux méchants qui font pleurer leur mère ! disait une femme à son garçon pour exalter les vertus de l'obéissance.

Gédéon prit cela pour lui. Les yeux noyés de larmes, qu'il leva vers le ciel y cherchant l'esquisse d'une silhouette chérie et depuis si longtemps disparue, il articula une prière muette.

« Ô ma mère, que j'ai si souvent consolée d'un mari fruste et violent, soutenez-moi dans cette épreuve ! »

***

Pris d'une frénésie créatrice comme le sont souvent les êtres aux jours comptés bien qu'ils n'en sachent rien, Maurice de Rizols passait ses journées et une partie de ses nuits à dessiner la collection promise. Sous son crayon voltigeant naissaient poupardes et bouquetiers, bassets et anglaisons, bougeoirs et lampes à huile, striés, cordelés, barrés de cannelures, à lèvre débordante ou à collerette plissée, en verre lisse ou bullé, tout un assortiment de récipients et ustensiles d'une rare beauté.

Mais en tout premier, il s'était attaché à la reconstitution du vitrail des frères paludiers ; il avait pris à son compte la dette de François et mettait tout son cœur à harmoniser les couleurs, adoucir les contours d'étain, composer un visage à cette Vierge Marie, exclue de ses prières et pour lui irréelle.

La révélation lui était apparue en même temps qu'à François à qui il montrait le modèle terminé.

— Ça alors, Maurice, on croirait voir mademoiselle Charlotte ! Ses yeux noirs, l'ovale de son visage... on s'attend même à découvrir ses boucles sombres sous le voile bleu dont vous l'avez parée.

— C'est ma foi vrai ! reconnut le gamin. Bah, tant pis si la modestie de ma sœur doit en souffrir... et si mon père ne prise que moyennement de voir sa fille sur un vitrail de papistes.

Chaque soir, profitant de l'accalmie revenue sous la halle et des fours à sa disposition, François s'était appliqué à reproduire dans son exactitude le dessin de Maurice, les mêmes tons soutenus de bleu pour le voile et de grenat pour la robe, de jaune et de vert pâle tout autour pour provoquer un contraste. À nouveau, mais de ses propres mains, de son propre savoir-faire, le visage de Charlotte lui apparut dans sa candide sérénité.

— La belle enfant ! murmura-t-il.

Il fixait le vitrail inachevé avec une telle intensité que les couleurs tremblèrent – ou sa vue se brouilla – alors qu'à la place du minois de Charlotte à l'ovale parfait, aux yeux noirs en amande, s'esquissait celui d'Elisabeth, sa blanche carnation, l'azur de son regard mélancolique.

— Ma douce aimée ! soupira-t-il en même temps qu'il se penchait sur le verre froid et y posait longuement ses lèvres.

Si longuement que Maurice, arrivé en catimini pour surprendre son ami au travail, put s'en retourner, claudiquant avec peine, aussi discrètement qu'il était venu, ému et troublé du secret qu'il crut avoir percé.

« Ainsi, ma sœur a un galant. Ah, Charlotte, puisses-tu ne jamais faire souffrir mon ami ! »

Du jour au lendemain, ce fut l'explosion du printemps. Adieu le gel, adieu la neige, adieu le froid et vivent les beaux jours et les nuits étoilées.

De même que le font marmottes ou hérissons qui, à la première brise tiède pointent leur nez au vent, frais et dispos d'un long sommeil, Courte-Manche montra le sien et ce fut le soleil dans le cœur de François. Non seulement il allait pouvoir donner des nouvelles à maître Elias, mais aussi s'acquitter de sa dette auprès des moines de Psalmody !

Or, le gentilhomme de Vilette l'avait devancé.

— Viens par ici, l'aspirant ! l'interpella le colporteur. J'ai un message pour toi, attends que je me rappelle. Oui, voilà : « Le maître est à la halle et le cheval est à toi, un cadeau pour tes vingt ans. »

« Le maître est à la halle. » Alors, tout était rentré dans l'ordre au domaine de Verrière-Génestrelle !

« Le cheval est à toi. » Un cheval, lui ? François le bâtard, un cheval comme les gentilshommes ?

Maurice, qui ne perdait rien des émotions lisibles à livre ouvert sur le visage ami, s'étonna.

— Tu ne dis rien, François. De mauvaises nouvelles ?

— Au contraire, ami. Je vais avoir vingt ans !

L'anniversaire de François fut le sujet de conversation, le soir au souper. C'était bien la première fois.

Gabrielle de Rizols assura que cela se fêtait.

— D'abord, vous devez régaler vos compagnons de travail à la halle, déclara-t-elle, enjouée.

Puis, devant le regard alarmé de François, elle expliqua :

— Ne vous effarouchez pas ainsi ! Mon époux sortira quelques bouteilles de vin follet de Limoux dont sa cave regorge et nous demanderons à la cuisinière de cuire trois belles fouaces à la fleur d'oranger.

François se confondait en remerciements quand Francis de Rizols coupa court à ces politesses en soliloquant avec des accents de nostalgie.

— Vingt ans, le plus bel âge ! Moi, je me souviens…

— D'avoir couru le guilledou, le plaisanta sa femme.

— Dieu m'en garde, ma chère. Mon cœur ne battait que pour vous.

Gabrielle de Rizols égrena un rire perlé.

— Vous ne me connaissiez pas encore, Francis ! Mais je ne vous en tiens pas grief, à vingt ans on a le droit de conter fleurette à droite et à gauche, de papillonner.

— De papillonner ! L'image est belle. Papillonnerais-tu, François ?

Le jeune homme était sur des charbons ardents. Son secret serait donc éventé ? Sans se rendre compte du malaise de son aspirant, maître Francis continuait :

— Jette ta gourme, Vilette n'en saura rien, lui qui a sans doute prévu de t'établir au terme de ta maîtrise. La jolie Cévenole qu'il te réserve n'aura pas un béjaune à glisser dans son lit.

Charlotte avait laissé tomber sa cuillère, François baissait la tête sur son assiette et Maurice se tortillait maladroitement sur sa chaise à coussins.

— Francis, vous heurtez de jeunes oreilles, le reprit Gabrielle en lui dédiant néanmoins un indulgent sourire.

Maurice surprit le regard de sa sœur. Il n'avait plus cette douceur de velours qui lui seyait si bien, mais brillait d'un éclair anthracite qui trahissait, non plus la mièvre adolescente, mais l'ardente amoureuse.

Palsambleu ! se dit le jeune garçon si mature, ces deux-là, il faut les marier !

13

Le calme après la tempête

La cascade d'événements dramatiques qui accablait Elias de Vilette depuis la tragique nuit de Noël au château de Fressac ne semblait pas vouloir s'arrêter. Le courrier qu'il avait en main en était la preuve ; sa lecture émoussait l'orgueil de sa race et lui arrachait des grognements de bête blessée.

— Cela ne finira donc jamais !

Il accompagna sa phrase désabusée d'un geste rageur qui lui fit froisser le papier noirci d'une écriture mesquine et le jeter dans l'âtre qui faisait de son « sanctuaire » une étuve.

— C'est tout ce que mérite ce torchon !

Il quitta son bureau en claquant la porte.

Une fois de plus recluse dans sa chambre – tout prétexte lui était bon pour éviter son père –, Rachel sursauta et fut prise de tremblements. Quel nouveau désastre sa haine avait-elle engendré ? Elle qui, élevée dans la religion réformée, rejetait par atavisme plus que par sincère introspection les rites et canons du catholicisme, se surprenait à aspirer à la confession, à partir à Rome comme, dit-on, doivent le faire les repentants ; pire à s'acheter une conscience en remplissant d'écus tous les troncs de l'église Saint-Étienne.

Ah, si elle avait pu remonter le temps…

Tout avait dérapé dès le départ. Mais aussi, quel suppléant stupide que ce Bénezet ! Les Raoul avaient manqué de circonspection dans leur choix. Un follet sans cervelle par qui le malheur était arrivé. Les malheurs, en vérité !

Des tués, des blessés dans la nasse du château de Fressac. Elias de Vilette disparu des jours entiers sans donner de nouvelles. L'arrestation d'une dizaine de religionnaires parmi lesquels l'innocent Gédéon. Le suicide de Raoul cadet, torturé de remords tel Caïn dans sa tombe. C'était plus que Rachel n'avait souhaité, c'était plus que Verrière-Génestrelle ne méritait.

La seule satisfaction qu'en tirait Rachel la noire – encore qu'elle la dissimulât fort bien – restait le silence qui entourait François. Plus qu'évanoui, retourné au néant dont il n'aurait jamais dû être tiré, son nom même n'était plus prononcé, du moins jamais en sa présence et tant pis si cela n'était qu'un bien piètre réconfort.

Ah, comme elle aurait voulu le voir mené devant ses juges entre deux exempts ! Écouter la sentence ! Applaudir à sa dureté ! Mais cela lui avait été refusé, elle devait se contenter de l'avoir effacé du paysage de Verrière-Génestrelle. Désormais, la voie était libre à l'Héritier auquel le bâtard ne ferait plus ombrage. Un héritier, hélas, qui lui échappait de plus en plus.

— Je ne veux plus du révérend Timothée, ma bonne Rachel. Dites-lui, je vous prie, que ses leçons m'ennuient.

— Il en est toujours ainsi, les leçons lassent les enfants…

— Mais je ne suis plus un enfant, Rachel ! s'insurgea Thierry en plantant sa belle taille devant sa demi-sœur qu'il pouvait déjà regarder dans les yeux.

— Physiquement, je vous l'accorde, lui répondit-elle, pétrie d'indulgence à l'égard de ce frère-fils. Mais je suis certaine cependant que le révérend Timothée a encore beaucoup de choses à vous apprendre.

— Si seulement il s'y connaissait en alchimie, soupira Thierry, à bout d'arguments.

— Comment cela, l'alchimie ? Vous seriez-vous entiché de cette hypothétique pierre philosophale ? Mon petit prince utiliserait les fours, les creusets et les athanors de son père pour courir après cette chimère !

Thierry haussa les épaules. Décidément, Rachel

vieillissait mal, son père avait raison. Il prit un air pincé et déclara, vexé :

— Je ne suis pas enfantelet. De grâce, ne m'appelez plus votre petit prince, c'est ridicule !

Puis il insista, en refrénant son irritation :

— C'est mal me connaître, Rachel. Seul m'importe l'art de mon père qu'il s'applique à me transmettre. Je veux lui faire honneur et devenir un maître-verrier de renom.

— Ce ne sont certes pas les enseignements du révérend Timothée qui vous en empêcheront.

— Ni qui me feront monter au pinacle dans l'art de la verrerie.

— Pas plus que l'alchimie ! s'entêta Rachel.

— L'alchimie telle que vous la concevez, madame, est une pratique occulte, réprouvée par Dieu. Celle qui me tient à cœur, de tout autre nature, est une science précise qui fait grandir l'humanité, dans tous les domaines où elle s'exerce. Nous avons eu un précurseur de génie à Verrière-Génestrelle.

Thierry faisait référence au fameux Luigi, arrivé dans la corbeille de mariée de Suzanne, la première épouse de son père. Gédéon, qui avait occupé son logis le temps de sa maladie, lui avait raconté son histoire, ses secrètes expériences, le rouge rubis qu'il avait mis au point et qu'on n'appelait plus que rouge Luigi à la halle. Et pourquoi pas, un émeraude Thierry qui ferait la particularité de la verrerie ? François n'avait-il pas parlé d'un bleu de Grésigne, spécialité de Verreries-les-Moussans ?

Mais, ça, mieux valait n'en pas parler à Rachel. C'était un mot d'ordre tacite que de ne plus prononcer le nom de François, de même que celui de Gédéon.

Déterminé, Thierry quitta la pièce, non sans insister :

— Je compte sur vous, Rachel, pour donner son congé au révérend. Quant à des cours d'alchimie, je verrai cela avec père.

Et le révérend Timothée partit. Rachel remisa ses sous qui augmenteraient l'héritage de son petit prince et se terra de plus en plus dans sa chambre, n'en sortant que pour distribuer le travail à la domesticité, ouvrir la réserve des vivres aux cuisinières et les armoires aux lingères les jours de grande lessive. Le reste du temps, elle le passait à lire des versets de sa bible. Pas tous, en vérité, seulement quelques-uns, bien sélectionnés, qui auraient levé un voile sur les longues interrogations de maître Elias.

Ainsi, un signet de soie, brodé au temps de sa jeunesse, marquait-il à jamais une page de l'Exode où l'on pouvait lire :

Tu ne répandras point de faux bruits… Tu ne te joindras point au méchant pour faire un faux témoignage… Tu ne feras point mourir le juste car je n'abonderai point le coupable…

À voir la mine renfrognée de son père, Thierry ne jugea pas opportun de le tracasser avec son ambitieux projet. Et si, comme Rachel, Elias le considérait aussi en gamin utopiste ? Si, malgré la détermination de son fils, le gentilhomme restait sourd à sa demande ? D'ailleurs, existait-il l'enseignement dont il rêvait ?

« Ah, mon sage Gédéon, combien tu me manques ! Toi, tu aurais su me conseiller, me dire si je me fourvoie ou bien si ma requête se justifie. Tu aurais parlé, en mon nom, à mon père. Reviens-nous, bon pâtre, reviens-nous ! »

Gédéon ne lui était pas apparu en songe, mais l'idée qui avait germé dans son esprit ne pouvait que venir de lui.

« Bon sang, mais c'est vrai, ça ! Elisabeth sera mon alliée. Chère, si chère Elie, tu interviendras bien pour ton petit frère ! Hélas, je te sais si chagrine à l'approche de tes accordailles. »

Des accordailles, il n'y en aurait point ! C'est ce qui motivait l'ire du gentilhomme. Le pli, motif de son courroux, venait de Montrobert du domaine de La Civadière par lequel le gentilhomme-verrier mettait fin, non à une histoire d'amour, mais à un sordide marché.

Jamais chez les Montrobert ne fut tolérée une mésalliance. Je ne vais pas, moi, Salomon, cinquième du nom, entacher ma famille. Les charmes de mademoiselle Elisabeth ne sont pas en cause, son effacement me convenait, sa soumission ne faisait pas de doute, ses silences m'agréaient, la réputation de fertilité des femmes de votre lignée laissait augurer de bonnes perspectives pour la mienne. Or, à l'histoire des Vilette sera désormais accolée celle d'un galérien vivant sous votre toit. Souffrez, monsieur, qu'en gentilhomme, je me retire du rang des prétendants à la main de votre fille.

À ne plus vous fréquenter.

Salomon de Montrobert. Gentilhomme-verrier

C'est dire si le retour à Verrière-Génestrelle, pour le court congé de la semaine sainte, qu'on appelait aussi semaine peineuse, fut à la jeune fille une bouffée d'air pur. L'épée de Damoclès s'éloignait de sa tête, son cœur était léger quoique empli d'un amour grandissant pour Guilhem Castanet. Elle se composa, cependant, un visage contrit.

— Ai-je déplu, père, à monsieur de Montrobert et à vous, par là même ?

Le visage d'Elias s'éclaira d'un triste sourire. Il leva la main pour caresser sa joue. Se méprenant, Elisabeth eut un mouvement de recul.

— Sois sans crainte, fillette, tu n'y es pour rien. Montrobert n'est qu'un pédant qui ne te mérite pas

Le tutoiement inusité révélait une profonde tendresse, Elisabeth se détendit. Si elle osait.. Elle n'osa pas. Non, elle n'osa pas avouer le tendre sentiment qu'elle devinait partagé aux apartés que provoquait le docteur Castanet. Le nom chéri, pourtant, passa ses lèvres.

— Père, je suis chargée de vous transmettre les salutations du docteur Castanet et le souci qu'il nourrit de votre santé.

— Ah le brave homme ! Le savant esculape ! J'aime à croiser le destin de gens peu ordinaires. Tu lui donneras mon bonjour et le rassureras, il m'a soigné et guéri. Et bien plus que cela. Hélas, hélas ! Un destin contraire me prive d'une autre si belle âme qu'était notre berger…

— Je sais, père et souffre autant que vous pour notre pâtre.

Un trop-plein d'émotion eut raison d'Elisabeth, elle pleura dans les bras de son père et ne s'étonna pas des grosses gouttes chaudes tombant dans sa chevelure.

Décidément, les confidences fleurissaient comme les pâquerettes dans les prés ; la gent masculine était en verve à Verrière-Génestrelle. Tout juste avait-elle regagné sa chambre après un souper pris sans Rachel – mais qui s'en plaindrait ? – voilà qu'on grattait à sa porte.

— Qui me demande ?

— C'est moi, Thierry. Je peux entrer, Elie ?

— Entre, petit frère.

Tous deux éclatèrent de rire. Ne voilà-t-il pas, qu'en taille, il dépassait sa sœur ! Derrière le scintillement de son regard qui oscillait entre gris et vert, elle crut deviner une décision qu'il n'osait encore afficher.

— Tu fais bien de venir dans ma chambre, nous avons à parler du révérend. Tu n'en veux plus, à ce qu'on m'a dit ? J'ai préféré ne pas évoquer ce sujet devant notre père.

— Ce n'est pas lui qui le regrettera, il avait de la peine à supporter ce succédané de pasteur. Bon, je ne renie pas ce qu'il m'a appris, mais cela ne me suffit pas…

— Mazette ! L'élève dépasse le maître ?

— Railleuse ! Écoute-moi, plutôt que de te moquer. Crois-tu que la lecture de la Bible, la théologie, la philosophie, la rhétorique, ça fasse un bon verrier, un maître en la matière ? Tu vois, tu ne me réponds pas !

— J'ai moi-même ressenti une certaine lassitude à ces sempiternelles études abstraites que sont les canons et rites de la foi, avoua Elisabeth.

— Et tu préfères t'initier, auprès du docteur Castanet, à la médecine, à l'étude des plantes et à leur utilité ?

La jeune fille devint cramoisie. Cette petite peste, ce frère qu'elle avait appris à aimer, ce Thierry au visage éclairé d'intelligence était-il au courant de son tendre penchant ?

Le jeune garçon ne lui laissa pas le temps de répondre :

— Moi, ce sont les réactions chimiques que je

veux apprendre à pratiquer, afin de travailler les couleurs, les nuancer à mon gré, selon une technique qu'on m'enseignerait afin de ne pas jouer les apprentis sorciers et gaspiller ces matières premières comme le cobalt, le cuivre et même l'or, si chères à l'achat. Et pour cela, il ne suffit pas d'un révérend à demeure, mais d'une école où j'apprendrai les mille et une astuces d'un bon coloriste.

Nuances. Technique. Formule. À ces mots, comme par un effet de magie, un éblouissement se faisait dans l'esprit d'Elisabeth. Un souvenir si frais et qu'elle avait oublié. Elle jeta un châle de laine sur ses épaules et, prenant la main de son frère, l'entraîna à sa suite en disant :

— Viens avec moi, j'ai quelque chose à te montrer.

Tous deux eurent le même pincement au cœur en contournant la bergerie, un lieu qu'ils fuyaient désormais, si affreusement triste sans son berger. Plus violente encore fut leur peine en poussant la porte qui l'avait abrité à son corps défendant. Ils humèrent sa présence avant de battre le briquet sous quelque menu bois abandonné dans l'âtre. Une de ses camisoles pendait au dossier de l'unique chaise, son grand chapeau de feutre noir l'attendait, accroché à un clou.

Frère et sœur restèrent un long moment silencieux, communiant dans le souvenir de leur ami avant qu'Elisabeth ne demande :

— Éclaire-moi le mur, Thierry, à l'aide d'un tison.

Il s'exécuta, non sans s'interroger en silence. Au bout d'un moment, la curiosité l'emporta.

— Que cherches-tu, Elie ? Un passage secret ? Un magot ?

— Il y a un peu de ça, souffla-t-elle en fouillant des yeux et des doigts les aspérités des pierres grossièrement jointoyées.

Soudain, elle étouffa un cri :

— Je l'ai !

Thierry retenait son souffle. Qu'avait-elle déniché de si important qu'elle glissa entre chair et chemise ? Il n'eut pas longtemps à attendre.

Retournés à la chambre de la jeune fille, il eut droit à toute l'histoire qui trouva un écho à ses propres aspirations. La formule de Luigi – trouvaille de Gédéon – secret de fabrication qui ne devait appartenir qu'à Verrière-Génestrelle, tout cela lui ouvrait un horizon nouveau en même temps qu'un passeport pour les études qu'il envisageait.

— Père ne pourra pas refuser…

Thierry avait émis tout haut ce qu'il redoutait tant. Décidément foisonnante d'idées, sa sœur le tempéra.

— Il n'y a pas urgence à en parler à notre père. Laisse-moi le temps de fouiller le sujet avec le docteur Castanet. Lui qui a étudié à Montpellier sera susceptible de nous donner les meilleurs conseils, tu ne penses pas ?

— Que ferions-nous sans lui, je te le demande ! plaisanta Thierry. Il recueille et sauve notre père, il enseigne la médecine à ma sœur et voilà qu'il va présider à mon destin. Je brûle de le connaître.

— Chaque chose en son temps, murmura Elisabeth qui voyait se dessiner son avenir en même temps qu'elle élaborait celui de son jeune frère.

***

Longue et porteuse d'espoir fut l'embellie, foudroyante et terrible était la rechute. Maurice gisait à nouveau dans son lit, petit tas informe livré aux plus vives douleurs, terrassé par une nouvelle crise, une nouvelle descente aux enfers dans une souffrance autant morale que physique.

Il avait travaillé d'arrache-pied à la création de cette collection qu'il voulait unique et supposait ultime. Encore n'évoquait-il jamais ce mot à son entourage qu'il souhaitait épargner.

— Il aura trop présumé de sa résistance, se désolait Francis de Rizols.

Son épouse ne put réprimer un reproche :

— Ne l'y avez-vous pas encouragé ?

Francis blêmit sous la remarque justifiée et Gabrielle fit rouler son fauteuil jusqu'à lui.

— Pardonnez-moi, mon ami, le chagrin me fait déparler.

— Vous êtes pourtant dans le vrai, Gabrielle, quant à mon enthousiasme devant ses croquis, mais non dans la finalité. Une telle frénésie le portait, une telle puissance émanait de ce corps fragile, j'avais trop peur, dans la mesure que j'aurais dû lui imposer, d'être un éteignoir à son génie, un fâcheux à son allégresse.

— Je suis aussi coupable que vous d'avoir applaudi à un travail qui dépasse ses forces…

— Tout au contraire, maman. Il ne sert de rien de vous faire reproche, de même qu'à vous, père.

Charlotte avait surpris la conversation de ses parents et s'en était émue. La poignante angoisse où les tenait la maladie incurable de leur fils suffisait à leur peine. Point n'était besoin d'y ajouter des remords.

— Vous savez bien que rien ni personne ne peut arrêter Maurice quand son esprit bouillonne et que son fusain crayonne. Son envie de vivre, il la tire de là, en plus du désir de ne pas nous plonger dans le chagrin, leur asséna-t-elle avec la force de la conviction.

Tant de sagesse perçait dans cette adolescente à la douceur innée ! Les époux de Rizols en restèrent quinauds tandis qu'elle poursuivait son raisonnement.

— Maurice est ainsi fait qu'il vit, dirait-on, par saccades. Un temps de rémission suivi, hélas, d'une rechute. Qu'y pouvons-nous changer ? Souvenez-vous, papa, maman, des conseils de ce fameux médecin à qui nous avons conduit Maurice, à Montpellier. Le docteur Bertholin, si mes souvenirs sont exacts... Cela remonte si loin...

— Et tu étais bien jeune, mais c'est exact, ma fille, approuva Francis de Rizols. Je n'oublierai jamais son nom, son humanité, malgré le peu d'espoir qu'il semait en nos cœurs.

— Peu d'espoir, père, mais une si belle leçon d'humilité devant une maladie qu'il ne savait soigner, et une exhortation à l'accepter, si injuste soit-elle.

— Notre Charlotte a raison. J'entends encore les mots forts qui sortaient, parcimonieusement, de sa bouche. « Dieu s'est penché sur le cœur et sur l'esprit de votre fils ; il en a fait un enfant capable de donner autant d'amour qu'il en reçoit, il l'a doté d'une intelligence et d'une sensibilité supérieures. Peut-on lui reprocher le corps déficient dont il l'a doté ? »

— Puis il a ajouté, en pesant sur chaque mot : « Votre volonté à le protéger, à le guérir, se heurtera à la sienne, plus forte, à accepter comme un don sa grâce autant que sa disgrâce. » Mon jeune âge m'empêchait alors d'en comprendre le sens, mais je m'en souviendrai toute ma vie, ajouta Charlotte en entourant d'un bras protecteur madame Gabrielle qui la regarda tendrement.

— Merci, chère enfant, merci de ton réconfort, dit-elle.

À son tour, Francis loua la sagesse de sa fille :

— Quel bonheur qu'une fille aussi pétrie d'amour filial, en plus de celui fraternel sans lequel Maurice ne saurait vivre. Heureux celui qui sera ton époux, Charlotte, je n'en tolérerai pas d'autre que celui qui saura reconnaître tes qualités.

— N'ayez point de hâte, Francis, à établir Charlotte. Fontclaret serait bien triste sans elle, pria Gabrielle.

Le visage cramoisi qu'elle cherchait à dissimuler fut une bonne excuse à l'adolescente pour s'éclipser en direction de la chambre de son frère.

— Je vais voir si Maurice n'a pas soif, s'excusa-t-elle.

Maurice n'avait pas soif, il n'avait pas faim non plus ; il se confondait par sa maigreur, sa petitesse et sa pâleur avec les draps blancs, les plus légers qui soient, car tout linge sur sa peau lui était souffrance. Il gisait nu, tout d'os et de peau, misérable, les yeux clos sur ses douleurs. Charlotte, à la main aussi douce que le cœur, tamponna d'un peu d'ouate imbibée d'une lotion apaisante ses talons translucides, ses coudes pareils.

Comme il a maigri ! se dit-elle.

La semaine dernière, il crayonnait encore, debout devant la table, une apostume l'empêchant de s'asseoir malgré les coussins duveteux qu'on glissait sous ses fesses.

Finissait-il le croquis d'un flacon décoré d'une

guirlande afflorée qu'il faisait appeler François pour lui montrer ce qu'il avait à faire. À peine une journée s'écoulait-elle et l'on voyait arriver au château l'aspirant apportant la bouteille ornée d'un filet ténu et fleuri, rapporté à chaud sous le renflement du goulot.

C'est alors avec le modèle d'une fine topette habillée de spires irrégulières qu'il repartait à la halle pour en revenir, le lendemain, la topette striée d'un cordon torsadé, pour la plus grande satisfaction du jeune Maurice. Et ainsi des *porrons* à la panse ventrue pour lesquels le jeune créateur avait prévu un timbrage d'étain.

— J'ai repris là les armoiries de notre famille, d'azur au château sommé de deux tours d'argent, maçonné de sable, expliquait-il à François, mais on pourra aussi bien, à la demande, timbrer tout autre blason, de simples fleurs de lis ou d'initiales pour personnaliser l'objet.

François obtempérait, voyait l'*estaminier* et tous deux apportaient alors leur travail qui obtenait, invariablement, l'aval pour le produire en grande quantité.

Le jeune aspirant n'avait pas été sans remarquer la lente dégradation de la santé de Maurice ; ses yeux brillants, non de passion comme souvent c'était le cas, mais de fièvre, les cernes gris qui soulignaient ses yeux, les soudaines pâleurs qui crispaient son visage d'ange. Au nom de l'affection qu'il lui vouait, il avait osé demander :

— Vous souffrez, monsieur Maurice ? Que puis-je faire pour vous ?

L'enfant eut un pauvre sourire.

— Souffrir ? Mais que signifie ce mot ? Il n'en existe pas pour nommer ce que j'endure.

— Voulez-vous que j'avance votre chaise ? Vous paraissez si fatigué…

Le visage de Maurice s'était crispé, un fugitif éclair de colère traversa son regard en même temps qu'il baissait d'un geste rageur ses larges braies sur ses chevilles et se penchait en avant.

— Allez ! Repais-toi du spectacle ! ordonna-t-il en désignant ses fesses.

La vue d'un abcès énorme, violacé, boursouflé, immonde, jeta François dans une confusion de sentiments. Le désarroi, la honte, sans parler d'une nausée qu'il réprimait avec peine, le laissaient sans voix, non sans commisération. Il ne sut que balbutier au milieu d'un flot de larmes :

— Pardon ! Mille pardons, Maurice !

Avec précaution, l'enfant s'était rhabillé et, devant la compassion sincère du jeune homme, il se repentit de son geste provocateur.

— C'est moi qui te demande pardon, François. Je regrette de t'avoir infligé cela, tu n'y es pour rien. Demain, j'espère avoir fini la collection que j'ai en tête, après il sera temps de faire venir le barbier et ses lancettes.

Quelle lucidité ! Quel courage ! Quelle volonté ! Déjà profonde et sincère, l'affection que François vouait à Maurice de Rizols n'en fut que renforcée.

Le barbier vint, deux jours plus tard, inciser cette fameuse apostume et chacun, au château comme à la halle, resta suspendu aux nouvelles de l'attachant garçon.

Vint enfin un jour, une belle journée de printemps, où les fenêtres de la chambre du malade s'ouvrirent toutes grandes, où l'on poussa le lit de Maurice devant l'une d'elles. Là, calé contre un monticule de coussins, le visage pas plus gros que le poing, à grands gestes de son bras levé, Maurice saluait la nature qui, comme lui, semblait sortir d'une longue nuit. Tous, à Fontclaret, avaient vécu au souffle saccadé de Maurice, tous s'égayaient à la brise tiède et au renouveau. Certains même usaient d'audace.

Mais que poussait Charlotte, joyeux papillon, à courir ainsi, jupon au vent, au-devant de François ? L'amour, bien sûr !

L'amour d'une grande sœur pour son petit frère guéri, mais aussi l'amour tout court, celui que lui inspirait ce beau jeune homme de vingt ans qu'elle avait surpris à pleurer sur le sort de Maurice.

— François ! François ! Maurice vous réclame, son esprit fourmille d'idées.

***

Silencieuse, paraissant glisser avec aisance et légèreté, la *Fleur de Lys* entra, voiles baissées et rames rentrées, dans le port de Marseille et s'inséra entre les autres galères amarrées au quai de l'arsenal.

Encadrés par les argousins en charge de la chiourme, les galériens empruntèrent l'échelle de coupée et mirent pied à terre, une terre qui se dérobait à chacun de leurs pas.

Gédéon était de ceux-là qui regagnaient pour trois mois la terre ferme après un même temps de navigation. Ainsi était organisée la peine qu'ils payaient à la société.

À vue d'œil, on en dénombrait plus de deux cents, se traînant, fers aux pieds, vers le sous-sol de l'arsenal qui allait être leur abri durant ce trimestre qui se voulait un répit dans la dure épreuve de la rame mais qui n'aurait su être en aucun cas un repos, les galériens étant employés, durant leur temps de terre, par les artisans du port.

Du rameur qui souque ferme, il n'y avait qu'un pas pour faire un solide portefaix.

Leur vareuse rouge et leur corsaire de même teinte flottaient autour de leur corps amaigri ; leurs yeux délavés par la réverbération du soleil sur l'eau s'enfonçaient dans leurs orbites et leurs lèvres comme leur peau témoignaient des ravages du sel et des embruns.

Ironie du sort, Gédéon avait pour compagnon de chaînes un certain Bénezet, abruti d'être là et qui, dans les débuts, clamait sans cesse son innocence, avant que quelques coups de fouet ne mettent un terme à ses jérémiades. L'écoute passive de Gédéon le trompa ; enfin quelqu'un prêtait foi à ses dires.

— Je n'ai fait qu'obéir à ces deux verriers, si sûrs de leur fait. Ils assuraient qu'un trublion portant chapeau brodé s'apprêtait à mettre le feu aux Cévennes pacifiées.

À toujours entendre ce même refrain seriné à ses oreilles, Gédéon voulut en savoir plus.

— Ces deux verriers, ils venaient de leur propre chef ? demanda-t-il innocemment.

— Mais non, pardi ! répondit Bénezet après une longue trituration de son esprit lent. J'ai bien vu qu'ils répétaient une leçon parfaitement apprise.

Tout comme toi, pauvre sot ! se dit Gédéon, tout en incitant l'autre à continuer :

— Ils ont peut-être cité son nom…

Nouvelle longue réflexion. Et puis :

— *Eh bé* oui qu'ils ont cité un nom… enfin un prénom. Comme en portent les femmes de la Bible…

— Rébecca ? souffla Gédéon, apparemment indifférent.

— Jamais entendu !

— Esther ?

— J'en connais, oui… mais c'était pas ça.

— Rachel, peut-être ?

— Oui, c'est ça, c'est Rachel ! exulta Bénezet.

Croyant à une nouvelle protestation du galérien, l'homme au fouet l'abattit sur son dos, les extrémités plombées des lanières léchant méchamment celui de Gédéon. Les deux hommes se turent, serrant les dents sur leur douleur.

En plus d'être attachés à leur banc, les deux galériens se retrouvaient liés par une confidence qui soulageait l'un et éclairait l'autre. Généreux par nature, Gédéon partagea sa ration avec Bénezet qui, en représailles, en était privé : deux livres de biscuits à vous briser les dents et quatre onces de fèves chichement assaisonnées d'huile d'olive rance et de sel.

La Méditerranée. En avait-il entendu parler de cette mer étale par les Raoul, ces renégats ! Cet océan de bienfaits, outre ses poissons et son sel qui faisaient la richesse de sa côte, était à l'origine de cette salicorne indispensable à leur artisanat.

Le pâtre de Verrière-Génestrelle la haïssait. Traîtresse avec son calme plat qui cachait sa colère quand ses eaux prenaient des teintes olivâtres ; violente, se vengeant des rames qui la creusaient en crachant sur le pont des paquets de mer ; grondeuse quand le vent du large faisait enfler les voiles ; mauvaise par le roulis qu'elle imposait aux hommes et qui torturait leur estomac.

Non, il ne pouvait l'aimer, ni même la comprendre, lui l'homme de la terre et de la liberté quand, pour la première fois, il monta sur le pont à découvert et fut attaché à l'un des bancs de nage, comme on appelait l'emplacement des rameurs, pour ne le plus quitter de cent jours. Son cœur se serra devant cette double rangée de bancs de part et d'autre de la coursive. Il en dénombra vingt-six à dextre et vingt-cinq à senestre. Six hommes, à chacun, y furent entravés, certains atones et résignés, d'autres excités d'en découdre avec les flots d'argent.

Déboussolée par le tangage à quai, la pensée de Gédéon s'évadait là-haut sur la montagne où il menait ses bêtes en transhumance. C'est tout juste s'il remarqua les quatre inconnus qui prirent place sur son banc.

Il reprit conscience de son état de galérien quand un roulement de tambour annonça l'exercice.

— Vous allez apprendre à manier la rame hors de l'eau. Malheur à celui qui est cause d'une rame brisée. C'est la sentine en haute mer !

La rame ? Elle était devant eux. Douze mètres au moins, qu'ils devaient manœuvrer en deux temps : soulever, baisser. Et le tambour se mit à battre le tempo. Soulever. Baisser. Soulever. Baisser. Vingt fois par minute.

La houle était dans le cœur de Gédéon, elle

l'étouffait, le menait au bord d'un précipice où il songeait à se laisser tomber. Mais non ! Il devait résister, ne pas céder à l'envie d'en finir avec la vie avant d'avoir accompli le devoir dont il s'était investi. Il ne se laisserait pas gagner par le découragement ni affliger par cette peine infamante.

Résister ! De ce mot que d'autres graveraient plus tard dans la pierre, Gédéon le pâtre avait décidé de faire son credo.

14
Déroutante imposture

Une ère florissante, comme de mémoire d'homme Verreries-les-Moussans ne se souvenait pas d'avoir connue, réjouissait Francis de Rizols. La verrerie croulait sous la demande, en vertu d'une renommée qui dépassait le territoire des Corbières, hautes et basses, et touchait jusqu'aux riches Toulousains.

Et cela, sans porter moindre perte ou ombrage au sieur de Lieusech son frère, ce dont il aurait été fort marri. Par chance, la verrerie de Moussans-Lieusech s'était résolument tournée vers Montpellier, haut lieu de médecine et d'alchimie, et Charles de Rizols n'avait qu'à se réjouir de s'être engouffré dans ce débouché commercial où il s'était taillé une belle place en devenant le principal fournisseur de la faculté de médecine et son corollaire. Flacons, pilons, urinaux, tire-lait, veilleuses à huile partaient par charretées entières, via les marchands grossistes qui les acheminaient jusqu'aux hospices de Montpellier et à sa célèbre académie.

— À noble profession, noble art ! se plaisait à dire Charles de Rizols avec cette fatuité que son frère lui reconnaissait volontiers et pour laquelle il faisait preuve d'indulgence.

La béatitude qu'engendre la notoriété, en plus de régulières et conséquentes rentrées d'argent, n'aveuglait pas le seigneur de Fontclaret au point de le plonger dans l'ignorance de la brusque fin que peuvent avoir les meilleures choses. La santé en dents de scie de son jeune fils était là, cruellement présente, pour le lui rappeler, hélas, de façon récurrente. Aussi redoutait-il une baisse de créativité irrémédiable de Maurice tout autant que le jour, proche, qui verrait le départ de François. Ces deux-là formaient une si belle paire !

Francis de Rizols n'était pas le seul à appréhender la date fatidique qui approchait à pas de géants ; à l'issue de la prochaine *réveillée*, l'aspirant serait certifié dans sa maîtrise et son contrat deviendrait caduc. Cela, Maurice le redoutait plus encore que son père. Squelette ambulant à qui l'on ne savait donner d'âge, il se refusait à imaginer le château sans la présence de ce jeune homme à l'allure puissante et virile, au tempérament naturellement empathique et doublé d'une extrême politesse envers tout un chacun.

Il ne pouvait regarder François sans voir en lui le jeune homme qu'il aurait voulu être, qu'il aurait dû être ; son regard clair, alors, se voilait d'une ombre de regret, mais jamais ne s'assombrissait d'un sentiment de jalousie.

Plus que son père, au moins autant que son frère mais pour d'autres raisons, Charlotte n'était pas en reste pour soupirer en cachette au prochain départ du séduisant Cévenol, lequel jouait le bel indifférent aux charmes pourtant révélés et indéniables de la jeune fille.

Comment pouvait-il résister à l'insolence de ses radieux vingt ans qu'elle ne cachait plus sous d'informes toilettes ? Sans coquetterie affichée mais avec un goût savant des belles étoffes et une subtilité à se parer de couleurs idéalement choisies pour mettre en valeur le délicat velours de sa matité, elle ne laissait aucun regard masculin indifférent.

Ce n'avait pas toujours été le cas. La fillette, que sa mère prenait plaisir à vêtir de robes gracieuses et de rubans coquets, était devenue, dans son adolescence, une gamine terne, peu attirée par les chiffons, encore moins par les affiquets, se contentant d'être propre et lisse et se tenant toujours en retrait. Accaparés par la santé de leur fils, ses parents n'avaient pas cherché une cause à ce dédain de la parure à un âge où les demoiselles en font leur souci quotidien.

À quelle occasion un voile s'était-il déchiré devant les yeux de Gabrielle de Rizols ? Elle n'aurait su le dire, mais la révélation fut si évidente qu'elle s'en ouvrit à son mari.

— N'avez-vous pas remarqué, Francis, combien notre Charlotte semble se complaire en petite souris grise dont elle copie l'apparence ? Plus que discrète, elle se veut effacée, désireuse de se fondre dans le paysage.

— Toute forme de modestie ne peut être défaut. La réserve de notre Charlotte n'est pas pour me déplaire.

— Si ce n'est qu'elle est forcée, j'en ai la conviction, et je crois en connaître la cause.

— Le sixième sens des mères ! Dites-moi tout, Gabrielle !

— Les transformations harmonieuses de son corps la renvoient à l'état végétatif de celui de Maurice. Aussi s'évertue-t-elle, par tous les moyens, à les dissimuler aux autres et à ses propres yeux. Charlotte gomme son apparence, s'oublie pour que nous l'oubliions. Ma petite fille au si grand cœur, quelle souffrance endure-t-elle !

— Que faire alors ? demanda le père, impuissant à trouver les justes mots, le bon comportement.

— Mon devoir de mère. Je vais lui parler et serai honnête avec elle ; je m'attacherai à lui faire comprendre que son abnégation est une sorte d'orgueil et d'ingratitude envers la nature qui l'a voulue ainsi. Lui assurer aussi qu'elle n'enlève rien à Maurice, mais au contraire le prive, lui si sensible à toutes formes de beauté, de la grâce innée dont le Créateur a doté sa sœur.

La conversation qu'eurent la mère et la fille fut longue et douloureuse, toutes deux pleurèrent l'une sur sa négligence et l'autre sur le vain sacrifice qu'elle s'imposait. Au final, réconfortée par sa mère et encouragée à plus de coquetterie, Charlotte se transforma par touches légères et jusqu'à complète métamorphose ; elle trouva du plaisir à choisir une cote et son cotillon, un corsage à basques, à manches et mancherons et des fichus de linon qu'elle changeait chaque jour.

Chacun à sa manière lui en fit compliment.

— Voilà une demoiselle bien plaisante à voir, s'empressa de la complimenter Francis de Rizols.

— Tu es enfin réconciliée avec la soie et le velours, Charlotte ? Ouf, tu m'enlèves un sacré poids, je craignais que tu ne veuilles entrer dans quelque couvent, se réjouit Maurice.

François ne dit rien. Par pudeur. Par crainte de franchir la frontière qui le séparait, lui l'enfant de personne, d'un monde qui ne serait jamais le sien. L'eût-on poussé dans ses retranchements, nul doute qu'il aurait été susceptible de s'enthousiasmer au point de comparer mademoiselle de Rizols à une nymphe à la vénusté troublante. Ce qui n'aurait pas manqué d'être inconvenant au regard de maître Francis… et même envers Elisabeth qu'ainsi il trahirait en pensée. Pauvre Elie qu'on avait dû jeter dans les bras du vieux Montrobert à moins qu'elle n'ait réussi à imposer son choix ! François ne savait laquelle des deux possibilités lui était la plus douloureuse.

Tout compte fait, il préférait rester dans l'ignorance où le tenait maître Elias par d'évasives nouvelles transmises via les colporteurs.

« La prudence m'inspire de t'imposer l'éloignement, mon affection dût-elle en pâtir », avait rapporté Courte-Manche qui tenait ces recommandations de la bouche de Va-devant.

Le message suivant lui fit supposer quelques changements intervenus à Verrière-Génestrelle.

« Le domaine se vide de ceux qui me sont chers, mais ainsi va la vie. Un jour prochain tu reviendras, cependant je t'exhorte à attendre le terme de ton apprentissage. »

Son bel élan d'amour, rafraîchi par Gédéon, voué à l'échec et définitivement attiédi par l'éloignement, n'aurait été qu'un brûlant feu de paille dont il se souviendrait éternellement... et qui lui servirait de leçon. À quoi bon, en effet, laisser son cœur glisser vers un autre épanchement qui ne manquerait pas de le décevoir ? Mieux valait étouffer le trouble qu'il ressentait en présence de la belle Charlotte.

Aux injonctions de prudence distillées par maître Elias, le jeune homme répondait par l'obéissance et par la reconnaissance éternelle qu'il vouait à son bienfaiteur.

Mais que faire alors, pendant la mort des fours ?

Il n'avait pas une ferme, un lopin de terre ni même un troupeau qui l'aurait occupé comme cela était le cas pour les verriers de maître Francis. Il ne pouvait non plus proposer ses services dans une autre verrerie, la législation était stricte.

— Il t'en coûterait une amende de trois cents livres, c'est bien plus que tu gagnerais, le découragea un des souffleurs à qui il faisait part de son souhait.

Travailler à l'entretien de la halle lui prenait bien un mois. Prêter la main pour la moisson puis pour la fenaison en faisait un aide précieux ; pour autant, François se sentait inutile au point qu'il osa demander à monsieur de Rizols :

— Je ne sais, mon maître, si cela entre dans les devoirs ou dans les droits d'un aspirant, mais je souhaiterais mener des bêtes à l'estive si vos fermiers me confient leur troupeau.

C'était bien la première fois qu'un prétendant à la maîtrise de souffleur faisait preuve d'une pareille humilité. Francis de Rizols, qui le tenait toujours en étroite parenté avec Elias de Vilette, en resta ébaubi.

— Toi, berger ? Que dirait maître Elias ?

— C'est lui le premier qui me confia à Gédéon, le maître-pâtre de Verrière-Génestrelle, avec mission de l'assister. Je n'avais pas six ans quand j'effectuai ma première montée à l'estive. Je n'étais pas peu fier de marcher en tête de l'*abelièr*[10] même si, passé

10. Gros troupeau transhumant.

le mont Brion, des crampes terribles nouèrent mes mollets et me jetèrent au sol. Brave Gédéon qui me jucha, sans reproche, sur une paisible ânesse, celle qui portait nos victuailles et qui ne broncha pas au fardeau supplémentaire qu'on lui imposait !

Un moment ébahi par les explications du jeune homme, Francis de Rizols fut pris d'une illumination.

— Parbleu, Vilette est un sage ! Les troubles en Cévennes l'ont incité à mettre son fils à l'abri.

À son tour, François s'étonna de cette réflexion frappée, néanmoins, au coin du bon sens. Puis, songeant à Thierry, l'héritier de Verrière-Génestrelle, son visage s'éclaira.

— Il ne pouvait le mettre sous plus attentive protection. Gédéon a toujours eu toute la confiance de maître Elias.

Le quiproquo n'était pas près d'arriver à son terme. Francis de Rizols ne doutait pas que François fût un fils de Vilette ; il aurait, sans nul doute, refusé un aspirant qui ne soit de noble lignée. C'eût été transgresser le règlement impératif de la corporation. D'ailleurs, qui d'autre sinon un père à belle aisance financière et soucieux d'établir l'un de ses fils aurait payé sans rechigner dix longues et coûteuses années d'apprentissage ?

— Si donc Vilette t'a fait berger pour de bonnes raisons, j'aurais mauvaise grâce à t'opposer un refus pour d'autres tout aussi respectables, finit-il par consentir.

L'idée même le réjouissait au point de s'esclaffer :

— François de Vilette avec cape et bâton, voilà qui te changera de la camisole de toile et du chapeau brodé !

— Mille pardons, mon maître. C'est me faire un honneur qui n'est pas mérité à me nommer ainsi. Je ne suis, hélas, qu'un enfant de personne, né par bonne fortune sur le domaine de maître Elias qui, dans sa grande magnanimité, a donné asile à l'orphelin que j'étais.

— Mais… bêla de Rizols, l'instruction réservée aux gens nés et que tu as reçue… ?

— Je la dois à dame Aveline, la défunte épouse de mon maître. Noble de cœur comme de nom… et à maître Elias l'enseignement de souffleur que vous-même voulez bien hisser jusqu'à la maîtrise.

Francis de Rizols perdait pied. Comment cela pouvait-il être ? Comment avait-on osé le mystifier ? Comment pareille hérésie avait-elle pu se produire ? Un gueux, François n'était qu'un gueux ! Cet impétrant de génie, un gueux ? Un simple gueux ! Neuf années qu'il dormait sous son toit, qu'il mangeait à sa table ! Francis suffoquait. Son sang noble bouillonnait dans ses veines.

L'ami de son fils Maurice, un usurpateur ? Un freluquet de la roture ? C'était à pleurer !

Et madame Gabrielle, son épouse trop avenante qui n'avait oublié aucun de ses anniversaires ! Et Charlotte, sa gracieuse princesse qu'il surprenait souvent en grande rêverie, ne rejoignait-elle pas les vœux d'avenir qu'il élaborait année après année ? Car, et il en rougissait à cet instant, n'avait-il pas, lui Francis de Rizols seigneur de Fontclaret, caressé le projet d'une alliance, celle de sa fille avec celui qu'il prenait pour un cadet de famille de la lignée des Vilette ?

Lui revenait en mémoire une conversation avec son épouse, la patience qu'elle lui avait prêchée, la promesse qu'elle lui avait extirpée.

« Promettez-moi, Francis, de ne point marier Charlotte sans suivre son inclination. Notre fille qui est comme une flamme sous la cendre en souffrirait trop. Quant à l'union que vous projetez, si elle a toute mon adhésion, elle n'a pas encore celle de l'intéressée, je n'ai reçu aucune confidence de notre belle enfant. Laissons faire le temps, je vous promets de vous informer si Charlotte épanche auprès de moi son amour pour François. L'idée est belle, mon ami, d'une transmission de votre verrerie qui ne léserait pas Maurice, lui et celui qui deviendrait son beau-frère s'entendant comme larrons en foire. Vraiment, Francis, l'idée est belle ! »

Et voilà que ce qu'il avait caressé, patiemment élaboré, peaufiné dans le détail au cours de ces années, retombait, par la faute d'un aveu, comme un soufflé raté !

La longue introspection du gentilhomme, tout comme son visage qui se crispait de contrariété, finissait par mettre mal à l'aise le candide François. Sa naissance posait-elle problème au point de mettre fin, dans sa révélation, à son rêve éveillé de ces dernières années ? En quoi avait-il déplu ?

Car il avait déplu, le regard que posait sur lui le seigneur de Fontclaret ne laissait pas de place au doute. C'était celui d'un homme trahi, trompé dans ses attentes, dépité devant un bel édifice en train de s'écrouler.

Dans l'incapacité d'analyser une situation dans laquelle son entendement s'enlisait, Francis de Rizols congédia François d'une voix sourde et désabusée :

— Ta demande me paraissait incongrue, ton aveu trouble mon jugement. Je te verrai plus tard.

Francis de Rizols ne parut pas au souper. Bonne excuse que cette poussée de fièvre accablant Maurice auprès de qui il passa une grande partie de la soirée.

Madame Gabrielle qu'il n'avait pas pris le temps, ni trouvé le courage, d'informer de la situation, présidait au repas ; elle aiguilla la conversation sur la maîtrise de François.

— Ainsi allez-vous nous quitter à l'issue de la prochaine *campagne*, François ? Vous laisserez un grand vide à Fontclaret.

Charlotte avait pâli, puis rougi et enfin balbutié :

— Est-ce vrai, François, que vous songez à nous quitter ?

Bien qu'elle essayât de brider l'émotion qui la submergeait, son menton tremblotait, elle redevenait une petite fille terrassée par un gros chagrin.

— Je ne sais ce qu'a décidé pour moi maître Elias, avoua le jeune homme avec logique, mais il me semble naturel qu'après avoir payé ma formation il attende à ce que j'apporte mon nouveau savoir à Verrière-Génestrelle.

— En êtes-vous sûr ? demanda Gabrielle. Il n'est pas dit que monsieur de Vilette se livre à un tel calcul. Sa verrerie est, si je ne m'abuse, fort pourvue en maîtres-verriers.

Loin de ces contingences matérielles, Charlotte suivait sa pensée.

— Maurice serait très peiné… et moi aussi, dit-elle en s'empourprant à son audace.

Sans bruit, madame Gabrielle fit rouler son fauteuil et quitta la pièce. Le moment des aveux – si aveux il devait y avoir – n'était-il pas venu, pour ces deux-là ? Il n'y avait pas grand risque à les laisser seuls dans la salle à manger.

Toujours tête baissée ou perdus dans de tortueuses pensées, les deux jeunes gens n'avaient prêté attention à la sortie silencieuse de madame Gabrielle. François eut l'impression de se jeter à l'eau quand il s'entendit demander :

— Vous… vous auriez de la peine, mademoiselle Charlotte ? Pour… pourquoi ?

— Parce que je me suis habituée à votre présence. Pensez donc, neuf ans ! La moitié de ma vie.

Habituée ! Elle s'était habituée ! Quelle maladresse ! Elle se reprit :

— Vous nous avez été si précieux, François ! Sans vous, sans votre soutien qui ne nous a jamais manqué, comment aurions-nous fait pendant les graves crises de mon frère ?

— Mais à vous, demoiselle ? À vous seulement ?

Voilà, c'était fait ! Il s'était dévoilé et pliait l'échine, prêt à subir les reproches de la demoiselle offensée. Il n'en fut rien. Charlotte se taisait, son cœur battait la chamade, elle ne retint pas sa main qui, sans précipitation et pleine de tendresse, se posa sur celle de François alors qu'elle s'entendait murmurer :

— Je crois bien que c'est à moi que vous manqueriez le plus. En fait, je ne veux même pas imaginer que vous partiez de Fontclaret.

Quelle merveilleuse musique que cette voix câline qui avouait son amour en termes détournés ! Quel baume confortant que cette main blanche, aérienne, délicatement parfumée sur laquelle il pencha la tête et posa ses lèvres !

Il se leva, le visage congestionné et, en phrases hachées, repoussa les sentiments qu'ils partageaient comme autant de serpents au venin dangereux.

— Il ne faut pas, non, il ne faut pas, mademoiselle Charlotte ! Vous, la demoiselle de Fontclaret et moi, moi le bâtard de Verrière-Génestrelle ! Non, cela ne se peut...

Tout à son amour, Charlotte ne comprenait goutte au délire de son bien-aimé.

— En quoi vous ai-je déplu, François ? Vous me trouvez trop hardie ? C'est la peur de vous perdre qui m'a donné l'audace...

— Tout est perdu, Charlotte, depuis le jour où je suis né ! Oubliez-moi, je vous en prie !

Désemparée, la jeune fille restait à table, entendant les pas de François décroître dans l'escalier qui menait à sa chambre. Combien de temps demeura-t-elle, seule avec ses tristes pensées ?

La nuit enveloppait le château et Maurice l'attendait. C'était un rituel, dans ses bons comme dans ses mauvais jours, que ce rendez-vous tacite entre le frère et la sœur. Ils parlaient souvent, racontant leur journée, parfois ne disaient rien, se satisfaisant de respirer le même air, d'être bercés par les mêmes bruits familiers du château ; mieux encore quand ils baignaient dans le même silence propice à la rêverie.

Elle ne pouvait, ce soir, y déroger ; quelques instants avec Maurice adouciraient sa peine.

— Après le père, la fille ! Un vent de folie soufflerait donc sur Fontclaret ! l'apostropha son frère avec un sourire chaleureux qui démentait la raillerie du propos.

Quel être intuitif que Maurice de Rizols ! Et pas seulement. Quelle grande âme, pourrait-on dire, qui devinait avec le cœur plus qu'à l'observation le tourment des êtres qu'il aimait !

— Non, ne dis rien ! insista-t-il devant le mutisme de Charlotte. Même cause et mêmes effets, je parie ? C'est à cause de François ?

La jeune fille se précipita vers son frère, s'abattit sur son lit et sanglota :

— J'ai honte ! Mon Dieu, si tu savais combien j'ai honte !

— Raconte, petite sœur, invita paisiblement Maurice.

Charlotte ne se fit pas prier pour parler de l'amour qu'elle portait à François, de sa crainte de le voir partir et de cet aveu qu'elle n'avait pu taire, le croyant partagé.

— Mais il t'aime, Charlotte ! Chère et folle Charlotte, ne doute pas qu'il t'aime.

— Il te l'a dit ?

— Nul n'est besoin de parler pour ces choses-là. Te souviens-tu du vitrail destiné aux moines de Psalmody ? La Madone avait ton visage...

Charlotte de la tête eut un geste de dénégation.

— Si, si, je t'assure. Et mieux que ça, je l'ai surpris un soir à la halle, il baisait le vitrail et murmurait : « Ma bien-aimée » !

Presque convaincue – et quelle amoureuse ne souhaiterait pas l'être ? – Charlotte argumentait encore :

— Pourquoi, alors, a-t-il repoussé mon amour de si violente façon après m'avoir avoué le sien ?

— C'est là, ma belle, où les soucis de notre père rejoignent les tiens.

— Père est au courant de… de… de…

— Écoute-moi, veux-tu ? Tu jugeras après… Encore se pourrait-il que tu ne l'en aimes que plus, ton François !

Il était aisé, à Maurice, de rapporter une histoire, narrée quelques heures plus tôt par son père, désemparé. Histoire écourtée, certes, et qui avait plongé Francis de Rizols dans un abîme de perplexité autant que de courroux. Il avait fallu l'écoute attentive de son fils et le regard sagace qu'il portait sur toute situation pour apaiser le gentilhomme, le déconseiller de céder à une colère qu'il était en droit d'éprouver et surtout de prendre le temps de la réflexion avant de rejeter François comme un vulgaire usurpateur.

— Comment François a-t-il pu se livrer à cette supercherie, lui dont les yeux ne sont qu'honnêteté et franchise ? soupira Charlotte, prenant fait et cause pour son père sans toutefois jeter le discrédit sur son bien-aimé.

— Y a-t-il eu seulement supercherie de sa part ? J'en doute. Comme toi et peut-être plus encore pour être très proche en amitié avec lui, je le crois incapable de mystification. Il y a là matière à éclaircir et cela doit se faire dans la sérénité.

— Mon Dieu, mais s'il n'est pas coupable, combien il doit souffrir ! Un enfant de personne, dis-tu ? Mon pauvre amour ! se lamenta l'amoureuse.

— C'est en tout cas ce qu'il a dit à notre père ! Or, on n'est jamais l'enfant de personne. Elias de Vilette doit assurément en savoir plus sur ce garçon qu'il a recueilli, éduqué, pour lequel il paye une maîtrise…

— Un petit cousin, peut-être, d'une branche cadette ?

— Il réfute s'appeler Vilette, c'est tout de même troublant.

— Qu'a décidé notre père ?

— Son premier réflexe était d'en informer la Haute Cour de Sommières, seule habilitée à entériner les titres de noblesse à travers les méandres des héritages. Je l'en ai dissuadé, du moins je l'espère ; les seigneurs-viguiers sont parfois des fouineurs et mieux vaut éviter de les mêler à nos affaires internes.

— Tu as bien fait, Maurice. Quelle que soit la faute de François, volontaire ou par omission, il ne mérite pas l'infamie du banc de justice.

À cette seule évocation, les larmes jaillirent à nouveau des yeux noirs de Charlotte. Son frère caressa les longs cheveux bouclés qui s'échappaient de sa cornette de dentelle. La brise légère, née avec le crépuscule, les trouva tous deux en totale communion par les sentiments qu'ils portaient à François, pour l'une, un amour enflammé qu'exaltait son tempérament de feu, et pour l'autre, une formidable amitié dépassant les liens du sang.

Après Maurice, ce fut Gabrielle qui apporta son conseil à son mari désemparé. Bien que peu au fait des lois régissant la confrérie des gentilshommes-verriers – elle avait assez de tracas avec la santé de son fils qui prenait toujours le pas sur la sienne quoiqu'elle s'en défendît – elle n'était pas sans savoir combien Francis de Rizols était respectueux des privilèges comme des contraintes qui faisaient la particularité de leur corporation.

Mais, tout comme Maurice, tout comme Charlotte dont elle avait saisi l'épanchement, elle se refusait à vouer, sans autre explication, François aux gémonies.

— La Haute Cour ? Comme vous y allez, mon ami ! Songez, je vous prie, à tout ce que représentait pour vous ce jeune homme, il y a quelques heures à peine. N'étiez-vous point prêt à en faire votre gendre, lui confier un jour Verreries-les-Moussans à parts égales avec notre fils ?

— Peu de chose a suffi, en effet, pour ruiner mes espoirs et je ne suis pas loin d'avouer que cela me chagrine plus que d'avoir été berné.

— D'autant, mon cher Francis, que j'allais vous annoncer une excellente nouvelle : notre fille est amoureuse !

— Ah, c'est bien le moment ! Et de qui donc, ma chère ?

— De François, justement ! Vous voyez, l'affaire

n'est pas simple.

— Pas simple, dites-vous ? Doux euphémisme ! Je dirais, moi, qu'elle est totalement insoluble.

— Cela ne vous ressemble pas, Francis, de baisser les bras à la première pierre d'achoppement.

— Vous parlez d'une pierre, madame, moi je dirais un roc !

— En tout état de cause, je vous en prie, prenez votre temps. François souhaitait partir en estive ? Qu'il parte, il échappera ainsi à votre ire, laquelle aura le temps de s'apaiser. Vous souhaitiez les conseils du viguier de Sommières ? Et pourquoi pas, tout d'abord, entendre les explications de monsieur de Vilette ? Pour lui aussi, la période de *réveillée* arrive à son terme. Conviez-le chez nous, qu'il vienne s'expliquer.

— Vous êtes d'excellent conseil, ma mie, et vous en remercie. Je doute cependant que les colporteurs, bien que grands arpenteurs de lieues, les colporteurs dis-je, je le crains, ne soient pas assez véloces pour apporter mon pli avant la nouvelle *campagne*.

— Que n'utilisez-vous, alors, les maîtres de courriers dont a doté le royaume notre regretté roi Henri ? La Poste aux lettres a cela de bien qu'il ne vous en coûtera rien, Vilette aura les frais à sa charge.

— Chère et habile Gabrielle, que ferais-je sans vous ! s'écria Francis de Rizols en baisant les mains de son épouse. Je vais de ce pas suivre vos conseils.

Cela ne prit pas plus de trois jours à monsieur de Rizols pour accéder à la demande de François et donner ordre de regrouper les troupeaux. Pour autant, il était évident que le jeune homme n'était pas rentré en grâce auprès de son employeur ; son regard sombre et sa voix au ton cassant pouvaient en témoigner.

— Va donc faire paître ces bêtes pendant que je statue à ton sujet. J'ai pris les dispositions en ce qui concerne ton ravitaillement et l'approvisionnement en sel. Sois économe de l'un comme de l'autre.

— Vous pouvez me faire confiance, assura naïvement François.

— Confiance ? Je te l'accordais, il est vrai, mais à ce jour, elle est grandement écornée.

— Je…

— Ne dis rien. Tout sera réglé à ton retour… du moins, je l'espère.

Tandis que François prenait la tête d'un copieux troupeau coloré et bruyant, un courrier s'acheminait à Verrière-Génestrelle conviant expressément monsieur de Vilette « pour affaire le concernant ».

15
Le temps du déclin

À si grande distance, on ne saurait supposer de cause à effet. Pourtant, Elias de Vilette devait se rendre à l'évidence : en totale opposition au formidable élan de renommée qui soufflait sur Verreries-les-Moussans, un déclin impitoyable autant qu'imprévisible plongeait Verrière-Génestrelle dans les heures les plus sombres qu'il ait connues.

De fait, comment en aurait-il pu être autrement quand deux maîtres-verriers, depuis des décennies piliers de l'entreprise, avaient déclaré forfait, quoique de différentes façons ? Ceux qui restaient au domaine, souffleurs, arpètes et *gamins*, malgré leur bonne volonté, ne pouvaient répondre à l'impulsion désespérée de maître Elias, septuagénaire encore valeureux.

Raoul cadet, paix à son âme torturée par le remords, qui n'avait trouvé que le suicide pour échapper aux tourments terrestres, laissait planer dans son tragique départ un mystère non élucidé. Suicide muet, mais ô combien troublant au point qu'un lustre plus tard, il posait encore question au maître de Verrière-Génestrelle.

De là à ce que Raoul l'aîné se sentît comptable de la mort de son frère et du mauvais sort échu à Gédéon, il n'y avait eu qu'un pas. Le traître, tel Caïn sans cesse poursuivi par l'œil accusateur, ne trouvait nul repos ; son travail s'en ressentait, tant dans son ardeur que par une inhabituelle incompétence ; il ne se passait jour sans qu'il ne fût pris en défaut.

Lui qui n'avait jamais eu à subir, de son maître, le plus petit reproche, se faisait tancer à longueur de journée. Paternes à leurs débuts, les remontrances devinrent de plus en plus virulentes jusqu'au jour où maître Elias commit une faute de langage.

— Raoul, méchant bougre ! Tu crois que c'est du bon travail, ça ? Du groisil ! Ces déchets de verre noirci sont tout juste tolérables pour les *gamins* à l'exercice ! Tu voudrais ma ruine que tu ne t'y prendrais pas autrement.

— Faites excuse, maître Elias. Je conviens de la faute, mais c'est à cause du four... Basile...

— Laisse Basile en dehors de ça, félon !

L'insulte, pour justifiée qu'elle fût, mit littéralement en transe le malheureux Raoul qui se crut démasqué. Blême, les yeux injectés de sang et saillant de leurs orbites, agité de tremblement nerveux,

Raoul restait debout devant le four béant à l'haleine ardente, incapable d'articuler un mot. Non moins sidéré, maître Elias était loin de penser que son écart verbal avait fait mouche et touchait au point le plus douloureux de son maître-verrier, comme un fer fouaillant une fraîche blessure.

— Reprends-toi, Raoul. *Gamins !* Servez à boire au compagnon.

En même temps, Elias accompagnait son ton apaisant d'un geste pour faire asseoir Raoul, lequel eut un saut en arrière en s'écriant d'une voix possédée :

— Ne me touchez pas, mon maître ! Non ! Cela ne se peut ! Et vous, les *gamins*, éloignez cette coupe qui n'est que fiel !

— Alors, rentre chez toi, Raoul, tu déparles ! s'irrita à nouveau Elias. Pour ce jour, c'est plus que je n'en peux supporter. Reviens demain et dans de meilleures dispositions.

Ses neveux, à qui Raoul l'aîné servait de père depuis la mort de son puîné, arrivèrent le lendemain en retard à la halle. Ils avaient l'air hagards et se poussaient du coude, chacun voulant charger l'autre d'informer maître Elias.

— Notre oncle ne viendra pas ce matin… finit par bredouiller l'un d'eux.

— Et notre cousin non plus, poursuivit l'autre.

— Qu'est-ce que vous me chantez là ? gronda

Elias, ce qui n'encourageait pas les deux garçons à poursuivre. Raoul l'aîné est malade, c'est ça qui ne peut franchir votre bouche ? Bon sang, avec le retard que nous avons pris ! Et son fils, dites-vous ? Malade, lui aussi ? La peste ? Ne me dites pas que c'est la peste ! s'affola le maître-verrier.

Il fallait en venir enfin aux explications que les deux frères déroulèrent, chacun leur tour, leur voix s'étouffant de terreur.

— Plus que malade, mon maître ! L'oncle est possédé, il crie, il gesticule, se cache sous la table, en ressort aussitôt comme piqué d'un aiguillon.

— Une sorte de folie qui a mené son fils à le sangler dans son lit avant qu'il ne mette le feu à ses meubles. Et même bâillonné, ses cris font trembler les murs.

La langue enfin déliée, les neveux de Raoul l'aîné devenaient volubiles, si bien que maître Elias crut qu'ils en rajoutaient pour faire les importants, ce qui ne manquait pas, tout un chacun à la halle ouvrant grand ses oreilles.

— Vous m'avez l'air, tous deux, de fieffés affabulateurs. Je me rends, de ce pas, chez votre oncle le fol. Il va m'entendre, le gredin !

Des sons indéfinissables, qu'on aurait pu prendre pour des grognements d'animaux accompagnés de plaintes émanant de bêtes blessées, s'échappaient du logis de Raoul. Elias en poussa brusquement la porte sans prendre le soin de frapper. La pénombre régnait, à peine trouée par la flamme tremblotante d'un *calelh*, accroché à un soliveau.

— Il fait jour, que diable ! éructa Elias en ouvrant le fenestron à toute volée.

Un rugissement étouffé le fit se retourner et ce qu'il vit l'amena à douter de sa bonne vue au point qu'il passa sa large main devant ses yeux pour déchirer l'image cauchemardesque qu'il avait devant lui. Peine perdue. Le tableau resurgit dans sa cruelle réalité.

La pièce était dévastée, plus rien ne tenait debout, pas un banc, pas une chaise, la table était renversée sur une pauvre vaisselle brisée. Le lit de coin, celui de Raoul et de son épouse, lieu d'étreintes furtives et de repos quiets, avait été celui de farouche bataille, comme en témoignaient les draps lacérés, l'édredon crevé, le matelas éventré sur lequel gisait Raoul sanglé comme une momie de bandes de chiffon, la bouche écumeuse mordant férocement le bâillon qui l'obstruait. Et ce n'était pas tout !

Dans une encoignure, adossée au mur et à demi inconsciente, une femme perdait son sang, le front barré d'une profonde entaille tandis que le fils de Raoul, titubant, descendait d'une échelle de meunier qui menait à la couche de ses frères et sœurs, le cœur soulevé de stériles nausées.

— Il les a tués ! Il les a tous tués dans leur sommeil ! feula-t-il pitoyablement en s'effondrant dans les bras d'Elias. Un fou, c'est un fou !

Et perdant la raison à son tour, il s'abattit sur son père ligoté dont il enserra la gorge de ses deux mains avec une force surhumaine, puisée dans l'horreur d'une nuit de folie.

En même temps qu'il appelait à l'aide de toute la puissance de sa voix de stentor, Elias s'était précipité sur l'assaillant et tentait de desserrer le véritable étau qui menait Raoul aux portes de la mort. Ses yeux, déjà, se révulsaient, quelques borborygmes avaient pris le relais des grognements bestiaux de l'homme aux prises avec le Malin.

En désespoir de cause, Elias se vit forcé d'asséner un violent coup de poing pour faire lâcher prise au malheureux garçon qui, sonné, s'abattit sur le corps de son père, lequel s'agitait d'un ultime spasme de vie.

Rameuté, tout le petit peuple du domaine ne put que constater le drame alors que maître Elias dépêchait un *gamin*.

— Cours chez moi et ramène mademoiselle Elisabeth, cette femme se vide de son sang et son garçon a perdu connaissance.

Les exempts de ville de Lasalle, qui n'avaient eu aucune hésitation à valider le suicide de Raoul cadet, ne portèrent certes pas le même jugement en présence de la dépouille de Raoul l'aîné. Débarrassé, sur ordre de maître Elias, des bandelettes qui l'entravaient et qui le muselaient, la mort par strangulation éclatait comme une évidence incontestée et revendiquée par le fils se posant en vengeur de sa famille.

— Depuis la mort de ma tante qui a suivi de peu celle de son époux, je partage la chambre de mes cousins, expliqua-t-il avec lucidité, habité tout d'un coup d'un calme froid. Nous venions, comme chaque matin, chercher le père pour aller à la halle quand les cris de la mère et les jurons du père nous alertèrent.

— Vous n'avez pas demandé du secours ?

— Le père frappait à tour de bras, il fallait l'arrêter. J'ai envoyé mes cousins à la halle et j'ai fini par maîtriser le père, l'attacher et lui nouer un mouchoir sur la bouche pour étouffer ses imprécations. Je me penchai alors vers ma mère dont le visage en sang me faisait présager le pire, elle ne put que murmurer « là-haut… tes frères… » avant de perdre connaissance.

À ce stade de son interrogation, le fils de Raoul l'aîné ne put continuer. L'horreur se reflétait dans ses yeux, celle qu'il avait découverte dans la soupente des enfants et qu'il narra succinctement, entre deux sanglots, après une longue pause.

— Quatre vies massacrées.

— Mais encore ? L'arme ? insistait un exempt.

— Avec… avec son pontil… par quatre fois il a tué !

Nouvelle transe du parricide qui passait d'un abattement extrême à l'agitation la plus désordonnée.

Tout cela se déroulait dans la maison du drame d'où l'on avait évacué, sur l'ordre d'Elisabeth, la pauvre femme en sang qui fut transportée dans le logis le plus proche tant son état était précaire. Là, Elisabeth nettoya ses plaies qui ne se comptaient pas, fit une compression sur la plus profonde qui allait du front à l'oreille et saignait abondamment. À son tour empaquetée comme une momie égyptienne, mais à nouveau consciente quoique faible et commotionnée, elle essaya de balbutier :

— Mes enfants... mes pauvres enfants..., alors que son regard, à nouveau, chavirait.

— Ne parlez pas, surtout ne faites pas d'efforts. Nous allons vous transporter...

L'état de la pauvre femme lui fit changer son plan. Au moindre cahot du chemin, l'hémorragie redoublerait, il fallait qu'un médecin vienne à elle. Elisabeth prit la responsabilité d'envoyer un gamin à Anduze.

— Prends le mulet du bûcheron et va quérir le docteur Castanet à l'hospice du Bon Secours. Dis-lui simplement que mademoiselle Elisabeth le demande d'urgence pour une femme blessée qui perd son sang en abondance. Fais vite !

Guilhem Castanet ne vint pas pour rien ; outre les nombreux points de suture que nécessitait l'état de la femme de Raoul, il dut administrer un puissant calmant au fils meurtrier, menaçant à chaque instant de rejoindre son père dans la mort. C'est un presque fou, une autre vie brisée, que les exempts de ville jetèrent en prison en attendant son jugement.

— Une Petite-Maison où l'on enferme les aliénés serait plus adaptée qu'une geôle dans le cas de ce malheureux, commenta le médecin en hochant la tête de commisération.

Quelque peu rassuré sur l'état de la blessée qu'il jugea transportable, le docteur inséra entre ses lèvres exsangues quelques gouttes de vin d'opium qui avaient pour but de la plonger dans une torpeur artificielle, opportunément libératrice de ses souffrances physiques et morales ; il fit préparer une civière où on l'installa et qui fut descendue à bras d'homme à l'hospice.

Plus tard, au procès de son fils, Josépha Raoul, veuve et désemparée, apportera un témoignage poignant. Le visage, le cou et les bras labourés de cicatrices, le regard larmoyant et vide, les mains agitées de tremblements et la voix éteinte, elle défendra son fils avec ses pauvres moyens sans jamais jeter l'opprobre sur son défunt mari.

— Depuis la mort de son frère, mon homme était un persécuté, dira-t-elle, semblant choisir ses mots, devant l'intimidant tribunal. Il voyait le Malin partout, craignait pour nos vies, la mienne et celle de nos enfants. Ce soir-là, plus que jamais, il semblait avoir le diable aux trousses en rentrant de la halle. Il refusa la soupe que je poussai devant lui. Les coudes sur la table et la tête dans ses mains, je le vis sangloter pour la première fois.

— Avait-il, femme, quelque grief contre vous et les exprimait-il en vous frappant ? Répondez !

— Je vous répondrai qu'il n'en avait aucun et qu'en agissant ainsi, il croyait me sauver.

Des ricanements et un brouhaha de salle contraindront le juge à demander le silence puis à pousser la malheureuse Josépha à s'expliquer.

— « Le diable se cache dans les cœurs purs ! Il me faut le détruire ! » scandait-il à chaque coup qu'il me portait. De même quand il monta là-haut dans la soupente, ce dont je ne pus l'empêcher, il criait en frappant : « Le démon habite les innocents ! Le démon habite les innocents ! Je dois l'occire pour les en délivrer ! » Sa folie, voyez-vous, monsieur le juge, c'était de trop aimer les siens, comme ce fut le cas pour mon fils aujourd'hui accusé ; pris de démence à la vue du carnage de sa famille qu'il chérissait si tendrement, il n'eut de cesse d'arrêter le massacre en maîtrisant les gestes et les cris d'un père qu'il vénérait et ne reconnaissait plus dans cet énergumène portant la mort et décimant sa famille. Mon fils n'est pas un criminel, Monsieur le juge, rendez-le-moi, je n'ai plus que lui !

La plaidoirie de Josépha, à laquelle s'ajouteront de nombreux témoignages en faveur du garçon, en particulier celui du docteur Castanet, infléchira un jugement qu'on redoutait sévère. Une hospitalisation en maison de soins pour égarements temporaires de l'esprit, préconisée par le médecin, lui sera accordée, avec possibilité de retour à une vie normale après examen par un aréopage désigné.

***

Ainsi donc, privé des deux maîtres-verriers et d'un souffleur confirmé, Elias de Vilette se trouva-t-il acculé au recrutement s'il ne voulait ralentir sa production et décevoir une clientèle affidée. Il connut à cette occasion les pires camouflets de sa vie quand, un à un, il se vit opposer une fin de non-recevoir aux offres d'emploi qu'il proposait.

Une série de handicaps collait aux basques du gentilhomme et à sa verrerie pourtant réputée, que ne manqua pas de mettre en exergue la Haute Cour de Sommières. Les syndics réunis en assemblée à la demande expresse de Salomon de Montrobert pointèrent du doigt la désastreuse image de la corporation que donnait le domaine de Verrière-Génestrelle.

— Trop, c'est trop ! trancha celui qui était à leur tête. Alors que nous devons nous faire oublier, ne pas créer de scandale et gérer nos maisonnées en honnêtes pères de famille, il n'est pas bon pour notre avenir qu'un de nous fasse parler de lui de pareille façon. On a déjà tant à nous reprocher : notre fidélité à la religion réformée, notre appétit d'ogre en matière de bois, nos unions que nous avons soin de contracter dans la profession, j'en passe car la liste est longue.

Peu de voix s'élevèrent pour défendre Elias de Vilette qui avait pourtant un parent, proche ou éloigné, dans toutes les grandes familles verrières des Cévennes. Une toutefois et pas très assurée, celle de son gendre, le gentilhomme La Roque, seigneur des Couloubrines, se fit entendre ; les deux hommes s'étaient toujours tenus réciproquement en grande et bonne estime au point que l'un des fils La Roque serait reçu en apprentissage chez son grand-père à la prochaine *réveillée*.

— On ne saurait imputer à monsieur de Vilette les drames qui secouent son domaine, d'autant que, à distance, les rumeurs s'amplifient, avança-t-il avec prudence.

— Son fournier aux galères pour agitation, une rumeur ? Un maître-verrier trouvé pendu à une poutre, rumeur ? Et maintenant le diable qui logerait au domaine, posséderait des êtres au point d'en faire des meurtriers, encore des rumeurs ? Il me semble que la coupe est pleine, qu'elle déborde même ! Songez, monsieur de La Roque, que le bûcher, naguère, était la seule réponse à des faits similaires.

Un frémissement bruyant accueillit ces dernières

paroles et La Roque entendit demander, impuissant :

— Que faire, alors, pour que Verrière-Génestrelle se fasse oublier et ne ternisse notre bel art ?

Le couperet tomba :

— La laisser mourir de sa bonne mort !

— Pour ma part, je me suis retiré du rang des prétendants, au demeurant fort peu nombreux, à la main de mademoiselle de Vilette, se vanta Montrobert, plus infatué que jamais.

— Et moi, j'ai refusé de laisser partir chez Vilette deux souffleurs de ma halle, bien qu'ils soient en surnombre, se rengorgea un dénommé Girard, pourtant cousin en troisième ligne d'Elias de Vilette et surtout bien assis financièrement.

C'était à celui qui pouvait se prévaloir de tourner le dos à un compagnon qu'on jugeait indigne de la corporation ; aussi, à l'issue de cette réunion extraordinaire, La Roque comprit que ces gentilshommes, capables d'une admirable solidarité, pouvaient faire preuve, sans état d'âme, d'une lâche indifférence quand l'un des leurs était dans l'adversité.

Il quitta l'assemblée, déçu et cependant déterminé. Il ne serait pas dit que Thierry, son jeune beau-frère, hériterait d'une verrerie en pleine décadence.

« Ne craignez point cette cabale, maître Elias, marmonna-t-il dans sa barbe qu'il avait brune et fournie. Je me fais fort de vous trouver de bons souffleurs ! »

Une lourde et large main s'abattant sur son

épaule le fit sursauter, alors qu'une voix familière l'apostrophait d'un ton railleur :

— On parle seul, La Roque ? Tu n'es point encore à l'âge où l'on radote !

— Azémar ! Vieil ami ! Heureux de voir que la parole t'est revenue. Je ne t'ai pas entendu défendre mon beau-père qui est un tien cousin, si je ne m'abuse ?

— La parole ? C'est du vent ! À quoi bon s'élever contre une cause perdue d'avance ?

— C'est bien vite baisser les bras.

— Qui te dit qu'il en est ainsi ? Allez, La Roque, à nous deux on va le tirer d'affaire, ce sacré Elias ; au nez et à la barbe de ces vieux birbes qui se posent en donneurs de leçons.

— Tope là, Azémar, je suis ton homme ! Tu as une idée ?

— Ma foi, si nous ne trouvons ici que des hommes retors qui rechignent à la tâche, rien ne nous empêche de les faire venir d'ailleurs. L'art n'a pas de frontières !

— Hé, tu parles d'or, Azémar ! s'écria La Roque. Mitchell ! Ne me dis pas que tu n'as jamais entendu parler des Mitchell ?

— Mitchell ? Non, vraiment.

— Et Michelet ?

— Michelet… attends… ça me dit quelque chose. Ça y est, j'y suis, les Michelet de Fondamente !

— Eux-mêmes, qui sont devenus les fameux

Mitchell & Sons depuis qu'ils se sont installés en Angleterre. Le vieux Mitchell aurait bien voulu entraîner mon grand-père dans son exil, mais on ne déloge pas les La Roque aussi facilement. Nos familles ont cependant gardé des contacts qui vont nous être utiles. Qu'en dis-tu, Azémar ?

— J'en dis… que tu n'as pas besoin de moi pour voler au secours de ton beau-père. Fais pour le mieux et bonne chance, La Roque !

Le vieux Michelet n'avait pas été le seul maître de verrerie aux confins du Languedoc et du Rouergue à choisir de s'expatrier plutôt que de renier sa foi, à préférer la fuite à la persécution dans cette région peu ouverte aux idées de la Réforme qui étaient viscéralement les siennes.

Parti avec sa famille et ses gens aux premiers jours de l'été 1565, année terrible de froidure et de gel qui avait vu le fleuve Rhône pris dans les glaces, son long périple avait pris fin au nord de l'Angleterre, dans la région boisée de Newcastle où il s'était installé, développant, outre une verrerie de renom, une exploitation ovine qui répondait à la vocation lainière de cette contrée qu'était le Northumberland.

Il n'en nourrissait pas moins une certaine nostalgie de son pays natal au point d'entretenir une correspondance régulière avec certains de la profession, la plupart compagnons de maîtrise avec lesquels il partageait les joies et les revers d'un art en perpétuelle évolution. Au point également d'imposer la pratique de sa langue maternelle sur son domaine, sans pour autant crier haro sur une instruction anglo-saxonne dans laquelle il avait eu à cœur d'instruire ses enfants.

Chemin faisant, La Roque se persuadait que de la famille Mitchell et de la lointaine Angleterre viendrait le salut de Verrière-Génestrelle.

***

Elias de Vilette était loin d'imaginer qu'il faisait l'objet d'une réunion des syndics, lesquels se frottaient les mains à l'irrémédiable déclin de sa verrerie. Moins encore que deux d'entre eux se liguaient pour lui venir en aide. Non, vraiment, il était loin de penser qu'à Sommières, où il était sur la sellette, le sort de sa descendance était âprement débattu.

C'est bien pourtant l'avenir, celui de son héritier si longtemps attendu, celui de Verrière-Génestrelle en bonne place pour atteindre l'acmé jusqu'à ces derniers temps, qui occupait ses pensées. Alors qu'il cogitait à toutes les solutions, une lui était apparue, soudain, comme la plus urgente et la plus raisonnable : rappeler François au domaine.

Interrompre sa formation et le priver d'une maîtrise bien méritée n'était pas sans titiller son intégrité, mais en lui offrant, dans un élan de générosité qui l'étonnait encore, un apprentissage réservé aux gens de condition, n'avait-il pas honoré un contrat moral au-delà de toute espérance ?

« Une ou deux *réveillées* de plus ou de moins, qui saurait me le reprocher ? »

En vertu du principe qu'un bienfait n'était jamais perdu, il supputait le sang nouveau que François apporterait à Verrière-Génestrelle et il aurait, dans son égoïsme, précipité son retour sans attendre la mort des fours, si la voix de sa conscience, curieusement semblable à celle de Gédéon, ne lui avait soufflé le doute.

« Vous n'auriez pas à cœur, Elias mon frère, de priver votre fils d'un titre qu'il touche du bout des doigts ? » susurrait cette voix nocturne qui remettait en cause une décision fermement arrêtée le jour précédent.

Toujours la même, cette voix ne cessait, nuit après nuit, d'argumenter et de semer le trouble dans le jugement du gentilhomme-verrier.

« Quelle sera alors la place de François à la halle quand Thierry rentrera et que vous l'adouberez sans scrupules ? »

Que répondre à cette pertinence ? Loin d'avoir la réflexion figée, Elias revenait un jour sur sa décision, pour réaliser le lendemain que c'était la meilleure, n'ayant pour objectif que l'héritage qu'il devrait remettre, un jour proche, à Thierry. Serait-il le seul des Vilette à léguer moins qu'il n'avait reçu ?

« Ah, que ne t'ai-je eu plus tôt, mon fils ! Tu serais déjà à emboucher la canne à souffler et à coiffer le chapeau brodé ! Combien j'ai hâte de te voir rentrer de cette Académie qui tant te tenait à cœur ! À ton âge, seize ans déjà, mon père me confiait des pièces délicates, je n'y rechignais pas. Je sais, les temps ne sont plus les mêmes et tant mieux si nos fils, et les fils de nos fils ont meilleure vie que la nôtre ! »

Nostalgie d'une halle qu'il ne reconnaissait plus, d'une vie de famille réduite à l'été revenu et aux fêtes religieuses qui voyaient rentrer ses enfants au bercail ? Sans doute !

Inéluctable poids des ans qu'il ne partageait plus avec son frère de lait ? Certainement !

Mais farouche fierté des gens de sa race qui lui faisait porter le regard vers l'horizon, vers l'avenir, et y croire encore ? Assurément !

— Thierry mon très cher fils que j'imagine studieux en son Académie. Elisabeth ma douce enfant si utile à Anduze, Dieu, que mes enfants me manquent ! Je les voudrais tous deux sous mon toit, même si pour le bonheur de ma fille, je dois y ajouter le docteur Castanet ! murmura Elias de Vilette en esquissant une drôle de mimique.

Bien malin qui aurait pu dire s'il s'agissait d'une grimace ou d'un sourire.

Ainsi maître Elias ne s'était pas laissé abuser par les roueries de l'amoureuse ! Qui aurait cru qu'aux prises avec les coups du sort qui s'abattaient sur lui, le gentilhomme-verrier poserait un regard attentif sur ses enfants, comme aurait su le faire une mère, lui qui n'avait jamais donné l'image d'un père vigilant ?

D'ailleurs, avait-il besoin, au temps paisible de leur enfance, d'être ce père-là, alors que le brave Gédéon s'en chargeait à sa place ? Le pâtre qui avait toute la confiance d'Elias s'était substitué à lui et reportait son trop-plein d'amour sur les enfants de son maître, lui qui n'avait jamais fondé une famille.

Maître Elias avait fermé les yeux sur cette usurpation – au demeurant fort pratique – et qui, venant de son frère de lait, n'en était pas une ; il lui plaisait de voir, que dans le cœur de ses enfants comme dans le sien, Gédéon aurait toujours une place privilégiée. Or, Gédéon parti à son triste sort, le père avait, sans qu'Elisabeth ni Thierry l'en soupçonnent, pris le relais de leur mentor, ce qui lui permit enfin d'apprendre à les connaître.

Cela ne s'était pas fait en un jour, surtout dans la complexité du cœur des jeunes filles où il n'avait eu, sa vie durant, que peu accès. La jolie fourbe n'avait-elle pas joué les désolées à l'annonce de la reculade de Montrobert ? Ne s'était-elle pas violemment empourprée quand son père, dans un soupir, avait déploré à mots couverts, d'humiliants refus ?

— Hélas, ma chère enfant, il est à craindre que nous ayons quelque souci à vous bien caser. Vous n'ignorez pas combien votre établissement dans une bonne famille me tient à cœur.

— Vous paraît-il urgent, père, de me voir partir ?

— Jamais un père digne de ce nom n'éprouve telle hâte, ma fille. Mais, vous ne l'ignorez pas, Verrière-Génestrelle n'est pas au mieux de son renom pour attirer les beaux partis.

Le beau parti ? Elisabeth avait son nom sur le bout des lèvres. Les franchirait-il un jour pour son bonheur et pour celui de Guilhem ? Elle rêvait de cet instant où elle aurait l'audace d'afficher son amour, mais ne trouvait jamais le moment opportun.

Car il s'était enfin dévoilé, le beau docteur Castanet ! Il y avait mis, certes, les formes, craignant, l'aveugle énamouré, un refus outré de la demoiselle. Et avait trouvé un écho si délicieusement exprimé qu'il n'avait su que bredouiller :

— J'attendais un soufflet, j'obtiens une caresse. Redites-moi encore, Elisabeth, que vous m'aimez !

— De tout mon cœur, de toute mon âme, Guilhem, je vous le jure.

« Et de tout mon corps si père le permet ! » aurait-elle crié dans son exaltation de femme amoureuse.

Curieusement, leur aveu réciproque n'avait pas eu pour cadre l'hospice du Bon Secours ni son apothicairerie, pas non plus le couvent du Verbe

Incarné, lieux pourtant où l'on ne manquait pas de les voir tous deux penchés sur un malade, préparant un onguent, ou visitant les pensionnaires en proie à une fièvre.

L'endroit témoin de leur mutuelle confession, à savoir les écuries de Verrière-Génestrelle, n'avait rien de bien romantique, mais qu'importait le lieu où se dessinait leur destin ? Le médecin était devenu un habitué de la table des Vilette depuis qu'il œuvrait pour le jeune héritier, apportait son conseil, lui cherchait une école. Bref, dès lors que maître Elias avait donné son aval pour les études de Thierry, Guilhem Castanet devint persona grata au domaine.

Ce soir-là, Elisabeth avait pris la liberté d'accompagner Guilhem Castanet venu récupérer son cheval et sa calèche après le repas pris à la lumière déclinante du jour. Voulant briser le lourd silence qui précédait leur séparation, la jeune fille avait pris une profonde inspiration et déguisé ses sentiments dans d'inutiles formules de gratitude.

— Père vous sait gré de tout ce que vous avez fait pour Thierry, cher monsieur Castanet. Je passe sous silence la joie de mon jeune frère qui ne tarit point d'éloges sur vous. Quant à moi, je vous serai éternellement reconnaissante…

Cédant à une impulsion incontrôlable, le docteur s'était retourné vers elle, lui avait pris les mains et, les serrant à les broyer, il avait soupiré :

— Votre reconnaissance ? Présomptueux carabin que je suis, moi qui attendais l'amour d'un astre adoré, impossible à atteindre !

— Parce que vous regardez le ciel, il vous paraît tel. Regardez donc sur terre, il est à votre portée. Je vous aime, Guilhem, et depuis si longtemps !

Derrière la fenêtre de son « sanctuaire », Elias de Villette n'avait rien perdu, sinon le son, de la scène qui se déroulait à l'autre extrémité de la cour.

« En plus de ma gratitude, vais-je devoir lui donner ma fille ? Il me plaît cependant ce docte esculape et ne déparerait pas dans notre famille si son nom s'ornait de quelque particule. En fouillant bien, peut-être que… j'en parlerai à Gé… »

Il avait failli prononcer Gédéon, une pensée qui assombrit sa précédente réjouissance, celle de donner à Thierry l'enseignement très particulier dont il rêvait et qui ferait, il se prenait à y croire très fort, la gloire de Verrière-Génestrelle.

« Gédéon, mon ami, que n'es-tu là pour te réjouir avec moi, nous allons avoir un savant au domaine après que mon fils sera revenu de l'Académie, les lauriers au front ! »

16

Chacun sa route, chacun son chemin

Alors que Thierry se réjouissait ouvertement du virage que prenait sa vie, Rachel la noire pleurait de rage sur l'inconscience de son père et ne s'en cacha point quand celui-ci, sans aucune délicatesse, vint lui faire part de sa décision.

Pour cavalière qu'elle fût, sa décision appelait une acceptation sans défaut.

— Vous vous désoliez, ma fille, des études interrompues de votre jeune frère. Réjouissez-vous et préparez-vous à ouvrir grandement votre bourse, le cher enfant va intégrer l'Académie de Nîmes et se plonger dans les sciences expérimentales !

On ne pouvait être plus direct. Et Rachel la bileuse n'eut que peu d'arguments à opposer. Tout au plus railla-t-elle :

— L'alchimie ! On n'a plus que ce mot à la bouche, céans !

— Taisez-vous, sotte qui confondez alchimie et chimie ! Une science moderne et rationnelle qui a pour but de mieux connaître la matière pour bien la maîtriser.

— Vous ne m'ôterez pas de l'esprit, monsieur mon père, l'utopie de la pierre philosophale, une croyance qui va à l'encontre de notre foi par laquelle seul Dieu peut maîtriser…

— C'est bien ce que je dis. Seuls les sots, les obtus confondent la foi et la science qui, pour être expérimentale, mène à la vérité par l'expérience. Ce n'est pas moi qui le dis, c'est Van Helmont, un alchimiste célèbre… que vous ne connaissez pas, je me doute ?

— Vous fréquentez des alchimistes maintenant, père ? ironisa Rachel.

— Il est désespérant de parler avec vous, Rachel. Je connais le nom de ce savant pour l'avoir entendu de la bouche du docteur Castanet qui nous est de bon conseil.

— Parlons-en, des conseils du docteur Castanet ! Encore un dont on parle trop, que l'on voit trop souvent ici même, ne pensez-vous pas ? Moi, j'ai deviné son jeu…

Ainsi, malgré sa réclusion volontaire, madame de Bagars n'ignorait rien des visites du médecin, encore moins des sentiments qui l'animaient à l'égard de sa jeune sœur dont elle ruminait l'union ratée avec le vieux Montrobert.

En temps normal, Elias de Vilette ne faisait pas preuve de longanimité, or depuis ses déboires, son irritabilité n'avait fait que croître, et les propos de Rachel le firent carrément sortir de ses gonds.

— Cesserez-vous enfin d'ergoter, insolente femelle ? Je ne viens pas vous demander votre avis, simplement votre concours financier. La pension de Thierry, le coût de l'enseignement dispensé, c'est plus que mes réserves d'argent ne peuvent, à ce jour, assumer.

Forte de sa position, Rachel se permit une pertinente et ultime allusion.

— Il est parfois des choix que l'on regrette, n'est-ce pas, père ?

Le regard furibond d'Elias, sa main levée et sa respiration sifflante eurent raison de sa perfidie.

— Combien vous faut-il dans un premier temps ? J'ai quelques liquidités dans ma cassette, mais je peux faire mander maître Roquefeuil dès demain...

Vilette se détendit, toisa la réticente et lui tendit une feuille de papier.

— Veillez tout d'abord à constituer le trousseau de votre frère, demandé par le collège. Un collège tenu par des religionnaires, je précise pour rassurer votre sensibilité à la Réforme. Je vous aviserai ultérieurement des modalités de paiement pour la pension et les études. Il faudra prévoir également à ce que ce jeune homme jouisse d'un peu d'argent de poche. Un Vilette à l'Académie ne saurait afficher la moindre gêne financière.

L'entrevue était terminée, elle avait épuisé les deux antagonistes. Passant la porte, Elias se retourna et se voulut galant :

— Vous ferez-vous violence, ma fille, pour souper à notre table ? Thierry vous en saura gré… et moi aussi.

***

Thierry de Vilette était donc parti, le cœur en joie, pour la ville de Nîmes où un régent de collège fit, à la nouvelle promotion, les honneurs de son établissement.

— Il ne tiendra qu'à vous, messieurs, à l'issue d'une année de mise à niveau et une autre de préparation à l'enseignement supérieur, d'intégrer notre nouvelle Académie de sciences confirmée depuis 1620 par le synode de Vitré.

Cette perspective avivait les regards anxieux, rendait dubitatifs ceux qui doutaient de l'intérêt d'un tel enseignement et provoquait les murmures sarcastiques de quelques dilettantes, venus user leurs fonds de chausses sans autre ambition que de tuer le temps. Ce qui fit réagir le régent.

— Les trublions n'ont pas leur place ici. Les professeurs de notre établissement n'ont que faire d'élèves séditieux, passifs et sans motivation. Ceux-là se verront invités à la fin du premier trimestre à faire place nette.

Bien qu'un automne radieux s'appliquât à lui vanter les charmes de la ville de Nîmes, qu'un soleil dépourvu de rayons agressifs caressât les pierres de ses monuments romains, qu'une brise légère balayât ses rues de puissants effluves des marais tout proches, Thierry éprouva, dans les premiers temps, la nostalgie de sa clairière cévenole, de ses bois parfumés, de sa halle surchauffée, de tout ce qui avait fait sa vie jusqu'à ce jour.

Avidement souhaité et longtemps espéré, son séjour nîmois le plongeait dans un monde totalement inconnu et pour le moins déconcertant, ne serait-ce que par cette promiscuité de vie ajoutée à celle des études. Dormir à trente dans un dortoir, manger la soupe dans un réfectoire bruyant, lui faisait regretter sa chambrette paisible et surtout les bucoliques nuits à la belle étoile quand il montait à l'estive avec Gédéon.

C'est dire si les deux premières années lui furent un énorme sacrifice ; mais quelle satisfaction, au bout de ces deux ans, d'être admis à l'Académie ! Quel bonheur de se livrer à des expériences, d'étudier des formules, les mettre en application, en élaborer de nouvelles et, vingt fois sur le métier remettant son ouvrage, réussir, améliorer, toucher à la perfection et ne jamais se satisfaire de son travail pour le mieux accomplir.

— À quelle finalité voulez-vous parvenir, monsieur de Vilette ? lui demanda un jour l'un de ses professeurs, intrigué par sa boulimie d'apprendre et par sa passion des couleurs, des mélanges, de leur constance comme de leur utilisation.

— Je n'imagine pas, monsieur, une finalité, ce serait à mon sens manquer d'ambition. La modestie cependant m'impose de parler d'étapes, de paliers que je m'appliquerai à franchir, jour après jour et tout au long de ma vie.

— Ne prenez pas la mouche, jeune homme. Je m'interrogeais seulement sur les applications de vos recherches en matière de coloration. À quoi donc vous serviront-elles ?

— À colorer le verre qui est soufflé sous la halle de mon père, monsieur. Je n'ambitionne pas à être meilleur maître-verrier que le gentilhomme de Vilette mon père, mais j'aimerais être celui de la lignée qui laissera son empreinte par la luminosité, la transparence, la fantaisie, oui, la fantaisie des coloris pour chacune de nos collections.

La sincérité du jeune homme excluait toute recherche vaniteuse, toute vaine fatuité, ce qui lui valut un intérêt accru de la part de ce professeur passionné par son métier qu'il exerçait comme un sacerdoce.

— Je suis libre après les cours, et le serai toujours pour vous, Vilette. N'hésitez pas à avoir recours à moi dans vos moments de doute.

— Je n'y manquerai pas, monsieur, et vous en remercie d'avance ! s'enthousiasma Thierry en songeant à la mystérieuse formule de Luigi qu'il avait hâte de déchiffrer.

— Cependant, comme à toute chose, il faut du temps et de la patience, le tempéra son professeur.

— La patience ne me fait pas défaut, le temps m'est compté, hélas. Je n'ignore pas les difficultés de tous ordres à laquelle notre verrerie est en butte, ni le sacrifice financier que fait pour moi ma chère marraine. Malgré tout le respect et la reconnaissance que je dois et devrai toujours à votre enseignement, je n'ai qu'une ambition : qu'il s'achève au plus tôt.

— Nous vous regretterons, jeune homme. Il est rarement donné, au cours d'une carrière, de rencontrer plusieurs éléments de votre valeur. Néanmoins, il ne sert à rien de brûler les étapes d'une connaissance jamais assouvie. Vous êtes si jeune, monsieur de Vilette !

— Chez nous, l'âge est de peu d'importance, seule compte la valeur. J'avais dix ans quand mon père me confia la paraison, treize quand je pris la canne et m'exerçai à souffler…

— Vingt serait très honorable pour ramener à votre père un diplôme de master es coloris. J'en prends, sans risque, le pari.

Dès lors, le séjour nîmois de Thierry de Vilette prit l'allure d'un marathon, doublé d'une collaboration efficace, propre à donner lieu à de sournoises jalousies. Mais de cela, le maître comme l'élève s'en moquaient royalement.

***

Le frère de sa dulcinée enfin casé et grâce à lui, Guilhem Castanet n'avait plus d'excuse recevable pour fréquenter le domaine de Vilette, comme cela avait été le cas – et il en avait abusé – pour finaliser les ambitions du jeune garçon pour lesquelles le père, tout gonflé de fierté, n'avait pas opposé une résistance coriace.

Jusqu'au nerf de la guerre – l'argent à débourser – qui n'avait été qu'un sujet subalterne !

À Elisabeth qui s'en inquiétait et avançait de proposer ses services, contre rémunération, à l'hospice du Bon Secours, son père avait laissé entendre que ce n'était pas un souci.

— Ne craignez-vous point, ma fille, de me froisser avec votre proposition ? Sachez que je n'attends pas après vous pour financer les études de mon fils. Me suis-je opposé aux vôtres qui, permettez-moi de vous en faire la remarque, semblent s'éterniser ?

Il n'était jamais bon de titiller l'honneur d'Elias de Vilette ! Rouge de confusion, Elisabeth s'excusa :

— Pardonnez-moi, mon père, je ne voulais pas vous blesser. Je… j'avoue abuser de votre généreuse bonté. S'il le faut, je…

— Continuez à approfondir vos connaissances médicales et apportez les soins à nos gens, ma fille, c'est un service que vous rendez à Verrière-Génestrelle, poursuivit Elias sur le même ton courroucé. Mais œuvrer dans un hospice ne sied pas à votre personne beaucoup trop délicate, pas plus qu'à votre condition.

Père et fille en étaient restés là jusqu'au jour où, particulièrement jovial, Elias se livra à une confidence. Pour preuve qu'il était de belle humeur, il tutoya sa fille :

— Je t'avais bien dit, fillette, de ne pas t'inquiéter. Rachel ne peut rien refuser à son filleul, même financer des études qui pourtant l'incommodent.

— Qu'ont-elles de gênant, père ?

— L'éloignement, pardi ! Le cœur sec de Rachel ne s'est ému que pour Thierry, l'enfant qu'elle n'a jamais eu et qu'elle voudrait garder sous sa coupe, ne songeant qu'à écarter du domaine tous ceux qui lui déplaisent.

— Comme moi, par exemple, soupira Elisabeth.

Un soupir qu'elle réprima bien vite, reconnaissant avec sincérité que son bonheur n'était pas à Verrière-Génestrelle, mais tout près de son bien-aimé, un bien-aimé qu'elle côtoyait chaque jour et qui ne cachait pas sa félicité d'être aimé en retour.

Qu'elle était douce cette complicité de chaque instant au nez et à la barbe des religieuses ! Qu'ils soient dans l'officine de l'hospice où la jeune fille préparait les médicaments sous la dictée du médecin qui l'enveloppait d'adoration, qu'ils se retirent dans un tendre et pur aparté où le maître expliquait à l'élève la manifestation de pathologies aussi diverses que rebutantes, tels le catarrhe purulent et l'ulcère variqueux, ou qu'ils débattent de l'état d'un patient en marchant côte à côte et cœur à cœur dans la courette qui séparait l'hospice du couvent, tout leur était bonheur, tout leur semblait facile.

— Vous serez ma femme, chère Elisabeth. Votre père n'est pas un de ces monstres d'égoïsme à nier les plus purs sentiments et vous promettre au plus offrant.

— Ne craignez rien, Guilhem. S'il en était ainsi, je serais prête à m'enfuir avec vous. Ne nous sommes-nous pas promis l'un à l'autre ?

— Une promesse qu'il me tarde de voir se réaliser. Quand me donnerez-vous toute liberté de parler à monsieur de Vilette ?

— Bientôt, mon doux ami, bientôt. Le temps ne compte plus dès lors que nous nous voyons chaque jour, que nous respirons le même air, que vos mains sont si douces à frôler mon épaule et vos lèvres si voluptueuses à effleurer mon bras.

— Hélas, mon aimée, ces petites privautés présagent de si grandes délices qu'il faut sans cesse repousser ! Je m'enflamme à vous voir, à vous entendre, à vous respirer. J'aspire à des épousailles qui couronneraient notre amour.

— Pas autant que moi, Guilhem ! Vous me faites entrevoir une si délicieuse félicité que mon impatience à devenir votre femme m'amène parfois au bord d'un précipice où je crains de tomber. Je me reprends alors, songeant aux tourments de mon père ; je serais fille ingrate d'en ajouter encore. Laissez-moi, je vous prie, choisir le bon moment et ne pensez surtout pas que c'est rouerie de femme que de vous faire attendre.

— Je sais, ma toute belle, combien vous êtes loyale fille, c'est tout à votre honneur. J'attendrai donc, mais pressez-vous, de grâce !

La moue suppliante de Guilhem Castanet suscita un rire perlé qu'égrena Elisabeth, tandis qu'elle lui retirait prestement sa main qu'il baisait et s'enfuit en promettant :

— À ce soir ! Je reviendrai quand les sœurs et les pensionnaires prieront à vêpres et je consignerai sur le registre de pharmacopée ce qui doit être préparé pour demain.

— À ce soir, bel astre !

Avec infiniment de grâce, le jupon clair d'Elisabeth ondulait en corolle à chacun de ses pas légers, ses longs cheveux de lin retenus sur la nuque battaient ses reins à petits sauts joyeux. Le docteur Castanet ne se lassait pas de fixer cette image qui ne le quittait pas de la journée, s'invitait dans ses nuits qu'il rêvait de partager avec cet elfe blond.

Un peu de retenue, docteur Castanet ! se morigéna-t-il. Ma douce amie allie la sagesse à la beauté, je suis un homme heureux en attendant d'être un époux comblé.

De son côté, prenant le temps de calmer les battements de son cœur et que s'estompe le rose du plaisir colorant ses pommettes, Elisabeth invoquait le ciel : Seigneur, en quoi mon père a-t-il démérité pour que tant d'avanies lui tombent sur la tête ? Une vie de labeur comme la sienne ne peut se solder par de si terribles revers. Dans votre grande miséricorde, mon Dieu, redonnez son lustre d'antan à Verrière-Génestrelle !

Puis elle ajouta tout haut en rougissant de son effronterie :

— Pour la gloire de l'art du verre, mais aussi pour notre bonheur, à Guilhem et à moi !

***

Une nuit dense, habitée de silence et propice à la rêverie, enveloppait François comme une houppelande. Le troupeau, dispersé par esprit clanique, occupait le plateau au centre duquel le jeune berger avait planté son abri de fortune, une bâche de toile enduite de poix, unique repli en cas de gros orages et qui ne s'avéra pas facultatif.

— Le mieux, lui avait conseillé un ancien de Moussans, c'est que tu t'installes dans ce qu'on nomme ici *l'aïgo-vers* – en termes savants la ligne de partage des eaux –, tes bêtes n'auront pas à courir le long de traîtres ruisseaux aux rives incertaines pour se désaltérer. Les lavognes s'y forment naturellement.

Il n'en était qu'à la moitié du temps de transhumance et désespérait de trouver la paix que procure la solitude, la quiétude engendrée par le doux vallonnement des pâturages verdoyants, dominés de pierres noires qui, partout, se dressaient, vigilantes sentinelles du cycle immuable des saisons. Sans cesse, il ressassait les derniers événements vécus à Verreries-les-Moussans. Tout avait été si soudain, si déstabilisant, jusqu'à l'inclination avouée de Charlotte, étoile inaccessible qu'il avait juchée sur un piédestal et vers laquelle s'envolaient ses plus douloureuses pensées.

Bien qu'une fougue enthousiaste l'animât à l'idée de raviver, au cours de cette estive improvisée, les souvenirs de la Cévenne des moutons étalant sa transhumance, étroitement liés à sa jeunesse auprès de Gédéon son guide spirituel, c'est en homme tourmenté qu'il avait pris la tête du troupeau qu'on voulut bien lui confier.

Tout au long de l'abrupte montée qui le menait du plateau du Somail où paissaient en été les moutons de Saint-Pons, jusqu'au Puech du Rascas, un tertre haut de mille mètres, vert et velu d'un beau tapis d'herbe grasse, et en dépit du son joyeux de la *timbourle*, la grosse cloche suspendue au cou d'un vieux et paisible bélier, la dernière vision du regard incrédule et tout noyé de larmes de l'ardente Charlotte l'avait accompagné, de même que les derniers mots de Francis de Rizols.

— L'absence n'est pas synonyme d'oubli, jeune homme. Sache qu'à ton retour, j'aurai pris une décision te concernant, pour autant que Vilette éclaire ma lanterne. Va, et ne me déçois pas à nouveau.

Combien de fois avait-il ruminé cette phrase où sourdaient la rancœur, peut-être la menace, en tout état de cause l'ineffable déception ? À si longtemps, si souvent, si profondément la ressasser, lui apparaissait évidente sa candeur d'adolescent ; sa trop grande ingénuité prenait aujourd'hui des allures de traîtrise aux yeux d'un homme qui lui avait accordé sa confiance sur un stupide quiproquo.

Et de s'interroger, qui de lui ou de maître Elias avait péché ? Lui, le souffleur doué, oublieux de son humble condition, qu'un maître vénéré, confiant dans sa réussite, envoie sur le chemin de la gloire ? Ou bien le gentilhomme abusant sciemment un confrère en dépit des règles qui régissent leur corporation ?

Il avait beau s'y échiner, la réponse ne venait pas. Sa naïveté envolée avec ses espérances, la cruelle réalité lui apparaissait avec netteté : il n'était pas en droit, lui l'enfant de personne, de coiffer ce chapeau brodé dont il était si fier, de posséder ce cheval fruit de la générosité de maître Elias, il n'avait aucune légitimité pour accéder à la maîtrise qu'il touchait du doigt.

Plus encore, et cela ajoutait cruellement à sa souffrance, l'amitié qu'il tenait de Maurice était une usurpation. Usurpation, les bienfaits de madame Gabrielle, noble et gente dame au sort cruel. Que dire alors de l'adoration qu'il vouait à Charlotte, adoration muette qu'il tentait d'étouffer sans y parvenir ?

Chaque nuit, son image le hantait, là-haut sur la montagne, comme elle l'avait hanté dans son lit à Fontclaret. Hier il nourrissait l'espoir – il se l'avouait maintenant – d'un amour réciproque et que bénirait maître Francis de Rizols. Aujourd'hui, seul l'aveu d'une Charlotte habitée du feu de la passion lui donnait la force de vivre, en aucun cas celle d'espérer.

« Vous vous êtes éprise d'un bâtard, ardente Charlotte, d'un gueux sans nom, sans fortune ! Si c'est vrai que l'amour appelle l'amour, alors oui, j'ai appelé le vôtre de toute mon âme et me voilà bien puni de vous faire souffrir tout autant que je souffre. »

À son retour d'estive, il partirait. Des nuits d'insomnie l'avaient amené à cette résolution. Il partirait avant qu'on lui en intime l'ordre, avant cette humiliation qui ne manquerait pas de rejaillir sur l'amour qui l'unissait à Charlotte.

« Je vous épargnerai des pleurs avilissants, ma vibrante amoureuse. Et un jour, quand le temps aura effacé votre peine, vous m'en saurez gré. Oh oui, je veux que vous pensiez à moi, un jour, avec tendresse et nostalgie, surtout pas avec le sentiment amer d'avoir aimé un pleutre. »

Fort de cette décision, et parce que c'était dans sa nature d'enfant abandonné de vivre au jour le jour, François se consacra dès lors à son troupeau de moutons et de chèvres.

Pas moins de quatre cents têtes le composaient et bien qu'il fût assisté de cinq chiens, véritables cerbères, sa tâche n'était pas de tout repos. Il fallait avoir l'œil partout, ne rien négliger de cette mer laineuse capable d'infinis moments de paisible digestion comme des plus folles gambades et de hasardeuses escapades.

— Là ! Là, Caillou ! Là-bas, Finaud !

À son injonction, les chiens partaient, l'un sur la gauche, l'autre vers un crêt où quelques imprudents allaient brouter des buissons d'euphorbes.

Le jeune berger, se souvenant des conseils de Gédéon, assurait la traite des chèvres pendant le repos du troupeau, confié à la vigilance des corniauds. Cela lui prenait deux à trois heures de la journée à remplir des seilles de bois où il plongeait ensuite le gaillet qui lui servait de présure. Les fromages obtenus faisaient l'essentiel de sa nourriture qu'il partageait avec ses chiens.

Deux fois par mois, il avait la visite d'un fermier du hameau de Vergnoux au bord du lac de la Raviège qui lui montait d'énormes miches de pain, de la charcuterie et un tonnelet de vin, en plus de sacs de sel, indispensables aux bêtes. En échange et pour se dédommager de sa marchandise et de sa peine, il retournait chez lui avec les fromages de chèvre que le jeune berger avait moulés dans des *escudélons* et fait sécher au grand soleil, saupoudrés de sel et de poivre d'eau. C'était peu cher payer que ces humbles fromages qu'il n'avait pas le temps d'affiner, mais le vrai salaire viendrait en fin d'estive, ainsi que l'en avait décidé Francis de Rizols.

— Au moment du départ, tu laisseras une agnelle et son agnelet pour solde de tout compte. Ne t'avise surtout pas à payer d'avance au risque de ne plus revoir l'homme ni la marchandise.

Vint le temps de l'agnelage qui s'apparenta au temps de l'oubli tant les journées et les nuits de François se confondaient dans une veille active. Viendra bientôt celui de la *davalée* quand de la plaine montera une brume grisâtre rendant le paysage invisible, clos, impénétrable. Les premières gelées, alors, ne se feront pas attendre qui rendront l'herbe craquante sous le sabot des bêtes ; à ces prémices, François saura qu'il est temps de se mettre en route.

Il ne forcera pas l'allure du troupeau enrichi de nombreuses naissances. Tout lui sera prétexte à une hâte nonchalante : l'orée d'un bois aux vapeurs de genêts, un pré fauché où le regain abonde que son propriétaire ne saura refuser au berger.

Rien ne presse, se disait-il, à voir se dessiner les toits pentus du château de Fontclaret. Rien ne presse à quitter des êtres qui me sont si chers.

***

Les argousins avaient reçu l'ordre de distribuer des rasades de vin à la chiourme, ils s'en acquittaient aussi consciencieusement que s'il s'était agi de coups de fouet, ce dont ils n'étaient pas avares. Non qu'il s'agisse de leur part d'une bonté peu coutumière ! Il y allait surtout de leur propre sécurité, de leur propre vie, même si elle n'était guère plus reluisante que celle des hommes placés sous leur surveillance.

Deux cas de figure, deux aléas du sort pourrait-on dire, procédaient à cette distribution inhabituelle : le gros temps ou une attaque en mer. Dans l'un comme dans l'autre, les galériens devaient mettre toutes leurs forces et même au-delà.

Ce jour-là, cela ne faisait aucun doute au vu des gros nuages noirs qui accompagnaient le bâtiment, l'orage allait déferler par paquets, la galère se soulèverait pour retomber dans un trou sans fond, les rames arracheraient les rameurs de leur banc comme pour les projeter vers les cieux, le tonnerre couvrirait la cadence du barreur et ce serait, pour les uns à la grâce de Dieu, pour d'autres au bon vouloir du diable !

Bien qu'ils déglutissent avidement le vin, s'apparentant plus au vinaigre, qui leur était octroyé, les hommes songeaient à l'eau, l'eau potable embarquée dans des fûts appelés charniers pour l'odeur exécrable qu'ils dégageaient quelques jours après avoir séjourné sur le pont. Pour sûr qu'ils allaient rouler, s'éventrer, donner à la mer de sel leur précieux liquide et ce serait alors, pour peu que les hommes survivent au gros temps, l'insupportable rationnement, la langue sèche qui se colle au palais, les boyaux qui se tordent, la vue qui se brouille, la tête qui bourdonne et les hommes qui se battent pour une goutte, une seule goutte soustraite à leurs compagnons d'infortune.

La vue qui se brouille, ce n'était plus un tourment pour le malheureux Gédéon ; cela faisait un an, s'il comptait bien, que la nuit et le jour, pour lui, se confondaient. Pas une brusque cécité, mais une lente érosion due au soleil, au sel, à la vieillesse et qui, jusqu'à ce jour, avait passé inaperçu. Même à celui auquel il était enchaîné, « marié », selon l'expression propre aux galériens. La force de l'habitude l'avait servi jusque-là, lui rendant automatiques tous déplacements, tous mouvements. Quant au banc de rame, il ne laissait guère de liberté, donc de raison d'être découvert. Les questions, pourtant, ne manquaient pas de se bousculer dans sa tête lucide.

« Que fait-on de vieillards comme moi quand ils sont déclarés inutiles ? Les jette-t-on par-dessus bord comme les pesteux, les fols, les enragés ? Ou bien sont-ils à croupir dans les geôles du fort de Marseille ? Triste sort ! »

Marié à un triste sire, au temps de l'irréversibilité de son état, il se garda bien de le lui confier. Cet énergumène avait succédé à Bénezet, condamné à trois années de galères et qui avait rendu son âme révoltée au terme de la deuxième, sans même qu'il sût être le responsable du supplice de Gédéon. Un retour de rame lui avait frappé l'abdomen si violemment qu'il mourut en deux jours, s'inondant de son sang par sa rate éclatée.

L'enragé auquel on maria le pâtre n'attirait pas la confiance, encore moins la confidence. Gédéon se félicita de sa prudence quand, revenu à terre après une campagne de navigation semée de mille embûches, ce sauvage à l'esprit passablement détraqué saigna d'un coup de dents à la gorge un codétenu qui, dans la pénombre, s'était trompé de gamelle et avait osé manger dans la sienne. « Démarié » de Gédéon pour entendre la sentence d'un jugement aussi impitoyable qu'expéditif, il criait sa haine de la terre entière :

— Je vous tuerai tous ! Vous en premier, tous ceux de la chiourme ! Et vous aussi les juges, les gouverneurs et les rois !

Le troisième larron qu'on enchaîna au pâtre n'usurpait pas son surnom. De Samson, s'il n'avait plus la tignasse sacrifiée à la tonsure obligatoire, il gardait la puissance qui émanait de tout son corps, la morgue dont il ne se départait pas malgré les coups de fouet, le farouche regard que Gédéon devinait malgré sa cécité.

Probablement en raison de l'air peu engageant émanant de toute sa personne, mais aussi parce que cela leur importait peu, pas un des galériens ne s'était hasardé à connaître la cause de la peine maximale infligée à Samson, Gédéon moins que les autres, toujours dans une réserve des plus mesurées. En trois campagnes de mer et trois autres de terre, c'est tout juste si les deux hommes avaient échangé dix mots. Aussi, quelle ne fut pas la surprise de Gédéon qui entendit son compagnon de chaînes lui souffler :

— Plus haut, ton quart, l'ancêtre !

Le grondement des flots en colère avait couvert les pas de l'homme préposé à la distribution de vin. Gédéon tendit son gobelet à bout de bras et sentit qu'on y versait le fameux liquide.

— Merci, Samson, j'étais dans les nuages, s'excusa-t-il.

— Pour ça, oui, je le sais, tu es aveugle. Complètement !

Gédéon comprit qu'il était vain de nier l'évidence, et pria humblement Samson d'en garder le secret.

— C'est ce que j'ai fait jusqu'à ce jour, non ? Tu n'as rien à craindre, l'ancêtre !

Rien à craindre ? Vraiment ? Gédéon en doutait, mais l'heure n'était pas à la réflexion. La *Fleur de Lys* n'était qu'une feuille d'automne bousculée par le vent, les hommes d'équipage des nains aux prises avec des géants. Toute la nuit fut une lutte sans merci contre les éléments déchaînés.

L'aube rougissante apporta l'accalmie en même temps qu'un triste constat : des hommes morts à leur banc de rame, d'autres blessés, des argousins jetés par-dessus bord, en cause le mât d'artimon brisé qui avait balayé le pont à son gré, de bâbord à tribord.

Un équipage amoindri, la perte de personnel de surveillance, le nombre impressionnant de blessés, tout cela obligea la *Fleur de Lys* à rallier Marseille au plus tôt.

Alors qu'on débarquait les blessés pour les mener, par charretons, à l'hospice des galères, Samson démarié de Gédéon se pencha vers l'ancêtre grièvement atteint et lui murmura :

— Ne dis rien pour tes yeux. Dès que je peux me débrouiller, je viendrai te voir à l'hôpital.

Semblant sortir d'un néant proche de la mort, Gédéon avança une main décharnée, se saisit de sa manche et parla sans détour :

— Tu as mieux à faire pour moi, Samson. Trouve le colporteur Va-devant que j'ai si longtemps et si vainement cherché pendant ces longues années ; son vrai nom c'est Antoine Picca. Tu lui donneras ceci. Dis-lui aussi qu'il fasse vite, je n'en ai plus pour longtemps. Moi, je l'ai cherché en vain, mais toi, tu le trouveras.

Les doigts fébriles et noueux de Gédéon fouillèrent longuement dans sa barbe qu'il tressait en quatre cadenettes ; abri curieux mais efficace, le fin rouleau de papier qu'il en extirpa était en bon état.

— Va-devant, tu dis ? Compte sur moi, l'ancêtre !

Tout paraît simple quand la chance s'en mêle. Et la chance, envers et contre tout, Samson y croyait. Il suffisait, disait-il, d'un petit coup de pouce du destin… en plus de se donner la peine de la titiller. Ce qu'il fit. Servi par sa stature et sa réputation d'une force hors du commun, il se savait appelé, à peine accosté le quai, aux lourds déchargements des bateaux marchands. Ce qui ne manqua pas.

— Samson, on te conduit à La Joliette[11] ! Et on t'a à l'œil !

Au port de débarquement, Samson n'eut de cesse, à chaque civil qu'il croisait, que de glisser un interrogatif :

— Va-devant ?

La journée s'étirait, mais Samson voulait encore

11. Port de Marseille, il doit son nom à Jules César qui y avait établi son camp.

y croire. Il y avait là tellement de charroyeurs, de marchands, de colporteurs ! Il ne devait pas céder au découragement pour l'ancêtre qu'il avait pris en pitié.

Et puis le cœur du galérien s'emballa.

— C'est toi qui demandes Va-devant ?

— Tu le connais ? souffla Samson.

— C'est moi.

17
Événements en cascade

La mort des fours ne serait pas, cette année, synonyme de satisfaction et les marchands ne manqueraient pas de faire une tête de trois pans de long à la vue de l'étique production de Verrière-Génestrelle.

De tout cela, maître Elias était conscient et s'en désolait ouvertement, surtout lorsque Rachel la noire, au mépris de ses migraines qui ne lui laissaient que peu de répit, daignait sortir de sa chambre et honorer de sa présence la table de son père.

— Je crains, ma fille, qu'il ne vous faille mettre la main à la poche afin que je puisse faire des achats à la foire de Beaucaire et m'approvisionner en barille d'Alicante qui remplace fort honnêtement la salicorne. Ce n'est pas la vente de notre fabrication qui y pourvoira.

— Si ce n'était pour l'Héritier, je vous dirais tout

net, mon père, de vous adresser à d'autres que moi pour financer la verrerie.

— Et à qui donc, je vous le demande, madame je sais tout ?

— À Judith, pardi ! Mon beau-frère La Roque n'est pas aux abois, lui !

— Holà, ma fille, je vous engage à plus de déférence. Vous êtes sous mon toit, songez à ne pas l'oublier.

Si ces prises de bec faisaient partie d'une sorte de rituel entre le père et la fille qu'aucun lien de tendresse ne liait, elles ne faisaient pas l'affaire d'Elisabeth, pressée par Guilhem Castanet de devenir sa femme.

— Je vous aime tant, Elisabeth, et chaque jour qui passe est un jour perdu pour ouvrir notre amour au monde entier, ce dont je rêve. Je vous en prie, ma mie, donnez-moi votre accord pour que j'aille prier monsieur de Vilette de m'accorder votre main.

Alors même qu'il prononçait son nom, le jeune docteur prenait conscience de l'outrecuidance de ses prétentions. Lui, le fils de Grégoire Castanet qui ne lui avait laissé, à sa mort, qu'une masure dans le hameau de Mialet, s'allier aux Vilette ?

Loin de soupçonner une quelconque audace de la part de son amoureux, Elisabeth temporisait, trouvait mille excuses, redoutant trop d'essuyer un refus tant la morosité de son père alourdissait l'atmosphère de Verrière-Génestrelle. Il lui faudrait alors argumenter, se battre avec ses faibles armes de fille obéissante mais néanmoins déterminée.

— Les marchands vont venir, paieront avec du bel argent et mon père recouvrera une humeur enjouée. Je trouverai alors un prétexte pour vous convier au domaine, mon cher amour.

— Au mois de juin, dites-vous ? Je n'attendrai pas plus, ma douce mie, pour sceller notre union.

Rien ne devait se dérouler comme la jeune fille l'avait imaginé. Pourtant, la hache de guerre semblait enterrée entre Elias et Rachel ; cette dernière avait largement ouvert sa bourse et le gentilhomme-verrier se promettait du bon temps à Beaucaire ; aussi fit-il bon accueil à la demande de sa cadette.

— Inviter ce brave Castanet ? Fichtre, ma fille, je l'avais oublié, ce bon bougre ! Pour sûr qu'il sera le bienvenu à ma table, cet esculape dévoué ! Convie-le pour dimanche et demande à la cuisinière de soigner le repas. Il ne sera pas dit, dans la bonne ville d'Anduze, que le gentilhomme de Vilette ne sait pas recevoir !

Dieu que son père était jovial ! Elisabeth se prenait à rêver de délices.

Le premier maître de courrier qui toqua au domaine apporta, en début de semaine, le pli laconique de Francis de Rizols, mandant d'urgence le gentilhomme à Verreries-les-Moussans.

Que diable me veut-il ? se dit Elias. A-t-il eu vent de mon intention de rappeler François à Verrière-Génestrelle avant la fin de son contrat ? Un si long trajet pour si peu de chose !

Cela le titilla quelques minutes jusqu'à ce que son bel et inexplicable optimisme reprenne le dessus :

— Ma foi, cela me démange de voyager, je vais aller jusqu'à Moussans avant de descendre à Beaucaire.

Pas une seconde ne s'insinua la pensée d'un grave manquement aux lois strictes de la profession et c'est en maître-verrier, plus imbu que jamais de la noblesse de son art, qu'il ouvrit sa halle et sa maison aux marchands attitrés. Avant même que leur mine fût déconfite, il prit les devants en doctes paroles, tout enflées de l'honneur de sa race.

— Ne vous récriez point, messieurs, que la provende est maigre avant de l'avoir de près examinée ! Du raffinement, de la couleur, de la recherche dans les formes, vous ne pouvez nier. Tenez, prenez en main ce verre fougère. Toute ma gobeleterie est de ce style.

— Appâter le client et le laisser sur sa faim, est-ce une nouvelle méthode ? demanda Ségur en lorgnant les flacons à parfum qui ne dépareraient certes pas dans son élégante boutique de Montpellier.

— L'été promet d'être aux fruits et vous n'avez pas prévu des pots de dame pour leurs confitures ? s'étonna Marlapin le Provençal.

— Eh là, messieurs, vous ne m'avez pas habitué à tant de reproches ! Est-ce une manière pour amener le marchandage qui n'est pas de mise sous ma halle ?

— Cela n'a jamais été dans nos coutumes, maître Elias ! se récrièrent les marchands dans un bel ensemble.

Vilette comprit qu'il devait mettre sa morgue en berne et adopter une autre attitude pour ne pas perdre le client, une engeance des plus versatiles. En une explication enrobée de fausse humilité, il dévoila ses grandes espérances :

— À la prochaine *réveillée*, deux nouvelles recrues, et pas des moindres, viendront étoffer les rangs de mes souffleurs, je l'avoue un peu décimés. Mon petit-fils La Roque en route vers la maîtrise et mon… le gars François que j'ai formé et qui me revient avec un beau bagage, ma foi. Il m'aura coûté cher, ce grand gaillard plein de génie ! Et quand mon fils terminera ses études à l'Académie, dans deux ou trois ans, tout bardé de lauriers, ce sera la renaissance de Verrière-Génestrelle.

Forts de ces promesses, les marchands raflèrent l'entière réserve de maître Elias, payèrent rubis sur l'ongle et s'en allèrent en promettant :

— À l'an prochain, maître Elias !

Passé l'enceinte du domaine, Ségur proposait à Marlapin :

— Que diriez-vous, l'ami, d'une halte à Cardet,

chez maître Azémar ? C'est sur votre route et sur la mienne. Là, je suis sûr que nous trouverons de la marchandise.

— Topez là, Ségur, je suis votre homme ! s'égaya Marlapin.

Loin de se douter de l'infidélité de ses marchands, Elias se frottait les mains, il avait eu peu à vendre, mais l'avait bien vendu. Grossi des générosités contraintes de Rachel, son maroquin suscitait plus d'envie que de pitié et cela le réjouissait au point de faire bonne mine au nouveau maître de courrier qui lui annonça le montant de la taxe à payer pour que lui soit délivrée une nouvelle lettre, celle-ci en provenance d'Angleterre.

— Le roi Charles m'écrit, fichtre ! plaisanta-t-il avant de redevenir sérieux et de soupirer : Quelque huguenot exilé pour sa foi et de ma connaissance qui a le mal du pays !

Il n'était pas loin de la vérité. Au fur et à mesure de sa lecture, son visage se fendait d'un sourire qui amenait des petits plis au coin externe de ses yeux.

Serait-ce un effet de votre bonté, Vilette, que d'accueillir mon fils cadet sous votre halle, laquelle m'a été chaudement recommandée par La Roque, une famille amie avec la nôtre depuis plusieurs générations ? Vous êtes mon dernier recours, j'ai frappé en vain à toutes les portes ! David brûle de connaître la France qui a vu naître son aïeul, de se familiariser avec vos méthodes, de vous faire partager notre expérience d'outre-Manche. Mon nom anglais de Mitchell ne vous fait pas souvenance, peut-être la dynastie des Michelet de Fondamente vous dit-elle quelque chose ? Prenez le temps de la réflexion, mais pas trop, le temps presse aux jeunes comme David tout autant aux vieux que nous sommes. J'attends votre réponse.

Enfin le vent tournait. Et dans la bonne direction ! Son âge l'eût-il permis, Elias de Vilette aurait sauté sur un pied. Contraint par les ans, il se contenta de sauter sur sa plume et de déclarer sa halle et sa maison largement ouvertes au jeune Michelet de noble naissance. En tout état de cause, il se trouvait dans une disposition d'esprit de bon augure qui réjouit Elisabeth lorsqu'elle regagna, en fin de semaine, le domaine de Verrière-Génestrelle.

À sa déférente demande d'établir, en l'honneur du docteur Castanet, un menu à sa guise, ne lui répondit-il pas d'un joyeux :

— Régale-nous, fillette !

Et pour les régaler, elle les régala, prouvant tout à la fois la bonne table de son père et ses talents de maîtresse de maison, si tant était que son amoureux s'inquiétât sur ce point.

Elisabeth avait fait apporter le dessert, en l'occurrence des petites poires de la Saint-Jean, confites dans un vin fortement sucré et aromatisé de cannelle et de clous de girofle, le tout fort rafraîchi. Elias se servit copieusement, en premier comme le voulait la bienséance de l'époque ; puis il présenta au docteur la coupe dans laquelle celui-ci chipota quelques fruits avant de la tendre à celle qu'il aimait. Leurs doigts se frôlèrent, leurs regards se rencontrèrent ; dans celui d'Elisabeth, Guilhem décela une invite.

Il recula sa chaise sans bruit, se leva lentement, prit la main de la jeune fille et se jeta à l'eau.

— Monsieur de Vilette, être reçu en votre demeure est pour moi un honneur, y être accueilli en membre de votre famille me comblerait de joie. J'aime votre fille, monsieur, et voudrais l'épouser.

Elias n'était nullement pris au dépourvu par cette demande. Il aurait fallu être encore béjaune pour ne pas avoir flairé la conspiration. Il décida de s'amuser un peu.

— Des filles, j'en ai deux, point encore établies. L'une est bien nantie de maisons, de terres, de bois et d'argent sonnant, l'autre est plus parée de dons innés que de richesses amassées. J'avoue que le choix n'est pas aisé.

— Il l'est, pour qui n'écoute que son cœur. Mademoiselle Elisabeth est un rayon de soleil sans lequel je ne pourrais vivre…

— Et vous n'auriez aucun scrupule à m'en priver, moi, son père ? Vous n'imaginez pas quel sacrifice cela représenterait pour moi, cher monsieur Castanet.

Elisabeth était livide. Son père ne jouait plus sur la corde de l'ironie, il faisait vibrer celle des sentiments. Touché par son air pitoyable, Elias esquissa un sourire et, ne la quittant pas des yeux, il demanda à Guilhem :

— Le médecin des corps que vous êtes sait-il sonder les âmes ? Et si oui, pensez-vous que celle de ma fille réponde à vos vœux ?

— Elle y répond, père ! s'enflamma Elisabeth. Et sans ôter en rien à l'affection que je vous porte.

— Voilà qui a le mérite d'être clair. Rasseyez-vous, Castanet, et toi aussi, ma fille. Je vous ai en estime, docteur, et accéderais bien volontiers à votre demande si…

Un brouhaha venant de la cour du domaine et s'invitant dans la salle à la fenêtre entrouverte l'interrompit et le fit se lever pour aller la fermer quand il s'entendit interpeller :

— Ohé, monsieur de Vilette ! C'est moi, Va-devant, il faut que je vous parle dans l'instant.

Le colporteur était là, en effet, déjà cerné d'enfants curieux, de femmes et d'hommes empressés de l'entendre propager les nouvelles et plus encore de le voir déballer ses trésors.

— Je te verrai plus tard, Va-devant ! En attendant, va te remplir la panse aux cuisines, lui cria Elias en fermant la fenêtre.

Il la rouvrit aussitôt, croyant avoir perçu le nom de Gédéon. Ce n'était pas qu'une impression ; repoussant ceux qui s'agglutinaient autour de lui et mettant ses mains en porte-voix, le colporteur avait crié le mot magique :

— Je viens de la part de Gédéon !

— Que dis-tu ?

Va-devant répéta sa phrase. Douce musique ! Combien de fois Elias avait-il rêvé de l'entendre ! En un instant, il fut dehors, empoigna l'homme par la manche et, chassant les curieux d'un grand geste du bras, il le propulsa à l'intérieur de la maison, le poussa jusqu'à la salle. Ignorant sa fille et le docteur Castanet, il le pressa de questions.

— Dis-tu vrai, Va-devant ? Gédéon t'envoie ? C'est donc qu'il est vivant ? Il va bien ? Tu l'as enfin retrouvé ?

Elias attendait tant du Marseillais ! À chacun de ses passages, il lui demandait de s'enquérir auprès des galériens de son frère de lait ; et chaque fois, la même déception : le colporteur n'avait pu approcher aucun d'eux.

— Parle, enfin, mécréant !

La fébrilité du gentilhomme-verrier était communicative, le colporteur bafouillait devant l'homme suspendu à ses lèvres. Il fureta dans sa poche et en extirpa un minuscule rouleau de papier grisâtre qu'il tendit à Elias en lui recommandant de le dérouler avec délicatesse. Les mains de Vilette tremblaient, il se tourna vers sa fille.

— Tes doigts seront plus habiles, mon enfant. Fais-moi lecture, veux-tu.

Guilhem voulait se retirer, se jugeant importun ; la pâleur soudaine du gentilhomme, son souffle précipité, la sueur qui perlait à son front blême le retint dans la pièce. Maître Elias n'allait-il pas tomber en syncope ?

Un temps interminable s'écoula, celui que prit Elisabeth à dérouler, sur une longueur impressionnante, l'étroit papier chiffonné, partiellement déchiré, qu'elle craignait de voir se désagréger entre ses doigts. Son père bouillait d'impatience mal contenue quand enfin elle arriva au terme de sa délicate opération. Elle s'approcha de la fenêtre pour plus de clarté et commença la lecture :

Elias, mon très cher frère, je ne sais quand ni comment te parviendra ce message, ni même si toi et moi serons encore de ce monde quand il arrivera à Verrière-Génestrelle. Je te tutoie, Elias, et je te dis « mon frère » car tu l'es vraiment, et de cœur et de sang, nous avons le même père. Comprends-tu maintenant combien la reconnaissance de François me tenait tant à cœur ? Il n'y a rien de pire que d'être renié par son père, que d'être un bâtard ! Ma mère, cependant, était honnête femme, elle péchait par la bassesse de sa naissance, non par une conduite qui mérite l'opprobre. Comme j'aimerais te serrer dans mes bras, mon frère ! J'aurais tant d'autres choses à te révéler qui ne peuvent être couchées sur ce papier qu'une trop fragile cachette protège. Viens à moi, Elias, si tu prends connaissance de ce message avant… avant qu'il ne soit trop tard. Ton féal Gédéon.

Un silence assourdissant. Des personnages comme pétrifiés. Un chaos de sentiments. Tout cela se jouait dans cette pièce. Jusqu'au vacarme qui, dans la cour, avait cessé. De grosses larmes silencieuses se perdaient dans la barbe d'Elias avant que d'énormes sanglots ne libèrent tout son chagrin. Il ne savait que bredouiller :

— Trop tard... il est trop tard... trop tard... il est mort...

— Point du tout ! s'écria Va-devant.

D'un bond, Elias fut sur lui, l'empoigna aux épaules et le secoua comme un prunier.

— Il vit ? Tu me le jures ? Il vit ?

— Il vivait, en tout cas, quand je suis parti de Marseille, et croyez-moi, je n'ai pas traîné ! Il a dit qu'il vous attendrait jusqu'à son dernier souffle.

— Mais alors, il va bien ?

— *Eh bé* non. Il est à l'hospice des galères, c'est dire s'il est mal en point.

— Tais-toi, oiseau de mauvais augure !

Guilhem Castanet se permit d'intervenir.

— Ce brave colporteur dit vrai, monsieur. L'hospice, pour les galériens, est l'antichambre de la mort. Il vous faut partir sur-le-champ, voulez-vous que je vous accompagne ? Si je peux soulager ses souffrances par quelque électuaire[12]...

— Vous feriez ça, Castanet ?

Et plus encore ! se dit le médecin amoureux.

— Alors, pressons-nous !

12. Remède constitué de poudres, de décoction de plantes, le tout amalgamé.

Adieu l'escapade à Moussans motivée par la lettre de Francis de Rizols ! Adieu la foire de Beaucaire ! Adieu aussi la demande en mariage interrompue !

Ce fut un branle-bas de combat mené tambour battant que l'expédition des deux hommes à Marseille. Vilette fit seller deux chevaux qu'il faudrait troquer à une halte au risque de les crever, et remplir leurs fontes de victuailles. Castanet voulut passer à l'infirmerie de l'hôpital.

— Pourrez-vous me préparer une trousse complète, mademoiselle Elisabeth ? Matériel de petite chirurgie, potions, un mortier, des onguents, tout ce qui vous semblera de quelque utilité.

Tout aussi troublée par ce signe de vie émanant du bon Gédéon que par le contenu de sa confession, la jeune fille en oubliait ses propres déboires dans la réalisation de ses projets matrimoniaux. La reconnaissance se mêlait à l'amour qu'elle portait à Guilhem, lequel acquiesçait à ses exhortations.

— Prenez soin de mon père, cher Guilhem.

— Pensez donc, très chère Elisabeth, je n'ai pas encore obtenu son accord à nos épousailles !

***

Le royaume de France, en ce premier quart du dix-septième siècle, pouvait s'enorgueillir d'une marine royale prépondérante en Méditerranée.

Frégates, galions, vaisseaux y côtoyaient cotres et galéasses, mus par une impressionnante population de rameurs, tous condamnés à exécuter leur peine aux galères.

Une telle concentration d'hommes de tout poil demandait une organisation que les grands ports comme Marseille déployaient, sous l'impulsion du monarque, avec un zèle remarquable. Ils se dotaient de forts, de rades, de quais pour embarquer et débarquer les marchandises venant de la Compagnie des Indes ou des lointaines Antilles. Ils se dotaient d'arsenaux prolongés de casernements pour loger la chiourme lors de son temps à terre. Ils se dotaient surtout – et c'était l'œuvre pie de deux hommes d'Église touchés par leur misère – d'hospices où se rafistolaient tant bien que mal les membres cassés et où mouraient, sinon dignement du moins dans le silence des lieux et non dans le tapageur compagnonnage de leurs comparses, ceux qui étaient en fin de course. La cité phocéenne, pour sa part, ne comptait pas moins de douze mille galériens qui, par roulement, restaient à terre et naviguaient.

Nommé aumônier aux galères en 1619, le père de Paul – Monsieur Vincent pour les galériens – se prit de pitié pour ces hommes pour la plupart sans foi ni loi pour lesquels se surajoutait la maltraitance au travail forcé qu'était la rame.

N'est-il pas, d'ailleurs, tout pétri de pitié, cet homme de Dieu originaire des Landes ? Il fait le siège de l'hôtel du prince de Conti, son principal mécène pour financer les Dames de la charité, une institution qui vient en aide aux pauvres ; ce sera ensuite l'hôpital des enfants trouvés et pour finir celui de la Salpêtrière, un hospice pour accueillir les personnes âgées démunies.

Entre-temps, il a remué ciel et terre, frappé à toutes les portes avec le même discours :

— Les galériens sont des enfants de Dieu. Soigner leur corps, c'est sauver leur âme. Il faut des hôpitaux dans chaque grand port de France !

— Des hôpitaux ! Voyez-vous ça ? Vous ne doutez de rien, l'abbé !

— Je doute, oh oui, je doute chaque fois qu'un homme est meurtri. « Tout ce que vous faites aux humbles, aux plus petits, c'est à moi que vous le faites », a dit le Christ, notre Seigneur.

— Vous ne baissez donc jamais les bras ?

— Jamais ! Je l'ai promis aux galériens mes frères !

Et il avait réussi ! Pas tout seul, mais avec le concours de Jean-Baptiste Gault, un homme inspiré du désir d'assurer à cette population d'exclus, outre un moindre secours médical, un minimum de vie, ou de mort, chrétienne. À Marseille, une sorte d'hospice avait vu le jour dans l'enceinte même de l'arsenal érigé sur le plan Fourmiguier, en étroite bordure du quai de la rive Neuve.

Un couloir à perte de vue, percé d'étroites fenêtres

sans carreaux où s'alignaient, sur trois rangées, une centaine de lits à deux places : c'était, malgré le froid qui y régnait l'hiver, la touffeur estivale et les rafales du mistral, le paradis retrouvé pour les blessés, les souffrants, les mourants. Une dizaine d'hommes y officiaient, un médecin, un chirurgien, deux garçons apothicaires et quatre infirmiers auxquels s'ajoutaient trois argousins faisant office de plantons. Des cuisines ? Point ! La charité marseillaise pourvoyait en légumes, céréales et bas morceaux de viande, déposés au couvent des Capucines tout proche en charge de préparer le bouillon des malades.

C'est en cet antre de la souffrance et de l'agonie qu'Elias de Vilette et Guilhem Castanet pénétrèrent en ce jour de juin 1626 où le soleil et la lune se partagent le temps à égalité. Deux jours déjà qu'ils piétinaient dans l'obtention d'un mandat de visite. L'irritation d'Elias était à son comble.

— Faudra-t-il que j'en vienne à forcer la porte qui me sépare de mon frère !

— Malgré votre détermination, monsieur, cette entreprise serait vouée à l'échec, le lieu est bien gardé, tenta de le calmer Guilhem.

Ils battaient tous deux la semelle devant l'arsenal quand un des argousins vint à leur rencontre, un pli à la main.

— Voici vos mandats, messieurs, veuillez vous présenter à la fouille.

Nouvelle rébellion du gentilhomme qui ne

concevait pas qu'un quidam se permît d'inspecter ses fontes, ses poches, sa vêture. Et de se trémousser comme un diable dans un bénitier.

— Prenez sur vous, monsieur de Vilette, lui enjoignit le docteur d'un ton apaisant. S'il faut en passer par là…

Enfin ils furent autorisés à franchir le seuil de l'hospice et ce qu'ils virent les pétrifia. Sur chaque grabat gisaient deux hommes enchaînés l'un à l'autre et dans l'impossibilité de changer de position, leur chaîne commune reliée à un anneau fixé au sol. Ils virent aussi des bandages sanglants, de propreté douteuse, entourer des moignons de jambes et de bras, enserrer des têtes, comprimer des poitrines ; ils virent des ulcères purulents irrités par les fers, des chairs zébrées des stries du fouet, croûteuses pour certaines, envenimées pour d'autres ; des bouches béantes sur des mâchoires édentées qui exhalaient l'odeur fétide de la putréfaction. Et puis ils arrivèrent devant le châlit de Gédéon grâce aux indications d'un infirmier.

— L'agonisant de la *Fleur de Lys*, dites-vous ? Matricule 41436975, huitième lit, rangée de gauche.

Ils étaient deux, bien sûr, le même teint cireux, les yeux clos, le crâne rasé et le visage glabre ; une vilaine couverture grise remontée jusqu'à leur visage ne couvrait même pas leurs pieds.

— Trop tard, il n'est plus, laissa tomber Elias d'une voix caverneuse, atone, brisée de trémolos.

Une autre lui répondit, non moins venue d'un tréfonds dévasté et en même temps régénérée.

— Si tu parles du clampin auquel on m'a marié, tu dis vrai, Elias. Il est mort ce matin juste après la tournée de l'infirmier. C'est bien sot ! Il faudra attendre la visite du soir pour m'en débarrasser... à moins qu'on fasse le voyage ensemble.

Ainsi c'était Gédéon, son fournier infatigable, son pâtre dévoué, son confident, son double, c'était lui, réduit à un presque cadavre ! Elias tomba à genoux tout contre son ami, chercha sa main, trouva un paquet d'os décharnés, tremblants et qui rassemblèrent toutes leurs forces pour serrer la sienne. Soudain, son visage marmoréen se figea, un râle lui échappa, suivi d'un long silence.

Elias leva un regard affolé et interrogateur vers Guilhem Castanet. Le docteur s'emparait de la sacoche que lui avait préparée Elisabeth et qui avait été scrupuleusement fouillée. Il en sortit un flacon qu'il promena sous le nez de Gédéon.

— Tenez-le, voulez-vous ? demanda-t-il à Elias.

Il prit une autre fiole, eut une pensée émue pour Elisabeth si prévoyante qui avait songé à un élixir de digitale pourpre, bienvenu pour suppléer aux faiblesses du cœur. Il en instilla quelques gouttes entre les mâchoires contractées du galérien et attendit qu'elles fassent leur effet en expliquant :

— Une défaillance due à l'émotion. La trop forte émotion.

Tous deux alors scrutèrent intensément le visage du malheureux afin d'y déceler un regain de vie. Elle revint tout doucement, par petites touches. Son visage se décrispa, ses narines pincées se dilatèrent légèrement tandis qu'une infime roseur colorait ses joues et son front.

— Il nous revient. Merci, Castanet ! Tu m'entends, Gédéon ?

— Ne le faites pas parler, monsieur. Pas encore. Le cœur est relancé, je vais le soutenir sans l'emballer, ce qui serait néfaste. Il importe aussi de le nourrir. Que reste-t-il dans vos fontes, monsieur de Vilette ?

— Du pain, du fromage de chèvre, des pommes, du vin…

— Non, non, rien de tout cela. Cherchez bien.

— De la gelée de fruits…

— La gelée, c'est parfait. Donnez-moi le pot, je vous prie.

L'index de Guilhem Castanet tout enrobé d'onctueuse confiture caressa la bouche édentée de Gédéon, taquina l'intérieur de ses joues, frôla son palais et le miracle se produisit : l'homme déglutit. Une première fois par saccades, puis plus régulièrement, enfin avidement.

— Voulez-vous une cuillère, docteur ? proposa Elias.

— Il est trop tôt, son corps dénutri doit se réhabituer lentement sinon il pourrait faire ce qu'on appelle une fausse route, expliqua le médecin tout en réitérant son geste.

Bien que toujours dans une semi-inconscience, Gédéon se mit à téter instinctivement le doigt qui lui procurait ce délicieux velours, ce sucre qui relançait doucement l'énergie de son corps usé. Pris d'une idée, Guilhem tendit le pot à Elias et l'encouragea à continuer de la même façon.

— Pendant ce temps, je vais me procurer du lait et du miel. Dans son état, il ne pourrait supporter aucun aliment solide, aussi faut-il revenir à la nourriture première qui sauve le petit enfant. Ah, si je pouvais trouver une nourrice assez généreuse de son lait !

— Tenez ! dit Elias en ouvrant son maroquin. Prenez ce qu'il vous faut et ramenez-en une.

Castanet parti, le gentilhomme continua de plonger son doigt dans le pot de gelée, puis de l'offrir à la succion avide de son pâtre tout en lui murmurant :

— Je ne savais pas pourquoi je t'aimais tant, Gédéon. Maintenant je sais. Je suis heureux que tu sois mon frère, même s'il est bien tard pour profiter l'un de l'autre. Comme tu as dû souffrir du rejet de notre père ! Et moi qui n'ai rien vu, rien pressenti, sinon une tendresse pour toi à nulle autre pareille.

Il ne s'était pas aperçu, trop absorbé par le pot de gelée dont il raclait le fond et par son monologue contrit, que Gédéon avait ouvert ses yeux morts, que sa poitrine se soulevait régulièrement et qu'il faisait même clapper sa langue.

— J'ai soif ! souffla-t-il entre deux succions.

— Dieu soit loué, tu vis !

— Et j'ai soif ! répéta Gédéon.

Désemparé, Elias sortit sa fiasque de vin et s'excusa :

— Je n'ai que ça et ce n'est guère bon pour toi.

— Quoi donc ?

— Le vin pardi ! Celui de notre coteau du Céret. Tu ne reconnais pas sa belle robe ?

— J'ai perdu la vue, mon pauvre Elias. Aveugle, le Gédéon, et aussi tondu et rasé comme un porc égorgé ! Prêt pour le grand départ, quoi. Ah, ma belle barbe… soupira le malheureux. Mais j'emboucherais volontiers ta bouteille ! poursuivit-il.

Une émotion sans nom serrait la poitrine du verrier. Qu'avait-on fait de son valeureux pâtre ? Des mains décharnées, une faiblesse de tout le corps, des yeux morts dans un visage parcheminé… Encore n'avait-il pas vu ce que cachait la couverture.

Prenant pour un refus ce qui était une désolation sans bornes, Gédéon insista :

— Un peu de vin de ton coteau du Céret, je t'en supplie, mon frère.

Elias n'eut pas le cœur à refuser. Or, le liquide goulûment aspiré fit s'étouffer le malheureux qui toussa, s'ébroua, mais laissa néanmoins s'écouler dans son gosier le précieux breuvage. Enfin apaisé, et de sa soif et de son étouffement, Gédéon parut reprendre un soupçon de vigueur.

— Qu'as-tu d'autre dans ta musette ? demanda-t-il à son demi-frère.

— Rien qui te convienne, au dire du docteur. Du pain, des pommes, du fromage de chèvre…

— Mon rêve ! Donne.

— Je ne sais…

— Donne, s'il te plaît. Le fromage de mes biquettes ne saurait me rendre malade. Mes si jolies biquettes ! larmoya Gédéon.

Autant lui dénier le droit à un peu de bonheur que de ne pas céder à sa prière. Elias émietta le fromage et le donna à son ami qui se crut aussitôt en paradis. Une infinie béatitude transformait son visage, animait ses traits, tout son être prenait vie à cette dégustation aux saveurs du passé en même temps que les douleurs se réveillaient, celles de ses graves blessures ajoutées aux misères ordinaires des galériens, anesthésiées par sa faiblesse générale. Il grimaça.

— Tu n'en veux plus ? demanda Elias.

— Au contraire, je veux tout avaler mais ma vieille carcasse s'y dérobe.

D'un geste brusque et vif – mais où diable trouvait-il soudain cette énergie ? –, il rabattit la couverture sur le cadavre à lui enchaîné et livra à l'œil chaviré d'Elias son corps nu comme au jour de sa naissance. Rien à voir cependant avec le poupard rose et dodu qu'il avait dû être. Il n'était plus que plaies, escarres et meurtrissures ; que sang, croûtes, fistules et apostumes ; que marbrures noirâtres, veinures violacées et blafardes cicatrices.

Tout autant que sa vue, l'odorat d'Elias se trouva violemment agressé par des relents d'urine, de pus et autres fétides miasmes indéfinissables qui le firent tirer précipitamment un mouchoir de sa poche et le plaquer sous son nez. Il ne put que gémir, souffrant à l'unisson de son frère éprouvé.

— Pourquoi, mon Dieu ? Pourquoi ? implora-t-il, les épaules secouées de sanglots secs.

— Dieu n'est pour rien dans les bassesses d'ici-bas. Couvre-moi, vieux frère, j'ai froid.

Ce qu'Elias fit en hâte.

Gédéon continua d'une voix de plus en plus audible, de plus en plus affirmée, celle d'un homme, pressé par une échéance inéluctable, de se livrer à une confession.

— Oui, je te le redis, mon frère, Dieu n'y est pour rien mais beaucoup ont à craindre de son courroux à l'heure du jugement dernier. Les frères Raoul, tes souffleurs que la haine étouffe, verront les flammes de l'enfer et ils ne seront pas seuls, je te le jure.

— Ils les voient déjà s'ils sont coupables de ta misère ! Morts tous deux et d'étrange façon, de sorte que leur destin tragique s'apparente aux tourments de l'Apocalypse.

— Morts, dis-tu ? J'en suis bien aise.

— Peux-tu m'en dire plus, mon frère, sans pour autant que tu t'épuises ?

— Tu sauras tout, Elias. Maintenant je sais que l'Éternel a voulu que je vive pour tout te raconter. Tu sauras tout et ton cœur aura mal comme tu ne peux encore l'imaginer.

Et Gédéon, doté d'une énergie nouvelle, relata depuis le début les circonstances qui l'avaient conduit à la peine autant afflictive qu'infamante. Il n'omit rien, ni la haine commune des Raoul et de Rachel envers François, nourrie pour les uns par la jalousie, pour l'autre par un puritanisme borné ; ni le machiavélique plan, ni le mauvais choix du délateur, bourreau malgré lui d'un innocent auquel une puissance occulte l'avait lié un temps.

Gédéon arrivait au terme de sa confession et son épuisement subit alarma Elias. Il regardait à droite, à gauche, cherchant des yeux de l'aide, quand la silhouette du docteur Castanet, bataillant pour introduire la personne qu'il tenait par la main, se profila au bout de la travée.

— Venez vite ! le héla-t-il.

Il fallut à nouveau soutenir le cœur très faible du vieux pâtre tout en gardant un œil sur la jouvencelle dodue qui ne songeait qu'à leur fausser compagnie. Et de gémir avec une gouaille propre à la cité phocéenne :

— Ô *peuchère !* Mais où tu m'as entraînée, mon

beau ? Ça fouette salement ici. Tiens, je te rends tes picaillons et je me taille, c'est tout juste bon à me gâter mon lait, pardi !

Sans se démonter, le docteur Castanet lui rappela leur accord :

— Une parole ne se renie pas, Barberine ! Tu m'as promis ton aide, les yeux levés et la main tendue vers le sanctuaire de Notre-Dame de la Garde. Dieu ne permettra pas qu'une femme secourable voie son lait se tarir ni même se gâter. Tiens, viens ici, sur le bord de la couche !

À nouveau, le pâtre reprenait un souffle de vie, tout en restant dans une semi-inconscience. Avec délicatesse, Guilhem le prit sous les épaules pour l'approcher du sein que sortait la nourrice ; totalement innée, la succion s'amorça comme celle des nourrissons, maladroite et gloutonne.

Elias et Guilhem observaient avec un silence religieux la scène empreinte de magie qui se déroulait sous leurs yeux : la dénommée Barberine, habitée de cette mission salvatrice que lui avait fait miroiter le docteur en même temps que les pièces sonnantes et trébuchantes, en mère nourricière d'un forçat moribond.

— Visite terminée ! cria de la porte un argousin.

L'ordre était péremptoire, il fallait obéir sous peine de se voir, le lendemain, refuser l'entrée.

Trois jours durant, se déroula le même rituel. Le docteur Castanet nettoyait les plaies du mourant, les enduisait d'un baume apaisant, lui faisait avaler à grandes cuillerées de miel cachets, poudres et gouttes fort amères. Venaient ensuite Barberine et ses seins généreux. Elias, lui, alternait écoute et confidence, tantôt chuchotant à l'oreille de Gédéon, tantôt approchant la sienne près de sa bouche pour qu'il ne s'épuisât point.

— Promets, mon frère ! Promets pour François ! insistait chaque jour le galérien.

— Je te le jure, ami, ce sera mon premier souci que de réparer ma grande négligence. Mon second visera madame de Bagars que je ne veux plus nommer ma fille. Mes yeux ne supporteraient pas sa vue, je m'en vais la chasser afin de ne pas la tuer de mes mains.

— La haine apporte la mort, le pardon apporte l'apaisement. Il y a bien longtemps que j'ai pardonné. Parle-moi plutôt d'Elie, ta belle Elisabeth, si douce et si volontaire à la fois.

Elias baissa encore la voix :

— Elle aime, la coquine, et mériterait d'être heureuse. Pourtant, l'élu n'est pas des nôtres…

— Qui est-ce ?

— Celui qui te soigne, mon frère.

— Débrouille-toi alors pour que ta fille et ce docteur s'unissent dignement.

— Mais comment ?

— Réfléchis. Il suffit d'un nom… comme celui que tu vas donner à François…

Au soir du troisième jour, c'est dans un apaisement total que Gédéon vécut ses derniers instants. Plus de souffrances, plus de faim, plus de désirs, seulement une aspiration au repos éternel. Et toujours cette douce mélopée :

— Frères, doublement frères ! Un même sang coule dans nos veines, celui d'Isaac de Vilette, un même lait nous a nourris, celui du sein de ma pauvre mère…

Des mots, non plus des phrases, sortirent ensuite de sa bouche, inaudibles, inarticulés, jusqu'à ce dernier râle qui ne laissait aucun doute :

— Reconnaissance…

Guilhem Castanet balaya le visage de Gédéon, rabattant à jamais ses paupières sur son regard éteint tandis qu'Elias de Vilette ne se résolvait pas à lâcher la main qui, un instant amollie, se laissait gagner par la rigidité de la mort.

18
Fermes résolutions

Elias de Vilette et Guilhem Castanet chevauchaient botte à botte dans le plus grand silence.

La veille, au petit jour, après avoir réussi à récupérer la dépouille du pâtre, faveur obtenue de haute et onéreuse lutte les obligeant, deux jours durant, à d'âpres négociations, ils avaient assisté à l'enterrement de Gédéon. À terme et en vertu d'une substantielle ponction sur les libéralités de Rachel, ce qui procurait à Elias une morbide jubilation, les obsèques avaient pu avoir lieu.

Il faut dire, à la décharge de l'Administration centrale des galères, que la demande incongrue du gentilhomme créait un précédent. Jamais, non jamais, il ne s'était trouvé un parent, un ami de galérien à vouloir soustraire les restes du défunt à la chaux vive après qu'on l'avait jeté dans la fosse commune ! Jamais, non jamais, un seul de ces réprouvés ne s'était vu offrir un carré de terre bien à lui !

Mais Elias en avait décidé ainsi et rien ni personne n'aurait pu l'en dissuader. Trop de révélations bouleversaient sa vie et, faute de pouvoir ramener son frère en terre cévenole, il s'était juré de lui donner, en plus d'une digne sépulture, un hommage religieux dans la ferveur protestante.

— Au moins, l'argent de cette vipère a-t-il servi à une cause juste !

Le gentilhomme-verrier avait rompu le lourd silence en exprimant, tout haut et à son insu, une intime pensée.

— Vous me parliez, monsieur ? demanda le docteur.

— Je disais, mon ami, ne rien regretter ! répliqua Elias, peu enclin à partager avec un étranger, malgré l'estime et la reconnaissance qu'il lui portait, les confidences de Gédéon.

— Il n'empêche, monsieur, que vous avez grassement payé ce monsieur Zollekoffer, son ami le pasteur et son cousin le menuisier, en plus de ce qui vous a été demandé par l'Arsenal. Le cercueil de votre pâtre ne faisait pas honte.

— Je lui devais bien cela, Castanet. Cela et plus encore… soupira Elias.

Zollekoffer ? Il aimait les sous, assurément, ce négociant suisse installé à Marseille depuis trois décennies ! Pour preuve, son enrichissement rapide au point d'entretenir un pasteur et son presbytère, un lieu de culte et un cimetière, celui de la rue Trigance, réservé aux familles qui avaient embrassé la religion réformée. Or, tout Suisse qu'il était, Zollekoffer appliquait avec assiduité ce proverbe cévenol, peut-être hérité de ses ancêtres : « Cousin ou pas, descends de mon cerisier » et le prix qu'il fit payer à Elias, des plus rédhibitoires, avait fait dresser sur sa tête les cheveux de Guilhem.

— Il vous vole, monsieur ! lui avait-il soufflé.

À quoi Elias avait répondu de la même manière :

— La dignité n'a pas de prix, celle qu'on avait volée à Gédéon ne souffre pas lésine.

Dans le jour finissant se dessinèrent enfin des paysages familiers, la plaine céréalière et viticole avait succédé à l'ingrate garrigue surchauffée et bruyante des stridulations de milliers de cigales. À l'horizon, les sommets des Cévennes écrêtés, arrondis ou formant des plateaux, se déclinaient en bleus, du turquin au saphir avec quelques touches d'ardoise.

Les deux cavaliers touchaient au but et déjà se sentaient happés par la vie ordinaire.

— Je ne vous ferai pas l'affront, monsieur, de douter que vous atteindrez sans embûche votre proche domaine, vous paraissez infatigable. Souffrez que je vous quitte à Anduze, mes malades et ceux de l'hospice du Bon Secours doivent s'étonner de mon absence prolongée.

— Faites donc, mon ami. Je ne saurais distraire plus longtemps, à ceux qui vous réclament, un homme de votre valeur. J'aurai plaisir à vous revoir bientôt, si tant est que vos obligations et les miennes nous en laissent le loisir.

— Encore un mot, monsieur de Vilette, au sujet de...

— Pas un seul, Castanet !

Guilhem sentit son sang se figer : Dieu, quel esprit retors et combien sa demande était mal engagée !

— Hé, ne vous assombrissez pas, l'ami ! J'en viendrais à regretter la solution que j'envisage pour vous donner ma fille sans déchoir de mon rang.

Diable d'homme qui pratique l'art et la manière d'allumer un foyer d'espoir et d'y jeter de l'eau aussitôt. Versatile, mais bonhomme, ma foi ! se dit Guilhem, réprimant un sourire béat.

Ils arrivèrent au carrefour des Quatre Chemins. Elias toucha d'un doigt son bonnet brodé.

— Adieu ! cria-t-il, et il éperonna son cheval.

— À vous revoir, maître Vilette ! répondit Castanet en découvrant d'un geste large son chef à l'épaisse chevelure.

Chemin faisant, les idées d'Elias de Vilette s'étaient lentement mises en place, reléguant dans un coin privilégié de sa mémoire et de son cœur le souvenir à jamais douloureux de son ami, de son frère.

À peine rentré chez lui, il ferait le ménage. La

première à déguerpir serait Rachel la maudite, après toutefois que la fureur de son père se serait assouvie sur elle. La battre comme plâtre, s'il n'en tirerait assurément qu'une vaine gloriole, cela apaiserait la houle de haine qui, par vagues, le submergeait. Suivraient hommes, femmes, enfants, tous apparentés de près ou de loin aux Raoul ; il ne voulait plus trace, à Verrière-Génestrelle, d'un seul des descendants du noble écuyer de Lavalette, le fondateur de la dynastie. Il songea même, un instant, à faire détruire leurs logements, mais se ravisa devant l'absurdité de son geste à faire table rase.

Il me faudra bien, se dit-il, remplacer ce ramassis de traîtres en vue de la prochaine *réveillée*. Mais je serai à coup sûr circonspect dans mon recrutement.

Subitement, la perspective d'une nouvelle saison ne posait plus souci à maître Elias, sa bonne étoile était réapparue dans le firmament de sa vie : de son nuage divin, Gédéon veillait sur Verrière-Génestrelle. Et puis, n'avait-il pas plus pressé à faire que s'inquiéter du réveil des fours ? François était sa priorité, le nom qu'il lui devait, la reconnaissance en tant que fils légitime qu'il importait de faire entériner par la Haute Cour de Sommières.

Mon été ne sera pas de tout repos, se dit-il.

Et cette réflexion, loin de le chagriner ou de l'accabler, lui fit l'effet d'un élixir de jouvence.

Il n'était pas dit que tout se déroulerait selon ses vœux.

— Père, vous enfin ! Nous avions hâte de vous revoir !

— Cela m'étonnerait, ma fille, que madame de Bagars soit englobée dans ce « nous ».

— Je parlais en mon nom et celui de mon frère, s'empressa Elisabeth. Thierry nous est revenu pour les trois mois d'été durant lesquels son Académie est fermée. Quant à notre sœur aînée, je ne sais quelle mouche l'a piquée de partir à la sauvette. J'étais au couvent lorsqu'elle m'a fait tenir un pli m'annonçant son départ et m'enjoignant de rentrer à Verrière-Génestrelle pour l'y remplacer.

— Partie ! Mais où ?

— Hélas, père, je ne sais.

— La maudite guenipe ! Si je la tenais... Elle ne perd rien pour attendre.

La mâchoire d'Elias s'était crispée sur une colère qui le faisait bouillonner tout entier ; ses sourcils broussailleux se rejoignaient dans un trait accentué et ses mains blanchissaient aux jointures.

Un fauve prêt à bondir ! s'étonna Thierry venu saluer son père. Il demanda innocemment :

— En quoi marraine a-t-elle démérité à vos yeux ?

— Vous le saurez, mon fils, et vous aussi, ma fille. Je ne puis vous taire pareille scélératesse d'une de mes enfants. Donnez-moi seulement le temps de signifier leur congé à tout ce qui porte le nom de Raoul, par filiation comme par mariage.

Ainsi fit Elias, sans pitié, sans remords. Vint alors l'heure d'un exercice périlleux auquel il n'entendait pas se dérober.

— Elisabeth t'a-t-elle rapporté, mon cher fils, les termes de la missive de notre cher Gédéon ?

Un signe d'assentiment du jeune étudiant lui confirma sa connaissance du lien qui unissait son père et le berger, ainsi que sa satisfaction, ce qui permit à Elias de poursuivre :

— Il semblerait, mes chers enfants, que ce soit une coutume dans notre famille que d'avoir des enfants cachés ; ainsi François, que nous tenons tous en si grande affection, est-il votre frère… non reconnu à ce jour. Une lacune qui sera comblée dès demain.

Ce n'était pas dans les manières du gentilhomme de battre sa coulpe avec humilité, pas plus que de s'épancher sur ses amours ancillaires. Ne laissant pas le temps à Elisabeth, ni à Thierry, déjà fort ébaubis de savoir le lien fraternel qui unissait leur père au malheureux Gédéon, d'assimiler leur propre lien de parenté avec François, Elias leur asséna le coup de grâce en révélant la double trahison, celle des frères Raoul et celle de Rachel, étroitement liées, les uns étant les bras armés de l'autre.

— Comment a-t-elle pu ourdir une si détestable méchanceté ? se désola le jeune homme qui sentait les liens privilégiés qu'il entretenait avec sa marraine se déliter devant d'aussi noires actions.

Plus lucide dans l'analyse du comportement de sa demi-sœur, Elisabeth tenta de minimiser sa faute, tout en servant sa propre cause :

— Rachel ne manque pas de circonstances atténuantes. Trop tôt privée d'une mère, mariée sans amour, déçue dans ses espoirs de maternité qu'un époux trop âgé ne pouvait satisfaire, toi seul, Thierry, lui as donné un peu de bonheur. Mais les haines accumulées, le besoin viscéral de la vengeance dans laquelle se laveraient ses souffrances secrètes, tout était plus fort que sa foi, pourtant sincère.

— Pour être sagement résumés, les heurts et malheurs de votre sœur n'excusent point son odieuse conduite. Viendra, croyez-moi, le temps du repentir... S'il n'est déjà commencé, je m'en charge !

Les deux jeunes gens l'avaient bien compris : blessé dans son honneur et dans son affection maintenant explicable, leur père ne renoncerait pas à humilier celle qui ne méritait plus d'être sa fille. Rien ne lui convenait mieux que ces décisions prises dans l'action et irréversibles. D'ailleurs, déjà, Elias prenait un autre visage, changeait de ton, étirait ses lèvres charnues en un sourire matois et déclarait :

— Il suffit pour les mauvaises nouvelles ! J'en ai de bonnes, maintenant. D'excellentes, même. Pensez donc, deux jeunes postulants à la maîtrise sont attendus pour la prochaine *réveillée*. Cela annonce le renouveau de notre verrerie, n'est-ce pas ? Et moi qui avais songé, un instant, à rappeler François avant la fin de sa maîtrise !

— Et moi qui envisageais d'arrêter mes études ! lança Thierry en écho.

— Pourquoi ça, mon fils ? Vous semblent-elles trop ardues ?

— Ardues, non, mais frustrantes quand je sais que vous vous débattez dans des difficultés sans nom. J'en perdais le goût d'apprendre et celui du sommeil.

— Vous pouvez désormais dormir sur vos deux oreilles, mon garçon. À la demande de mon gendre La Roque qui me paiera annuellement cent vingt livres tournois, Verrière-Génestrelle va s'enrichir de Martin, son fils aîné, mon premier petit-fils, vingt-cinq ans déjà. Il n'est pas donné à tout le monde de former un de sa lignée à la deuxième génération, je prends cela comme une grâce. Un second aspirant, un Michelet qui se fait appeler ridiculement Mitchell et qui nous vient d'Angleterre, apportera lui aussi un sang neuf et le prix de sa formation que j'ai cru bon d'augmenter de vingt-cinq pour cent, le père me suppliant de recevoir son fils.

On aurait cru le gentilhomme-verrier intarissable. Lui le taciturne, si peu enclin à se dévoiler, dessinait l'avenir de sa verrerie, faisait le rêve d'une halle agrandie, d'une production parfaite et innovante, de marchands se disputant tout ce qui était estampillé du domaine de Vilette et son maroquin enflant de façon régulière à chaque mort des fours.

— Vous n'êtes pas exclu, Thierry, de cet essor désormais à notre portée. Terminez en toute quiétude ce qui vous tient à cœur et revenez-nous maître-coloriste, ce sera un plus qui nous fera atteindre des sommets.

Que d'emphase, de volubile exubérance quand il parlait de son art ! Que d'espérance il mettait dans son fils ! Et combien doux se voulut son regard se posant sur sa fille ! Combien malicieuses ses paroles :

— Et vous aussi, ma fille, je vous veux ici… au moins quatre jours par semaine… si vous ne faites pas trop faute au docteur Castanet. Vous assurerez l'intendance du domaine en remplacement de la traîtresse. Et maintenant, laissez-moi, je dois prendre un peu de repos.

La nuit ne suffit pas, au frère et à la sœur, pour repasser les événements qui bouleversaient en quelque sorte leur vie. Leur émotion était vive à évoquer Gédéon, à le découvrir sous un autre jour, celui d'un assembleur de fils rompus ; leur affection se ravivait pour ce frère qu'ils se découvraient et pour lequel ils avaient toujours éprouvé une grande tendresse.

— À toute chose, malheur est bon, avait conclu Elie. Quelle tristesse si ne nous avait pas été révélé ce lien précieux !

***

Elias de Vilette était loin de se douter qu'il entamait, en ce matin de juillet 1626, ce qu'on appellerait de nos jours « le parcours du combattant » en matière de tracas administratifs.

Tout en se rendant chez Roquefeuil son notaire, il pensait à cette foire de la Madeleine qu'il manquait pour la première fois depuis qu'il était en charge de la verrerie et pour laquelle il se promettait du bon temps.

Bah, conclut-il, fataliste et surtout moins fringant que la veille, tout son corps accusant la fatigue et l'âge. Tant et tant se feront sans moi !

Pour sûr qu'il n'était pas éternel. Cette nuit, en particulier, il avait pris conscience que le temps lui était compté. Certes, plus d'un de ses ancêtres avait fini centenaire, son père le lui narrait avec fierté. Or, Elias n'était pas sans connaître les versets de la Bible, particulièrement celui de l'imprévisible échéance. « Nul ne sait ni le jour ni l'heure » lui apparaissait plus que jamais d'occurrence.

L'accueil du notaire, quoique déférent, fut nuancé d'une sous-jacente ironie.

— Quel curieux vent pousse votre noble famille à forcer ma porte, monsieur de Vilette ? Serait-ce une lubie subite comme celle de madame de Bagars, la semaine dernière ?

— Ma fille est venue vous voir ? Pour quelles raisons ?

— Je ne sais, monsieur, si... La discrétion est la première des qualités d'un notaire, vous ne l'ignorez pas ?

Il n'en fallait pas plus pour que maître Elias montât sur ses grands chevaux. Ses deux poings en appui sur le bureau de Roquefeuil, sa face congestionnée rapprochée de la sienne, il proféra avec arrogance :

— Savez-vous à qui vous parlez, Roquefeuil ? Je n'aime pas que l'on finasse avec moi et je ne prise guère vos minauderies de vieille radoteuse. Que venait faire céans madame de Bagars ?

— Une bien curieuse démarche, chevrota le notaire, impressionné par la virulence de son interlocuteur. Madame de Bagars souhaitait dénoncer le bail de location accordé à la filature Bertrand, et récupérer son bien dans les meilleurs délais. Ce qu'elle ne peut faire sans verser des dommages à ses locataires. Elle a donc fait une proposition en ce sens, que j'ai aussitôt transmise à qui de droit. J'attends une réponse pour la communiquer à ma cliente.

Vilette ne prit pas le temps d'analyser la démarche de sa fille, seul lui importait de savoir où la trouver.

— Vous avez donc moyen de la joindre ?

Nouvel atermoiement de Roquefeuil, nouvelle ire d'Elias.

— Il ne m'appartient pas, monsieur… bredouilla le notaire.

— Où, sacrebleu ? tonna le verrier.

Et nouvelle capitulation du tabellion :

— Je dois faire porter le courrier chez un prédicant qui habite au village de Soudorgues, le révérend Timothée Elzière, qui fera suivre à qui de droit. Et je n'en sais pas plus, monsieur, sur mon honneur !

— Ne parlez pas de ce que vous ignorez, monsieur, ricana Vilette, et venons à mon affaire, aussi urgente que celle de ma fille, sinon plus. Il s'agit d'une reconnaissance de paternité, celle d'un enfant né au mois de février de l'an 1600, François, fils de Françoise Thomas. Je vous prie d'authentifier cet acte afin que soit rectifié l'enregistrement de cette naissance.

— Holà ! Comme vous y allez, monsieur ! Ce qui est écrit est écrit et ne peut être raturé. Il faut, en premier…

Suivit une énumération de démarches aussi fastidieuses qu'inutiles aux yeux d'Elias, mais pour lesquelles le notaire ne s'en laissa pas conter. Pris de lassitude à justifier son propos, Roquefeuil finit par s'insurger :

— Si vous jugez, monsieur, que je n'ai pas les compétences requises, alors je vous prie de changer de notaire. Je ne suis pas certain, cependant, qu'un autre ferait preuve de la même patience que la mienne.

— Allons, allons, Roquefeuil ! Ne prenez pas la mouche. Je vous donne toute latitude à régler mon affaire disons… dans quinze jours, tout au plus. Mettez-vous à pied d'œuvre et ne lanternez pas !

Sa déception de ne pas repartir avec le sentiment d'une affaire classée se trouva fort atténuée par l'assurance de régler ses comptes avec Rachel. Aussi fonça-t-il, bride abattue, au hameau de Soudorgues, sûr d'y dénicher la pendarde.

Mais de Rachel, point ! Pas plus que de révérend Timothée, seulement les parents d'icelui, deux vieillards rabougris qui ne savaient que répéter :

— Notre garçon ? Toujours à courir les halliers pour semer la bonne parole ! Un jour ici, un jour là-bas…

Là encore, Elias se dit qu'il lui faudrait ruser, mettre le logis des vieux Elzière sous discrète surveillance, se faire relater les allées et venues, agir en fin stratège pour retrouver la trace de Rachel. Décidément, tout se liguait pour éprouver sa patience… ce qui n'était pas son point fort !

L'attente a cela de bon qu'elle permet de peaufiner la finalité d'une action, voire d'une intention, décidée dans l'urgence ; en l'occurrence, il s'agissait de plusieurs que monsieur de Vilette avait mises en route sous le feu des révélations du pâtre Gédéon.

Le nom qu'il devait à François ne se résumait pas à un trait d'écriture comme il l'avait naïvement envisagé, mais prenait toute sa dimension à supputer les changements qui ne manqueraient pas d'intervenir dans leur vie à tous. Rassuré quant à l'accueil qu'Elisabeth et Thierry avaient fait à la stupéfiante nouvelle, il l'était moins dans la tournure que prendrait sa succession. Car, et cela reflétait bien son tempérament d'un homme sans demi-mesures, une fois François connu et reconnu pour son fils, il ne l'exclurait pas de son héritage. Et, curieusement, la notion de partage, si elle ne s'était jamais posée auparavant, ne donnait pas lieu à un souci susceptible de troubler ses nuits.

« Mes fils seront complémentaires, chacun d'eux excellant dans sa spécialité. Ah, les beaux jours que j'entrevois à Verrière-Génestrelle ! »

Pour tromper l'attente, Elias envoya un courrier à Verreries-les-Moussans dans lequel il annonçait sa prochaine visite que seul retardait l'établissement des documents administratifs propres à rasséréner Francis de Rizols. Car Vilette avait bien saisi la situation et la comprenait : l'impérative invitation de Rizols tournait autour de la maîtrise de François, usurpée, et lui-même abusé d'incorrecte façon.

Nous parlerons entre hommes avant que de juger en gentilshommes, se promit Elias. Rizols n'a pas la réflexion figée qui l'enfermerait dans une attitude de noble outragé, et je ne suis point assez sot pour m'enferrer dans des mensonges de petites gens. Ah, je le vois d'ici, mon François, s'étouffer de bonheur à s'appeler Vilette, lui que ces maudits Raoul nommaient le bâtard !

On approchait maintenant du 24 août, de cette fête de la Saint-Barthélemy de si triste mémoire, les plus fortes chaleurs de l'été allaient se diluer dans les orages qui, déjà, s'annonçaient à grand renfort de nuages poussés dans les terres par le vent du sud, alors que les martinets criaillant s'effarouchaient en vols désordonnés.

Une nouvelle *réveillée* se profilait à un proche horizon et, bien qu'il l'ait pourvue d'éléments nouveaux en remplacement de tout ce qui portait nom de Raoul – *gamin*, préparateur en paraison, tiseur et autre ébaucheur –, que les deux aspirants à la maîtrise soient sur le point d'arriver au domaine, Elias de Vilette rongeait son frein dans une attente de plus en plus fébrile.

— Je comprends qu'il vous tarde, père, de revoir François et que chaque jour qui passe vous semble une éternité. Pour autant, il ne sert à rien de vous agiter, sinon à vous donner des humeurs noires, tentait de l'apaiser Elisabeth, par la volonté du destin intendante en la maison de son père alors qu'elle bouillait d'impatience, le vendredi venu, de retrouver le couvent du Verbe Incarné, l'hospice du Bon Secours et, par-dessus tout, Guilhem Castanet qui lui distillait de si engageantes promesses.

— Je vous assure, ma belle amoureuse, les paroles de monsieur votre père étaient sans ambiguïté. Voulez-vous que je vous les redise une nouvelle fois ?

— Je le veux, Guilhem. J'ai tant besoin de croire encore en notre union !

— À vous la répéter, j'en sais les termes exacts : « … la solution que j'envisage pour vous donner ma fille sans déchoir de mon rang… ».

— Tout cela est doux à entendre, mais si long à se réaliser !

Vilette ne comptait plus les visites qu'il avait faites au notaire, ni les rapports détaillés du gamin chargé de surveiller la maison des Elzière. Ils tournaient tous autour de cette constatation :

— Le révérend Timothée n'est pas venu voir ses vieux parents depuis plusieurs mois. D'ailleurs, personne ne vient jamais les voir au point qu'on pourrait croire qu'ils sont morts.

— Pas même un saute-ruisseau que leur enverrait Roquefeuil ? s'impatientait Elias.

— Personne, mon maître. Pas un chat !

Et voilà qu'en ce matin d'été qui sonnait la fin du mois d'août, et comme si c'était une constance au domaine, deux personnes sollicitaient maître Elias. L'une d'elles, un jeune clerc de noir vêtu, mandaté par maître Roquefeuil, se faisait annoncer tambourinant à sa porte, alors que l'autre, le gamin espion, grattait discrètement mais avec insistance au carreau du « sanctuaire » de maître Elias. Ce dernier dépêcha sa fille à l'accueil du saute-ruisseau.

— Faites-le patienter, je vous en prie, Elisabeth.

Le gamin, introduit dans le cabinet du verrier, s'expliqua :

— Celui qui frappe aujourd'hui à votre porte, je l'ai vu hier chez les deux vieux !

— Tu devais, sitôt, m'en avertir, coquin !

— Ce que je faisais, mon maître, et même en courant quand je croisai, sur le pont de Salendrinque, un homme que je reconnus pour le révérend Timothée. Il montait à Soudorgues.

— Tu l'as suivi, j'espère ?

— Pour sûr, en longeant le ruisseau ! Et savez-vous, mon maître ? Il ne resta pas deux minutes chez ses parents ! Le voilà reparti, et moi qui le pistais, sans bruit.

— Jusqu'où t'a-t-il mené, dis vite ?

— Loin, mon maître, j'en suis tout fourbu !

— Mais encore ?

— Jusqu'à La Madeleine, à l'Hostellerie des Quatre Chemins où il s'est engouffré comme un voleur.

— Et après ?

Jusque-là guilleret, le gamin se décomposa.

— Après… je me suis endormi… jusqu'à ce matin où j'ai couru, couru, mon maître, pour vous avertir.

Une bourrade irritée expédia le gamin dans la cour.

— Gare à toi si l'oiseau n'est plus au nid ! lui cria Elias.

Voilà une affaire en passe d'être réglée. Voyons l'autre, maintenant ! se réjouissait-il en rejoignant la salle où il chercha en vain le clerc.

Déjà son regard s'assombrissait quand, d'un mot, Elisabeth lui rendit sa bonne humeur.

— Père, maître Roquefeuil vous fait dire qu'il est en possession de tous les documents que vous lui avez demandés. Il vous attend au plus tôt.

— J'y vais de ce pas, ma fille. Et ensuite régler une autre affaire des plus délicates. Demain, je prends la route de Moussans ; faites-moi préparer un bagage et quelques provisions de bouche.

— Vous partirez seul, mon père ? Et ferez le trajet d'une traite ?

— Bien sûr, je n'ai besoin de personne, jeune fille, voilà qui répond à votre première question. Pour la seconde, sachez que je ferai une halte de politesse chez mon gendre La Roque où je verrai ma fille aînée et mes petits-enfants. Une deuxième me fera perdre une journée à la Haute Cour de Sommières, il faut en passer par là pour que les choses soient bien faites.

Maître Roquefeuil n'en finissait pas de s'arroger le beau rôle :

— Quand je vous disais, monsieur, que votre affaire était des plus délicates ! Sans me vanter, je crois avoir déjoué de nombreux pièges et avoir mené tout cela rondement.

— C'est peut-être votre sentiment, Roquefeuil. Permettez-moi de ne pas le partager. Un mois ! Vous appelez cela rondement ?

— Hé pardi, monsieur ! Sans de nombreuses personnes qui me sont obligées, vous auriez pu attendre tout un quartier.

Vilette se le tint pour dit, il n'allait pas perdre plus de temps en passe d'armes verbales. Toutefois, il tenta d'amener le notaire sur un autre terrain.

— Les affaires de madame de Bagars, vous ne m'en dites mot ?

— Parce qu'il n'y a rien à dire, monsieur !

— En êtes-vous bien sûr, Roquefeuil ?

Il suffit au notaire de croiser le regard d'Elias pour comprendre qu'il en savait long comme le bras. Il bredouilla :

— Son locataire le filateur est moins retors que je pensais. Je me fais fort de régler le litige à la satisfaction des deux parties. Mais je ne sais, hélas, où se trouve madame de Bagars…

— Un service en vaut un autre, Roquefeuil. Je me fais fort de l'amener à votre étude demain matin.

Jacques Séverin n'avait pas cherché à percer le secret de sa mystérieuse pensionnaire, arrivée à son auberge deux mois plus tôt et qui n'avait, depuis, jamais quitté sa chambre.

Bien que tiraillé par la curiosité et surtout par

Célimène son épouse, il se retranchait derrière cette sage attitude que lui avaient enseignée ses parents qui lui répétaient à l'envi :

— Le client est roi... pour autant qu'il paye sa note. Dans le commerce, moins on en sait, mieux on se porte.

Alors, une fois pour toutes, il avait cloué le bec à Célimène.

— Elle paye sans rechigner et n'a qu'une exigence, qu'on lui porte ses repas dans la chambre. Ça te gêne ? Moi, non !

Sa surprise fut grande, en ce matin d'août, de voir entrer dans son auberge Elias de Vilette lequel, faisant le mystérieux, l'attirait dans un coin de la salle et, en une phrase, éclairait sa lanterne.

— Une dame vous loue une chambre, n'est-ce pas ? C'est ma fille, Séverin, madame de Bagars. Voulez-vous m'y conduire ?

Avait-il seulement le moyen de dire non ? Déjà, Vilette se dirigeait vers l'escalier qui menait à l'étage. Il essaya une faible résistance :

— Je vais la prévenir...

— N'en faites rien et montrez-moi sa chambre !

Le gentilhomme serrait les dents, son regard était d'encre, l'aubergiste obtempéra.

— C'est ici, mon... mon... monsieur... bafouilla Séverin en toquant à la porte.

— Vous pouvez disposer, l'invita le verrier.

Rachel ouvrit la porte. Elle sut à l'instant qu'elle

était perdue et n'eut pas un geste, ni pour la refermer ni pour tenter une fuite inutile. Dans un dernier sursaut d'orgueil, elle chercha à soutenir le regard de son père, mais ne le put tant il était d'airain. Elle n'eut pas un geste pour parer son visage à la large main qui s'y abattait, ni un gémissement, ni un pleur, ni un cri.

Passablement sonnée par ce coup magistral qui l'envoya au sol, elle se sentit néanmoins soulevée par une poigne de fer et jetée en travers de son lit. Mentalement, elle confia son âme noire à Dieu, persuadée que son père allait la tuer sur place. Il n'en fut rien.

À imaginer, nuit après nuit, cette scène, Elias n'y trouvait plus ce qu'il en attendait… à moins que ce ne fût Gédéon qui retenait son bras en lui inspirant le pardon.

Alors, dans la chambre de l'Hostellerie des Quatre Chemins, la voix d'Elias s'éleva :

— Ne craignez rien, madame, je ne m'abaisserai plus à vous frapper, je me refuse même à vous regarder. Vous êtes l'être le plus vil de cette terre et vous savez pourquoi.

— Pardon ! cria-t-elle en se jetant à ses pieds.

— Vous n'en obtiendrez point de moi. Et pour mériter celui de Dieu, le chemin sera long, à la mesure de vos fautes.

— Que puis-je… ?

— Disparaître de ma vue… après avoir fait ce

que je vais vous dicter. Vous allez faire une donation de tous vos biens, meubles et immeubles à votre filleul Thierry…

— Cela a toujours été dans mes intentions, mon père…

— Taisez-vous ! Je poursuis : de tous vos biens, à l'exception du bâtiment qui abrite actuellement la filature Bertrand que vous léguerez, de votre vivant, à votre fils adoptif, j'ai nommé Guilhem Castanet.

— Mais… mais…. bêla Rachel.

— Taisez-vous ! réitéra Elias. Ma très chère fille Elisabeth désire convoler avec ce docteur que j'apprécie et apprécierai au plus haut point quand il sera reconnu de noblesse. Donnez-lui votre nom, madame, il ne sera pas perdu, et aussi cette filature pour qu'il en fasse un hôpital, les gens de Lasalle loueront ses bienfaits et les vôtres par ricochet. Vous avouerez que ce sera un comble, la bonne dame de Bagars dissimulant la noirceur d'une âme damnée.

Rachel savait qu'elle n'avait pas le choix, elle allait obtempérer, obéir était le lot des filles. Elle détesta, plus que jamais, ses attributs féminins qui l'avaient précipitée dans le lit du vieux notaire. Toujours tassée aux pieds de son père, elle lui tendit une main en gémissant. Il l'ignora et demanda :

— Au fait, que vouliez-vous faire de cette filature ?

— Un refuge pour les veuves comme moi, pour

celles envers qui la vie n'a pas été tendre.

Elias haussa les épaules, puis il ouvrit la porte. Du seuil, il martela :

— Voilà ce que j'attends de vous, madame. J'ai promis à maître Roquefeuil que vous serez demain à son étude. Débrouillez-vous pour rendre plausible cette démarche. En sournoises manigances, vous ne manquez pas d'imagination, alors faites de même pour le bonheur de votre jeune sœur que vous avez tant de fois fait pleurer.

19
Repentance

Les crépuscules d'or qui, chaque soir, embrasaient le ciel avaient cédé la place, brusquement, à de ténébreuses vêprées ; en cause, la cavale sauvage de lourds nuages bruns que poussaient, en se disputant, l'autan noir, le cers et la tramontane.

« L'été se meurt », geignaient les bruyères sous la poussée des vents.

Quand l'aigle, à son tour, assombrit de son vol lent, bas et plané les têtes des brebis affolées, François se dit que mieux valait écourter l'estive : les pluies n'étaient pas loin qui rendraient alors la *davalée* laborieuse.

Cela changeait ses plans sans entamer sa détermination ; c'était dit, il partirait sans un merci à madame Gabrielle, sans un adieu à Maurice, sans un regard à Charlotte, quoiqu'il lui en coûtât ; il ne devait pas céder à l'émotion. Pour autant, il mènerait à bien cette dernière étape de la transhumance dans le respect des propriétaires de troupeaux et le soin des bêtes dont il avait la charge.

Au contraire de la montée à l'estive qui, dans chaque village, chaque hameau traversé, semait sa cantilène de sonnailles discordantes en même temps que sa palette de couleurs bigarrées, la *davalée* se voulait sobre, réfléchie, presque religieuse par une sorte de recueillement attentif qu'imposait le berger à ses chiens, et les chiens au troupeau.

L'*abelièr* fatigué avança alors sur la draille qui s'étirait sans fin dans le jour déclinant. Arrivées dans la plaine, les bêtes par instinct activèrent leur pas, flairant la bergerie et la paille fraîche qui remplaceraient le firmament étoilé et le tapis végétal.

Les premières maisons de Saint-Pons se dévoilèrent au détour d'une sente et, dans le village, ce ne fut qu'un cri : ils arrivent ! « Ils », c'était le berger, les chiens, les troupeaux, c'était cette odeur forte, ces aboiements féroces, ces bêlements plaintifs, tout ce qui faisait l'animation des villages les jours de grande foire. Un enclos avait été prévu et bien qu'il s'avérât trop exigu pour accueillir vieilles et nouvelles têtes de bétail, il soulagea François et apaisa les chiens qui tiraient une longue langue.

Le jeune pâtre dépêcha dans les fermes une bande de gamins désœuvrés.

— Allez porter la nouvelle que les troupeaux sont rentrés, leur ordonna-t-il.

En retenant un par le col, il lui désigna les tours du château de Fontclaret et lui dit :

— Toi, tu vas aller avertir monsieur de Rizols que son pâtre est de retour… Et tu m'apporteras sa réponse…

Non, il n'imposerait pas sa présence à Fontclaret et partirait de Saint-Pons après une ou deux nuits de repos, après aussi que le gentilhomme-verrier lui aura fait tenir en plus de son cheval ses quelques hardes. Peu de chose, en vérité. Des chemises de toile, des chausses, une livrée de drap du Languedoc qu'il devait à la générosité de dame Gabrielle. Les croquis de Maurice, il n'y fallait pas compter et c'était mieux ainsi.

Quelle ne fut pas sa surprise !

— Monsieur de Rizols vous attend au château, rapporta le gamin, tout suant d'avoir couru.

— À Fontclaret, dis-tu ? Tu te trompes, il m'attend sous la halle, plus probablement… ou bien à l'écurie…

— Nenni, je vous dis ! protesta le gamin, sûr de rapporter l'exacte commission. « Qu'il nous rejoigne au château sans tarder », c'est bien ce qu'il a dit.

— « Nous » ? Il n'était donc pas seul ? insista François.

— Un vieil homme barbu était avec lui. On aurait dit un pâtre s'il avait eu, comme vous, la cape et le chapeau.

Rien qui apporta de l'eau au moulin de François ! Le jeune homme ne savait que penser et aurait abandonné volontiers ses moutons pour courir au château s'il n'avait été pris de scrupules à les laisser à la seule surveillance des chiens. Par chance, la nouvelle du retour des troupeaux, largement divulguée, fit accourir leurs propriétaires, si bien qu'au milieu du jour François se trouva libéré. Une rapide toilette au bord d'un clair ruisseau, celui du Thoré qui délimitait les domaines des frères Rizols, d'amples secousses imposées à ses vêtements tout gris de la poussière des chemins, et voilà notre pâtre en route, plus mort que vif, vers le château de Fontclaret.

Dans la cour, deux hommes l'attendaient.

— Par Dieu, monsieur de Vilette ! Vous ici ? s'exclama-t-il en reconnaissant dans ce vieillard barbu son maître vénéré.

— Dans mes bras, mon garçon ! chevrota Elias, plus ému qu'il l'aurait pensé en voyant ce François si ressemblant au jeune homme qu'il avait été... bien des années enfuies.

Il y avait ces bras largement ouverts, et ce pour la deuxième fois de sa vie du plus loin qu'il se souvienne, et il y avait aussi un sourire bienveillant qui éclairait la face de Francis de Rizols, François fut pris d'un doute : rêvait-il éveillé ? Devait-il se pincer pour émerger de cette vision idyllique ? Tout benoîtement il obéit, se laissa enserrer par Elias qui lui donna, par deux fois, la brassée ; il rendit même son sourire à Rizols en esquissant une mimique mi-contrite, mi-pantoise qui ne fit que plus s'étirer les lèvres du seigneur de Fontclaret et pétiller ses yeux rieurs.

Cependant, les derniers événements avaient passablement gommé la naïveté du jeune aspirant, l'avaient enfin mûri et, sans lui insuffler l'arrogance qui ne sied nullement à un homme de sa condition, l'avaient rendu plus fort, plus capable d'affronter l'adversité. Aiguillonné par l'air béat de Francis de Rizols, il s'échappa des bras d'Elias, fit deux pas en arrière et apostropha les deux hommes :

— Hé quoi, me direz-vous, messieurs, sauf le respect que je vous dois, à quoi rime cette mascarade ? Vilipendé un jour, loué le lendemain, plus finaud que moi y perdrait son latin !

— Chatouilleux avec ça ! s'étrangla Rizols.

— Comme vous le voyez, l'ami, bon sang ne saurait mentir, se rengorgea Vilette.

Non, il ne rêvait pas, les deux gentilshommes-verriers se moquaient de lui sans façon, sans méchanceté aussi, crut-il comprendre, et il n'en fut que plus intrigué, au point d'insister avec une outrecuidance qui le surprenait lui-même :

— Est-ce un jeu, messieurs, auquel vous vous adonnez à mes dépens ? Hélas, je n'ai pas le goût aux divertissements !

Puis, s'adressant plus particulièrement au maître de Verrière-Génestrelle :

— Je m'apprêtais, mon maître, à retourner chez nous. Êtes-vous venu pour me signifier, vous aussi, mon congédiement ?

— Tu brûles les étapes, François ! l'interrompit Elias de Vilette. Pas plus chez moi que chez maître Francis, les portes ne te sont fermées.

— Mon ami dit vrai, renchérit Francis de Rizols, mais venez vous deux dans mon bureau, ce jeune homme ne doit pas rester plus longtemps dans l'ignorance de vos bienfaits, Vilette.

— Je ne sais si dans ce cas on peut parler de bienfait. Pour être franc je dirais qu'il s'agissait de réparer, non pas une erreur, mais une négligence. On ne gagne rien à atermoyer, sinon à mettre dans l'embarras les êtres qui vous sont chers, comme ce fut le cas pour toi, mon garçon.

Après avoir installé ses hôtes, Francis de Rizols se retira discrètement, ce dont Elias le gratifia d'un hochement de tête entendu avant de commencer son mea culpa... encore que le terme ne fût nullement pris, par le gentilhomme, comme un coupable aveu, mais comme un fait de vie dont il ne tirait ni regret ni vaillance, un simple fait de vie.

François ne le perçut pas comme tel et l'un des sièges du bureau de Francis de Rizols fut le bienvenu tant ses jambes tremblaient, tant son cœur battait une exaltante chamade. Il avait un père, il avait un nom. Et quel père ! Et quel nom ! Peu lui importait le retard qu'avait pris cette reconnaissance, elle arrivait à point nommé pour qu'il en prenne la vraie mesure, la véritable valeur.

— Mais alors, Elie... je veux dire mademoiselle Elisabeth, monsieur Thierry... nous sommes frères et sœurs ? Cela ne me surprend pas qu'ils m'aient été si chers dès les premières heures de leur vie. Je les ai si tendrement aimés... je les aime toujours, et vous aussi, mon maî..., mon père. Mon père ! Le seul mot qui manquait à ma vie. Je n'étais pas dans l'ignorance d'en avoir un, ainsi que me l'avait expliqué Gédéon, mais je n'y mettais ni visage ni nom, au contraire de ma mère dont le brave homme me vantait la beauté, la douceur et la grâce.

— Elle était tout cela, vraiment, approuva Elias avec nostalgie, et je fus fort peiné de la perdre.

Un long silence, tout vibrant d'émotion, enveloppa la pièce avant que François ne le brise, soudain tout enflammé :

— Parlez-moi, je vous prie, de ceux que j'aime et que j'ai hâte de revoir. Elie, Thierry, Gédéon...

— S'il en est un que tu ne verras plus, sinon dans ta mémoire, le coupa Elias, c'est bien notre bon pâtre...

Une nouvelle histoire se déroula, plus longue que la précédente pour laquelle le gentilhomme-verrier ne s'était pas fourvoyé dans les détails, et qui tira un florilège d'exclamations de la part de son auditeur. Surprise, effroi, horreur, pitié, colère, dégoût sans nom. François réagissait à toutes ces émotions jusqu'à pleurer sans retenue sur la fin misérable de cette si belle âme.

— Lui qui n'était qu'amour ! s'insurgea-t-il. Lui qui n'était que sagesse et droiture ! Pourquoi Dieu a-t-il permis cela ? Pas lui, Seigneur ! Pas lui !

— Tous ont payé pour leur forfaiture, tous… ou presque. Mais tous payeront, crois-moi. Je n'en ai pas terminé avec celle que je ne veux plus appeler ma fille.

— À quoi bon souhaiter la vengeance, père ? Gédéon n'en aurait pas voulu.

— Pas la vengeance, fils, la repentance !

Nouveau silence qui permit aux deux hommes de juguler leurs émotions, si fortes, si terriblement oppressantes. Bien leur en prit, Francis de Rizols, pas très loin apparemment, entrebâilla la porte.

— En avez-vous terminé, Vilette ? Ce jeune pâtre doit prendre un peu de repos s'il veut avoir bonne prestance pour le repas prévu en son honneur. Mon épouse et ma fille s'affairent en cuisine, ne voulant laisser à d'autres le soin de nous régaler.

Après le cauchemar, le rêve à nouveau ! On l'attendait, on le fêtait, on lui faisait les honneurs de la table, Charlotte en tout premier ; preuve qu'elle ne lui tenait pas rancune d'avoir repoussé son bel amour si ardemment avoué. François exultait, mais retrancha sa fougue derrière l'amitié :

— Comment va monsieur Maurice ?

— Bien ! Enfin… du mieux qu'il peut. Il s'est

mis au travail pour toi depuis l'arrivée de maître Elias. Va le voir, il t'attend.

Un nom ! Il avait suffi d'un nom pour changer la face du monde, du monde de François s'entend. Le jeune homme en était conscient et s'il savourait d'avance l'avenir qu'il lui ouvrait, ce n'était pas sans un peu d'amertume qu'il philosophait sur les conséquences d'un sang qui courait dans les veines ; le sien, désormais reconnu de noble origine, le ferait-il souffler le verre avec plus de talent, avec plus de passion, avec plus d'allégresse ?

Voilà un sujet qui nous aurait tenus bien des nuits éveillés, n'est-ce pas, Gédéon ? formula-t-il mentalement en dédiant ses plus intimes pensées à son mentor.

Le reste de la journée, et celles qui suivirent, François de Vilette fut pris dans un tourbillon dont il appréciait chaque seconde, craignant de se réveiller un matin jeté sur les chemins d'errance, renié par Elias, chassé par Francis. Il avait pourtant lu, tenu entre ses mains, son extrait de naissance revu et corrigé, certifié par la Haute Cour de Sommières. Il était François, né de Françoise Thomas et fils légitime du noble Elias de Vilette. Il avait vu aussi le contrat établi pour sa maîtrise qui le liait à Fontclaret pour une autre *réveillée* ; Francis de Rizols avait esquissé une moue contrite en le lui présentant, le lissant de sa main.

— La colère est mauvaise conseillère qui m'a fait, d'un mouvement d'humeur, chiffonner ce papier et le mettre au panier. Heureux encore qu'il n'ait pas fini dans la cheminée, s'en excusa-t-il.

Elias se voulut léger :

— Nous en aurions établi un autre, n'est-ce pas, Rizols ?

— Et comment ! Un candidat à la maîtrise d'une telle valeur, j'en voudrais former plus souvent sous ma halle.

Malgré ces flatteries qui s'imprimaient dans sa mémoire, François doutait encore. Fallait-il que sa blessure d'amour-propre fût toujours à vif malgré le chaleureux accueil de Maurice, celui tout aussi bienveillant de madame Gabrielle et la divine apparition de Charlotte, toute rosissante dans une simple robe de couleur framboise, soulignée d'un grand col de dentelle et coquettement relevée sur une cotte immaculée.

François était toujours dans l'irréalité ; il restait sur une réserve polie qui perdura jusqu'au départ d'Elias de Vilette.

— J'aurai plaisir à vous revoir, Vilette. Puissent nos projets communs, nouvellement ébauchés, trouver une fin heureuse.

— Les fins heureuses, Rizols, ne le sont qu'à moitié. Croyez-en ma vieille expérience. Néanmoins, je ne mettrai pas d'embûches au bonheur de nos enfants.

Paroles sibyllines que ne releva pas François. Le retour à la civilisation après ses mois d'estive était si brutal qu'il se prenait parfois à regretter cette solitude, propice à l'introspection, à l'assimilation surtout de son nouveau statut et des terribles événements survenus à Verrière-Génestrelle ces dernières années.

Il fallait laisser du temps au temps, Charlotte l'avait bien compris et malgré l'impétuosité de son amour avivé d'une tendresse quasi maternelle pour l'élu de son cœur, au regard des méandres douloureux de sa jeune vie, elle s'appliqua à refréner ses ardeurs, à observer en la présence de François une attitude de compréhensive douceur, propre à apaiser ses tourments, à le ramener à une quiétude dont il avait tant besoin.

Jour après jour, scrutant son visage, elle espérait rencontrer ses yeux noirs, les accrocher par l'intensité des siens tout énamourés, et se désolait à les voir se dérober, éviter cette rencontre de deux âmes qui passe plus sûrement par le regard.

Un soir, pourtant, elle fut assez futée pour y déceler une étincelle particulière. Hélas, elle ne concernait que le réveil des fours qu'évoquait, en cette douce soirée de septembre, Francis de Rizols.

— Que dirais-tu, François, si je faisais installer un nouveau four sous la halle ?

Lentement, le jeune homme leva la tête et fixa

son maître d'un air interrogateur.

— Qui dit nouveau four, dit plus de bois… Certes, la forêt de Grésigne offre une belle perspective de chênes rouvres, de hêtres, d'alisiers et de charmes, même si les mérandiers sont de grands concurrents.

— On leur pardonne volontiers, le merveilleux vin de Gaillac mérite des futailles de chêne. Et puis, vois-tu, le four que j'envisage est un des moins voraces.

— Comme cela se peut-il, mon maître ?

— Le vitrail ne se souffle pas, que je sache !

La voilà, l'étincelle dans l'œil aiguisé de François !

— Le… vitrail, dites-vous ?

— Dame, tu m'as convaincu avec celui destiné aux moines de Psalmody. N'aimerais-tu pas ajouter une corde à ton arc, celle de vitraillier ?

Le visage tout entier de François s'embrasa, ce qui réjouit Charlotte. Elle n'écoutait plus la conversation des deux hommes à laquelle s'était greffé Maurice qui étalait de magnifiques images devant eux.

— Moi, j'ai dans l'idée que le vitrail n'est pas réservé aux cathédrales. Qui n'en souhaiterait pas aux portes, aux fenêtres en remplacement de ce papier huilé si disgracieux ?

Ils étaient partis dans une discussion sans fin. Sur une invite de sa mère, Charlotte poussa la chaise de Gabrielle jusqu'à la terrasse ; un ciel constellé d'étoiles, invitant aux confidences comme à la rêverie, les enveloppa toutes deux. Après un long silence, Gabrielle murmura :

— Tu l'aimes, ma fille.

— Maman ! Ô maman, si vous saviez !

— Je sais, mon enfant. Je sais aussi ton impatience, mais ne précipite rien. Ce garçon reprend pied dans une nouvelle vie, il faut lui laisser du temps.

— Une nouvelle vie où je n'aurai peut-être pas ma place, soupira Charlotte. Qui peut connaître les intentions de monsieur de Vilette dans l'établissement de son fils.

— Moi, ma chère enfant ! Monsieur de Vilette et ton père ont longuement évoqué l'avenir de leurs enfants, mais je ne t'en dirai pas plus, adorable curieuse.

Les premiers flocons de neige avaient fait une apparition impromptue dans toute la province du Languedoc ; rencontrant une terre gelée, ils s'y maintinrent et, une couche se superposant à une autre, la couverture neigeuse atteignait presque deux pieds de haut.

Chaque matin, il fallait dégager un passage du château à la halle et c'est François qui s'en chargeait. Ce matin-là, il sifflotait tout en déblayant le chemin quand une fenêtre s'ouvrit sur un délicieux visage ; une voix de rossignol le héla joyeusement :

— Pourrais-je vous demander un service, François ?

— Tout ce que vous voulez, mademoiselle Charlotte. J'aimerais tant vous être agréable.

Ça alors ! Charlotte n'en revenait pas. Elle avait l'impression que depuis des mois, il la fuyait. Et maintenant, ne voilà-t-il pas qu'il renversait la situation ? Elle s'empressa d'expliquer :

— Maman et moi avons récolté des vêtements chauds et des bas de laine, des capotes cirées et des courtepointes pour l'annuelle distribution aux indigents de plus en plus nombreux par les temps qui courent.

— Où voulez-vous que je les convoie ? demanda François que l'opportunité de lui rendre service ravissait.

— Il s'agit seulement de remplir la carriole que monsieur le pasteur enverra chercher. Il y en a un si gros faix que je redoute, seule, de n'en venir à bout.

— Je suis votre homme, demoiselle ! s'écria François, un radieux sourire éclairant son visage fraîchement rasé.

Puis il se ravisa.

— Cela peut-il attendre jusqu'à ce soir, mademoiselle Charlotte ? Maître Francis m'attend à la halle.

— À ce soir donc, François ! confirma Charlotte en refermant prestement sa fenêtre pour dérober à sa vue ses pommettes empourprées et son regard de braise.

La soirée confirma les aspirations des deux jeunes gens. Timidement, au début – par simples frôlements d'épaules, légères rencontres de doigts, doux échanges d'œillades complices, petits mots anodins susurrés –, elle alla crescendo jusqu'au chaste enlacement de leurs corps, à la soudure de leurs lèvres qui leur donnaient une vague notion de la félicité.

— Je vous ai fait souffrir, mon aimée. J'avais tant mal, moi-même.

— N'y pensons plus, François. Je vous aime tant, mon bel amour.

***

Roquefeuil n'en revenait pas. Vilette parti en promettant, pour le lendemain, la visite de sa fille. Madame de Bagars se faisait, effectivement, annoncer.

Pour une fois, les voiles noirs d'un deuil avaient quelque signification, ou quelque utilité : ils dissimulaient aux regards curieux la joue tuméfiée, plus violacée que rouge, gonflée et si sensiblement douloureuse qu'une brise caressante faisait grimacer Rachel à seulement l'effleurer.

Obséquieux comme à son habitude, le notaire avança une chaise à haut dossier de tapisserie, glissa un petit banc de bois sous les pieds de sa cliente et s'agita en courbette.

— Je ne vous attendais pas de sitôt, madame. Mais vous avez bien fait de venir, il faut battre le fer quand il est chaud et monsieur Bertrand consent à…

— Il est heureux qu'il consente ! le coupa sèchement Rachel. J'en avais décidé ainsi.

— Il aurait pu cependant ergoter, faire traîner…

— Et obérer sa filature au point de l'étrangler ? Il est tout simplement lucide et raisonnable, la soie peine à se vendre par les temps qui courent.

— Comment ça, madame ? L'or des Cévennes sur le déclin ?

— Un déclin, j'ose l'espérer, temporaire. Mais là n'est pas mon propos.

Et Rachel de Bagars, née Vilette, d'exposer une volonté qui, pour être ce que le notaire avait entendu de plus farfelu, n'en était pas moins farouchement déterminée.

Au bout d'un moment, il se permit une remarque :

— Vous vous dépouillez, madame. Totalement !

— Telle est ma volonté, répliqua Rachel d'une voix blanche, presque inaudible.

Se croyant autorisé, Roquefeuil insista.

— Permettez-moi un conseil, madame. Vous êtes jeune encore, un avenir peut se dessiner pour lequel il serait bon de garder, comme on dit, une poire pour la soif.

Le visage de Rachel se fendit d'un rictus amer.

— Mais la poire, c'est vous, Roquefeuil ! Que

je sache, la charge notariale de mon époux ne vous appartient pas, ni par acquisition ni par héritage. Vous n'êtes qu'un commis et pouvez, d'une pichenette, n'être plus rien du tout.

L'occasion était trop bonne.

— Combien en voulez-vous, madame ? Je suis preneur pour acheter la charge.

Un petit ricanement de gorge lui répondit :

— Une poire pour la soif, Roquefeuil ! Une belle poire pour la soif !

Il fallait, maintenant, convoquer les héritiers, ce que fit Roquefeuil, les recevant toutefois séparément.

Il n'est jamais bon que des chamailleries d'héritage aient pour cadre un cabinet, se disait-il, ne sachant la réaction des bénéficiaires.

Thierry de Vilette fut le moins surpris. Depuis toujours, sa marraine ne l'avait-elle pas qualifié d'héritier ? Héritier de Verrière-Génestrelle, il va de soi, mais aussi héritier, à sa mort, de tous ses propres biens issus de son mariage avec le vieux notaire. Seule cette anticipation l'étonna.

Père est passé par là, se dit-il. Déposséder Rachel de son avoir entrait tout naturellement dans le châtiment qu'il désirait lui infliger.

Un sentiment de pitié l'étreignit cependant, que chassèrent dans l'instant l'évocation du calvaire de Gédéon et l'assurance que sa marraine ne se dépossédait pas totalement.

Marraine ne sera jamais aux abois avec la rente du filateur et la valeur sûre que représente la charge de notaire royal dont elle ne s'est jamais démise.

Tout autre fut la réaction de Guilhem Castanet, assigné à son tour à se présenter en l'étude de maître Roquefeuil.

— J'avoue, maître, m'étonner de cette convocation. Si elle concerne la vieille masure de mon père, sachez qu'elle n'est pas à vendre. Un jour, peut-être, aurai-je le temps et les moyens de la rendre habitable.

— Rien de tout cela, monsieur Castanet. Je vais vous faire lecture d'un souhait qui tient à cœur à l'une de mes clientes. Veuillez ne pas m'interrompre.

Il commença sa lecture :

Moi, Rachel de Vilette, saine de corps et d'esprit à ce jour, mariée à monsieur de Bagars, veuve et sans enfants, détachée des biens terrestres légués par mon défunt époux, désire m'en dépouiller par une adoption légale et plénière. N'ayant ni l'âge ni le souhait d'élever un enfant pour ce faire, je désire par ce geste remercier une personne qui a recueilli mon père, l'a soigné et assisté dans des circonstances très particulières. Le docteur Guilhem Castanet est cet homme méritant à qui je souhaite léguer non seulement mon nom, mais aussi un bâtiment sis à Lasalle, pour y installer un hôpital appelé de tous ses vœux par la population de cette vallée oubliée, ainsi qu'une somme d'argent destinée à l'aménagement dudit hôpital.

Attachée plus que tout autre à mon patronyme de naissance, je ne demande pas au docteur Castanet d'oublier le sien, seulement d'y ajouter celui de Bagars qui le hissera dans cette petite noblesse de robe à laquelle appartenait mon époux. Cela est une exigence, elle s'accompagne d'une prière : j'implore mon fils adoptif de me réserver un minuscule logement dans son nouvel hôpital où je vivrai en recluse, la religion réformée n'offrant pas de couvent pour s'y retirer du monde.

Fait à Lasalle, l'an 1626 et le 30 du mois d'août

Aux premiers mots du notaire, Guilhem avait ressenti une irritation qui était allée croissant, jusqu'à ce qu'apparaissent, dans sa mémoire, en lettres couronnées d'un feu d'artifice, quelques mots d'Elias de Vilette : « La solution que j'envisage pour vous donner ma fille sans déchoir de mon rang… »

Elisabeth, sa délicieuse assistante, la femme avec qui il rêvait de faire sa vie ! S'il fallait, pour cela, porter le nom de Guilhem Castanet de Bagars, il y satisferait et son vieux père, dans son tombeau, n'en prendrait pas ombrage, persuadé sa vie durant d'avoir élevé un phénix dans un nid de moineaux.

Les scrupules lui vinrent en pensant au frère de sa dulcinée et, sans détour, il s'en ouvrit au notaire.

— Je ne connais que peu madame de Bagars et suis touché de sa sollicitude à mon égard et, à travers moi, aux habitants du vallon d'Emeraude qui profiteront de ses largesses ; je ne voudrais pas, pour ce faire, que cette dame dépossédât sa famille, en particulier ce filleul à qui elle est très attachée.

— Ne prenez pas madame de Bagars pour une sotte. Cette dame a suffisamment de biens mobiliers, de bois, de terres et d'obligations d'épargnes pour établir le jeune monsieur de Vilette, son demi-frère. Mais il est ici question de vous, docteur Castanet.

Le notaire le prenait de haut, Guilhem resta sur la défensive.

— Puis-je différer ma réponse ? demanda-t-il en se levant.

— Comment ça, différer ? Quelle réponse ? Un geste aussi généreux ne se refuse pas, surtout lorsque l'on n'est qu'un…

— Qu'un pauvre médecin, voulez-vous dire ? Je ne demande pas l'aumône, maître, seulement un délai de réflexion pour accepter la proposition de madame de Bagars. Sachez aussi, maître, que si j'accepte, ce sera pour d'autres raisons que mon intérêt personnel.

— J'entends bien, docteur. Le souci des habitants de la vallée, par exemple, ironisa Roquefeuil.

Il avait eu le temps, l'éconduit, de supputer l'arrangement qui mènerait tout droit dans le lit du docteur la belle Elisabeth sur laquelle il avait un temps jeté son dévolu, et il enrageait.

— Entre autres ! lança Guilhem en passant la porte.

Le surlendemain, après avoir longtemps débattu du sujet avec sa belle tout auréolée du bonheur qu'elle touchait enfin des doigts, Guilhem alla signer les documents qui faisaient de lui Guilhem Castanet de Bagars, à la tête du futur hôpital de Lasalle qu'il avait décidé de baptiser : la Fondation Gédéon.

***

Verrière-Génestrelle, tout comme Fontclaret, vivait au rythme de l'amour, comme l'annonçait dans une longue lettre adressée à son fils premier-né Elias de Vilette.

Tout doucement, la joie de vivre éclate à nouveau sous notre belle halle. Il fallait du sang neuf, il est là en la personne de mon petit-fils, un travailleur infatigable et de commerce heureux, en plus de ce curieux David qui nous initie au « flint-glass », une matière obtenue en forçant le dosage de plomb. Tu serais surpris de voir, mon cher garçon, combien l'indice de réfraction obtenu est élevé. Ce diable de garçon souffle force pampilles, clochettes et cabochons qui, harmonieusement assemblés, font des lustres de fort belle facture. Un même et bon esprit règne enfin sous mon toit et cela me procure de vieux jours apaisants. Un bonheur ne venant jamais seul, tu ne seras pas surpris d'apprendre le prochain mariage de ta sœur. Cette chère enfant tourne le dos aux verriers pour épouser l'élu de son cœur, un homme que je porte en grande estime et qui, de plus, est de notre monde.

Le docteur Guilhem Castanet de Bagars est un homme de grande valeur. Ils s'uniront aux premiers beaux jours et, par égard pour Guilhem qui n'a plus de famille, nous ne réunirons pas la nôtre.

Je t'embrasse, mon cher fils, et je te prie de saluer pour moi monsieur et madame de Rizols et leurs enfants.

Ton père affectionné. Elias de Vilette.

— De mauvaises nouvelles ? demanda Charlotte, en posant une main sur le bras de François.

— D'excellentes, au contraire, répliqua-t-il avec un sourire mélancolique. Ma sœur va se marier.

Puis il saisit les mains de Charlotte et les pressa dans les siennes.

— Je vous dois un aveu, ma belle Charlotte. J'ai cru être amoureux d'Elie... longtemps elle occupa si pleinement mes pensées. Me pardonnerez-vous ?

— Votre attirance n'était que fraternelle, François. Votre sœur vous attirait comme la force d'attraction agit entre deux aimants. Notre amour est d'autre nature.

20

La quenouille de verre

À l'approche des deux événements cruciaux de sa vie qui feraient de lui l'homme le plus heureux du monde, François n'arrivait pas à les dissocier, ni à donner à l'un prépondérance sur l'autre.

Dût-il, par malchance, renoncer à accéder à la tant convoitée maîtrise, son mariage avec Charlotte de Rizols en aurait été grandement assombri, comme si cette union n'était qu'une nouvelle usurpation, une odieuse supercherie. De même qu'une maîtrise obtenue avec les honneurs et qui ne serait pas suivie de ces noces d'amour, point d'orgue d'une passion sagement contenue, perdrait toute saveur, ne lui procurerait qu'une vaine fierté.

Non. L'un n'allait pas sans l'autre. Mais pourquoi s'adonner à d'aussi étranges pensées alors que tout était réglé, acquis, planifié dans la grande tradition des gentilshommes-verriers ?

Certainement parce que le bonheur effraie ceux qui n'en sont pas coutumiers. Bien qu'il vécût, depuis quelques mois, une félicité sans bornes, François redoutait un de ces revers de fortune qui le feraient tomber plus bas qu'il n'avait jamais été. Lui revenaient en mémoire les fabuleuses légendes du pâtre Gédéon. En avait-il narré, les soirs d'été sous les étoiles, de ces récits symboliques si invraisemblables et cependant si pleins d'une cartésienne philosophie en particulier celui du vol audacieux d'Icare et son tragique dénouement !

Approcher de si près la divine Charlotte, n'était-ce pas atteindre la plus scintillante des étoiles ? Entrer dans la coterie si fermée, si codifiée des gentilshommes-verriers, n'était-ce pas forcer un destin qui n'était pas le sien ?

Fort heureusement, ces dérangeantes introspections ne s'invitaient dans la tête de François qu'à ses heures d'oisiveté, c'est-à-dire quand il n'était pas occupé sous la halle jusqu'à la tombée du jour, puis par de longs apartés avec Maurice dont la créativité débordante compensait la débilité du corps, ou bien accaparé par Charlotte et sa mère qui peaufinaient la cérémonie du mariage et la réception visant à réunir dans la joie les familles Rizols et Vilette.

— Alors, François, as-tu réfléchi à ton chef-d'œuvre ?

Pour la deuxième fois, Francis de Rizols interrogeait François dont le regard se perdait dans les limbes et les oreilles restaient sourdes à la conversation.

— Vous me parliez, mon maître ?

— Oui, de la pièce unique que tu dois créer et qui validera ta maîtrise. N'oublie pas qu'elle doit subjuguer le jury. Y as-tu seulement songé ? s'impatienta Rizols.

À nouveau, François s'évada dans un rêve éveillé. La pièce se dessinait devant ses yeux maintenant avec netteté. Il allierait les deux événements majeurs de sa vie dans l'exécution de l'objet traditionnel des mariages chez les verriers et il l'offrirait à Charlotte.

Son visage irradiait de bonheur quand il se tourna vers elle, tout émue de le voir transfiguré.

— Je soufflerai pour vous, ma bien-aimée, la plus belle quenouille de verre que l'on ait jamais vue, lui dit-il. Et pour cela, je mettrai à profit la technique de l'aspirant anglais de mon père qui force sur le plomb lors de la paraison. Son effet cristallin, allié à notre lumineux bleu de Grésigne, fera merveille dans vos blanches mains.

Si elle avait obtenu dès son ébauche l'aval des deux gentilshommes, l'union de leurs enfants n'était en passe de se réaliser qu'après de longues palabres épistolaires qui avaient débouché enfin sur un engagement officiel des deux parties. À savoir qu'à son décès Francis de Rizols léguerait sa verrerie à parts égales à son fils et à son gendre ; Elias de Vilette, lui, n'aurait qu'à mettre une somme honnête dans la corbeille, une disposition en tout point satisfaisante.

La reconnaissance de François, s'il l'avait entérinée sans sourciller, s'était accompagnée du sentiment amer de spolier Thierry, d'autant que Verrière-Génestrelle n'avait pas la dimension pour fonctionner comme une hydre. Une même tête, pensante et agissante, lui suffisait. Aussi Elias fit-il bon accueil à la proposition de Francis… non sans s'étonner de sa gourmandise.

— Cinq mille livres ? Fichtre, Rizols ne se mouche pas du coude ! tempêta-t-il dans un premier temps, avant qu'une savoureuse idée fasse son chemin et le comble d'une malsaine satisfaction.

Rien ne le satisfaisait plus que cet impensable retournement de situation : Rachel dotant François !

Il savait où trouver la veuve recluse, son gendre ne lui ayant pas caché qu'il avait souscrit à la demande de sa mère adoptive en lui réservant, à l'étage de la Fondation Gédéon, une pièce d'honnêtes dimensions, prolongée d'une alcôve. Il s'était donc rendu à Lasalle, chez le notaire Roquefeuil en premier lieu, puis il avait poussé d'autorité la porte de sa fille.

Rachel était tassée sur une chaise basse, un panier long à ses pieds, une corbeille ronde sur ses genoux, toute mousseuse d'un nuage blanc ; elle faisait de la charpie, une occupation qui, pour être fastidieuse, était utile à la Fondation et qu'elle avait revendiquée auprès de son cher « fils ».

Elle se mit debout, mue par un ressort, tremblante de peur tout autant que de honte, un espoir cependant au cœur.

— Vous ici, mon père ? Par quel miracle…

— Une dette, madame, que vous n'avez pas encore réglée !

— J'ai tout donné… bredouilla-t-elle dépitée.

— Cinq mille livres, madame, pour solde de tout compte.

Rachel se tordait les mains.

— Par pitié, mon père, je n'ai plus rien…

— Je viens de voir Roquefeuil, il est prêt à vous acheter, pour la somme de six mille livres, la charge de notaire royal. C'est plus qu'il ne m'en faut pour doter mon fils premier-né… Pour cela, je compte sur vous.

Il s'attendait à la voir s'écrouler de dépit, écumer de rage, éructer sa haine du bâtard. Il n'en fut rien, Rachel était vaincue, laminée.

— J'irai dès demain, père, capitula-t-elle.

— Il vous attend ce jour, ne différez pas !

La porte se referma sur la silhouette rigide d'Elias de Vilette. Rachel se serait cependant étonnée de le voir, quelques instants plus tard, au détour d'une ruelle, sangloter comme un enfant, la tête dans les mains.

***

Depuis les premiers jours de l'année 1629, des signes d'agitation belliqueuse étaient perceptibles dans toutes les Cévennes. En cause, la réapparition du duc de Rohan, ce farfadet qui surgissait ici alors qu'on le croyait là-bas, qui disparaissait de la scène publique, se faisait oublier un temps pour revenir, plus fougueux, plus disert, plus enflammé que jamais, sur ses terres de prédilection qu'étaient les contreforts cévenols.

L'année précédente, au cours de l'été, enfermé dans la ville d'Anduze dont les remparts étaient enfin achevés, il avait tenu tête au duc de Montmorency, grâce à une garnison de trois mille soldats, six canons, une couleuvrine, des munitions et des réserves en conséquence.

Irrité d'être tenu en échec, son adversaire se contenta de mettre le feu à une cinquantaine de bourgs avoisinants, afin d'évacuer son ire. Puis de faire pendre, à Lasalle, soixante religionnaires. Riposte de Rohan : au lendemain de cette exaction, cinquante-six catholiques se balançaient au bout d'une potence, sur la grève d'Anduze !

Les dévastatrices ondes de choc d'un phénomène dont l'épicentre était le port de La Rochelle mirent fin, la même année, à ce triste jeu de « je te tiens, tu me tiens par la barbichette », attribut, soit dit en passant, dont tous deux étaient pourvus. À la tête des troupes royales, le cardinal de Richelieu avait reçu la reddition de ce symbolique bastion huguenot ; le Midi protestant en resta atterré.

S'il en était un qui se faisait fort de tenir la dragée haute aux troupes du roi, c'était bien l'infatigable et utopique Rohan qui, après quelques mois d'un silence prudent, convoquait à Nîmes une assemblée générale des provinces du Languedoc en vue de raviver le zèle des religionnaires. En termes concrets, il s'agissait d'un appel à la lutte armée.

— Cela n'augure rien de bon et je crains fort que ces troubles ne compromettent notre déplacement à Moussans, soupirait Elias de Vilette, après que Guilhem Castanet lui eut fait part de grands mouvements de troupes armées tant à Lasalle qu'à Anduze.

— François serait trop déçu que nous n'assistions pas à ses noces, et moi j'ai hâte de connaître cette Charlotte qui a ravi son cœur, avança Elisabeth qui se faisait une joie du voyage et des festivités.

— À quelques jours de mettre votre premier enfant au monde, cela ne doit pas faire partie de vos préoccupations, ma chère enfant. Songez en priorité à donner un fils à votre époux et me faire grand-père d'un solide petit gars.

— À quelques jours ? Vous êtes bien pressé, père. L'enfant est attendu pour le mois de mai et je puis vous assurer que Guilhem se réjouira tout autant d'une fillette que d'un garçon.

— *Eh bé* il aura bien tort, et je sais de quoi je parle ! soupira Elias.

Le modus vivendi établi depuis la désertion de Rachel du domaine paternel, perdurait encore, un an après le mariage d'Elisabeth et de Guilhem. La jeune femme demeurait à Verrière-Génestrelle du lundi au jeudi afin d'en assurer l'intendance et veiller aux travaux autres que ceux qui incombaient à la halle. Son époux la rejoignait tous les soirs, parfois au milieu de la nuit quand les malades de la Fondation Gédéon, ou ceux de sa clientèle tant anduzienne que lasallienne, requéraient ses soins dévoués.

La fin de la semaine était pour le jeune couple une délectable solitude à deux ; ils la passaient à la Fondation où ils avaient un minuscule appartement et surtout où ils vivaient leur double passion : celle de la médecine et leur délicieuse quête amoureuse qui ne s'émoussait pas.

En même temps que François faisait connaître à sa famille la date de son mariage, Elisabeth avait annoncé la bonne nouvelle.

— Au mois d'août ? Notre bébé aura quatre mois. N'est-ce pas qu'il pourra voyager, Guilhem ?

— Il est trop tôt pour l'affirmer, ma très chère. Au pire, nous le confierions aux religieuses du

Verbe Incarné, sourit le docteur qui s'attendait à la réaction de son épouse.

— Je préférerai alors renoncer à la noce ! Un si petit enfant dans ce lieu sinistre et froid !

— Calmez-vous, calmez-vous, mon aimée ! Nous ne sommes point en mai, encore moins en août.

Delphine Castanet de Bagars pointa son mignon petit nez le jour de la Sainte-Sophie, ce qui lui valut un double prénom pour gage de sagesse. L'entourage familial du bébé eut à peine le temps de s'extasier sur son gracieux minois ; les menaces de guerre civile se précisant dans le temps et dans les lieux, prenaient le pas sur un si heureux événement.

— Les troupes du roi ont pris d'assaut la ville de Privat. Le courage des habitants terrés dans leur cité qui se voulait un exemple pour d'autres, tout aussi rebelles, n'a pas été du goût du Cardinal qui l'a livrée au plus barbare des pillages, rapporta au domaine le docteur Castanet de retour d'Anduze.

— Lui, un homme d'Église, se montrer si féroce, si inhumain ! s'indigna Elisabeth en se saisissant de son bébé comme pour le protéger d'une impalpable menace.

— Un roi doit protection à ses sujets, à tous ses sujets ! tonna Elias, et celui-ci les abandonne, poussé en cela par ce maudit cardinal de Richelieu et ce non moins détestable père Joseph, son éminence grise. Ah, misère !

— Ce n'est pas tout, poursuivit Guilhem dont les oreilles avaient frémi aux nouvelles qui couraient dans la plaine. Notre roi ne s'arrêterait pas en si bon chemin, on dit que ses troupes se dirigent, à marche forcée, sur Alès dans laquelle ont pris position monsieur de Rohan et ses hommes d'armes.

— Ça sent le soufre ! grogna encore Elias avant d'aller faire une ronde dans son domaine pour relâcher la tension à laquelle donnaient lieu ces inquiétantes nouvelles.

Pour une fois, les on-dit n'étaient pas sans fondement. Au matin du 3 juin, laissant Privat dans le deuil et la désolation, les soldats de Louis XIII avaient pris la route en direction d'Alès qu'ils comptaient soumettre de la même façon. Le 8 au soir, ils y mettaient le siège tandis que le roi installait son quartier général au mas Bouat.

De la ville qui s'apprêtait à être martyre, Rohan avait pris soin de chasser les catholiques.

— Des traîtres en puissance, disait-il.

Aux religionnaires qui lui étaient fidèles, il avait fait prêter serment de défendre la cité jusqu'au bout. Le siège dura une semaine ; le 16 juin, Rohan parlementa, le 17, il faisait ouvrir les portes de la capitale cévenole dans laquelle Louis XIII, Richelieu et le père Joseph entraient par la porte de la Roque, sans qu'un coup de feu fût tiré alors qu'Anduze ouvrait à nouveau les siennes au vaincu qui avait prêté serment de ne plus porter les armes contre son roi.

Ces mots mêmes du souverain accompagnaient la retraite des hommes de Rohan : « *Qu'ils partent avec armes et bagages, mèche éteinte, enseignes ployées et sans battre tambour...* »

Tout le temps qu'avait duré ce va-et-vient de troupes qu'on déplaçait ici et là, dans une pagaille monstre pour certaines, pour d'autres avec la stratégie qui sied à une force armée organisée, les Cévenols s'étaient figés dans leurs bourgs, leurs hameaux, leurs mas, leurs domaines. Le traité de paix élaboré chez les consuls d'Anduze et qui prit le nom d'Édit de grâce d'Alais afin de saluer la grande mansuétude du roi, accordait de plus, aux religionnaires, leur liberté de culte.

— Hé quoi ! Des scribouillards qui ne savent même pas écrire ! s'insurgea Elias à la lecture du traité placardé dans toutes les maisons consulaires.

— J'y vois, moi, plus de malice que d'incurie, souligna Guilhem qui n'était pas le seul à pencher pour une faute délibérée.

— Quoi qu'il en soit, conclut Elisabeth avec optimisme, ce qui importe c'est que notre fille et nos enfants à venir ne vivent pas ce que nous avons vécu, ne connaissent que paix et prospérité et pratiquent leur foi au grand jour, comme l'accorde cet édit.

— Dieu t'entende, ma fille ! Encore que la prospérité de nos Cévennes ne soit qu'une douce utopie.

Puis s'interrogeant sur celui qui s'était autoproclamé zélateur de religionnaires, il se tourna vers son gendre.

— Faut-il prêter une oreille crédule à ce bruit qui court, mon gendre.

— Il en court tant et tant !

— Rohan aurait obtenu la restitution de ses titres et de ses biens qui lui avaient été confisqués.

— Et plus encore, monsieur ! On parle d'un pretium doloris s'élevant à cent mille écus accordé par le roi.

— Si c'est le prix de la paix… soupira Elias.

Le prix de la paix, peut-être, en aucun cas de ce qui allait suivre.

***

Des montagnes du Vivarais où vingt mille soldats royaux avaient piétiné durant trois semaines jusqu'à Nîmes qui voyait les régiments prendre leurs quartiers d'été, en passant par Alès la couarde et Anduze la repentie, les miasmes bactériens d'une épidémie mortelle proliféraient à grande vitesse. Ne l'ayant obtenu par les armes, la mort, à toute force, réclamait son tribut.

Au cours du mois de juillet, dans la seule ville d'Alais intra muros, huit cents personnes furent emportées par des fièvres et le mot terrible, véritable spectre de la mort, courut sur toutes les lèvres : la peste !

Alors, comme ils l'avaient fait en temps de guerre, les citadins se barricadèrent chez eux. Les nouveaux consuls de la ville jugèrent prudent d'interdire foires et marchés, au risque d'affamer les habitants. Ce qu'il advint. Ceux que l'épidémie épargnait mouraient de malnutrition. Les fossoyeurs n'y tenaient plus à transporter, par charretées, les cadavres abandonnés dans les rues, si bien qu'on ouvrit les portes de la prison pour se procurer de la main-d'œuvre ; les calamités, alors, s'amoncelèrent, pillages et agressions de tous ordres, renforçant l'idée de toute une région frappée d'anathème.

Au contraire des villes qui, croyant fermer les portes à l'épidémie, optaient pour le confinement, les villageois choisirent de déserter bourgs, bourgades et hameaux et gagnèrent les bois proches dans un souci d'éviter tout contact avec un pestiféré, ou supposé tel.

— Y songez-vous, mon gendre ! se désolait Elias. Le massif de la Grande Pallières n'y suffit plus pour abriter toute cette population d'exilés ; mon bois de Bane est truffé de cahutes que construisent ces malheureux pour s'abriter. J'ai donné ordre à toute ma maisonnée de n'approcher aucun de ces pesteux.

— Un diagnostic un peu hâtif à mon sens. À la Fondation Gédéon, quatre malades nous ont été amenés et que nous avons isolés. Pour avoir étudié les symptômes qu'ils présentent, je pencherais plutôt pour une forme de choléra.

— Le mal trousse-galant ! s'écria Elisabeth.

— Je ne puis l'affirmer. Il pourrait aussi s'agir d'une forme de typhus. Pour autant, je vous concède la gravité de l'une comme de l'autre de ces maladies.

Puis, prenant dans les siennes les mains d'Elisabeth :

— Dieu sait si vous me seriez fort précieuse à la Fondation, ma chère épouse, mais je vous en conjure, pour notre enfant si jeune qui a tant besoin de sa mère, ne vous exposez pas à la contagion.

— Mais vous-même, Guilhem ?

— Vous savez, ma mie, combien les médecins s'en remettent à Asclépios, notre protecteur, plaisanta Guilhem pour balayer tout souci du front déjà ombrageux de son épouse.

Celui d'Elias était barré d'une ride profonde quand il émergea de son silence méditatif.

— Tous ces morts, dit-il d'une voix grave. Toute cette souffrance ! Les Cévennes seraient-elles maudites ?

Puis changeant de ton et faisant le réjoui :

— Nous n'avons pas des nouvelles de notre étudiant et, voyez-vous, cela me plaît que l'Académie ait décidé de retenir en ses murs maîtres et élèves. Je le sais en sécurité.

À quoi son gendre leva les yeux au ciel en signe de prière…

L'Académie de Nîmes, en effet, avait souscrit à la demande expresse des consuls devant la fulgurante propagation de l'épidémie dans les faubourgs et chemins de ceinture, si grandement fréquentés.

Car c'était une constante, chez les habitants de cette ville d'histoire, que de passer leur journée hors les murs, à simplement se balader pour les uns, à disputer d'interminables parties de *pallemalhe*, ou jeu de mail, pour d'autres, pour les plus affairés à y tenir boutique en plein air, dans un inextricable fouillis, défiant les marchés et foires organisés.

Ainsi donc, Arnaud, Raymond et Faïole, le triumvirat en charge de la sécurité de la ville, décidèrent-ils d'en fermer portes et bastions dont différentes époques l'avaient dotée. Plus encore, il fut demandé aux établissements scolaires, religieux, administratifs, partout où vivait une forte concentration de personnes, de les retenir en leurs murs jusqu'à nouvel ordre. Cela revenait à dire : la maladie n'investira pas notre ville ! C'était aussi prendre le risque qu'elle y fût déjà et y proliférât dans ce huis clos urbain.

Thierry de Vilette faisait son bagage, l'été le ramenant à Verrière-Génestrelle, quand il fut pris dans la nasse.

— Décision consulaire, se justifia le régent de l'Académie, tumultueusement pris à partie par les *estudiants* avides de liberté. Jusqu'à nouvel ordre, nous devons nous assurer de votre présence en nos lieux, vous y accorder le gîte et le couvert. D'ailleurs, nous demanderons défraiement à vos familles ultérieurement.

Débuta alors une longue attente que certains trompèrent… par des escapades clandestines et hautement téméraires dans ces faubourgs de vices et d'oisivetés et ce qui devait arriver arriva : fièvres, vomissements, diarrhées et autres joyeusetés de ce genre devinrent le quotidien à l'infirmerie de l'établissement scolaire.

Thierry de Vilette, qui n'avait aucun goût pour la débauche estudiantine, occupait ses journées dans le laboratoire où, avec l'aide de Jean Delorme, son professeur préféré, il se livrait à des expériences fructueuses.

— En voilà une qui ne manque pas d'intérêt ! s'enflamma Thierry. Comment l'appelez-vous, monsieur Delorme ?

— Le savon des verriers. Il vous permet de rattraper une erreur sans gaspiller les composants. Notez la formule, Vilette : MnO_2.

Les formules ! Sa passion. Son grand secret, aussi. Celle de Luigi, incomplète, énigmatique, que Gédéon avait dénichée dans une aspérité du mur et que le jeune homme connaissait par cœur, lui trottait dans la tête. Combien de fois l'avait-il eue au bord des lèvres afin de la soumettre à son professeur ? Aujourd'hui que la mise en quarantaine lui devenait pesante, ce désir le titillait plus que jamais.

Il n'avait pas à redouter de cet homme intègre une divulgation, ni même une utilisation à son profit ; au pire, la formule abracadabrantesque de Luigi le coloriste ne livrerait pas son secret ; au mieux, le chaînon manquant leur apparaîtrait comme une géniale évidence. Il se lança :

— J'ai à vous soumettre, monsieur, une suite de symboles qui me pose problème. Pouvez-vous éclairer ma lanterne ?

— Voyons, de quoi s'agit-il ?

De mémoire, Thierry de Vilette énonça la formule, du moins ce qu'il en connaissait. Absorbé, Jean Delorme lissait sa barbe en pointe qu'il conservait en dépit de la nouvelle mode qui lui préférait la moustache et la mouche. Le regard du jeune étudiant allait du visage perplexe de son professeur à l'ardoise noire où l'équation chimique tardait à livrer son secret.

— À l'évidence, votre énoncé est erroné, Vilette. Pour être plus précis, je dirais incomplet, il manque à mon sens deux éléments fondamentaux.

La main longue et décharnée n'en finissait pas de lisser le visage émacié du professeur et Thierry, lui, n'en finissait pas de regarder cette main jusqu'à ce que la lumière se fît en lui. Sa bouche s'arrondit sur ce constat effroyable et quelques mots s'étranglèrent dans sa gorge :

— Monsieur ! Professeur ! Votre main… ces taches… vous êtes… Mon Dieu !

Totalement obnubilé par une intense réflexion, Delorme s'écria :

— Notez, Vilette ! $CnSo_4$. Voilà un premier élément qui s'emboîte.

Ce disant, il tendait une craie à Thierry ; ses yeux alors virent ce qui bouleversait l'étudiant. Il en resta médusé.

— Pesteux ! Finir pesteux, je savais que toute vie a une fin, je ne m'attendais pas à ce qu'elle soit si misérable.

— Ne déparlez pas, monsieur, on va vous soigner. Venez, je vous accompagne à l'infirmerie.

— Ne m'approchez pas, Vilette ! se récria Delorme en faisant un écart.

Ce geste brusque lui procura une sorte d'éblouissement ; il aurait chu lourdement si son élève ne l'avait retenu. Un spasme noua ses entrailles et le plia en deux, suivi d'un dévoiement pestilentiel qui débordait de ses chausses.

— Laissez-moi, Vilette ! C'est un ordre ! pensa-t-il crier alors que sa voix s'étranglait dans sa gorge.

Jean Delorme mettait ses dernières forces à préserver son élève de la contagion. Il pensa avoir été entendu et obéi : le jeune homme quittait le laboratoire, le feu aux trousses.

Il n'en était rien. À travers une brume où ne se dessinaient que de vagues formes, Delorme entrevit deux silhouettes au visage obstrué d'une sorte de masque cotonneux venir à lui, le saisir sous les aisselles et l'amener tout pantelant jusqu'à un lit de toile où il s'abandonna. Son corps ne lui appartenait plus, terrassé de fièvre, de crampes et d'épisodes de grandes évacuations qui le vidaient et le laissaient sans vie.

Toute une journée s'écoula avant qu'il émergeât enfin de cette longue vacuité de perception.

— Vous revoilà enfin parmi nous, monsieur ! Je m'en réjouis.

Delorme se voulut grincheux :

— Je vous avais dit de me laisser, Vilette ! Vous n'en faites décidément qu'à votre guise.

— Par intérêt, monsieur, voulut plaisanter le jeune étudiant. J'en reviens toujours à ma formule incomplète.

Le professeur ne fut pas dupe du pieux mensonge.

— Il vous faut fuir, Vilette ! réitéra-t-il, cette fois-ci sur le ton de la confidence.

— Je suis donc de si mauvaise compagnie ?

Delorme prit sur lui et se souleva sur un coude.

— Approchez, Thierry. Vous devez rentrer chez vous, quitter ce piège où la mort nous guette, tous !

— Viendrez-vous avec moi, monsieur ? Je ne me résoudrais pas à partir sans vous.

— Je serais une entrave à votre fuite…

— Alors je ne partirai pas.

Il fallait faire avec cet entêté. Delorme fit mine de céder.

— Soit, je viendrai avec vous. Maintenant, écoutez-moi bien. Ne m'interrompez pas.

Dans l'esprit de Jean Delorme, la marche à suivre était simple ; hasardeuse, certes, mais si minutieusement conçue qu'elle ne pouvait échouer. Il ne fallait surtout pas emprunter la porte des Prêcheurs, trop à découvert, mais plutôt se frayer une issue à la percée de la Bouquerie qui offrait, de part et d'autre, de larges fossés herbus capables, en plus d'étouffer les pas, d'offrir des caches pouvant se révéler utiles.

— Allez prendre un peu de repos maintenant et préparez-vous à fuir avant la mi-nuit. Il vous faudra ensuite jongler avec la relève du guet qui vous laissera quelque latitude.

— Vous viendrez, monsieur ? Vous m'avez promis.

— Oui, oui, Thierry. Partez, je veux me reposer. Et n'oubliez pas : $CnSo_{4}$!

Allongé tout vêtu sur son lit dans la nuit silencieuse qui enveloppait le dortoir, Thierry de Vilette ne dormait pas. Il repassait mentalement le chemin qu'ils devraient emprunter, les trappes qu'ils auraient à éviter, les valets de ville qu'il faudrait esquiver… ou soudoyer largement pour leur silence. Il ne doutait pas de réussir, porté par une volonté de soustraire le professeur Delorme à la promiscuité des malades agonisant à l'infirmerie.

Un frottement léger le mit en éveil, tandis qu'une main ferme s'emparait de la sienne et le tirait hors de sa couche.

— Le professeur vous réclame, murmura l'infirmier une fois hors de la chambrée. Il se meurt et demande après vous.

Trop tard ! Il était donc trop tard ! Thierry hâtait le pas.

Jean Delorme vivait… encore un peu… si peu. Son visage d'un bleu violacé, sa bouche tordue et son regard révulsé n'auguraient rien de bon. Une respiration oppressée soulevait irrégulièrement sa maigre poitrine.

— Vous êtes là, Vilette ? exhalèrent ses lèvres en même temps qu'un souffle fétide.

— Oui, monsieur.

La voix blanche de Thierry disait son désarroi devant la fin précipitée du professeur.

— J'ai pensé… à votre formule… haleta Delorme. Essayez d'y ajouter… un dosage… faible… d'oxyde de c….

Le reste se perdit dans un râle ultime alors qu'un horrible gargouillement venu de ses entrailles faisait tressauter le corps sans vie et le vidait dans une monstrueuse et infecte déjection.

***

Cela faisait maintenant trois grandes heures que Thierry de Vilette s'imposait une ample et active foulée. Un ciel largement étoilé avait facilité une avancée qu'il n'eut aucune peine à évaluer : il était, sans coup férir, aux abords du village de Lédignan.

Il se surprenait encore, six lieues au-delà de Nîmes, à jeter de furtifs coups d'œil par-dessus son épaule, étonné de la facilité avec laquelle il avait mystifié le veilleur de nuit de l'Académie ainsi que les valets de ville du poste de guet de la Bouquerie ; il faut dire que sa silhouette déliée, tout en souplesse et en habiles reptations, l'avait bien servi... et plus encore une échauffourée opportune éclatant dans la ruelle de la Vieille-Triperie.

Il adressa une pensée reconnaissante à son professeur puis se laissa tenter par un de ces mamelons sombres qui hérissaient un champ bordant la route et qui lui faisaient des clins d'œil. Acceptant l'invite, il s'adossa à une de ces meules de paille et s'endormit.

Une boule de feu, incendiant l'horizon au levant, le fit émerger de ce somme profond. La raideur de ses membres pas plus que les contractures de tout son corps ne l'alarmaient, il n'avait pas ménagé ses jambes, trouvant dans ce dépassement de soi une anesthésie à son chagrin tout frais.

Enfin sur ses pieds, il s'étonna de cet engourdissement qui perdurait et se déchaussa pour masser ses chevilles ; c'est alors qu'il vit les larges plaques rouges qui marbraient sa peau et allaient en s'élargissant. Lui aussi était contaminé !

En un instant, sa résolution fut prise : il ne rentrerait pas au domaine paternel par égard pour sa famille, les ouvriers de son père et toute la maisonnée. Il irait directement à la Fondation Gédéon… si la maladie lui en laissait le temps, et s'en remettrait aux soins de son beau-frère, si toutefois celui-ci possédait un remède à ce mal ravageur.

La suite du trajet au cours duquel il ne rencontra pas âme qui vive lui parut un interminable calvaire qu'il gravissait avec l'énergie du désespoir, souffrant de tous ses muscles, s'arrêtant pour vider son estomac d'une immonde bile noire, s'accordant un peu de repos pour repartir titubant tel un homme pris de boisson.

Une soif inextinguible le tenaillait au point de brouiller sa vue et d'altérer son raisonnement.

— Boire ! Boire ! rauquait-il après chaque vomissement qui le jetait à genoux sur le chemin pierreux.

Un éclair de conscience lui fit reconnaître, barrant le ciel au loin, les pales d'un moulin, celui de la Madeleine.

— Je ne suis plus très loin, s'encouragea-t-il.

Il adressa alors au ciel une fervente prière, celle de lui donner la force d'atteindre Lasalle avant la fin du jour. Dans sa tête, tournait sans cesse cette certitude :

« Castanet ne laissera pas la mort me prendre. Lui saura me soigner. »

Il y avait une telle confiance dans ce désir de s'en remettre aux soins de son beau-frère !

Le moulin semblait endormi dans l'éternité. L'auberge qui le jouxtait avait, elle aussi, porte et volets fermés. Il en franchit cependant l'enceinte, irrésistiblement attiré par le puits à margelle dont le seau se balançait à la légère brise du jour déclinant.

Il se saisit de la chaîne pour puiser l'eau que son corps réclamait avidement quand une convulsion de tout son être le plia en deux.

Avait-il crié ? Avait-on crié ? Il ne le sut et s'affala sans connaissance, le buste penché sur la margelle, les genoux repliés au sol. Si près du but, l'évasion réussie de Thierry de Vilette arrivait à son terme.

21

L'heure de Colombe

Après avoir pris leurs aises comme a su le faire, de tout temps, l'occupant victorieux, les troupes royales avaient enfin déserté l'Hostellerie des Quatre Chemins, non sans y avoir commis une ultime et navrante exaction.

Dieu sait pourtant qu'elles n'avaient pas ménagé les malheureux aubergistes. Pourquoi fallut-il qu'elles ponctuent leur départ d'une telle bassesse ?

Il ne leur avait sans doute pas suffi d'acculer au désespoir Jacques Séverin si fier de sa cave grandement fournie en bonnes bouteilles et en futailles de chêne, qui avaient été vidées, éventrées par ces reîtres avinés. Non ! Ils s'en étaient pris au saloir de Célimène qui, consciencieuse cuisinière en l'auberge de son époux, n'avait de cesse que d'amasser des provisions ; comme des ogres insatiables, ils avaient ripaillé.

Oui, soudards ils étaient, rameutant pour animer leurs libations orgiaques les ribaudes des faubourgs d'Anduze. Leurs sabbats atteignaient une telle luxure que Jacques Séverin, en bon père de famille, enfermait ces soirs-là sa fille à double tour dans sa chambre après que sa mère lui avait préparé un grand bol de camomille.

— Bois ça, ma Colombe, et va vite dormir.

— Toute cette vaisselle, maman… je voudrais vous aider… notre personnel a si lâchement déserté…

— On ne peut l'en blâmer, ma fille ; la peur est plus forte que la faim, soupira Célimène.

— Fais comme on te dit, petite ! la pressait Séverin. Il y a des choses qu'une sage jeune fille ne doit voir ni entendre.

Et puis, pareille à un vol de corbeaux qu'un épouvantail de paille agité par le vent aurait mis en fuite, la soldatesque avait levé le camp aux premiers cas de dysenterie décimant ses rangs. Oui, les soldats du roi étaient enfin partis sur une dernière outrance, méthode atavique de la terre brûlée : ils avaient empoisonné le puits !

Jacques Séverin avait alors tout barricadé derrière eux.

— Nous rouvrirons à l'automne, dit-il, pris de lassitude et de découragement. Le temps d'assainir notre auberge au blanc de chaux, de refaire ma cave…

— Et moi de réapprovisionner mon garde-manger, ajouta Célimène en femme énergique.

Sacrée bonne femme, ma Célimène ! admirait Séverin. Et infatigable avec ça ! Moi, ils m'ont tué, ces sagouins !

Pauvre homme ! Il ne croyait pas si bien dire.

Au début du mois d'août, terré dans son auberge aux volets clos et accablée de chaleur, Jacques Séverin ressentait les premiers symptômes d'une maladie qui allait l'emporter. Une fièvre terrible le terrassa, au point qu'alternèrent des phases de délire et des moments de grand abattement.

Une nouvelle fois, Colombe se vit exilée dans sa chambre alors que Célimène s'installait au chevet de son époux pour ne le quitter ni de jour ni de nuit.

— Comment va mon père aujourd'hui ? demandait quotidiennement Colombe derrière la porte. Je lui ai préparé un bouillon, et à vous aussi, maman.

— Pose-le et retourne dans ta chambre !

— Mais enfin, maman… dites-moi comme il va… et vous…

— Il se bat, soupirait Célimène. Il faut espérer, il est si résistant, mon Jacquot.

La maladie aussi était résistante. Et persistante. Et cruelle, qui mena, en dix jours, Jacques Séverin aux portes du tombeau, comme ne put que le constater le docteur Castanet que Colombe était allé quérir de son propre chef, en cachette de sa mère. Par chance, elle l'avait trouvé faisant sa tournée de malades à l'asile du Bon Secours et, à peine évoqués les troubles dont souffrait l'aubergiste, le médecin lui enjoignait de rentrer chez elle tout en promettant sa visite, dès que possible.

— Il est perdu, madame, murmura le docteur penché sur le malade sans conscience.

Toujours évincée de la chambre, Colombe plaquait son oreille à la porte et retenait ses sanglots alors que sa mère se laissait aller au désespoir.

— Non, il ne peut pas mourir ! Sauvez-le, docteur ! suppliait-elle avec des accents déchirants.

— Il est trop tard, beaucoup trop tard. Pourquoi avez-vous tant tardé à m'appeler ? Je l'aurais fait transporter à…

— C'est justement ce qu'il ne voulait pas ! Il criait, tempêtait, s'étouffait de colère à seulement entendre prononcer le nom de Bon Secours. « Séverin à l'asile comme un gueux ? Jamais ! » qu'il disait. Et même, ça l'apaisait de penser qu'il allait mourir dans son lit.

— Mais la contagion, madame, y avez-vous songé ? Pour vous, pour votre fille, pour votre clientèle…

— Notre auberge est fermée, Colombe ne quitte pas sa chambre… sauf quand elle désobéit pour aller vous chercher. Et moi… moi… je ne serais pas grand-chose sans mon pauvre Séverin.

Derrière la porte, Colombe versait des larmes silencieuses.

Guilhem Castanet de Bagars revint le lendemain, Jacques Séverin était entré en agonie et, malgré les supplications de sa fille, Célimène refusait toujours de lui ouvrir sa porte.

— Un dernier adieu, implorait la jeune fille.

Guilhem l'entoura de son bras et l'éloigna de ces râles diffus qui n'en finissaient pas. Dans l'action, savait-il par expérience, on relègue un peu le chagrin, aussi lui distillait-il ses conseils avisés.

— Il vous faudra être courageuse pour deux, mademoiselle Colombe. Votre maman aura besoin de vous pour la soutenir. Surtout, il importera en premier lieu d'assainir votre maison en y faisant des fumigations de soufre dont les émanations font merveille. Ah, n'oubliez point de brûler, en plein air, draps, couvertures, matelas, tout le linge qui aura été en contact avec votre père.

Le surlendemain, après que le fossoyeur eut recouvert de terre le linceul de Jacques Séverin, Colombe prit la direction des opérations visant à chasser tout germe de maladie de l'auberge. Installant sa mère prostrée dans sa propre chambre, elle mit le feu à de petits foyers de soufre au centre de chaque pièce ; elle avait traîné à l'extérieur la literie de ses parents et s'apprêtait à y jeter une torche enflammée quand un de ces orages d'été qui font redouter la fin du monde avait éclaté, détrempant son minutieux bûcher.

Je m'en occuperai plus tard, il faut que je retourne auprès de ma mère, décida-t-elle sagement.

Elle trouva cette dernière allongée en travers sur son propre lit. Célimène s'était écroulée de chagrin, d'extrême lassitude et, il fallait se rendre à l'évidence, des attaques de la maladie transmise par son mari. La jeune fille reproduisit alors les gestes de ses parents, elle barricada sa maison et se dévoua auprès de sa mère, forte des recommandations du docteur Castanet qu'elle avait en mémoire.

— Ne pas boire de l'eau qu'on n'aurait pas fait bouillir au préalable. Se laver les mains à l'huile de camphre. Presser sur sa bouche une éponge imprégnée de vinaigre des quatre voleurs[13] pendant les soins donnés aux malades. Changer ces derniers chaque fois qu'ils seront souillés.

Ce qu'elle fit scrupuleusement. Célimène passa par toutes les phases de la maladie : fièvres, vomissements, diarrhées. Chaque jour amenait son lot de souffrance que la malheureuse abordait sans se plaindre ; chaque nuit plongeait la jeune fille dans la désespérance. Les visites régulières du docteur, indifférentes à l'une, fébrilement attendues par l'autre, trahissaient l'impuissance de la médecine :

— Mon devoir m'imposerait de vous éloigner de votre mère, mademoiselle Colombe, mais je ne puis m'y résoudre sachant combien la séparation vous

13. Composition de vinaigre blanc, d'absinthe, de marjolaine et de poivre moulu.

serait trop cruelle, à toutes deux. Hélas, nous ne savons pas comment juguler ces terribles épidémies sinon par l'isolement des malades.

— Nous en mourrions, monsieur. Par pitié, laissez-moi soigner ma mère. Vous voyez, je me porte bien.

Pour combien de temps encore ? soupirait intérieurement Guilhem, son visage soucieux dissimulé sous le masque à bec de canard capitonné journellement d'un pâton de girofle et de romarin.

Le docteur Castanet n'avait pas insisté, pas plus qu'il ne soulignait le déclin de la malade. Colombe était assez lucide pour ne pas se nourrir d'illusions. Pour autant, jamais le mot fatal ne franchissait leurs lèvres. Tout juste quittait-il les lieux en murmurant, par égard pour la malade :

— N'hésitez pas à me faire appeler… pour quoi que ce soit.

La literie des époux Séverin, détrempée par l'orage, n'avait pas eu de peine à sécher au grand soleil revenu, d'autant qu'il s'accompagnait d'une brise légère qui rendait les journées supportables et les nuits franchement agréables. Enfin… elles auraient pu l'être si Célimène Séverin n'avait tenu sa fille sur la brèche à changer ses draps et sa chemise à chaque souillure de ses entrailles torturées. Au soir tombant, enfin, une accalmie de ses souffrances avait plongé la malade dans un sommeil d'oubli. Il était temps pour Colombe d'allumer un grand feu.

Elle s'activait à l'arrière de la maison quand elle entendit grincer la chaîne du puits.

Le vent ! se dit-elle.

Elle regarda son feu, il ne s'emballait pas. Ce n'était donc pas le vent. Elle contourna la bâtisse. Un homme se tenait devant le puits, une main sur le seau.

— N'y touchez pas ! cria-t-elle.

En même temps, la silhouette s'affaissait lentement, la tête pendant dans le vide, le corps tassé sur les genoux repliés. Elle courut à lui, sans autre précaution que ce mouchoir camphré qui ne la quittait pas, et recueillit une demande articulée avec beaucoup de peine :

— Boire… À boire…

Colombe soutint la tête du jeune homme qui partait vers l'arrière et dont les yeux, par un effort ultime, s'écarquillaient. De la bouche, à moins que cela vienne du cœur, un mot jaillit alors avec netteté… et incompréhension :

— Smaragdin !

Colombe eut un frémissement de tout son corps ; l'homme ne parlait pas sa langue ! Et s'il s'agissait d'un de ces soldats honnis de son père ? Son âme secourable – les leçons de charité des religieuses du Verbe Incarné avaient porté leurs fruits – ne la décidait pas à planter là cet inconnu… d'autant qu'il s'était abandonné contre sa poitrine, la tête tournée vers elle, dans une contemplation aveugle de ses yeux scellés.

Combien de temps resta-t-elle là, à le regarder ? Peu en vérité. Un spasme violent ranima le jeune homme qui, en efforts épuisants, vida son estomac de caillots noirâtres. Les yeux toujours clos, il réclama à boire.

— Pouvez-vous marcher, monsieur ? demanda-t-elle.

Il ne répondit pas. Cela confirmait son soupçon : il ne comprenait pas. Elle insista cependant :

— Je vais vous donner à boire. Venez avec moi.

Le traînant, le portant presque malgré la gracilité de son corps juvénile, elle parvint à l'introduire dans l'auberge et l'installer à même le sol sur un drap tiré d'une haute armoire que sa mère avait dévolu au trousseau de sa fille qui, jurait-elle, ferait pâlir d'envie une princesse de France.

L'eau tiédasse qui submergeait son gosier, envahissait sa bouche et débordait à la commissure de ses lèvres, parut à l'inconnu un divin nectar. Il buvait, avide, s'étouffait puis réclamait encore, du geste, la carafe de verre contre laquelle claquaient ses dents sous l'effet de la fièvre et d'un insatiable besoin d'hydratation.

Un amollissement du corps qu'elle soutenait tétanisa Colombe. Ce soldat avait-il rendu l'âme, là, dans ses bras ? Il n'en était rien, l'homme respirait… et dormait. Elle soupira d'aise, accompagna sa tête sur un coussin et quitta la pièce sur la pointe des pieds. À l'étage, la vision du visage de sa mère, déformé par un rictus de souffrance et figé dans la mort, lui arracha un cri désespéré avant que des sanglots convulsifs exhalent à la fois sa fatigue, son découragement et sa grande peine.

— Orpheline, hoquetait-elle comme une litanie. Orpheline !

Elle ne s'était pas jetée contre la morte, ne l'étreignait pas une dernière fois, ne la berçait pas comme son cœur l'y invitait. Par prudence ? Ou parce qu'elle ne reconnaissait plus sa mère dans ce cadavre qui se teintait de noir, ce corps qui évoquait déjà la putréfaction ? Elle se tenait à distance et y serait restée si elle n'avait perçu le grelot d'un cheval et des grincements de roues de charrette dans la cour de l'auberge.

Au moment où le docteur Castanet forçait la porte barrée d'un espar, Colombe s'abattit dans ses bras.

— Orpheline ! sanglota-t-elle comme si elle n'avait plus que ce mot à la bouche, comme si à son tour elle se découvrait une navrante maladie.

Rien qui ne surprît le médecin, confronté plusieurs fois par jour à des scènes aussi misérables. Son regard cependant fut attiré par l'informe paquet qui gisait sur le sol.

— Qu'est-ce ? demanda-t-il à Colombe.

— Un soldat peut-être, il n'est pas de chez nous.

Il voulait boire à notre puits…

— Le malheureux ! L'a-t-il fait ?

— Il était bien trop faible. Je l'ai amené jusqu'ici où il a bu à satiété, puis il s'est endormi.

— Est-il malade ?

— Il a vomi.

— La diarrhée a-t-elle suivi le vomissement ?

— Je ne sais… bredouilla Colombe.

Guilhem Castanet rajusta son masque et déplia l'homme roulé en chien de fusil. Et laissa échapper un cri :

— Thierry ! Thierry de Vilette !

Au milieu de ses larmes, Colombe eut un sourire illuminé. De lointains souvenirs surgissaient de sa mémoire.

— Le petit pâtre ! Ces cheveux noirs et fous, ces lèvres charnues. Oui, c'est le petit pâtre !

En même temps, elle rougissait de prolonger, plus que la bienséance l'y autorisait, son observation. L'insistance de son regard dessilla les yeux de Thierry. À nouveau, sa bouche articula le mot qui restait un mystère pour la jeune fille :

— Smaragdin !

La journée de Guilhem Castanet n'était pas terminée, son plus pressé étant de faire transporter à Lasalle son jeune beau-frère et l'y soigner. Il y avait urgence.

Comme il y avait urgence à faire ensevelir Célimène Séverin, à brûler toutes les pièces de sa literie.

Comme il y avait urgence à trouver un toit pour Colombe. Ce fut elle qui, devant le vide abyssal faisant suite à la mort de ses parents, suggéra une solution.

— Est-ce que je pourrais venir avec vous, monsieur ? Je peux vous être utile à la Fondation.

C'était une solution. Le docteur hésitait encore.

— Le danger est grand, jeune fille. L'épidémie est à son point culminant. Je n'ai jamais été confronté à pareille décimation.

— Les premiers à semer la peste furent des soldats qui fréquentaient notre auberge. Mon père en est mort. Ma mère, contaminée à son tour que j'ai veillée jour et nuit, ne me l'a point transmise.

Les idées se bousculaient dans le crâne de Guilhem.

— Avez-vous eu des maladies infantiles ? Graves, j'entends ? insista-t-il.

— Pas à ma souvenance. Mes parents pourtant parlaient de la picote[14] que j'avais contractée à deux ans à peine et qui, me disaient-ils en frémissant de peur rétrospective, m'avait tenue tout un mois entre la vie et la mort.

Ce n'était pas la première fois que le docteur Castanet rencontrait ce phénomène qui, à fouiller dans le passé des gens, révélait une maladie dans l'enfance qui aurait eu un effet protecteur. Colombe était un nouveau cas qu'il prit le risque de confirmer,

14. Forme de varicelle.

d'autant que la jeune fille n'avait personne chez qui se réfugier.

— Ne prenez point d'affaires, seulement ce que vous portez. Je vous emmène à la Fondation. Pour mon jeune beau-frère à qui je veux éviter la promiscuité de la salle des pestiférés, j'ai une autre idée.

On lui aurait refusé ce droit, ce devoir, cette impérieuse volonté, Rachel de Bagars aurait passé outre. Guilhem Castanet avait frappé à la bonne porte pour qu'elle fasse, en ce lieu de réclusion, une place de choix au jeune Thierry, pour qu'elle lui prodigue, toutes autres occupations cessantes, les soins que requérait son état inquiétant.

Ce qui n'empêchait pas la veuve de ruminer entre ses dents :

— Voilà ce qu'il en résulte d'aller étudier l'alchimie !

Aussi, le modeste appartement où Elias de Vilette avait acculé sa fille à vivre en paria était-il devenu le point de mire de toute la famille. Le point de mire seulement, car les ordres du docteur Castanet étaient drastiques :

— Personne, hormis madame de Bagars, n'est autorisé à approcher le malade. Ni vous, monsieur mon beau-père. Ni vous, ma tendre chérie. Aucun cas n'est apparu à Verrière-Génestrelle, ce dont je me réjouis. Nous ne devons pas prendre le risque de…

Chacun finit sa phrase mentalement. Il fallait

protéger la petite Delphine.

En raison de son incroyable résistance à la maladie, Colombe Séverin était autorisée, quand le service qu'elle assurait aux cuisines de la Fondation lui en laissait le temps, à relever Rachel d'une garde qui l'épuisait, mais qu'elle cédait à regret à la jeune fille.

— Il faut le faire boire abondamment, recommandait-elle. Et aussi éponger son front, il transpire tant, mon cher petit.

Les souvenirs revenaient en masse à Colombe. Vivaces. Heureux. Insouciants. Cocasses aussi quand elle pensait à la mégère qu'avait été Rachel et au parangon de vertu qu'elle était devenue. Elle évoquait avec une grande douceur de pensée la blonde Elisabeth, sa marraine de couvent, qu'elle savait l'heureuse épouse du sympathique docteur Castanet, et jeune maman d'une jolie poupée.

Parce que le docteur lui en avait fait l'expresse recommandation, elle ne cessait de parler au malade, surtout lors des longs moments d'hébétude où le plongeait la maladie. Il fallait, par tous les moyens, le tirer vers la vie. Colombe, imitée par Rachel, s'y appliquait et bien que leurs discours fussent différents, ils tendaient vers le même but.

— Vous souvenez-vous de moi, monsieur de Vilette ? gazouillait Colombe. Je n'étais qu'une gamine quand votre père m'accorda le refuge. Je me plus à Verrière-Génestrelle, d'autant que mademoiselle Elisabeth me traitait en amie.

Le thème de Rachel reflétait son état d'âme et le profond travail qui s'était fait en elle quand elle psalmodiait :

— Trop de malheurs ont endeuillé le domaine de notre père, vous ne pouvez, cher enfant, y ajouter le désespoir. S'il faut à Dieu une vie, qu'il prenne la mienne, elle n'a que trop duré... pour ce que j'en ai fait... Vivez, mon petit prince !

Elias de Vilette, lui, se morfondait en son domaine et ni l'espoir que lui distillait sa fille ni les bulletins de santé que faisait parvenir son gendre n'avaient raison de son profond abattement.

L'état de votre fils, monsieur, de votre frère, ma douce aimée, présentait ce matin quelque espoir d'une journée paisible malgré les vomissements qui persistent.

Pour laconiques et de même teneur, les billets du docteur Castanet qu'il faisait déposer sous une pierre à l'entrée du domaine de Verrière-Génestrelle se voulaient rassurants sans être exagérément optimistes. Ils sous-entendaient surtout l'espoir qu'entretenait l'absence de dysenterie, toujours redoutée ; pour bien connaître son époux, Elisabeth savait lire à travers les lignes et tentait de raisonner son père, déboussolé par cette terrible attente.

— C'est donc qu'il n'est pas débarrassé de cette immonde épidémie si je ne suis pas autorisé à le voir ! se lamentait Elias, à qui l'inaction pesait et qui, cependant, ne se sentait aucun appétit pour la nouvelle *réveillée* se profilant.

— Guilhem met tout son savoir à le sortir d'affaire, Rachel et Colombe se relayent à son chevet, que feriez-vous de plus, père ? Pardonnez-moi de vous le rappeler, papa, mais vous n'êtes plus en âge de vous exposer à une possible contagion. Il faut la résistance d'un corps jeune comme celui de Thierry pour s'adonner à cette lutte inégale.

— C'est bien parlé, ma fille, mais moi je me ronge les sangs à rester loin de mes fils ; l'un qui si bat pour survivre, l'autre qui va convoler sans notre présence à tous, ce qui tant le réjouissait. Tu avoueras, ma chère enfant, que mes vieux jours sont bien tourmentés.

— J'en conviens, mon père, mais je ne peux que vous exhorter à la patience pour votre bien, pour notre bien à tous.

Chante toujours, oiselle enjôleuse ! se disait Elias en cherchant le moyen de lui fausser compagnie.

Ce qu'il mit à exécution au soir de la lune nouvelle, nimbée d'un halo de brume, qui présageait un automne précoce. Arrivé devant l'appartement de Rachel, ce ne fut plus d'une impétueuse envolée de porte qu'il s'annonça mais d'un discret grattement, une sorte de prière à ce qu'elle le laissât entrer.

— Vous ici, père ? Ne vous a-t-on point prié…

— Voir mon fils une minute me sera réconfort… ou terrible coup du sort. Je t'en prie, Rachel…

Il n'exigeait plus, il suppliait. Elle l'invita sans un mot à s'approcher de l'alcôve et, de sa chaise basse, observa le dos arrondi, les épaules tassées, la tête chenue de son père, bien vivant lui, se pencher sur la couche où gisait un jeune homme au corps naguère musculeux, aux cheveux noirs, aux yeux clos sur un mal qui le tenait dans une non-vie intolérable.

Pour la première fois de leur vie, Rachel et son père étaient en communion de pensée, en communion de prière.

— Il ne faut pas vous attarder, père. C'est une bien grande imprudence que vous faites là.

La magie de l'instant était rompue, pas le dialogue.

— Laissez-moi, je vous en conjure, écouter encore ce souffle de vie qui tant me réconforte. Pourquoi n'ouvre-t-il pas les yeux, cependant ?

— À lutter contre le mal, Thierry est épuisé. Ne vous mettez pas martel en tête, père, d'une léthargie supposée ou toute autre torpeur néfaste ; il dort et c'est bien ainsi.

— Je vous crois, ma fille.

Le ton d'Elias dénonçait une profonde lassitude, Rachel lui proposa sa chaise qu'il ne refusa pas, s'y laissa même tomber pesamment. Sans lever la tête, il murmura :

— Je n'ai pas été un bon père pour vous, n'est-ce pas ?

— L'Éternel sait ce qui est juste et bon pour ses créatures qu'il dote selon leurs mérites.

— Ne vous noircissez pas plus que vous n'êtes,

Rachel, insista Elias. Mes longues nuits sans sommeil m'ont fait prendre conscience de beaucoup de choses, en particulier celles du destin qui parfois nous échappe. Pour notre bien ? Ce n'est pas à nous d'en juger.

Rachel avança timidement une main vers celle de son père ; toutes deux s'agrippèrent dans une pression qui faisait table rase des colères, des rancœurs, de la haine, du mépris.

Le petit jour les trouva ainsi. Rachel réagit la première.

— Il vous faut rentrer au domaine, père.

— Je me garderai bien de prendre le risque d'y semer la mort. Je vais, tout comme les gens d'Anduze, de Tornac et Saint-Jean, jouer l'anachorète dans mon bois de Bane, le temps de m'assurer que je ne serai pas un danger pour quiconque.

— On va s'inquiéter de vous à Verrière-Génestrelle.

— Informe Castanet. Porte-toi bien, ma fille.

Bon sang ne saurait mentir. À moins que ce ne fût l'exemple montré par ses parents. Ou les deux conjugués. En tout état de cause, Colombe Séverin faisait merveille, tant dans les cuisines de la Fondation, où, sous sa surveillance et grâce à de généreux donateurs, bouillons de viande et soupes de légumes étaient servis sans restriction aux malades et au personnel, qu'à la gestion du linge des malades. Une pénurie de draps, prévisible quand il n'était plus question de laver mais de brûler, amena la jeune fille à frapper aux portes des nantis qui, avec promptitude afin de laisser la maladie dehors, se séparaient de conséquents trousseaux amassés par les générations prévoyantes et jamais parvenus à usure.

— Vous n'avez donc pas une minute de répit, mademoiselle Séverin ? constatait Guilhem Castanet avec satisfaction, sa protégée affichant une insolente santé.

— Pas plus que vous, docteur ! J'imagine l'angoisse dans laquelle doit vivre mademoi... pardon, madame Elisabeth.

— Elle partage ma passion et ça, c'est une grande chance. Il n'y aurait pas notre petite Delphine, Elisabeth serait à mon côté jour et nuit.

— Et moi, cette nuit, je vais remplacer madame de Bagars dont le teint cireux et les yeux jaunes me donnent du souci. J'aimerais que vous l'examiniez...

— Vous me demandez l'inconcevable ! Et je défie tous mes confrères de pratiquer le moindre examen sur la personne de ma mère adoptive. Cela dit, je l'observerai à la dérobée et vous dirai mon sentiment.

Plus que ses yeux jaunes et son teint cireux, les frissons annonciateurs de fièvre qui ébranlaient Rachel de Bagars avaient eu raison de sa résistance. Non seulement, elle céda sans discuter sa place à

Colombe, mais elle ne refusa pas l'émétique proposé par son « fils ».

— Vomir fera baisser votre fièvre que j'estime élevée à vous tâter le pouls, madame. Je vais faire porter un lit dans cette pièce et vous recommande le plus grand repos. Je vous sais sous bonne surveillance avec Colombe qui veillera Thierry et vous de concert.

La nuit de la jeune fille ne s'annonçait pas de tout repos à veiller deux malades, l'un avec une fièvre à son paroxysme, l'autre aux prises avec les prémices de la maladie. Ratatinée dans un lit pliant, Rachel couvait son mal comme une portée de poussins alors que le jeune monsieur de Vilette s'agitait dans le sien. Il se débattait contre d'invisibles ennemis, entrait dans une débauche de gestes et de paroles délirantes.

Colombe bassinait sans cesse son visage, son torse et ses bras d'une serviette trempée dans de l'eau fraîche, et petit à petit, une sorte d'apaisement lui permit d'ouvrir les yeux, de plonger dans ceux de Colombe et d'exhaler dans un soupir heureux le mot mystérieux :

— Smaragdin… Je vous ai retrouvée… après si longtemps.

— Vous vous trompez, monsieur. Je m'appelle Colombe.

— Smaragdin… la couleur de vos yeux, vos beaux yeux d'émeraude.

Son regard se troubla, son front se plissa sur une intense réflexion avant qu'il ne se dresse assis sur son lit en criant :

— Je l'ai ! Je l'ai ! $CuSo_4$!

— Calmez-vous, monsieur ! Vous délirez !

— Écrivez, je vous prie ! $CuSo_4$...

Thierry de Vilette venait de retomber sur sa couche, inerte, blême de l'effort fourni et tout ruisselant de sueur.

Bien que prise d'un doute sur le raisonnement du jeune homme, Colombe chercha de quoi noter les lettres et le chiffre qu'avait dits, par deux fois et très nettement, Thierry. Elle ne trouva qu'un pot recelant un onguent, y plongea un doigt et traça sur un miroir le code mystérieux. Puis elle s'appliqua à changer les draps du jeune homme, trempés, le força à boire et le laissa dormir.

Le lendemain matin, alors que Colombe aidait Rachel à passer une chemise propre, elle fut interpellée par une voix rajeunie qui venait de l'alcôve :

— Où suis-je ? Dieu que j'ai faim ! Mais qui vois-je ? Ce n'était donc pas un rêve... Et vous aussi, marraine ?

Thierry de Vilette avait triomphé de la peste et, ma foi, Rachel de Bagars paraissait, elle aussi, guérie !

Toute la journée, les deux femmes se relayèrent pour raconter au jeune homme son épopée depuis que Colombe Séverin l'avait trouvé au bord du puits. À son tour, il narra sa fuite de l'Académie à l'instigation de son professeur.

— Il t'a sauvé la vie, mon cher filleul !

— Un mystère demeure, monsieur de Vilette. Pourquoi donc, par trois fois, m'avez-vous appelée Smaragdin ?

— Pour vos yeux, si beaux, si verts ! Bon sang, la formule ! J'ai vu, de mes yeux vu, la formule…

— Est-ce la formule que vous m'avez demandé de noter ? Elle est là, sur la glace.

— Merci. Merci, mademoiselle Colombe ! En fait, je crois que je m'en souviendrais sans cela.

Les retrouvailles d'Elias et de Thierry de Vilette ne furent pas ce que les deux hommes en attendaient. Alors que le jeune homme reprenait force, vitalité et santé chez Rachel, la nouvelle arriva comme une bombe. Des paysans de Monoblet avaient déposé le gentilhomme-verrier agonisant devant la porte de la Fondation Gédéon. Elias avait été touché par l'épidémie. Auprès de son fils ? De Rachel ? D'autres pestiférés qui hantaient les bois ? Qu'importait !

— Qu'on l'amène chez moi ! exigea Rachel.

Et, sans plus de façon, elle fit le bagage de son filleul et le poussa dehors.

— Va, mon garçon. C'est à toi maintenant qu'incombe la *réveillée !*

De même, exigea-t-elle que Colombe ne reparût

pas dans son appartement.

— Tu n'as plus très longtemps, jeune fille, à te dévouer à la Fondation. L'épidémie recule et bientôt mon fils adoptif et sa femme te laisseront la place à Verrière-Génestrelle. Tu seras une excellente maîtresse au domaine en plus d'une bonne épouse pour mon cher petit qui saura te rendre très heureuse. Heureuse, quel beau mot !

Épilogue

Aux premiers jours de l'automne, la Cévenne soufflait enfin. Ceux qui s'étaient enfuis de leur maison la retrouvaient avec bonheur, non sans compter les places vides. Elles étaient au nombre de quatre mille.

Elias de Vilette et sa fille Rachel revinrent ensemble à Verrière-Génestrelle, quoique dans des cercueils séparés. L'une soignant l'autre, ils avaient vécu leurs derniers jours ensemble, se retrouvant, se pardonnant, heureux de ne pas laisser le chaos derrière eux.

L'année 1630 fut à marquer d'une belle pierre aux frères et sœur enfin réunis, pour célébrer les noces de Thierry et de Colombe.

Ils offraient, à ceux qui partageaient leurs agapes dans la plus pure tradition des gentilshommes-verriers, l'image de trois couples immensément heureux.

François apprenait le bonheur auprès de sa Charlotte au tempérament de feu que pondérait la récente naissance d'un héritier prénommé Thibault.

Elisabeth ne formait qu'un avec son Guilhem, tant leur union s'inscrivait dans leur cœur, leurs sens, leurs aspirations profondes. Son ventre rond d'une nouvelle grossesse, la petite Delphine accrochée à sa jupe, sa beauté blonde et éthérée en faisait l'icône vivante de la maternité.

Quant à Thierry, superbe et hiératique comme un dieu de marbre aux longs cheveux serrés en catogan, fort et majestueux dans sa longue veste à basque qui battait les *lazarines* à revers dont il s'était chaussé, il n'y avait pas plus éperdu amoureux de la délicieuse Colombe, toute parée de dentelle dans sa superposition de jupons. D'un simple volant pour la *secrète*, toute de guipure du Puy pour la *friponne*, blonde de Caen pour le voile arachnéen de la *modeste* que l'on retrouvait sur ses cheveux et qui parachevait sa toilette.

La belle voulait être à la hauteur de la famille dans laquelle elle entrait par la grande porte. N'en déplaise aux fâcheux, Colombe Séverin n'avait pas à rougir de la dot qu'elle apportait dans sa corbeille de mariée, l'Hostellerie des Quatre Chemins n'avait pas manqué de fiévreux acquéreurs.

Chacun des enfants d'Elias de Vilette pouvait, en ce jour, philosopher et s'accorder sur les méandres que prenait le destin pour parvenir à ses fins.

Comme le lui avait suggéré François, Thierry créa la surprise en offrant une quenouille de verre à sa jeune épouse.

— Pour vous, mon aimée, j'ai soufflé cet objet qui allie la tradition à l'innovation, celle de cette couleur si pareille à vos yeux. J'ai longtemps hésité à l'appeler le « vert Luigi », c'est bien lui qui en avait balbutié la formule. L'idée ensuite me titilla de la nommer « vert Gédéon » pour l'avoir découverte entre les murs de la chambrette qu'il occupa temporairement. Le « vert Delorme » n'était pas pour me déplaire, il aurait été dédié à la mémoire de mon éminent professeur. Mais la révélation s'est faite en moi et je n'en voudrais changer pour rien au monde : nous aurons désormais, à Verrière-Génestrelle, une collection « vert Colombe », en votre honneur, ma mie, en l'honneur des yeux smaragdins d'une fillette qui avaient troublé le pastoureau que j'étais !

Un joyeux tintamarre montait, s'amplifiant, de la halle. Les souffleurs, à leur tour, prenaient part à la noce et venaient chanter leur joie ; voix disparates, éraillées, graves ou suraiguës mais sincères, toutes entonnaient les vers fameux, rabâchés de mémoire et sans lesquels pas une fête de verriers ne serait digne de ce nom : l'*Élégie du Verre* du poète Ronsard.

Références historiques

Les Verriers du Languedoc 1290-1790
Saint-Quirin, préface du duc de Castries

Les Galères de France et les galériens protestants des XVIIe et XVIIIe siècles
Gaston Tournier, publication du musée du Désert Mialet amicalement prêté par Elie Corrado

Grégoire, gentilhomme verrier
Claude-Annie Gaidan, Éditions Mémoire d'Oc

Le Maître Verrier du Roy
Ludovic Soulier, Éditions Créer

Les Remparts d'Anduze
Bernard de Fréminville

La Ville d'Anduze et ses environs
A.L.G. Viguier (1823)

T.D.O Éditions, SARL

Composition, mise en page : TDO Éditions
ISBN : 978-2-36652-488-8

Dépôt légal octobre 2020 - N° 009708
Achevé d'imprimer en france octobre 2020
Sur les presses de Laballery